Horst Bosetzky
Kempinski erobert Berlin

Horst Bosetzky

Kempinski erobert Berlin

Roman

Jaron Verlag

Taschenbuchausgabe
1. Auflage dieser Ausgabe 2019
© 2010 Jaron Verlag GmbH, Berlin
Alle Rechte vorbehalten. Jede Verwertung des Werkes und
aller seiner Teile ist nur mit Zustimmung des Verlages erlaubt.
Das gilt insbesondere für Vervielfältigungen, Übersetzungen,
Mikroverfilmungen und die Einspeicherung und
Verarbeitung in elektronischen Medien.
www.jaron-verlag.de
Umschlaggestaltung: Bauer+Möhring, Berlin,
unter Verwendung eines Fotos des Bildarchivs Preußischer Kulturbesitz
Satz: LVD GmbH, Berlin
Druck und Bindung: CPI books GmbH, Leck

ISBN 978-3-89773-862-1

Wenn wir die gegenwärtigen Ereignisse unseres Lebens betrachten, schwanken wir ständig zwischen dem Glauben an den Zufall und der Evidenz des Determinismus. Doch wenn es sich um die Vergangenheit handelt, haben wir überhaupt keinen Zweifel mehr: Es scheint uns völlig klar, dass sich alles so abgespielt hat, wie es sich tatsächlich abspielen musste.

Michel Houellebecq, *Elementarteilchen*

Erster Teil

Anfang und Aufstieg

1855–1910

Kapitel 1
1855

Berthold Kempinski saß im Kontor seines Vaters und machte Schularbeiten. Aufzuzählen waren die preußischen Könige seit 1701, und das war für ihn ebenso Kinderkram wie die Rechenaufgabe, in der es darum ging herauszubekommen, wie lange ein Eisenbahnzug von Breslau nach Berlin benötigte. Das alles langweilte ihn. Nur gut, dass er im nächsten Jahr nach Ostrowo aufs Gymnasium kam!

Immer wieder schweiften seine Gedanken ab, und sein Blick blieb auf einer Art Plakat hängen, das ein belesener Gehilfe seines Vaters angefertigt und mit vier Reißnägeln über dem Schreibtisch befestigt hatte.

JAGO
Wein her!
Singt.
Stoßt an mit dem Gläselein, klingt! klingt!
Stoßt an mit dem Gläselein, klingt!
Der Soldat ist ein Mann,
Das Leben ein Spann,
Drum lustig, Soldaten, und trinkt.
Wein her, Burschen!
(Shakespeare, *Othello* II, 3)

»Essen und Trinken halten Leib und Seele zusammen«, pflegte sein Vater immer zu sagen, und Berthold Kempinski, der im Oktober zwölf Jahre alt wurde, hatte schnell begriffen, dass ohne die-

9

ses Fundament auf Erden kein höherentwickeltes Leben möglich war. Der Mensch musste gut, das heißt mit Genuss essen und trinken, wenn er mit sich und der Welt zufrieden sein wollte. Nur saure Milch in der Schüssel und ein paar Kartoffeln mit Leinöl, wie es bei den Bauern ringsum Usus war, genügten nicht, des Lebens ganze Fülle auszukosten. Mit Vorliebe las Berthold Kempinski Romane, die an den Höfen großer Könige spielten. Gott, was da alles aufgetischt wurde!

Oben im Haus lärmten seine jüngeren Geschwister. Sie spielten Fangen. So lange, bis Moritz mit donnernder Stimme dazwischenfuhr. Er war der Älteste und gefiel sich in der Rolle des Feldwebels.

Berthold achtete und fürchtete den Bruder, aber dass er ihn sonderlich liebte, konnte nicht behauptet werden.

Der Vater trat ein und tat so, als sei er ein Kunde der Weinhandlung und stünde vor dem Inhaber. »Ich hätte gern drei Flaschen Furmint, Herr Kempinski.«

Berthold erhob sich und verbeugte sich mit einer Eleganz, die man einem untersetzten Jungen wie ihm kaum zugetraut hätte. »Sehr wohl, Herr Baron, aber gestatten Sie mir die Anmerkung, dass Ihnen der Furmint zu säuerlich sein wird. Da rate ich Ihnen lieber zum duftigen Hàrslevelü.«

Raphael Kempinski klatschte in die Hände. »Brav, mein Junge, brav! Du bist der geborene Weinhändler.«

»Der geborene Weinhändler ist doch unser Moritz«, sagte Berthold mit ein wenig Neid und Groll in der Stimme. »Ich bin doch zu Höherem berufen.«

Der Vater schwieg, denn er konnte schlecht seine eigenen Aussagen kritisch kommentieren und als Schwachsinn verwerfen. »Nun, beide seid ihr die geborenen Weinhändler, aber nur du hast die Grütze im Kopf, mehr zu werden als das, dir hat der Ewige ganz besondere Gaben mit auf den Weg gegeben. Du kannst Bankier werden, Arzt, Advokat, Offizier.«

Berthold lachte. »Wenn wir keine Juden wären.«

»Und was ist mit Meno Burg?«, fragte der Vater. Der hatte es als erster Jude in der preußischen Armee bis zum Major und hochgeachteten Lehrer an der Artillerie- und Ingenieurschule in Berlin gebracht. Vor zwei Jahren war er verstorben.

»Ich will nicht auf andere Menschen schießen!«, rief Berthold. Der Vater machte eine abwiegelnde Bewegung mit beiden Händen. »Ist ja gut, Junge, ist ja gut. Ich schieße ja auch lieber mit Sektkorken als mit Gewehrkugeln. Apropos Sekt: Wer ist das, der ausruft: ›Gib mir ein Glas Sekt, Schurke! – Ist keine Tugend mehr auf Erden?‹ Auch dieser Jago da?« Er zeigte auf die Verse über seinem Schreibtisch.

»Keine Ahnung.«

Keiner von beiden kam auf den Namen Falstaff, und sie trösteten sich damit, dass sie es erfahren würden, wenn Berthold erst auf das Gymnasium in Ostrowo ging.

Berthold liebte und bewunderte seinen Vater. So wollte auch er einmal werden: vital und fröhlich, immer optimistisch und voller Familiensinn.

Raphael Kempinski sollte später von einem Verwandten wie folgt beschrieben werden: »Mit greifbarer Lebendigkeit steht er vor mir: gesund, kräftig, lebensmutig, die Freude an des Lebens süßer Gewohnheit aus den Augen blitzend und das gütige Herz erfüllt von sieghaftem Humor; mit scharfem Verstande und weitem Blick einen großen kaufmännischen Wirkungskreis beherrschend, ragte er hoch empor über seine Umgebung.«

»Um beim Sekt zu bleiben: Du mögest dem Herrn Regierungsreferendarius Sigismund von Schrecken alsbald zwei Flaschen vorbeibringen«, fuhr der Vater fort

»Von Schecken«, verbesserte Berthold den Vater. »Nicht Schrecken. So spotten nur die Polen über ihn.«

Während es Moritz Kempinski unter seiner Würde fand, den Laufburschen zu spielen, und auch die jüngeren Geschwister bei solchen Aufträgen stets maulten, lief Berthold gerne durch das Städtchen und brachte den Leuten Wein und Sekt nach Hause. Sie strahlten immer, wenn er kam, und nichts machte ihm mehr Freude, als anderen eine Freude zu machen. So ließ er sich unten im Laden vom Gehilfen die beiden für den jungen Beamten bestimmten Flaschen aushändigen und trabte los.

Raphael Kempinski gehörte das Eckhaus an der Einmündung der Kaliska-Straße in den Marktplatz, auch Rynek genannt.

Die Mutter winkte ihm hinterher und mahnte: »Pass gut auf dich auf!« Rosalie Kempinski war immer in Sorge um ihre Kinder und von unerschöpflicher Güte. Berthold liebte sie.

Die Sonne war eben untergegangen, und die Bürgersteige wurden hochgeklappt, wie sein Vater immer sagte. In der Frauen-Straße begegnete er keinem Menschen, doch als er in den Weg nach Kalisch einbog, prallte er mit Moses Apt zusammen, dem Rabbi der jüdischen Gemeinde. Artig entschuldigte er sich, grüßte kurz und lief dann weiter.

Der Regierungsreferendarius wurde von seinen Eltern üppig alimentiert und hatte sich für seinen Aufenthalt nicht etwa in einem Gasthaus einquartiert, sondern das kleine Fachwerkhaus am Friedhof gemietet, für das die Erben der Witwe Grabowke keinen Käufer finden konnten.

Berthold Kempinski stoppte vor der Haustür und riss kurz am Klingelzug.

Drinnen regte sich nichts. Eine Lampe schien noch nicht angezündet worden zu sein. Vielleicht war Herr von Schecken beim Lesen eingenickt. Oder er war noch gar nicht nach Hause gekommen. Manchmal saßen sie ja im Rathaus ewig beisammen. Berthold zögerte einen Augenblick, dann betätigte er den Klingelzug zum zweiten Mal, nun aber mit aller Kraft.

Aber auch diesmal war sein Bemühen umsonst. Was nun? Sollte er den Leinenbeutel mit den beiden Flaschen vor die Tür stellen oder sie wieder mit nach Hause nehmen? Ließ er sie auf der Straße stehen, wurden sie womöglich gestohlen, nahm er sie wieder mit, beschimpfte ihn Moritz als Trottel: »Da lässt man sich was einfallen!«

Und Berthold ließ sich etwas einfallen: Er drückte die Klinke nach unten und prüfte, ob die Haustür abgeschlossen war. Nein, war sie nicht. Langsam schob er sie einen Spaltbreit auf. Dann rief er, erst leise und vorsichtig, dann lauter und energischer: »Hallo, Herr von Schecken, ich bringe Ihnen nur den Sekt! Hallo, ist da wer?«

Es regte sich noch immer nichts. Berthold Kempinski fasste Mut, die Tür vollends zu öffnen und in die Diele zu spähen.

Einen Herzschlag später hallte sein Schreckensschrei durch das abendliche Raschkow, und die Bewohner der angrenzenden Häuser stürzten auf die Straße.

Am Ende der Diele lag der Regierungsreferendarius Sigismund von Schecken mit gespaltetem Schädel.

Viele Männer, die Berlin in den knapp dreißig Jahren zwischen der Gründung des Kaiserreiches und 1900 groß gemacht und die ihm sein ganz spezifisches Profil verliehen hatten, kamen aus kleinen Städten oder Dörfern, so der Gastronom August Aschinger aus Oberderdingen im Süddeutschen, der Reichskanzler Otto von Bismarck aus Schönhausen bei Stendal, der Milchhändler Carl Bolle aus Milow bei Rathenow, der Schriftsteller Theodor Fontane aus Neuruppin, der Dramatiker Gerhart Hauptmann aus Obersalzbrunn in Niederschlesien, der Apotheker und Pharma-Unternehmer Ernst Schering aus Prenzlau, der Erfinder, Industrielle und Erbauer der Berliner Hoch- und U-Bahn Werner von Siemens aus Lenthe bei Hannover, der Generalpostdirektor Heinrich von Stephan aus Stolp in Pommern, der Schriftsteller und Bühnenautor Hermann Sudermann aus Matzicken im Memelland, der Verleger Leopold Ullstein aus Fürth in Bayern und der Mediziner und Politiker Rudolf Virchow aus Schivelbein in Pommern.

Berthold Kempinski war am 10. Oktober 1843 in Raschkow in der preußischen Provinz Posen zur Welt gekommen. Fünfzig Jahre später war sein Name das Synonym für die gehobene Berliner Großgastronomie.

Bis dahin war es ein langer Weg, und selbstverständlich ahnte Berthold Kempinski im Sommer des Jahres 1855 nichts von dem, was einmal sein würde. Er hatte keinerlei Visionen, keine Fee erschien ihm, und keine Wahrsagerin las aus seiner Hand, dass er einmal zu den Größen der Reichshauptstadt gehören und in gewisser Weise unsterblich werden würde. Wie denn auch – er war ein ganz normaler Mensch, jüdischen Glaubens dazu, und kam aus dem verschlafenen Nest Raschkow.

Raschkow war eine Kleinstadt wie viele Tausend andere im Deutschen Reich, aber es gab kleine Städte, die kannte ein jeder, beispielsweise Rothenburg ob der Tauber oder Fontanes wie Schinkels Neuruppin, und es gab solche, von denen niemand außerhalb ihres Kreises jemals etwas gehört hatte, und zu diesen zählte Raschkow. In seiner Nähe floss der Olobok, aber auch der rangierte so weit hinter anderen Nebenflüssen, dass ihn kein Schulkind aufzählen konnte. Es war auch kein schöner Name für einen Fluss, böse Drachen und Mörder hießen so.

Die Nachbargemeinden trugen die Namen Roschki, Brunow, Sobotka und Biniew, die nächstgelegenen größeren Städte waren Ostrowo und Krotoschin, die Kreisstadt aber war Adelnau, obwohl diese weiter entfernt lag.

Von Raschkows Einwohnern, etwas mehr als anderthalb tausend wurden gezählt, hingen die meisten dem katholischen Glauben an, sprachen von Hause aus Polnisch, und ihr Stolz war ihre neue Kirche. Die Juden waren mit knapp zwanzig Prozent stark vertreten, sie sprachen und dachten Deutsch. Ihre Synagoge war in einem Gebäude untergebracht, das dem Grafen Skórzewski gehörte.

Die Geschichte der Juden in der Provinz Posen war ein unausgesetzter und zäher Kampf um Gleichberechtigung. Erst mit dem Gesetz vom 3. Juli 1869 sollte sie formal erfolgen, aber auch danach war es schwer, die verbrieften Rechte tatsächlich durchzusetzen. Wo die Deutschen den Polen zahlenmäßig überlegen waren, geriet die jüdische Bevölkerung am ehesten ins Abseits – und neigte dazu, nach Brandenburg und vor allem nach Berlin abzuwandern, wo die Verhältnisse besser waren. Im Südosten der Provinz Posen, in den Kreisen Schildberg, Adelnau und Ostrowo, wo fünfmal mehr Polen als Deutsche lebten, war die Abwanderung wesentlich geringer.

Aus der jüdischen Gemeinde in Raschkow sollte eine Reihe bedeutender Persönlichkeiten hervorgehen, neben Berthold Kempinski unter anderen Wilhelm Sklarek, Arzt und Medizinprofes-

14

sor in Berlin, Dr. Hugo Strassmann, Anwalt in Berlin und mit den Kempinskis verwandt, dessen Bruder Dr. Arnold Strassmann, Arzt und Schriftsteller, sowie Hermann Josefowicz, Justitiar im serbischen Justizministerium.

Den Menschen in Raschkow ging es vergleichsweise gut, denn regelmäßig gab es Holz-, Getreide-, Mehl-, Obst- und Viehmärkte, und das brachte Geld in die Kassen.

Der Marktplatz war das Herz des Städtchens. Seine Besonderheit bestand darin, dass er sich in nichts unterschied von anderen Marktplätzen in Brandenburg oder Schlesien und gesäumt war von einstöckigen Fachwerkhäusern und Gebäuden, die viel Schinkel an den Fassaden trugen, sowie dem Rathaus mit seinem unvermeidlichen Schmuckgiebel.

Berthold Kempinski liebte es, nach der Schule noch ein wenig zu trödeln. Vielleicht traf er den Fuhrmann Hanke, wenn der Bier ausfuhr, oder den Glaser Kube, wenn der eine neue Scheibe einsetzte, falls er großes Glück hatte, auch Liebig, den Schmied, von dem sie sagten, dass er der stärkste Mann im ganz Kreis sei. Dem Bürgermeister Schubert ging er lieber aus dem Weg, denn der lag mit seinen Verwandten, den Strassmanns, in Fehde, seit die ihn wegen seiner vielen Darlehn den »Borgemeister« genannt hatten.

Bertholds größter Spaß aber war es, über den Markt zu schlendern und vor den Ständen der Gewandschneider, der Handwerker und der Krämer stehen zu bleiben. Da handelten welche mit Tabak, mit Sämereien und Bücklingen, da gab es Pantinenmacher, Sensenstreicher, Buchbinder, Handschuhmacher, Klempner, Posamentierer und Glaser. Er freute sich mit jedem, der etwas verkaufte. Immer musste man warten, mitunter sehr lange sogar, bis ein Käufer kam, und stand der endlich vor einem, musste man gleichgültig tun, so als sei man auf dessen Gnade gar nicht angewiesen. Wer seine Erregung nicht verbergen konnte, hatte beim Feilschen von Anfang an die schlechteren Karten. Man durfte erst innerlich jubeln, wenn der Handel abgeschlossen war. Dann aber war das Glücksgefühl riesig. Berthold Kempinski bemerkte schnell, dass auch die Käufer glücklich von dannen zogen. Ein je-

15

der glaubte, dieses Spiel gewonnen zu haben. Schöneres konnte es im Leben nicht geben, das war einfach ideal. So konnte man das Paradies auf Erden schaffen.

An vielen Marktständen wurde Polnisch gesprochen, und Berthold lernte dabei Wendungen wie *padam do nóg* (Ich falle (Ihnen) zu Füßen), *psia krew* (verdammt noch mal) oder *proszę bardzo* (bitte schön). Manchmal gab es auch Krach mit den Polen. Wenn die zum Beispiel den Geburtstag des preußischen Königs ignorierten.

In dieser Woche hatte Berthold zwei Tage lang auf das Herumstromern verzichten müssen, denn er war von einem merkwürdigen Nervenfieber befallen worden, nachdem er von Schecken ermordet aufgefunden hatte. Nun ging es ihm besser. Lange verharrte er vor dem Stand, an dem die Neuruppiner Bilderbogen feilgehalten wurden. Ganz besonders faszinierten ihn die Bilder aus der preußischen Residenzstadt. Unendlich weit weg war Berlin, für ihn so unerreichbar wie der Mond. So schien es ihm jedenfalls.

Jemand tippte ihm auf die Schulter. »Was stehst du denn hier herum und hältst Maulaffen feil! Mutter wartet zu Hause auf dich, dass du ihr hilfst.«

Es war sein Bruder Moritz, acht Jahre älter als er und mit zwanzig ein richtiger Mann. Schon lange hatte er beschlossen, die Erziehung des Jüngeren in die Hand zu nehmen, denn der Vater war in seinen Augen viel zu milde und nachsichtig. Das konnte nichts werden. Für Moritz Kempinski galt die Devise: Gelobt sei, was hart macht.

Dicht hinter Moritz kam auch Raphael Kempinski auf den Raschkower Markt, ins Gespräch mit einem Mann vertieft, den die meisten hier nicht gerne sahen, dem Landrat Gustav Gnadenfroh. Berthold ahnte, warum er aus der Kreisstadt Adelnau gekommen war: um zu hören, was es im Mordfall von Schecken Neues gab. Und richtig, die beiden Männer sprachen darüber, als sie in Bertholds Nähe stehen blieben. Er konnte jedes Wort verstehen.

»Ich wette mein gesamtes Vermögen darauf, dass es die Polen gewesen sind«, sagte Gnadenfroh.

Raphael Kempinski mochte sich dieser Meinung nicht so ohne

weiteres anschließen.»Wer weiß? Aber wen wundert es, dass sich viele Polen nicht gern zu Deutschen machen lassen.«

Gnadenfroh lachte.»Die können sich doch dadurch nur verbessern.«

»Sie betrachten Posen als einen neuen Raub an Polen.«

Die Miene des Landrats verfinsterte sich.»Das klingt fast so wie das, was dieser unsägliche Friedrich Engels 1848 in der *Neuen Rheinischen Zeitung* über die siebente Teilung Polens geschrieben hat.«

Raphael Kempinski winkte ab.»Ich handele mit Ungarweinen – alles, was vom Rhein kommt, interessiert mich nicht.«

»Hören Sie mir bitte auf mit dem Rhein ... Wie gern wäre ich dort!« Der Landrat stöhnte auf.»Warum hat es mich nur in dieses vermaledeite Posen verschlagen?«

Nachdem Preußen 1772 und 1793 bei der ersten und zweiten Teilung Polens die neue Provinz Südpreußen hinzugewonnen hatte, verlor es die annektierten Gebiete 1806 nach der Niederlage gegen die Franzosen wieder, die sie zum neugegründeten Herzogtum Warschau schlugen. Preußen erhielt aber nach Napoleons Abgang von der europäischen Bühne vom Wiener Kongress einen kleineren Teil als Großherzogtum Posen zurück. Seit 1848 nannte man es Provinz Posen.

An der Netze, an der Grenze zu Brandenburg und Schlesien sowie in allen größeren Städten überwog die deutsche Bevölkerung, in der Mitte und im Osten die polnische. In den Landkreisen Adelnau und Ostrowo waren nur zehn bis zwanzig Prozent der Bewohner Deutsche. Zu den ethnischen Konflikten kam der »Kulturkampf« zwischen den Katholiken und den Protestanten, und viele deutsche Katholiken solidarisierten sich mit den Polen im Kampf gegen die protestantische preußische Regierung. Besonders in grenznahen Städten wie Rawitsch, Bojanowo und Fraustadt waren die deutschstämmigen Einwohner in Sprache, Sitten und Trachten ganz an Schlesien orientiert, aber auch für Adelnau und Ostrowo war Breslau das Maß aller Dinge.

Breslau bekam auch als Erstes seine Eisenbahn. Am 19. Oktober

1844 war die Strecke von Frankfurt/Oder her eröffnet worden, welches seinerseits schon zwei Jahre vorher mit Berlin verbunden worden war. 1856 ging es von Breslau nach Posen. 1875 wurden Gleise zwischen Jarotschin und Oels verlegt, und damit war die Eisenbahn endlich auch in der Nähe von Adelnau angelangt.

Der größte Teil der Provinz Posen bestand aus flachem, höchstens leicht gewelltem Land, und nur im Norden und Süden gab es Hügelketten, zum einen die Ausläufer des baltischen Höhenzuges an Brahe und Netze, zum anderen die des polnischen Landrückens. Zwischen den beiden großen Landrücken gab es drei Längstäler zu unterscheiden. Die südliche Talsenke wurde vom Bruchland der Bartsch geprägt, die ihren Anfang in einer sumpfigen Gegend südlich von Ostrowo nahm, mehrere Teiche bildete und bei Glogau in die Oder mündete, vorher aber noch die Wasser der Orla aufnahm. An ihr lag neben Herrnstadt und Trachenberg auch die Kreisstadt Adelnau. Die Berge bei Ostrowo waren von großen Kiefernwäldern bedeckt. In der Nähe floss der Olobok.

Man betrieb Ackerbau und Vierzucht, hauptsächlich mit Pferden, Schweinen und Schafen. Dazu kamen Bienenzucht, Fischfang und die Waldwirtschaft. Glashütten, Tuchwebereien, Ziegeleien, Zuckerfabriken, Bierbrauereien und Spirituosenbrennereien boten weitere Arbeitsplätze.

Krojanke zog mit seinem Wagen, vor den er ein belgisches Kaltblut gespannt hatte, im Grenzgebiet von Brandenburg, Posen und Schlesien von Markt zu Markt und suchte, den Leuten Scheren, Messer, Sägen, Feilen, Äxte und Beile zu verkaufen. Gemeldet war er in Obersitzko, was im Norden der Provinz Posen an der Warthe lag und wo er im Jahre 1824 zur Welt gekommen war. Auf seinen Touren schlief er vornehmlich in Scheunen und an schlimmen Wintertagen auch einmal in Absteigen. Er besaß aber in Obersitzko in einem abgelegenen Waldstück vor den Toren der Stadt ein eigenes Haus, in dem er für Herumtreiber und durchreisende Handwerksburschen immer eine warme Mahlzeit und einen Schlafplatz übrig hatte. Wegen seiner erwiesenen Wohltaten und seiner Frömmigkeit genoss er hohes Ansehen, und wenn er etwas verschroben war, dann hatte man volles Verständnis dafür, war ihm doch bei der Geburt des ersten Kindes die Frau weggestorben.

Ins Gasthaus kam er schon ab und an, aber enge Freunde hatte er keine, und niemand aus Obersitzko war jemals bei ihm im Haus gewesen. »Seit Auguste tot ist, habe ich nicht mehr richtig aufgeräumt und muss mich deshalb schämen«, erklärte er, fragte ihn jemand nach dem Grund dafür. Das wurde allgemein akzeptiert. So blieb auch unentdeckt, was im Keller in den Regalen stand und lag. Das waren Gefäße mit gepökeltem Fleisch aus Brust, Bauch und Gesäßregion von Jungen und jungen Männern, einzelne Zähne und ganze Gebisse sowie Hosenträger und Schnürsenkel, die er aus Hautstücken seiner Opfer gefertigt hatte. Stets war er auf neue Beute aus, denn nichts ging ihm über frischgekochtes Menschenfleisch. Sah er einen jungen Menschen, der ihm gefiel, verbiss er sich geradezu in ihn, und er konnte viele Jahre warten, bis er ihn wirklich erwischte und erschlug.

In diesem Sommer hatte er sich vorgenommen, die Ortschaften an der Grenze zu Kongresspolen abzuklappern. Von Wreschen hatte ihn der Weg über Miloslaw, Komorze, Groß Dubin, Rzegobin, Broniszewice und Pleschen nach Tursko geführt, wo er sich dann etwas westwärts gewandt hatte, weil er sich von Ostrowo, Schildberg und Kempen mehr versprach – in jeder Hinsicht. Krotoschin und Adelnau lagen ihm zu weit ab vom Schuss, aber Raschkow war es allemal wert, besucht zu werden.

Auch heute stand er dort auf dem Marktplatz und wartete. Viele Stunden lang.

Der Elfjährige, der jetzt an seinem Stand auftauchte, war ganz nach seinem Geschmack. Fröhliche Menschen schmeckten immer besser als solche, die ernst, in sich gekehrt und verbittert waren.

»Na, Georg, suchst du nach einem Messer, mit dem du dir Pfeifen aus Kälberrohr schnitzen kannst?«

»Ich heiße nicht Georg«, kam es zurück.

»Wie, du bist nicht der Georg Gerlach, der Sohn vom Milch- und Butterhändler?« Den Namen Gerlach hatte Krojanke vorhin auf einem Schild gelesen, und es war ein alter Trick, die Jungen mit einem falschen, aber durchaus möglichen Namen anzusprechen.

»Nein, ich bin der Berthold vom Weinhändler Kempinski.«

»Ach so, na, dann kannst du deinen Vater ja mal fragen, ob er Korkenzieher braucht. Ich habe da ein neues Patent. Das will ich dir gern mal zeigen.«

Berthold Kempinski saß im Ratskeller von Adelnau und las staunend die Speisekarte. Er hatte nie groß darüber nachgedacht, aber bis jetzt war es für ihn selbstverständlich gewesen, dass man in einem Gasthaus genau wie zu Hause das vorgesetzt bekam, was die Frau des Wirts gerade gekocht hatte. Unvorstellbar, dass man in einer Küche zwanzig und mehr Gerichte gleichzeitig zubereiten konnte, und noch mehr verblüffte ihn, dass die sechs Männer am Nebentisch genau zur selben Zeit ihre sechs verschiedenen Speisen serviert bekamen. Das musste eine wunderbare Maschinerie sein, die das hervorbrachte.

»Na, kannst du dich nicht entscheiden?«, fragte der Vater. »Dann bestell dir doch einfach Schlesisches Himmelreich.«

Raphael Kempinski nahm immer abwechselnd eines seiner vielen Kinder mit nach Adelnau, wenn er in der Kreisstadt an der Bartsch zu tun hatte.

Berthold überlegte einen Augenblick. »Schlesisches Himmelreich? Nein, ich möchte lieber etwas haben, was bei Mutter nie auf den Tisch kommt.«

Sein Vater lachte. »Na, mal sehen, ob sie hier Kaviar und Austern haben.«

»Der Ober will sowieso nichts von uns wissen.« Berthold war aufgefallen, dass der hagere Mann seinen Vater und ihn geflissentlich übersah.

Raphael Kempinski nahm es gelassen. »Erst kommen die Leute von hier, dann wir. Und am Ende der Welt geht es nun mal anders zu als in Berlin.«

Berthold fragte sich immer wieder, warum er ausgerechnet hier zur Welt gekommen war, im hintersten Winkel der preußischen Provinz Posen, warum nicht wenigstens in Breslau. Am besten wäre natürlich Berlin gewesen.

Als sie eine weitere Viertelstunde gewartet hatten, fragte Raphael Kempinski den Ober, ob er nun endlich auch ihre Bestellung entgegennehmen würde.

»Nein. Tut mir leid, ich habe meine Weisungen.«

Raphael Kempinski nahm es gelassen. »Aber herzlichen Dank dafür, dass wir wenigstens hier sitzen und uns ausruhen durften.« Er legte eine Münze auf den Tisch. »Für Sie und die freundliche Bedienung.«

Draußen auf dem Marktplatz fragte Berthold seinen Vater, ob sie nichts zu essen und zu trinken bekommen hätten, weil sie Juden seien.

»Ja und nein«, lautete die Antwort. »Manche Menschen können nur leben, wenn sie andere hassen, und mich hasst nun mal unser Fleischer in Raschkow, der Schmeisel, und der Ratskeller hier wird von seinem Bruder bewirtschaftet. Alles nur, weil er bei mir mal einen Wein gekauft hat, der wie Essig geschmeckt hat. Und nach Erde und Schimmel, zugegeben. Es war ein unglücklicher Umstand, und ich habe mich x-mal entschuldigt dafür, aber er hat gemeint, ich hätte ihn vergiften wollen – weil wir Juden ja nichts anderes im Sinn haben, als Christen zu vergiften.«

»Wenn ich groß bin, mache ich ein eigenes Restaurant auf«, sagte Berthold Kempinski. »Und wenn du dann kommst, brauchst du nicht zu warten.«

Sein Vater lachte. »Wer nichts wird, wird Wirt. Nein, mein Junge, du wirst was Vernünftiges, du kommst mal nach Ostrowo aufs Gymnasium und wirst … sagen wir: Arzt. Ja, jetzt habe ich es: Arzt.« Dass der Junge beim Anblick des grausam zugerichteten Regierungsreferendarius, alles voller Blut und das Gehirn an die Wand gespritzt, nicht zusammengebrochen war, sprach dafür, dass er für diesen Beruf prädestiniert war. Man sagte, den Preußen stünden viele große Kriege ins Haus, und da würden die Militärärzte viel zu tun haben.

Ludwig Liebenthal lebte im Raschkower Armenhaus. Seine Mutter war vor zwei Jahren an Tuberkulose gestorben, sein Vater schon vor langer Zeit nach Amerika gegangen und dort verschollen. Es hieß, sein Erzeuger sei ein italienischer Baumeister gewesen, der in

Warschau gearbeitet und auf der Heimreise nach Siena in Raschkow Station gemacht hatte. Wie auch immer, Ludwig sah sehr südländisch aus, und da er ständig an der Seite Berthold Kempinskis gesehen wurde, dachten viele Leute, er sei ebenfalls Jude. Nein, er war evangelisch getauft, aber solange es ihm die eine oder andere Mahlzeit oder ein nicht ganz so abgetragenes neues Kleidungsstück einbrachte, war es ihm egal, welcher Religion er zugerechnet wurde.

Eines der Lieblingsspiele der Raschkower Jungen und Mädchen war immer noch Barrikadenkampf. Es war gerade einmal sieben Jahr her, dass die Märzrevolution Deutschland erschüttert hatte. Eine zerfallene Feldscheune an der Straße nach Ostrowo war ein Wohnhaus am Berliner Alexanderplatz. Die Barrikade bestand aus den Resten eines Heuwagens, einigen Brettern und etlichem Gerümpel. Auf einem löchrigen Waschzuber stand Berthold Kempinski und war der Tierarzt Ludwig Urban, der Anführer der Demokraten. Er und seine Aufständischen hatten vom nahen Acker Kartoffeln aufgelesen und bewarfen damit die anstürmenden Truppen, die von Ludwig Liebenthal kommandiert wurden.

»Attacke!«, schrie Ludwig Liebenthal. »Feuer frei!«

Daraufhin schossen seine Soldaten aus ihren Blasrohren Holunderbeeren ab. Da die Kartoffeln wirksamer waren als die Beeren, musste er aber schnell den Rückzug antreten. Auf der Barrikade wurde enthusiastisch gejubelt. Erst jetzt merkte man, dass einer der Kämpfer, nämlich Ernst Schlüsselfeld, der Sohn des Apothekers, von einem Geschoss getroffen worden war.

»Ins Auge rein!«, schrie er und sank zu Boden. Ob es nun wirklich Blut war oder nur der Saft der Holunderbeere, war nicht zu erkennen, was aber auch egal war.

»Der ist tot«, rief Ludwig Liebenthal.

»Majestät, Hut ab vor den Märzgefallenen«, erscholl es nun von der Barrikade. Und prompt kam Friedrich Wilhelm IV., der nahebei an einer Eiche gelehnt hatte, an die Barrikade und entblößte sein Haupt.

Es tat der Größe dieser Szene keinen Abbruch, dass Seine Majestät von einer Frau gespielt wurde, nämlich von Luise Liebenthal. Sie war ein Jahr älter als ihr Halbbruder und wurde von Berthold Kempinski angebetet. Über ihren Vater wusste man genauso wenig wie über den Ludwigs. Es sollte beim Schiffer-Silvester in Breslau passiert sein. Ihre Mutter hatte aber immer nur geschwiegen. Luise hatte etwas von einer Meisje an sich, und so tippte man darauf, dass ihr Vater ein holländischer Schiffer war. Luise war aus dem Armenhaus ausgezogen und als Mädchen für alles bei den Tschirnaus untergekommen, Raschkower Ackerbürgern, die zwar im Schatten des Rathauses wohnten, aber von der Pferdezucht lebten und Hafer anbauten. Ihnen gehörten Äcker und Wiesen rund um die alte Feldscheune, und Luise war gerade gekommen, um für die Kühe Wasser in den Trog zu pumpen.

Damit war ihr Spiel eigentlich zu Ende, und die Jungen um Berthold Kempinski und Ludwig Liebenthal überlegten, ob sie zum Baden gehen sollten und doch lieber nach Hause, da nahte Karl-Michael Schmeisel mit seinen Kameraden. Vorhin hatte man ihn nicht mitspielen lassen, jetzt kam die Rache.

»Ich bin General Wrangel!«, schrie er. »Immer rauf auf die Revoluzzer! Alles niedermachen! Die Juden zuerst.«

Er war der Sohn des Fleischers hinter dem Markt und hatte etwas gegen die Juden, weil sie so anders waren. Sie feierten andauernd komische Feste und nicht Weihnachten wie jeder vernünftige Mensch. Außerdem kauften sie nichts bei seinem Vater. Sonderlich intelligent war er nicht, aber er hatte schnell begriffen, dass es schön war, Feinde zu haben, auf die man bei Bedarf einschlagen konnte. Hinterher kam man sich immer großartig vor.

Säbel hatten Schmeisels Soldaten nicht, aber dicke Stöcke, deren Rinde schönes Schnitzwerk zierte, und mit denen hieben sie auf Berthold Kempinski und die Seinen ein.

Nun geschah etwas, was es 1848 in Berlin nicht gegeben hatte: Die Barrikadenkämpfer solidarisierten sich mit den Soldaten und machten Front gegen General Wrangel und seine Truppen.

Nur gut, dass in diesem Augenblick Dr. Dramburger in seinem Einspänner vorbeikam und die Kampfhähne wieder auseinanderbrachte, es hätte wohl ernsthaftere Verletzungen gegeben. Erst neulich war einem Jungen bei einer ähnlichen Auseinandersetzung ein Auge ausgeschossen worden.

»Was soll denn der Unfug!«, rief er.

»Wir haben nur Barrikadenkampf gespielt«, sagte Berthold Kempinski.

»Na, dann ist ja gut«, murmelte Dr. Dramburger.

Der Geburtstag des Vaters war für Berthold wie für jedes seiner vielen Geschwister immer ein ganz besonderer Tag, denn Raphael Kempinski verstand es zu feiern. Zwar stand sein vierzigster Geburtstag schon ein wenig im Schatten der beginnenden Erkrankung seiner Frau, aber Rosalie beschwor ihn händeringend, alle einzuladen, die ihm nahestanden oder irgendwie geschäftlich wichtig waren, und dem Frohsinn keine Zügel anzulegen, wie sie es ausdrückte.

An der langen, in Form eines Hufeisens aufgestellten Tafel im Hof hinter dem Haus hatten genau vierzig Gäste Platz genommen, darunter viel Prominenz aus den südöstlichen Kreisen der Provinz.

An der Spitze der anwesenden Honoratioren stand zweifellos der Gutsbesitzer Friedrich Wilhelm von Kraschnitz, gebürtiger Niederbayer aus Landshut. Auf 72 Jahre hatte er es schon gebracht und fühlte sich auf seinem Gut am Olobok mehr als wohl. Er hatte sich auf den Obstanbau und die Schweinezucht spezialisiert und belieferte die Märkte in Adelnau, Ostrowo und Krotoschin.

Das Fürstentum Krotoschin, in den Kreisen Krotoschin und Adelnau gelegen, hatte 1819 der Fürst von Thurn und Taxis für die Abtretung seiner Rechte in den preußischen Rheinlanden an die Königliche Post erhalten. In seinem Sog war Kraschnitz nach Posen gekommen. Die Nähe zu den Radziwiłł, die in der Nähe von Raschkow Ländereien und das Jagdschloss Antonin besaßen, schmückte ungemein und brachte ihn der polnischen Kundschaft nahe, denn der Fürst Anton Radziwiłł hatte als preußischer Statthalter in Posen deren Interessen mit Nachdruck vertreten.

Obwohl dreißig Jahre jünger als Kraschnitz, war der Adelnauer Landrat Gustav Gnadenfroh von ähnlicher Bedeutung. Gnadenfroh kam aus dem brandenburgischen Neuruppin, hatte in Berlin Jura studiert und war in den Staatsdienst eingetreten. Leider waren seine Noten nicht gut genug gewesen, um in Berlin in einem der wichtigen Ministerien unterzukommen, und nicht einmal für den Niederrhein hatte es gereicht. Als man ihn über seine letzte Versetzung informiert hatte, war zunächst Freude bei ihm aufgekommen, denn er hatte Adenau verstanden, und das lag in der Provinz Rheinland, wo sich nicht nur trefflich Karriere machen ließ, sondern die Nähe zu Frankreich auch vielerlei Genüsse versprach. Doch Adelnau ... nur einen Steinwurf von Polen entfernt – mein Gott. So schneidig er sich gab, so weich war er, und wenn ihn seine Frau nicht in die Mangel genommen hätte, wäre er als Selbstmörder begraben worden. Seine Waffe hatte schon durchgeladen in der Schublade gelegen.

Ein wichtiger Mann, wenn auch von ganz anderer Ausrichtung als die beiden zuerst genannten Herren, war der Arzt Dr. Richard Dramburger, 1801 in Berlin zur Welt gekommen. Dort hatte er im März 1848 auf den Barrikaden am Alexanderplatz gekämpft und war nach dem Sturm auf das Zeughaus Richtung Osten geflüchtet, um sich General Wrangel und dessen Kavallerie zu entziehen. In einem Nest wie Adelnau zu praktizieren war allemal besser, als eine langjährige Strafe auf der Festung Graudenz abzusitzen. Seine Frau war schon lange tot, seine Kinder lebten in den preußischen Rheinprovinzen – was blieb ihm da anderes als seine Bienen und sein Rotwein. Abgesehen von dem schönen Gefühl, ab und an einem Menschen das Leben gerettet zu haben. Manchmal aber wäre es wohl besser gewesen, dies zu unterlassen, denn auch im Kreise Adelnau gab es eine Menge Widerlinge und Kotzbrocken. Dass er von den Behörden als Jude geführt wurde, interessierte ihn wenig, denn recht eigentlich war er Atheist und empfand jedwede Religion als Volksverblödung.

Das hörte sein Nachbar zur Rechten bei aller Toleranz nicht eben gerne, schließlich war er Rabbiner in Ostrowo. Veitel Ungar, geboren 1793, kam aus Galizien, wo sich der Chassidismus seit 1750 stark ausgebreitet hatte. Er war aber jedem kabbalistischen Mystizismus abhold und zählte sich zu den Anhängern der jüdischen Haskala, der Aufklärung, wie sie von Moses Mendelssohn personifiziert wurde. 1846 hatte er sich mit anderen reformorientierten Rabbinern in Breslau getroffen. Immer wieder klagte er darüber, an zwei Fronten kämpfen zu müssen: gegen die traditionalistischen Glaubensbrüder, die um die Reinheit des Judaismus und den Zusammenhalt des jüdischen Volkes fürchteten, und gegen alle Deutschen, die sich der Emanzipation der Juden widersetzten. Dass der Ewige ihn nach Ostrowo befohlen hatte, empfand er als arge Strafe, und oft hatte er den 7. Vers des 6. Psalms im Sinn: Matt bin ich in meinem Seufzen, ich mache schwimmen in jeglicher Nacht mein Bett, mit meinen Tränen mein Lager zerfließen.

Raphael Kempinskis engster Freund aber war der Raschkower Apotheker Eduard Schlüsselfeld, rund vierzig Jahre wie er und evangelisch getauft, was in Posen einen gewissen Seltenheitswert besaß. Seine Vorfahren kamen aus der Nähe von Ansbach und hatten sich schon immer als waschechte Preußen gefühlt. Als die Provinz Posen 1815 an Preußen gefallen war, hatte sich sein Vater aufgemacht, um jenseits der Oder eine neue Heimat zu finden. Die alte war ihm zu eng geworden. Er sah sich als Kämpfer – für die Germanisierung der Provinz Posen, gegen den vorherrschenden Katholizismus. Eduard Schlüsselfelds Statur aber hatte wenig Germanisches an sich, denn er war ein fast zwergwüchsiger kahlköpfiger Pykniker, dessen mächtiger Bauch jeden Knopf vom weißen Kittel sprengte, mochte das Mädchen ihn auch noch so fest angenäht haben.

Die Kinder saßen natürlich an einem Extratisch, doch Berthold Kempinski hatte die Rolle des Mundschenks übernommen, und so konnte er die Tafel ständig umrunden und lauschen, was die Erwachsenen so redeten.

Landrat Gnadenfroh hielt eine Eloge auf Bismarck. »Ohne ihn hätten sich die Deutschen vor den österreichischen Karren spannen lassen und gegen Russland mobil gemacht. Dann wäre der Krimkrieg auch zu uns nach Posen gekommen und hätte Raschkow verwüstet. Ich hebe mein Glas auf sein Wohl. Und auf das der Hohenzollern.«

»Bismarck mag ja noch angehen«, wandte Dr. Dramburger ein. »Aber die Hohenzollern ... Es ist schon ein Elend, wie Friedrich Wilhelm IV. ein modernes und demokratisches Deutschland verspielt hat. Lehnt der Mann die Kaiserkrone ab! Ungeheuerlich. Man munkelt in Berlin, er sei geisteskrank.«

Gnadenfroh fuhr auf.»Ich muss mir das verbitten!«

Raphael Kempinski lachte.»Ja, das musst du, Gustav, sonst wird dich der Teufel holen, der Manteuffel.« Damit spielte er auf die Gesinnungsprüfung für Beamte an, die der preußische Ministerpräsident Otto Freiherr von Manteuffel nach der Märzrevolution von 1848 durchgesetzt hatte.

Die Männer diskutierten noch einige Zeit über die Deutsche Frage und waren einheitlich der Meinung, dass die nächsten Jahrzehnte vom Kampf zwischen Preußen und Österreich um die Vorherrschaft in Deutschland gekennzeichnet sein würden.

»Das wird nicht ohne Krieg abgehen«, sagte Friedrich Wilhelm von Kraschnitz.»Aber Preußen wird siegen, und die deutschen Staaten werden nicht umhinkönnen, sich Preußen anzuschließen – und es wird ein Deutsches Kaiserreich geben. Mit Berlin als Hauptstadt.«

Berthold Kempinski hatte als Kind geglaubt, die Erde sei eine kleine Scheibe um Raschkow herum. Auf der einen Seite reichte sie bis zur Stadt Posen, auf der anderen bis nach Breslau. Dahinter kam der Rand, und man fiel in die Hölle, sollte man weitergehen. Erst langsam hatte er begriffen, dass die Scheibe viel größer war, und nicht Raschkow war ihr Mittelpunkt, sondern Berlin. Mit zwölf Jahren wusste er natürlich, dass die Erde eine Kugel war, und wenn die Erwachsenen nun davon sprachen, dass Berlin in den nächsten hundert Jahren der Nabel der Welt werden würde, sah er sich darin bestätigt. Aus dem Geschichtsunterricht wusste er, dass jeder Bürger des gewaltigen Römischen Reiches sein Glück nur in Rom selber finden konnte. Wer anderswo lebte, der lebte nicht eigentlich. Und im Deutschen Kaiserreich würde es nicht anders sein. Entweder man ging nach Berlin, oder man verschlief sein Leben. Er nahm es als Omen, dass Berlin und sein Vorname die ersten drei Buchstaben gemeinsam hatten.

Veitel Ungar, über drei Ecken mit den Kempinskis verwandt, kam das Stichwort Berlin sehr gelegen, und er berichtete von seinem jüngsten Besuch in der preußischen Residenz.

»Sie haben letztes Jahr den Tempel der Jüdischen Reformge-meinde in der Johannisstraße geweiht, und mein Freund Samuel Holdheim ist erster Rabbiner geworden. Die Liberalen wollen in der Oranienburger Straße eine riesige neue Synagoge bauen.«

Dr. Dramburger winkte ab. »Sollen sie lieber Fabriken bauen, das bringt mehr Segen für alle, Lokomotivfabriken vor allem, da-mit wir endlich eine Eisenbahn nach Raschkow kriegen, auch ge-gen den Widerstand unserer Gräfin. Wenn man in fünf Stunden in Berlin sein könnte ...«

Berthold Kempinski erhoffte sich nichts sehnlicher. Gleichzei-tig hatte er Angst vor Berlin. Das war ein Moloch, der ihn ver-schlang. Wie hieß es immer: Der Mensch versuche die Götter nicht. Wenn er sich irgendwo zurechtfinden und durchs Leben schlagen konnte, dann vielleicht in Adelnau und Ostrowo, vielleicht auch noch in Breslau, aber nie und nimmer in Berlin.

Die Runde fragte den Rabbiner, was es denn in Berlin Neues gäbe.

»Nu, sie haben da Säulen auf den Straßen.«

»Ja, Kotsäulen«, rief Raphael Kempinski. »Von den vielen Hun-den.«

»Nein, mit Reklame drauf.«

»Für Hundefutter?«

»Wirst du mich wohl ausreden lassen! Hohe Säulen aus Blech, die ein Herr Litfaß aufstellt, damit man Plakate drauf anschlagen kann.«

»Und was ist drin?«

»Was soll drin sein? Luft.«

»Keine Bedürfnisanstalt?«

»Nein. Die Pissoirs stehen daneben, sehen aus wie antike Rund-tempel und haben eine Palmettenbekrönung.«

Berthold Kempinski konnte es nicht fassen. In Berlin erleich-terten sie sich nicht in hölzernen Buden, sondern in kleinen Tem-peln. Was für eine herrliche Stadt musste das sein!

Friederike Gnadenfroh bemühte sich nun, das Niveau der Ta-felrunde wieder etwas zu heben, und fragte, ob denn jemand schon den neuen Roman von Joseph Victor von Scheffel gelesen habe.

Nein, den Roman *Ekkehard* kannte niemand, Friedrich Wilhelm von Kraschnitz nutzte aber die Gelegenheit, um auf Gustav Freytag und dessen neuestes Werk *Soll und Haben* hinzuweisen. »Den Freytag kenne ich noch aus der Zeit, als er Privatdozent an der Universität in Breslau gewesen ist. Bis 1847, glaube ich. Jetzt sitzt er in Dresden, und sein Freund Ernst II. von Sachsen-Coburg und Gotha hat ihn zum Hofrat gemacht.«

Veitel Ungar verzog das Gesicht. »*Soll und Haben* ist ein übles Machwerk und sollte vom König verboten werden, weil es Hass und Zwietracht sät. Der deutsche Kaufmann wird bei ihm als tüchtig und redlich, der jüdische als faul und betrügerisch dargestellt, und die polnische Landbevölkerung erscheint als eine Schar von halbwilden Barbaren.«

»Ich habe gehört, dass es ihm nur um das aufstrebende deutsche Bürgertum geht«, sagte Landrat Gnadenfroh. »Daran kann ich nichts Verwerfliches finden. Und wenn ich an unseren polnischen Hausmeister, den Kadschinsky, denke, dann kann ich ihm so unrecht nicht geben. Der zieht eine derartige Wodkafahne hinter sich her ...«

»Auf meine Polen lasse ich nichts kommen!«, rief da von Kraschnitz. »Das bin ich meinem Freund Antoni schuldig.«

Fürst Anton Heinrich Radziwiłł, geboren 1775 in Wilna, entstammte dem reichsten und mächtigsten Adelsgeschlecht der ersten Polnischen Republik, hatte in Göttingen studiert und war an den preußischen Hof gekommen, wo er 1796 Prinzessin Luise Friederike von Preußen geheiratet hatte, die Nichte Friedrichs des Großen und Schwester des von allen angebeteten Prinzen Louis Ferdinand. 1815, als das Posener Gebiet als Großherzogtum an Preußen gefallen war, kam er als preußischer Generalleutnant und Statthalter des Königs nach Posen und bemühte sich um die Versöhnung von Polen und Deutschen. Mit dem Ausbruch des Novemberaufstandes in Kongresspolen war dieser Traum aber ausgeträumt, zumal sein Bruder Michał den Oberbefehl über die aufständischen polnischen Truppen innehatte. 1831 war das Ende der Posener Statthalterschaft gekommen, 1833 starb Radziwiłł in Berlin.

»Begraben ist er aber im Dom zu Posen«, sagte von Kraschnitz.
»Und oft genug pilgere ich dorthin.«

»Posen ist eine Totgeburt«, sagte Schlüsselfeld. »Polen und Deutsche sollten getrennt leben und wirtschaften.«

»Wir Juden sind doch die verbindende Klammer«, rief Veitel Ungar.

»Und der ungarische Wein«, fügte Raphael hinzu.

»Nicht zu vergessen: das deutsche Beamtentum.« Das zu betonen, konnte sich der Landrat nicht nehmen lassen.

»Ausgerechnet Sie mit Ihrem Kastengeist!«, protestierte Dr. Dramburger. »Immer neue Heerscharen von Beamten schickt Berlin nach Posen und verschärft damit nur die Trennung der Gesellschaftsklassen.«

»Das Deutsche wird sich alsbald durchsetzen«, sagte Schlüsselfeld, »denn der Deutsche hat die überlegene Technik. Gerade hat Robert Wilhelm Bunsen herausgefunden, wie man mit Hilfe der Elektrolyse Aluminium herstellen kann.«

Berthold Kempinski wurde vom Vater in den Keller geschickt, um neuen Wein zu holen. Ihm schien, dass die Erwachsenen die Welt nur ertragen konnten, wenn sie tranken. Somit hatte derjenige, der mit Weinen handelte, immer ein gutes Auskommen.

Irgendwie lag es ihm im Blut. Schon als Siebenjähriger hatte Berthold Kempinski nichts lieber als Gasthof gespielt. Im Hof des väterlichen Haus stand ein alter Küchentisch, an dem man im Sommer hin und wieder speiste und an dem die Mutter und die größeren Kinder Brechbohnen schnipselten, die Steine aus Kirschen und Pflaumen pulten, rote und weiße Johannisbeeren von den Rispen streiften und Kartoffeln schälten. War dieser Tisch einmal frei, stibitzte er sich ein altes Bettlaken, um es als Tischdecke zu nutzen, und schaffte angestoßene Teller und Gläser herbei, auch verbogene Gabeln und Löffel und stumpfe Messer. Dann war er Gastwirt, Koch und Ober in einem und brachte seinen Gästen alles, was deren Herz begehrte.

»Für mich bitte den Hirschbraten mit Preiselbeeren und den passenden Rotwein dazu«, verlangte Moritz, sein älterer Bruder.

Berthold beeilte sich, alles so schnell wie möglich zu servieren. Ein Stück dunkles Brot wurde zum Hirschbraten, ein Klacks Kirschmarmelade kam als Zierde hinzu. Die Salzkartoffeln waren sogar echt und vom Mittagessen übriggeblieben, auch der Kirschsaft, der den Rotwein ersetzte, konnte getrunken werden.

»Sind der Herr zufrieden?«, fragte Berthold.

»Sehr wohl.«

»Danke.« Berthold machte eine leichte Verbeugung.

Sein Freund Ludwig Liebenthal war weniger anspruchsvoll als Moritz und begnügte sich mit einer Erbsensuppe. »Die kann auch ohne Speck sein.«

»Nein, nicht doch, Sie sollen sich bei mir fühlen wie der Herr Baron von Kraschnitz. Also mit viel Speck.«

Die Suppe wurde aus Wasser, vorzeitig vom Baum gefallenen kleinen Kastanien, zerriebenen Blättern und Brennnesseln zusammengerührt, als Speck musste zerstückelte Kiefernborke dienen.

Ludwig Liebenthal, der ewig hungrig war, verzog das Gesicht. »Da ist ja nichts bei, was man wirklich essen kann.«

Berthold Kempinski zeigte sich bestürzt. »Oh, das tut mir unendlich leid, und ich bitte vielmals um Verzeihung. Kann ich Sie vielleicht milder stimmen, mein Herr, wenn ich Ihnen einen köstlichen Nachtisch und ein wohlschmeckendes Getränk serviere, ohne dass Ihnen das berechnet wird?«

Ludwig Liebenthal gab sich so hochnäsig wie der Landrat Gnadenfroh. »Ja, ich bitte darum.«

Berthold Kempinski ging in die Küche und erbettelte für den Freund aus dem Armenhaus eine Schale Grießpudding mit Kirschkompott und ein Glas mit Stachelbeersaft.

»Ich hoffe, Sie damit zufriedengestellt zu haben.«

»Sie hoffen nicht umsonst, mein Lieber.«

»Dann empfehlen Sie uns bitte weiter.«

Berthold Kempinski war glücklich, wenn die anderen zufrieden waren. Wie man sprach und wie man sich gab, hatte er sich bei den Festen abgesehen, die sein Vater hin und wieder veranstaltete, aber auch, wenn er von den Eltern ab und an in ein Restaurant mitgenommen wurde. Sein Vater belieferte viele Gaststätten im Landkreis Adelnau mit ungarischem Wein und mit Delikatessen vom Balkan und musste dementsprechend oft einkehren, um die geschäftlichen Kontakte zu pflegen.

Rosalie Kempinski freute sich über die Leidenschaft ihres jüngsten Sohnes und hätte ihn im späteren Leben gern als Gastwirt gesehen, der Vater aber war davon weniger begeistert. »Der Junge hat mehr im Kopf, als den Leuten Lungenhaschee an den Tisch zu bringen, der soll einmal studieren und was Besseres werden, wie oft soll ich das noch wiederholen, ein richtiger Arzt.«

Aus der Stadt Posen hatte man den Kommissarius Wilhelm Owieczek nach Raschkow geschickt, um den Mord an dem Regierungsreferendarius Sigismund von Schecken aufzuklären. Owieczek war 45 Jahre alt und voller Ehrgeiz, obwohl ihm ein Asthmaleiden die Karriere zu verbauen drohte. Bei den Ulanen hatte man ihn deswegen aussortiert. Wegen seiner Figur, die man schwerlich noch als untersetzt bezeichnen konnte, und seines ständigen Schnaufens hieß er bei seinen Kollegen nur »das Dampfross«.

Schnell hatte sich seine Anwesenheit herumgesprochen, aber obwohl viele Raschkower seine Nähe suchten, um ihre Bedeutsamkeit zu unterstreichen, tappte er auch nach drei Tagen intensiven Nachforschens noch immer völlig im Dunkeln. Neider und persönliche Feinde schien von Schecken nicht gehabt zu haben, zumal er erst zwei Wochen zuvor als Revisor in die Stadt gekommen war. Notizen hatte sich von Schecken keine gemacht, und Owieczek waren auch keinerlei Gerüchte zu Ohren gekommen, dass der Stadtkämmerer und der Bürgermeister vielleicht Gelder unterschlagen haben könnten, was ein Mordmotiv gewesen wäre. Die Deutschen hingegen flüsterten, dass die Polen es getan hätten, um ein Zeichen zu setzen: Noch ist Polen nicht verloren, und wir werden uns niemals mit der Fremdherrschaft in Posen abfinden. Doch auch hier verlief jede Spur im Sande. Lange hatte er einen gewissen Pjotr Klodzinski aus Ostrowo in die Mangel genommen, doch dessen Alibi war nicht zu erschüttern gewesen: Zur Tatzeit hatte er bei Friedrich Wilhelm von Kraschnitz gesessen und Rotwein getrunken. Zeugenaussagen gab es keine, fest stand nur, dass Sigismund von Schecken mit einer Axt erschlagen worden war und Berthold Kempinski seine Leiche gefunden hatte. Der Knabe war der Einzige, an den sich Wilhelm Owieczek halten konnte.

Und so war es nicht verwunderlich, dass Berthold auch an diesem Nachmittag wieder Besuch vom Kommissarius bekam.

»Junge, überleg' doch noch einmal ganz genau, wem du ...«, Owieczek musste kurz abbrechen, weil ihm die Luft wieder einmal knapp zu werden drohte, »... wem du beim Gang zum Referendarius alles begegnet bist.«

»Nur dem Lehrer Hohensee.«

»Ach, das ist doch ein alter Mann, der kann doch keine Kraft mehr haben, eine Axt zu schwingen.«

»Wenn er uns mit der Haselrute haut, dann beißt das aber ganz schön«, wagte Berthold Kempinski einzuwenden.

»Ist er denn aus der Richtung gekommen, wo der Referendarius gewohnt hat?«

»Nein, aus der anderen.«

»Na, siehst du.« Owieczek starrte Berthold an. »Und wenn du nun selber ... Die Kraft hättest du wohl trotz deines Alters.«

Berthold Kempinski erstarrte. »Warum sollte ich denn ...«

»Na, vielleicht braucht ihr Blut zu Hause, damit euer Wein eine bessere Farbe bekommt und nicht mehr so sauer schmeckt.« Owieczek lachte so dröhnend, dass ein Asthmaanfall die Folge war.

Kapitel 2
1861

Im Jahre 1845 hatte König Friedrich Wilhelm IV., der Ostrowo von Besuchen bei seinen Verwandten, den Radziwiłłs in Antonin, gut kannte, der Gemeinde die Gründung eines katholischen Gymnasiums huldvoll genehmigt. Das war eine Sensation, denn die gesamte Provinz Posen konnte nur drei solcher Lehranstalten aufweisen, und lockte in die bisher von Kaufleuten, Beamten und Handwerkern dominierte Stadt eine Schar von hochgebildeten Leuten, die Professoren am Gymnasium wurden, unter ihnen Antoni Bronikowski, der ein bedeutender Hellenist war und Schriften von Platon, Herodot und Thukydides übersetzt hatte, oder Jan Baptysta Piegsa, Mathematiker und Naturwissenschaftler, der 1848 im Frankfurter Parlament gesessen hatte.

Einer der weniger bekannten Professoren war Wilhelm Lagow, 1818 in Breslau geboren und dort auch aufgewachsen. Nach dem Studium an Universität und Lehrerseminar hatte er sich überreden lassen, der besseren Karrierechancen wegen nach Ostrowo zu gehen. Zugleich hatte er gehofft, in der Ruhe einer Kleinstadt mehr Zeit für seine Gedichte und Romane zu haben. Er fühlte sich als Erbe der Zweiten Schlesischen Dichterschule und strebte in seinen Werken nach der Lieblichkeit des Ausdrucks und nach galanter Schreibart.

Deutsch und Latein unterrichtete er, und besonders im ersten Fach schmerzte es ihn, den von Berlin und Posen vorgegebenen Lehrplan einhalten zu müssen. Goethe natürlich. Nicht dass er den hasste, das wäre eine Art Gotteslästerung gewesen, aber es schmerzte ihn schon, dass alles andere in seinem Schatten verkümmerte.

»Bitte schlagen Sie auf: *Faust,* ab 1335 – *Faust:* ›*Nun gut, wer bist du denn?*‹ Dort weiter ... Kempinski!«

Schnell hatte der die angegebene Zeile gefunden. »*Mephistopheles: Ein Teil von jener Kraft,/Die stets das Böse will und stets das Gute schafft.*«

Berthold Kempinski hatte keinerlei Mühe, den Anforderungen des Ostrower Gymnasiums in vollem Maße zu genügen. Ohne Mühe schaffte er es, in allen Fächern zu den besten Schülern zu gehören, und bei entsprechendem Ehrgeiz hätte er es auch zum Primus gebracht, aber im Zweifelsfalle zog er es vor, mit Freunden Karten zu spielen und in einem der nahen Teiche oder im Olobok zu schwimmen, als Vokabeln zu lernen und sich mathematische Formeln einzuprägen.

»Ja, gut.« Professor Lagow sprach nun wieder den Faust: »*Was ist mit diesem Rätselwort gemeint?* Klodzinski, fahren Sie fort.«

»*Mephistopheles: Ich bin der Geist, der stets verneint!/Und das mit Recht; denn alles, was entsteht,/Ist wert, dass es zugrunde geht.*«

Witold Klodzinski, fast gleichaltrig mit ihm, saß in der Klasse rechts neben Berthold Kempinski. Er war Pole und in Ostrowo auf die Welt gekommen. Sein Vater besaß eine Ziegelei und galt als Deutschenhasser, jedenfalls mied er privaten Kontakt mit ihnen und gehörte mehreren Bünden an, die teils offen, teils konspirativ für die Wiederherstellung des polnischen Nationalstaates kämpften. Auch Witold träumte von einem neugeschaffenen Königreich Polen und davon, dass man die Preußen rauswarf aus Posen, nannte aber ungeachtet dessen Berthold Kempinski seinen besten Freund, denn die Juden sah er als eigenes Volk und zählte sie nicht zu den Deutschen. Beide zusammen galten als unschlagbar, denn Berthold war pfiffig und den Klassenkameraden intellektuell weit voraus, während Witold ungemein kräftig gebaut war und so geschickt mit seinen Fäusten umzugehen wusste, dass er es im Zweikampf mit jedem Primaner aufnehmen konnte.

Lagow sah seine Schüler an. »Wie kann man Böses schaffen und dadurch Gutes bewirken, wie soll das angehen?«

Berthold Kempinski meldete sich und bekam das Wort. »Bei

uns in Raschkow, der Mord am Regierungsreferendarius von Schecken ...«

»Können wir bitte vollständige Sätze bilden!«

»Bei uns in Raschkow hat die Ermordung des Regierungsreferendarius von Schecken dazu geführt, dass die Menschen, die sich vorher spinnefeind waren, in ihrem Abscheu und ihrer Empörung über diese Tat enger zusammengerückt sind, gleichviel, ob nun Deutsche, Polen oder Juden.«

»Sehr gut, Kempinski!« Der Professor vermerkte eine Eins in seinem Notenbüchlein. »Das Verbrechen, das Böse, eint also die aufrechten Gemüter und erinnert zugleich an das Gebot *Du sollst nicht töten*, bewirkt also auch dadurch Gutes. Da haben wir also ein treffliches Beispiel für Goethes These. Aber wie ist es mit: *Denn alles, was entsteht,/Ist wert, dass es zugrunde geht*? Wie lässt sich das interpretieren und mit einem Beispiel belegen?«

Mehrere Wortmeldungen erfolgten, er entschied sich für Witold Klodzinski.

Dessen Augen blitzten. »Die preußische Provinz Posen, Herr Professor! Sie ist es wert unterzugehen.«

»Ich verbitte mir das!«, rief Lagow.

Doch Klodzinski war nicht so schnell zum Schweigen zu bringen und konterte mit der nachfolgenden Zeile aus dem *Faust*: »Steht doch hier: *Drum besser wär's,/dass nichts entstünde.*«

Der Pedell schwang die Glocke, um zur Pause zu läuten, und beendete das Gefecht im Klassenzimmer der Unterprima.

Ostrowo sollte erst 1887 Kreisstadt werden, aber bereits im Jahre 1861 war es bedeutender als Adelnau, zu dessen Kreis es offiziell gehörte, denn die meisten Kreisbehörden – so Landrat, Katasteramt, Standesamt und Kreisgericht – hatten ihren Sitz in Ostrowo. Das konnte man in gewisser Weise als Wunder werten, denn 150 Jahre zuvor, genau gesagt, 1711, hatten die Bürger, zumeist Ackerbürger, geplagt von der Pest und großen Bränden, die Annullierung der Stadtrechte beantragt, weil sie sich nicht mehr in der Lage sahen, ihre Steuern zu bezahlen. Aber auch vorher konnte von großer Blüte nicht die Rede sein, denn Ostrowo stand im Schatten der alten, reichen und ziemlich unbeliebten Nachbarstadt Kalisch und war nur eine bessere Karawanserei an der wichtigen Handelsstraße Breslau–Kalisch–Thorn. 1714 erfolgte dann die Neugründung der Stadt durch ihren neuen Eigentümer, Jan Jerzy Przebendowski, den Großschatzmeister von Polen. Mit neu ins Land geholten Siedlern ging es aufwärts. Ein Fünftel der Einwohner waren Deutsche, die 1778 eine Fachwerkkirche errichteten. Nach 1815 gaben sich die Preußen alle Mühe, Ostrowo zu einer Vorzeigestadt zu machen, denn bis nach Kalisch, das schon zu Kongresspolen gehörte, mithin also zum russischen Zarenreich, waren es nur 21 Kilometer. Aus der Ackerbürger- wurde eine Handelsstadt mit preußisch-wilhelminischem Gepräge und sich ansiedelnder Industrie. Tuchwebereien gab es, Ziegeleien, eine Dampf- und eine Schneidemühle. Man glaubte an den Fortschritt und begann gerade mit dem Bau eines Amtsgerichtes mit angeschlossenem Gefängnis. Angedacht waren ein Gaswerk, eine repräsentative Kaserne für das 37. Infanteriebataillon und die 1. Eskadron Ulanen, eine Synagoge, ein Waisenhaus und eine neue katholische Stadtpfarrkirche. Auch um einen Eisenbahnanschluss bemühte man sich, doch es sollte noch bis 1875 dauern, bis die Gleise nach Posen und Kreuzburg befahren werden konnten. Etwa sechzig Prozent der Einwohner waren Polen, dreißig Prozent Deutsche und zehn Prozent Juden.

Raphael Kempinski war es dank seiner vielen Kontakte gelungen, für seinen Sohn ein kleines Zimmer am Ostrowoer Ring zu mieten, von dem aus Berthold einen herrlichen Blick auf Markt und Rathaus hatte. Der hatte sich außerstande erklärt, die zehn Kilometer, die es auf der Landstraße von Raschkow nach Ostrowo waren, jeden Morgen und jeden Abend zu Fuß zurückzulegen, da wäre er ja insgesamt vier Stunden unterwegs. Moritz hatte gemeint, dies sei einem gesunden Mann durchaus zuzumuten und Soldaten marschierten vierzig bis fünfzig Kilometer am Tag, ohne zusammenzubrechen. »Gelobt sei, was hart macht!« Sein Vater hatte zum Glück Mitleid mit Berthold gehabt und überlegt, einen Fuhrmann anzuheuern. Dies wäre aber ungleich teurer gekommen, als das Zimmer bei der Witwe Jastrau zu mieten.

Berthold Kempinski litt einerseits unter der Trennung von seiner Familie, denn die war sein Ein und Alles, andererseits aber war es auch schön, der Knute seines großen Bruders und dem dauernden Geschrei der kleineren Geschwister entkommen zu sein.

Wilhelmine Jastrau, die langsam auf die sechzig zuging, hätte man glattweg für eine englische Gouvernante halten können. Sie kam aber nicht aus Lancester, sondern aus dem ostfriesischen Leer, das zur preußischen Provinz Hannover gehörte. Ihr Vater hatte dort ein gehobenes Hotel betrieben und während der Manöver auch gern die Herren Offiziere beherbergt. So hatte Wilhelmine Jastrau ihren Mann kennengelernt. Leider keinen Mann von Adel, aber immerhin. So groß war die Liebe gewesen, dass sie ihm sogar ans Ende der Welt gefolgt war, nach Posen. Nach seinem Tode war sie der Kinder wegen in der Gegend geblieben.

Gern bekochte sie Berthold, und kam der am frühen Nachmittag aus der Schule, stand schon das Essen auf dem Tisch. Dabei bemühte sich die Offizierswitwe, ein Ambiente zu schaffen, das sie an die Zeiten erinnerte, in denen sie mit ihrem Mann in den ersten Häusern am Platze gespeist hatte.

»Damals in Berlin … ach ja … die zauberhafte Conditorei von Fuchs, wo die hellen Gaslaternen durch Tausende von facettierten Spiegeln ein Lichtermeer ausgießen … das Delicatessenlocal von Dünnwald am Brandenburger Tor, wo man die erlesensten Weine genießen kann …«

»Wie ist es denn in Berlin generell mit den Weinen bestellt?«, fragte Berthold Kempinski, während er sich daranmachte, die erste Scheibe seiner gebratenen Blutwurst auf die Gabel zu spießen. War er am Wochenende in Raschkow, konnte er Moritz mit seinem Wissen ein wenig ärgern.

»Bier ist die Hauptsache, dann kommt der Branntwein und erst an dritter Stelle der Wein. In den großen Delicatessenhandlungen findet man natürlich welchen. Fast jede Weinhandlung hat ihre bestimmten Stammgäste, die dem Charakter der Gegend entsprechen, in der sie liegt. Lutter ist der Sammelplatz der Hofschauspieler, Rähmel sieht großenteils den mittleren Beamtenstand bei sich, der den Aktenstaub hinwegschwemmen muss, Gerold gehört den Aristokraten, für die nur gut ist, was viel kostet, Dedel dem Bonvivant jeder Klasse und Habel dem Geschäftsmann. Als mein Mann in Berlin stationiert war, haben wir Habel bevorzugt, um den großen Devrient leibhaftig vor uns zu haben.«

Durch Wilhelmine Jastrau wurde Berlin für Berthold Kempinski zu einem El Dorado des Savoir-vivre. Obwohl es ihm schwerfiel, stellte er sich vor, ein großer Arzt an der Charité zu sein. Jeden Abend saß er dann bei Dedel und genoss seinen Schoppen.

»Von wem haben Sie denn diesen Tokaji Aszú bezogen?«

»Von Moritz Kempinski.«

»Dann sagen Sie ihm bitte, dass er dieses fürchterliche Bonbonwasser gleich in den Ausguss schütten möge.«

Wie er als Junge zu Hause Gastwirt gespielt hatte, so spielte seine Wirtin jetzt feines Hotel und servierte ihm seine Suppe, sein Hauptgericht und seinen Nachtisch wie einem Kommerzienrat.

»Bei uns zu Hause in Leer haben wir uns immer bemüht, den Gästen das Gefühl zu geben, wir führten eine raffinierte Küche à la française, wie sie in Berlin in den großen Hotels zu finden ist. Die Table d'hôtel bei Meinhardt, im Hôtel St. Petersburg oder im Hôtel du Nord lässt wirklich nichts zu wünschen übrig.«

Berthold Kempinski fand es herrlich, auf diese Weise verwöhnt zu werden. Das Leben liebte ihn, und er liebte das Leben. Nur manchmal kamen kleine Störgefühle auf, so zum Beispiel, wenn Veitel Ungar auftauchte, um mit ihm zu reden. Doch es war unmöglich, diesen einfach abzuweisen, wenn er bei der Witwe Jastrau vorbeikam, um ihn zu einem kleinen Spaziergang abzuholen.

»Der Ewige möge mein Elend sehen und mich erretten.« Wie immer sang der Rabbiner seine Klagelieder. »Dauernd säe ich mit Tränen, aber nie darf ich mit Freuden ernten.«

Berthold Kempinski ärgerte das ewige Jammern über das gottverlassene Posen, das nicht nur bei Ungar, sondern auch bei vielen andern in Raschkow, Adelnau und Ostrowo nie verstummen wollte. Was sollte denn aus der Menschheit werden, wenn alle nach Paris, London und Berlin zogen, dann brach doch alles zusammen! Über den ganzen Erdball mussten sich die Menschen verteilen, wollten sie in Frieden und im Wohlstand leben.

Als er Veitel Ungar dies vortrug, lachte der nur. »Und selber träumst du ständig von Berlin, oder zumindest von Breslau.«

»Träumen ist ja etwas anderes.«

»Im Tagtraum probt man immer Künftiges«, hielt ihm Veitel Ungar entgegen.

Als sie am Ufer des Olobok saßen und er dem Rabbiner erzählte, dass sie in der Schule gerade den *Faust* durchnahmen, fragte Veitel Ungar mit leicht inquisitorischem Unterton: »Nun sag, wie hast du's mit der Religion?«

Berthold Kempinski war es peinlich, darüber zu reden, und um sich mit Anstand aus der Affäre zu ziehen, flüchtete er sich in das, was Goethe gedichtet hatte: »*Der Allumfasser,/Der Allerhalter,/Fasst und erhält er nicht/Dich, mich, sich selbst?*« Hier wusste er nicht weiter und musste einige Zeilen überspringen. »*Nenn es dann, wie du willst,/Nenn's Glück! Herz! Liebe! Gott!/Ich habe keinen Namen/Dafür! Gefühl ist alles.*«

Bei aller Liberalität, das war eine Antwort, die dem Rabbiner nicht so recht gefallen konnte. »Man merkt, dass ihr keine Synagoge habt bei euch in Raschkow. Ich hoffe nur, ihr habt die Bräuche alle eingehalten?«

»Ja, natürlich«, rief Berthold Kempinski, obwohl dies nur bedingt stimmte. Sie waren als Juden nicht anders als die meisten Christen und ließen, wie Eduard Schlüsselfeld immer sagte, im Allgemeinen den lieben Gott einen guten Mann sein. Pessach, Sukkot, Rosch Haschana, Jom Kippur, die großen Feiertage wurden im Hause Kempinski schon beachtet, ja, aber alles blieb recht oberflächlich.

Veitel Ungar spürte das genau und zitierte aus dem 1. Psalm: »Heil dem Manne, der nicht wandelt im Rate der Frevler, und auf dem Wege der Sünder nicht stehet und im Kreise der Spötter nicht sitzet, sondern an der Lehre des Ewigen seine Lust hat.«

Berthold Kempinski schwieg, denn zum Thema Lust fielen ihm nur der Wein seines Vaters und der Leib Luise Liebenthals ein.

Krojanke biss mit einem so lustvollen Stöhnen in sein Wurstbrot, dass die Leute, die sich in der Nähe seines Standes aufhielten, amüsiert herüberblickten.

»Na, schmeckt's?«, fragte der Gendarm, der gerade dabei war, einen Stoffhändler wegen seines übergroßen Tisches zurechtzuweisen.

»Ja, danke, Blutwurst ist gesund.«

Warum er das glaubte, verschwieg Krojanke, denn er hatte seine Wurst selbst gemacht – und zwar aus dem Blut und den Innereien eines polnischen Gleisbauarbeiters, der auf dem Weg nach Lissa gewesen war, wo sie mit dem Bau der Eisenbahnstrecke nach Breslau beginnen wollten. Franciszek. Ein wahrer Herkules. Krojanke hatte mit seiner Spitzhacke zweimal zuschlagen müssen, um ihn zu töten. Von hinten auf den Kopf. Aß er von Franciszeks Fleisch, ging dessen Kraft auf ihn über. Er spürte es schon nach dem ersten Bissen.

Der zweite blieb ihm allerdings im Halse stecken, denn vor ihm stand plötzlich der Kommissarius Wilhelm Owieczek. Dass der ihn in ganz Posen jagte, wusste Krojanke schon lange. Sollte es heute so weit sein? Um Zeit zu gewinnen, griff er zur Wasserflasche. »Mit vollem Mund soll man nicht ...«

»Ja, trinken Sie mal erst in aller Ruhe«, sagte Owieczek.

Krojanke tat es, wischte sich mit dem Handrücken über den Mund und schielte auf die Hände des Kriminalen, ob der schon die Handschellen hervorholte. »Womit kann ich dienen, der Herr?«

Jetzt kam der entscheidende Augenblick, und Krojanke überlegte, ob er sich kampflos ergeben oder zu einer der Äxte greifen sollte, die vor ihm ausgebreitet lagen. Owieczek niederschlagen und fliehen. Bis zur russischen Grenze war es nicht weit, und Russland war groß.

»Tja ...« Owieczek schien unschlüssig zu sein. »Wie ist Ihr Name?«

»Karl Krojanke aus Obersitzko.«

Owieczek lachte. »Obersitzklo, schöner Ortsname. Sie kommen doch viel herum, Krojanke.«

»Als fliegender Händler muss man viel herumkommen.«

»Sagen Sie, sind Ihnen diese Individuen hier einmal untergekommen?«

Damit holte der Kommissarius einen kleinen Stapel von Steckbriefen hervor und hielt sie ihm hin. Krojanke konnte nicht verhindern, dass seine Finger zitterten, als er die Steckbriefe durchging. Wenn er darunter war, dann … Um Owieczek abzulenken, rief er, dass er einen der Männer ganz genau wiedererkennen würde. »Den hier, denn kenne ich, das ist der Brody aus Czarnikau!«

»Danke!« Erfreut machte sich der Kommissarius Notizen.

»Und die anderen?«

»Nie gesehen.« Erleichtert gab Krojanke die übrigen Steckbriefe zurück. Sein Konterfei war nicht darunter.

»Na, dann …« Owieczek kaufte sich noch eine Nagelschere bei Krojanke, dann ging er weiter, um die anderen Marktleute zu befragen.

»Herrgott, ich danke dir«, murmelte Krojanke. Er konnte aufatmen. Frohgemut rief er denen, die über den Markt bummelten, seine Botschaften zu. »Neue Messer / schneiden besser! Nach 'ner Weile / braucht man auch in Ostrowo neue Beile! Nicht so hastig weitereilen, / kauft erst noch meine Feilen!« Er war mächtig stolz auf seine Reime. »Bäume an den Wegen / fallen schnell durch meine Sägen!«

Plötzlich verstummte er, denn auf den jungen Mann, der da vor ihm auftauchte, hatte er schon lange gewartet. Krojanke hatte, was seine einmal ausgeguckten Opfer betraf, ein phänomenales Gedächtnis, und so wusste er genau, wer jetzt vor ihm stand, um sich ein Taschenmesser zu kaufen: Das war dieser Berthold Kempinski aus Raschkow. Mit einer Schülermütze, die ihn als Unterprimaner auswies. Er hatte noch keinen Plan, um den jungen Mann in die Falle zu locken, aber irgendetwas würde sich schon finden. Hauptsache, man kam erst einmal ins Gespräch. Und da er die Kunst des Aushorchens meisterhaft beherrschte, hatte er bald herausbekommen, dass der Sohn des Weinhändlers am Sonnabend nach Schulschluss von Ostrowo nach Raschkow laufen wollte. Da war der Plan schnell gemacht: Mit dem Fuhrwerk hinterher, ihn ganz zufällig treffen und fragen, ob er nicht mitfahren wolle. Kein Mensch sagte da nein.

»*Proszę mówić nieco wolniej*«, sagte Witold Klodzinski so schnell er konnte und lachte dabei schallend.

Berthold Kempinski verzog das Gesicht. »Was ist denn daran so komisch?«

»Weil das heißt: Bitte sprechen Sie etwas langsamer.«

Immer wenn sie mit den Schularbeiten, die sie gern gemeinsam machten, fertig waren, versuchte sich der Freund als Polnischlehrer, denn Berthold fand, dass zumindest Grundkenntnisse in dieser Sprache nützlich waren, wollte man in Posen Geschäfte machen. Sein Vater hatte keine Lust, sie zu erlernen, denn Deutsch, Jiddisch und ein wenig Ungarisch reichten ihm, und sein Bruder Moritz war in dieser Hinsicht mehr als unbegabt. Da machte es sich gut, wenn Polen, die kein Deutsch sprachen, in den Laden kamen und er bei den Kaufverhandlungen zur Hilfe gerufen werden musste.

Witold Klodzinski war mit seiner Prüfung noch nicht am Ende.

»Rotwein?«

»*Wino czerwone.*«

»Sehr gut. Und Weißwein?«

»*Wino białe.*« Auch das kam wie aus der Pistole geschossen.

»Sehr gut, Kempinski! Man könnte Sie für einen echten Polen halten. Und: Geben Sie mir bitte …«

»*Proszę mi dać …*«

»Gut.« Witold Klodzinski sah auf die große Standuhr. »Wir sollten gehen, denn mein Vater könnte jeden Augenblick nach Hause kommen.«

Der sah es nicht gern, wenn Deutsche in seine Villa kamen. Um das auch allen klarzumachen, hing im Flur der Spruch: *Póki świat światem, Polak Niemcowi nie będzie bratem.* Nur zögernd war er Berthold übersetzt worden: Solange die Welt bestehen wird, wird der Pole niemals des Deutschen Bruder sein.

Seine enge Freundschaft zu Witold Klodzinski war das eine, das andere war Berthold Kempinskis Angst davor, dass sich die Polen in Posen eines Tages so gegen die Deutschen erheben würden, wie sie es 1830 und 1846 nebenan in Kongresspolen gegen die Russen getan hatten. Im ersten Falle, dem sogenannten Novemberaufstand, hatte der Sejm den Zaren für abgesetzt erklärt, und auf den Großfürsten Konstantin war ein Attentat verübt worden. Schlussendlich hatte die russische Armee den Aufstand blutig niedergeschlagen. Sechzehn Jahre später hatten sich polnische Intellektuelle in Krakau gegen die Besatzer erhoben, und die Bauern ringsum waren gegen ihre Grundherren vorgegangen. Wieder hatte die russische Armee eingegriffen, und die vormals freie Stadt Krakau war Österreich zugeschlagen worden.

Witold Klodzinski zeigte Richtung Osten, Richtung Kalisch und Lodz, und senkte die Stimme. »Man flüstert sich zu, dass es drüben bald wieder losgehen wird.«

Berthold Kempinski erschrak. »Und wird es bis zu uns herüberschwappen?«

Das Gesicht des Freundes verdüsterte sich. »Eines Tages wird auch Ostrowo wieder eine Stadt in Polen sein«, lautete die Prophezeiung.

»Das kann mir egal sein, da bin ich schon lange in Breslau.« Berthold Kempinski suchte, die Sache leicht zu nehmen.

»Jedes Volk hat das Recht auf einen eigenen Staat«, sagte Witold Klodzinski.

»Wir Juden haben ja auch keinen«, erwiderte Berthold Kempinski. »Man kann auch so glücklich und in Frieden leben.«

Jetzt wurde der Pole drastisch. »Ja, bis zur nächsten Judenverfolgung.«

»Nicht in Preußen!«, rief Berthold Kempinski.

»Nie was von Zionismus gehört?«, fragte Witold Klodzinski.

»Du meinst: Zynismus?«

»Nein, Zionismus – dass die Juden um Jerusalem herum wieder einen eigenen Staat haben.« Witold Klodzinski hatte von seinem Vater gehört, dass ein gewisser Moses Montefiore, erschüttert von den grausamen Judenverfolgungen im Russischen Reich, Pläne hegte, in Palästina Land von arabischen Großgrundbesitzern zu kaufen und es verfolgten russischen Juden zur Verfügung zu stellen. »Zionismus spielt an auf Zion, den Tempelberg in Jerusalem, und die Erwartung, dass die nach Babylon vertriebenen Juden wieder heimkehren zum Berge Zion.«

Berthold Kempinski interessierte das wenig. »Ich bin Deutscher, ich bin Preuße, und ich will nicht in Jerusalem leben, sondern in Berlin.«

»Ich weiß, als Arzt.«

»Nein. Seit ich damals den Regierungsreferendarius mit seinem eingeschlagenen Schädel gesehen habe ...« Berthold Kempinski schüttelte sich. Von Jahr zu Jahr wuchs sich dieser Anblick mehr und mehr zu einem Trauma aus. »Ich glaube nicht, dass ich es im Studium aushalten kann, wenn man Leichen öffnen muss.«

»Was willst du denn sonst nach der Schule machen?«

»Keine Ahnung. Mich treiben lassen. Es geschieht ja doch nur das, was einem vorbestimmt ist.«

Witold Klodzinski staunte. »Ich denke, du bist kein religiöser Mensch?«

Berthold Kempinski zeigte auf eine Zeitung, die am Boden lag. »Siehst du die Ameise, die da über den Leitartikel läuft?«

»Ja, wieso?«

»Die versteht von dessen Inhalt so wenig wie wir vom Sinn des Lebens und unseren Wegen.«

»Damit, Berthold, bleibt dir doch nur eins: im Leben zu scheitern.«

»Dann scheitere ich eben. Lieber fröhlich scheitern, als unfroh etwas Großes werden.« Einen Augenblick zögerte er, dann fügte er noch hinzu: »Am besten wäre es natürlich, man wird etwas im Leben und ist fröhlich dabei.«

Berthold Kempinski war kein großer Marschierer. Ihm reichte es, von der Dachstube in den Weinkeller zu laufen, das war Bewegung genug. Und nun die zehn Kilometer nach Raschkow. Erst kam Radlow, dann Jaskolki, schließlich Przybyslawice, ehe man die Türme von Raschkow erblickte. Immerhin hatte das Ganze den Vorteil, dass er Zeit hatte, um über alles nachzudenken.

Seiner Mutter ging es nicht gut. Sie war eine geborene Liebes und – nomen est omen – hatte etwas ungemein Liebes an sich. Sie war von einer unerschöpflichen Güte und Sorge, was ihre Kinder betraf. Er liebte auch ihren Vornamen, Rosalie, das ließ an eine wunderschöne Rose denken. Nun, leider Gottes war die Rose Rosalie früh am Welken, wie es neulich Dr. Dramburger formuliert hatte. Die vielen Geburten hatten sie früh altern lassen.

Was ihm auch immer wieder durch den Kopf ging, war die Frage, welchen Beruf er denn nun ergreifen sollte, schließlich ging im nächsten Jahr die Schulzeit zu Ende. Nach der Sache mit dem Regierungsreferendarius war er nicht mehr in der Lage, eine Leiche zu sehen, ohne zu kollabieren – wie sollte er da ein Medizinstudium durchstehen können? Nach der ersten Stunde in der Pathologie hätte man ihn aussortiert. Der nächste Wunsch seines Vaters ging in Richtung Jurisprudenz. Aber er hatte eine natürliche Abneigung gegen alle Rechtsverdreher. Und in den Staatsdienst kam er als Jude nicht. Auch in der Armee war er chancenlos, da machte eine Schwalbe, sprich Meno Burg, noch lange keinen Sommer. Außerdem war es für ihn ein schrecklicher Gedanke, auf einem Pferd zu sitzen und mit dem Säbel anderen den Schädel zu spalten oder sie mit einer Kugel zu töten. Nein, nie und nimmer Offizier! Was kam denn noch in Frage? Von Bankier war zu Hause des Öfteren die Rede gewesen. Jude und Geld verleihen, das schien für die Leute eins zu sein, doch er hatte keine besondere Beziehung zum Geld, und der Gedanke, durch Zinsen reich zu werden, erfüllte ihn mit Ekel. Was blieb ihm anderes übrig, als Händler zu werden? Am liebsten Weinhändler, davon verstand er schon ein wenig. Aber er konnte doch seinem Vater keine Konkurrenz machen, und später dessen Geschäft zu übernehmen ging nicht, denn das fiel schon Moritz zu. Und wozu war er der beste Schüler seines Jahrgangs, er musste ganz einfach etwas studieren. Aber was?

Erklärt Euch, eh' Ihr weiter geht, / Was wählt Ihr für eine Fakultät? Plötzlich hatte er Mephistopheles im Ohr. Und gleichzeitig hörte er auch Professor Lagow, wie der ihn drängte, bei seiner außergewöhnlichen Begabung Geschichte und Philosophie zu studieren. *Nachher, vor allen andern Sachen, / Müsst Ihr Euch an die Metaphysik machen! / Da seht, dass Ihr tiefsinnig fasst, / Was in des Menschen Hirn nicht passt* ... So stand es im *Faust*, aber das war ja alles nichts als Hohn und Spott und mündete in die eine große

Erkenntnis: *Grau, teurer Freund, ist alle Theorie,/Und grün des Lebens goldner Baum.*

Was bedeutete, dass es doch am besten war, ein Restaurant aufzumachen. Aber wo und vor allem: womit? Geld hatte er keines, und der Vater hatte auch nicht so viel auf der Bank liegen, dass er ihm den Start finanzieren konnte. Es war alles schier aussichtslos.

Da hörte er ein Fuhrwerk hinter sich. Als er sich umdrehte, erkannte er den Händler, der immer mit seinen Sägen, Beilen, Äxten, Hämmern, Feilen, Scheren und Messern auf den Märkten stand.

Schon hielt Krojanke neben ihm. »Na, wie isses, kann ich dich 'n Stück mitnehmen?«

»Ja, gerne.« Berthold Kempinski schwang sich auf den Kutschbock und war froh, nicht mehr die Landstraße entlanglatschen zu müssen.

Kapitel 3
1862–1864

Am 23. September 1862 wurden im Schloss Babelsberg die Weichen für Preußens und Deutschlands Zukunft gestellt, an diesem Tage berief König Wilhelm I. Fürst Otto von Bismarck zum preußischen Ministerpräsidenten. Mit schneidigen Kommentaren wie »Nicht durch Reden und Majoritätsbeschlüsse werden die großen Fragen der Zeit entschieden, sondern durch Eisen und Blut« setzte Bismarck die Rechte des Parlaments außer Kraft und schaffte mit einer umfassenden Heeresreform die Voraussetzungen für die siegreichen Kriege gegen Dänemark (1863/64) und Österreich (1866). Damit war die Vorherrschaft Preußens in Deutschland gesichert, und es lief auf ein Kaiserreich mit Berlin als Hauptstadt hinaus. Alles deutete darauf hin, dass alsbald eine neue Zeit anbrechen würde. Bis hin nach Schlesien und Posen wurden die Menschen von innerer Unruhe erfasst.

Im Dorf mit dem schönen Namen Honig, nordwestlich von Medzibor an der Straße von Ostrowo nach Oels und Breslau gelegen, saß Luise Liebenthal aus Raschkow in der Küche des Bauern Gurkow und entsteinte Sauerkirschen. Zu diesem Zwecke hatte sie eine Haarnadel mit dünnem Draht an einem hölzernen Stiel befestigt und fuhr mit der stählernen Schlaufe ins Fruchtfleisch, um den Stein einzuklemmen und in eine bereitstehende Schüssel zu befördern. Die so von ihrem unnütz gewordenen Ballast befreite Kirsche kam in einen Kochtopf. Es spritzte gewaltig.

Heinrich, der älteste Sohn des Bauern, stand in der Tür und musterte sie mit einem Blick, den man nicht anders als begehrlich nennen konnte. Er lachte. »Du siehst ja aus, als hätte einer auf dich eingestochen.«

»Hör auf damit!« Sie versuchte, sich den blutroten Kirschsaft aus dem Gesicht zu wischen, aus der Schürze würde er wohl nie mehr herausgehen.

»Heute Abend ist Tanz im Krug.«

Luise machte eine abwehrende Bewegung. »Mir ist nicht so.«

»Du hast immer noch diesen Berthold Kempinski im Kopf.«

Sie ging nicht darauf ein. »Mein Bruder kommt heute.«

»Dein Bruder?«

»Er will Abschied nehmen. Er geht nach Posen in die Kaserne, und es wird bald Krieg geben, das sagen ja alle.«

Im April 1862 hatte Moritz Kempinski in Breslau eine Großhandlung für ungarische Weine eröffnet, und im Mai besuchte Berthold zum ersten Mal seinen älteren Bruder. Die Idee dazu war ihm ganz spontan gekommen, als Professor Lagow erklärt hatte, seine morgige Stunde müsse wegen einer dringenden Reise nach Breslau leider ausfallen.

»Würden Sie mir wohl gestatten, mich Ihnen anzuschließen?«, hatte er gefragt.

Lagow hatte ihn etwas verwundert angesehen. »Kennen Sie denn meinen Vetter Friedrich, den wir zu Grabe tragen wollen?«

»Oh, mein herzliches Beileid. Nein, ich will nur sehen, ob und wie mein Bruder in Breslau Fuß gefasst hat.« Er erklärte dem Lehrer die Zusammenhänge.

»Nun denn, Kempinski, ich freue mich auf Ihre Gesellschaft. Wenn Sie Ihre nicht eben hervorragenden Lateinkenntnisse während der Reise ein wenig verbessern wollen, leiste ich Ihnen gern Hilfestellung.«

Da sich die Bahnstrecken Ostrowo–Kreuzburg und Kreuzburg–Breslau noch im Stadium der Planung befanden, mussten sie mit der Postkutsche vorliebnehmen. Das dauerte, denn betrug die Entfernung zwischen Ostrowo und Breslau in der Luftlinie schon an die achtzig Kilometer, so hatte man auf den vorhandenen Straßen eine wesentlich längere Strecke zurückzulegen. Es gab zwei mögliche Routen, die etwas kürzere über Medzibor und Oels und die andere über Krotoschin, Zduny, Freyhan, Militsch und Trebnitz, die etwas länger war, weil ein Bogen um die Bartsch und das Polnische Wasser und die sich südlich anschließenden Teiche und Sümpfe, aber auch die Trebnitzer Höhen und die Ausläufer des Katzengebirges zu machen war. Die aber mussten sie nehmen, weil Lagow in Krotoschin bei einem Kollegen etwas abzugeben hatte.

Die Fahrt ging über sandige Chausseen, die voller Schlaglöcher waren, und über holprige Kopfsteinstraßen und war mehr als mühselig. Schon nach einer Stunde fragte ihn der Lehrer, ob er wüsste, woher der Ausdruck »wie gerädert« käme.

»Ja«, antwortete Kempinski. »Im Mittelalter wurden die Verbrecher auf ein Wagenrad gebunden, damit man ihnen in dieser Lage besser die Knochen brechen konnte.«

»Richtig, und weil wir diesen Brauch nicht mehr haben, die Leute aber wissen sollen, wie man sich fühlt, wenn man auf ein Rad geflochten ist, lässt man sie in Postkutschen über Land reisen.«

Hinter Krotoschin überquerten sie die Grenze zwischen den Provinzen Posen und Schlesien, und Professor Lagow sagte, dass er erst jetzt das Gefühl habe, richtig in Deutschland zu sein.

»Zwar noch nicht in einem Reich aller deutschen Stämme mit einem Kaiser als Oberhaupt, aber wenigstens im Königreich Preußen. Posen ist mir zu polnisch.« Er hielt Kempinski nun einen längeren Vortrag über die Spannungen im Deutschen Bund und darüber, dass es in absehbarer Zeit zum entscheidenden Kampf zwischen Preußen und Österreich kommen würde. »Unser König wird sehr bald auch Deutscher Kaiser sein.« Wilhelm I. hatte am 2. Januar 1861 die Nachfolge seines geisteskranken Bruders Friedrich Wilhelm IV. angetreten.

Berthold Kempinski schwieg, denn er wusste nicht so recht, was er zu den Ausführungen seines Lehrers sagen sollte. Einerseits fühlte er sich voll und ganz als Deutscher, andererseits gehörte er aufgrund seiner Abstammung zum Volke Israel. Konnte man das unter einen Hut bringen? Im Alltag sicher, nicht aber, wenn man in letzter Konsequenz darüber nachdachte, dann zerriss es einen irgendwie. Also war es gescheiter, nicht darüber nachzudenken und einfach zu leben.

Als sie rechts die Höhen des Katzengebirges erblickten, fragte Lagow ihn, ob er wisse, was an Trebnitz Besonderes sei.

Kempinski überlegte einen Augenblick, er war ja im Fach Geographie kein schlechter Schüler. »Nein. Höchstens die Klosterkirche.«

»Ja, und wer ist dort zum Gottesdienst gegangen?«

»Sie?«

»Nein, Friedrich Wilhelm von Seydlitz, geboren 1721 in Kalkar, gestorben 1773 in Ohlau, neben Zieten der berühmteste Reitergeneral Friedrichs des Großen. Hat die Schlachten bei Roßbach und bei Zorndorf entschieden. Bei Zorndorf hat er den Befehl des Königs zum sofortigen Angriff nicht ausgeführt, obwohl der ihm angedroht hatte, bei einer Niederlage mit seinem Kopf dafür zu haften. Aber Seydlitz hielt den Befehl für falsch und griff erst an, nachdem er den Russen in die Flanke fallen konnte. Nur so war der Sieg möglich. 1743 kommt er als Rittmeister zu den Natzmer-Husaren hierher nach Trebnitz, zu den ›Lämmern‹, wie sie wegen ihrer weißen Pelze genannt werden. Ein Jahr später beginnt der Zweite Schlesische Krieg.« Er sah seinen Schüler an. »Interessiert dich das eigentlich?«

»Ja, schon«, antwortete Kempinski, wenn auch etwas gedehnt.

»Was möchten Sie denn einmal werden, wenn Sie die Schule abgeschlossen haben?«

»Was können Juden in Posen schon werden?«, lautete die Gegenfrage.

Lagow kam wieder auf seine Vorahnung zu sprechen, dass die Völker sich bald im Kampf um die Vorherrschaft in Europa auf den Schlachtfeldern zerfleischen würden. »Wie gesagt, es wird bald große Kriege geben, gegen Österreich, gegen Frankreich, und da wird man nicht mehr fragen, ob jemand Christ ist oder Jude, da wird jeder Deutsche gebraucht. Und Sie, Kempinski, könnten ein guter Arzt werden.«

»Mein Bruder sagt, dass manche Deutsche eher krepierten, als einen jüdischen Arzt zu rufen.«

51

Endlich erreichten sie die Vorstädte Breslaus. Berthold Kempinski hatte sich schon immer für die schlesische Metropole interessiert und sich einiges über Breslau angelesen. Dass hier im 4. und frühen 5. Jahrhundert nach Christus die Silinger gesiedelt hatten, ein Stamm der Vandalen. 990 war die Gegend um Breslau vom polnischen Piasten-Herzog Mieszko I. erobert worden. 1526 kamen dann die Habsburger nach Schlesien und blieben dort so lange, bis sie von den Preußen vertrieben wurden. Das war 1742. Ein Jahrhundert später hatte Breslau die Zahl von hunderttausend Einwohnern erreicht und blühte dank seiner Industriebetriebe immer stärker auf.

Die Postkutsche hielt auf dem Neumarkt, und ihre Wege trennten sich. Lagow eilte zur Beerdigung, Kempinski machte sich auf die Suche nach dem Geschäft seines Bruders, das sich in der Albrechtstraße 13 befand. Die begann am Ring, endete nach einem halben Kilometer an der Hauptpost und war eine Adresse, mit der man sich sehen lassen konnte. Er fragte nach dem Weg und erfuhr, dass er nur am Neptunbrunnen vorbeigehen musste. »Und dann geradeaus, eine der drei Straßen entlang, die nach Süden gehen, Richtung Stadtgraben.«

Das war nicht zu verfehlen, und fünf Minuten später war er dort. Ein wenig beklommen blieb er vor dem Schaufenster stehen und blickte zum stolzen Firmenschild empor. *M. Kempinski & Co.* – Gold auf Schwarz, und alles sehr schwungvoll, was gar nicht recht zum Naturell seines Bruders zu passen schien.

Dass beide Brüder waren, hätte niemand vermutet, der sie nebeneinanderstehen sah. Moritz war nicht nur acht Jahre älter als er, er war auch ein ganz anderer Typ Mensch. Später sollte einmal jemand sagen, Moritz Kempinski erinnere ihn irgendwie an Hindenburg, während Berthold eine gewisse Ähnlichkeit mit dem Schauspieler Peter Lorre habe. Jedenfalls war das eine Gesicht streng und kantig, das andere rund und gemütlich. Seine braunen Knopfaugen machten ihn außerordentlich liebenswert, und manche bedauerten, dass er nicht als Komiker auf der Bühne stand.

Berthold Kempinski zögerte ein wenig, die Ladentür aufzuziehen und einzutreten. Er fühlte sich wie im Gymnasium, wenn er etwas ausgefressen hatte und zum Rektor musste, um seine Strafe in Empfang zu nehmen. Was würde Moritz heute an ihm auszusetzen haben? Dass seine Schuhe staubig waren, dass sein Haar nicht glatt genug gekämmt war? Der Bruder schien nur das eine Ziel zu haben: ihn zu seinem Ebenbild zu machen. Alle fragten, was er denn dagegen hätte, es könne ihm doch nur zum Vorteil gereichen, doch tief im Innern fühlte er, dass er in allem viel begabter war als Moritz und im großen Spiel des Lebens nur verlieren würde, wenn er sich dem anderen anpasste.

Schon verfluchte er sich, die Reise nach Breslau gemacht zu haben, und überlegte, ob er sich die Zeit bis zu ihrer Rückfahrt nach Ostrowo nicht lieber mit einem Rundgang durch die Breslauer Museen vertreiben sollte, als sein Bruder ihn entdeckte und zur Tür ging, um sie aufzuziehen.

»Na, traust du dich nicht rein?«

Berthold wollte die ernsthafte Antwort geben, die von ihm erwartet wurde, sah sich aber dazu, blockiert wie er war, auch nach einigen Sekunden des Nachdenkens völlig außerstande. »Doch, aber der Verkauf von alkoholischen Getränken an Jungen, die noch nicht majorenn sind, ist schließlich verboten, und ich möchte nicht von einem Schutzmann abgeführt werden.«

»Ich werde schon dafür sorgen, dass du nicht behelligt wirst«, erklärte ihm der Bruder.

Der Ernst, mit dem er dies tat, schien Berthold völlig überzogen, nicht einmal die Staatsmänner beim Wiener Kongress hatten eine solche Ernsthaftigkeit an den Tag gelegt. Moritz war nicht einmal dreißig Jahre alt, wie wichtigtuerisch würde er sich erst geben, wie griesgrämig würde er sein, wenn er seinen fünfzigsten Geburtstag feierte? Berthold dankte seinem Gott, dass er nicht so war wie Moritz. Aber Moritz war sein Bruder, und wie sagte Raphael Kempinski immer? »Man muss die Menschen so verbrauchen, wie sie sind.«

Moritz ließ ihn eintreten, begrüßte ihn mit einem geschäftsmäßigen Händedruck und führte ihn durch die Räume. Sein Stolz, es so weit gebracht zu haben, war ihm deutlich anzusehen.

Berthold gönnte ihm den Erfolg. Das fiel ihm umso leichter, als er von der Gewissheit erfüllt war, den Bruder in zwanzig Jahren gehörig übertrumpft zu haben. »Abgerechnet wird zum Schluss«, war eine der Lieblingswendungen ihres Vaters.

»Der Ungarwein ist eine Wissenschaft«, erklärte Moritz Kempinski und setzte, während sich sein Gehilfe um die Kunden kümmerte, zu einem längeren Vortrag an. »Ungarn hat eine sehr alte Weinbaukultur. Die Griechen brachten die Rebstöcke von Südosten her ins Land, die Donau und die Theiß aufwärts, die Römer kamen von Westen und bauten Wein in der Pannonischen Ebene an, bis hin zum Plattensee. Und obwohl Vandalen, Goten, Tartaren und Türken das Land besetzten und verwüsteten, wurde weiterhin Wein angebaut. Karl der Große war vom ›Awarenwein‹ hellauf begeistert. Die Türken verboten zwar das Weintrinken, ließen aber den Anbau weiterhin zu und nahmen Steuern dafür ein. Die Kirche des Mittelalters spielt die wichtigste Rolle bei der Verbreitung des Weines.«

»Nun ...« Berthold lachte, erinnerte an die Mizwa des Weintrinkens im jüdischen Glauben und tat dann so, als würde er Hawdala über einen Becher Wein sprechen: »Gelobt seist Du, Ewiger, unser Gott, König der Welt, Schöpfer der Frucht des Weinstocks.«

Moritz ging nicht auf den Einwurf seines Bruders ein. »Die geographische Breite Ungarns entspricht in etwa dem französischen Burgund, was aromatische Weißweine ergibt. Der viele Sonnenschein begünstigt aber auch die Herstellung von Rotwein.« Damit öffnete er die Tür zu den ausgedehnten Kellerräumen und stieg die Stufen hinunter. »Die Flaschen sind nach Anbaugebieten geordnet. Hier haben wir Àszàr-Neszmély, dahinter Balatonfüred-Csopak, gegenüber Mecsekalja und Szekszàrd.«

»Und Essbesteck?«, murmelte Berthold nach einer Weile.

»Nie gehört.« Moritz Kempinski stutzte und schien über seine Wissenslücke erschüttert zu sein. »Wo soll denn das liegen?«

»Na, auf dem Tisch.« Das Lachen verging ihm, als er den bösen Blick seines Bruders bemerkte, und er wollte einlenken. »Entschuldige, aber Essbesteck ist das einzige ungarische Wort, das ich behalten habe, als Vater neulich Besuch aus Eger hatte.«

Dieser kleine Scherz machte die Sache noch schlimmer, und

wortlos stieg sein Bruder die Treppe hinauf. Oben im Laden gab es aber nur weiteren Ärger für ihn, denn dort stand der Notar Louis Leichholz und beschwerte sich, dass man ihm die längst bezahlten sechs Flaschen Tokajer noch immer nicht geliefert habe.

Moritz Kempinski entschuldigte sich mit einer knappen, aber zackigen Verbeugung. »Ich bitte vielmals um Pardon und werde auf der Stelle meinen Bruder losschicken.«

Berthold zuckte zusammen. Es war eine Gemeinheit, ihn hier als Diener zu missbrauchen. Andererseits konnte er sich diesem Befehl nicht widersetzen, ohne den Bruder noch weiter zu erzürnen. So nickte er, ließ sich vom Gehilfen den Korb mit den Flaschen in die Hand drücken und setzte sich in Marsch.

»Du weißt ja gar nicht, wo Herr Leichholz wohnt«, rief ihm Moritz hinterher.

Berthold blieb kurz stehen. »Nu, wo soll er wohnen bei seinem Namen: am Friedhof natürlich.«

»Weidenstraße 11!«, kam es donnernd.

Berthold erkundigte sich bei einem Schutzmann nach dem Weg und trabte los. Ring, Ohlauer Straße, Christophorusplatz … Weit war es nicht, aber sechs Flaschen Wein wogen eine ganze Menge. So erreichte er sein Ziel ziemlich echauffiert und fluchte leise vor sich hin, weil niemand öffnete, so heftig er auch am Klingelzug riss. In der Anwaltskanzlei schienen alle schwerhörig zu sein. Oder aber sie waren allesamt aus dem Haus, um ihr Mittagessen einzunehmen. Berthold hatte keine Lust, seine Last wieder zurück zu seinem Bruder zu schleppen, aber wo sollte er sie deponieren? Stellte er den Korb in den Hauseingang, hatten sich bald Liebhaber edlen Rotweins gefunden, die einen kleinen Diebstahl für durchaus legitim hielten. Also wartete er. Vielleicht kam irgendwann ein Mitbewohner nach Hause, der so vertrauensvoll aussah, dass man den Wein bei ihm deponieren konnte. Es kam aber niemand, und Berthold Kempinski verfluchte langsam seine Idee, mit Professor Lagow für einen Tag nach Breslau zu fahren.

Nach etwa zehn Minuten drängte sich ein junger Mann an ihm vorbei, vielleicht fünf Jahre älter als er, ein Student ganz offensichtlich, und zog einen Schlüsselbund aus der Hosentasche.

»Entschuldigung, wohnen Sie hier?«, fragte Berthold Kempinski.

»Nein.«

»Dann ...« Berthold Kempinski warf einen Blick auf das Schlüsselbund.

»Nein, ich bin kein Einbrecher.« Er schloss die Augen, und es dauerte einen Augenblick, bis er seinen Text vollkommen zusammen hatte. »Das Ausfüllen der Zeit durch planmäßig fortschreitende Beschäftigungen, die einen großen beabsichtigten Zweck zur Folge haben, ist das einzige sichere Mittel, seines Lebens froh und dabei doch auch lebenssatt zu werden.«

»Ist das von Ihnen?«

»Nein, von Kant. Ich studiere nämlich Philosophie.«

Berthold Kempinski konnte beim besten Willen keinen Zusammenhang zwischen Kant und dem Öffnen der Haustür in der Weidenstraße 11 erkennen. Also schlug er den spöttischen Ton an, den er so sehr mochte. »Ah, und das hier sind die Schlüssel zum Verständnis von Kant, Hegel und Nietzsche?«

»Ja, ohne sie wäre ich verloren, denn nur ihr Gebrauch sichert mir die Alimentierung durch meinen Vater. Er ist nämlich Anwalt und Notar, und ich muss für ihn vieles in der Juristischen Fakultät nachschauen. Wenn ich ihm die Ergebnisse meiner Recherchen abliefere, gibt es immer wieder einen neuen Scheck.«

Berthold lächelte. »Dann sind Sie also der Herr Leichholz junior.«

»Und Sie der Bote des Weinhändlers Kempinski.«

»Ja und nein.«

Leichholz lachte. »Das ist ja wie eine Kasche. Lassen Sie mich überlegen. Das Ja heißt, dass der Rotwein hier tatsächlich von M. Kempinski geliefert wird, das Nein aber beinhaltet die Aussage, dass Sie kein Bote sind. Was dann? Weniger als ein Laufbursche? Nein, so sehen Sie nicht aus. Also muss es mehr sein. Sollten Sie Kempinskis Sohn sein? Nein, dann müsste er schon im Alter von weniger als zehn Jahren Vater geworden sein. Also ein Neffe? Möglich, aber wegen des geringen Altersunterschiedes eher unwahrscheinlich. Also ein Bruder. Aber wo ist da die Ähnlichkeit?«

»Die gibt es nicht, da muss ich Ihnen beipflichten. Aber es gibt ja auch Brüderpaare, die keine Zwillinge sind.«

»Damit gestehen Sie also, Moritz Kempinskis jüngerer Bruder zu sein?«

»Ja, gestatten: Berthold Kempinski, Gymnasiast aus Raschkow beziehungsweise Ostrowo.«

»Angenehm. Leopold Leichholz, Student der Philosophie aus Breslau.«

Damit begann eine Freundschaft, die erst enden sollte, als ihr gemeinsamer Gott einen von ihnen heimgeholt hatte in die Ewigkeit.

Überall in Europa rumorte es. Im Juni 1862 ernannte Zar Alexander II. seinen Bruder, den Großfürsten Konstantin, zum Statthalter in Kongresspolen, das formal noch immer als Königreich bestand. Als er befahl, polnische Männer für die russische Armee zu rekrutieren, brach im Januar 1863 der Aufstand los. Nicht nur Adlige stellten die Führer, auch Bürgerliche mischten kräftig mit. Eine »Provisorische Nationalregierung« rief das ganze Volk, »das gestern Büßer und Rächer war und morgen Held und Riese sein wird«, zum Widerstand auf. In den Wäldern versammelten sich kleine Trupps, und unter der Führung von Langiewicz begann ein Guerillakrieg gegen die Russen. Etliche ihrer Garnisonen wurden im Handstreich genommen.

Dies war der Stand der Dinge, als Witold Klodzinski zu Berthold Kempinski in die Stube stürmte, die er von der Witwe Jastrau gemietet hatte.

»Du, ich habe gehört, dass Ludwik Mierosławski nach Polen kommen wird und sie ihn zum Anführer ausrufen wollen!«

Berthold Kempinski sah den Freund verständnislos an. »Wer ist Ludwik Mierosławski?«

»Was, du kennst ihn nicht!« Vorwurfsvoll, fast böse hatte Klodzinski das ausgerufen. »Wo Mierosławski sogar 1848 bei der Märzrevolution dabei gewesen ist.«

»Entschuldige, da war ich gerade fünf Jahre alt.«

Witold klärte ihn auf. Geboren worden war Ludwik Mierosławski 1814 in Frankreich als Sohn einer Französin und eines emigrierten polnischen Offiziers. Seit 1820 lebte er in Kongresspolen und war schon 1830, gerade sechzehn Jahre alt geworden, als Fähnrich am Novemberaufstand gegen Russland beteiligt. Nach dessen Niederwerfung flüchtete er nach Paris, um dort später ins Zentralkomitee der polnischen Emigranten gewählt zu werden. 1846 und erst recht im April und Mai 1848 kämpfte er in der Stadt Posen und an verschiedenen anderen Orten, so vor allem in Baden als General und Oberbefehlshaber der dortigen Revolutionsarmee gegen die preußischen Truppen. Nach dem Fall der Festung Rastatt im Juli 1849 ging er in die Schweiz und von dort weiter nach Paris, wo er als Privatlehrer arbeitete. Bis ihn 1861 Giuseppe Garibaldi rief und im Unabhängigkeitskampf der Italiener den Oberbefehl über eine internationale Legion anvertraute. Danach war er Kommandeur der polnischen Militärschule in Genua geworden.

Mit dem Satz »Man nennt ihn den polnischen Napoleon« schloss Witold Klodzinski seine Ausführungen. »Und nun ist er zurück, um sein Vaterland von den Russen zu befreien, und ich werde morgen früh losziehen und mich seinen Truppen anschließen.«

Berthold Kempinski schwieg. Er war zutiefst beeindruckt vom Feuer, das in Witold loderte. Dagegen war geradezu läppisch, was ihn bisher bewegt hatte: Luise Liebenthal zu besitzen oder genügend Geld zu haben, um die Weinhandlung seines Bruders aufzukaufen und sich an dessen Stelle zu setzen.

Witold Klodzinski begann die polnische Nationalhymne zu singen. »*Jeszcze Polska nie zginela* ... Noch ist Polen nicht verloren,/In uns lebt sein Glück./Was an Obmacht ging verloren,/bringt das Schwert zurück.«

Berthold Kempinski war an sich jedes Pathos zuwider, und normalerweise hätte er das Gesicht verzogen, aber bei dem Freund war das alles derart echt, dass er es nicht wagte. Außerdem war er in hohem Maße ergriffen. Er begann, Witold um dessen Patriotismus zu beneiden. Das war etwas, an dem man sich festhalten konnte. Einen solchen Anker für seine Seele hatte er nicht. Als echter Deutscher konnte er sich nicht fühlen, zu diskriminiert waren die Juden in Preußen noch immer, und seine Distanz zum Judentum war zu groß, da kam wenig von innen. Wie glücklich musste einer wie Witold sein, der keine Sekunde zögerte, sein Leben für das Glück seines Volkes herzugeben.

»Willst du nicht mitkommen?«, fragte der Freund und legte ihm den Arm um die Schultern.

»Warum eigentlich nicht? Was hab ich groß zu verlieren ...«

Raphael Kempinski kam aus dem Krankenzimmer, nachdem er seiner Frau eine Hühnersuppe gebracht hatte, der man nachsagte, dass sie Kraft gab. Sie siechte immer schneller dahin. Dr. Dramburger wusste keinen Namen für ihre Krankheit. Bis jetzt hatte Raphael Kempinski das Leben gemeistert, indem er immer und überall seinen Humor einsetzte. Starb aber das Liebste, was er hatte, unter so entsetzlichen Leiden, dann half ihm auch der nicht mehr. Blieb ihm nur, sich in die Arbeit zu flüchten. So stieg er in sein Kontor hinab und machte sich daran, seine Geschäftsbücher durchzugehen und nachzutragen, was noch auf dem Schreibpult lag.

Er hatte gerade eine halbe Stunde über allem gebrütet, da wurde kräftig gegen die Haustür geklopft. So früh schon der erste Kunde? Das konnte nicht sein. Er stand auf und trat in die Diele. Seit in Posen und im angrenzenden Schlesien immer wieder Menschen spurlos verschwanden, war er vorsichtig geworden und fragte erst, wer da wohl sei.

»Ein Bote aus Ostrowo, von Professor Lagow.«

Raphael Kempinski fühlte, wie sein Herz aussetzte. »Ist was mit Berthold?«

»Ja, er ist weg, nach Kongresspolen rüber, und will zu den Aufständischen.«

»Mein Gott!« Raphael Kempinski musste sich festhalten, sonst wäre er nach vorn gestürzt. Es dauerte Sekunden, bis der Schwindel vorüber war und er dem Jungen aus Ostrowo öffnen konnte. »Komm rein und erzähl mal, was passiert ist.«

Der Junge trat ein, nahm die Mütze ab und erstattete Bericht. »Die Witwe Jastrau wacht auf und macht Frühstück. Sie ruft nach Berthold. Keine Antwort. Sie sieht in seiner Stube nach – das Bett ist leer. Da erinnert sie sich, dass der Pole, der am Abend da war, sein Freund Witold Klod ... Klod ...«

»Lass, nur weiter!«

»Der wollte also zu den Soldaten rüber, zu den Polen, und gegen die Russen kämpfen, und da ist der Berthold nun mit.«

»Man muss ihn aufhalten!«, schrie Raphael Kempinski.

»Ja, das sagt der Professor Lagow auch, und er ist mit dem Herrn Rabbiner Ungar zusammen hinterher … Sie haben sich eine Kutsche gemietet und sind ab nach Kalisch.«

»Ich muss ihnen nach!«

Raphael Kempinski entlohnte den Boten, informierte dann den inzwischen eingetroffenen Kommis und lief zur Apotheke. Sein Freund Eduard Schlüsselfeld verfügte über Pferd und Wagen. Als er hörte, was vorgefallen war, ließ er hurtig anspannen.

»Du hast recht, Raphael, wenn wir ihn nicht abfangen, kriegst du ihn nur im Sarg zurück. Die Russen sind auf Dauer derart in der Übermacht, dass die Polen keine Chance haben und die Aufständischen allesamt massakriert werden. Der Bär zerfleischt die Schafe, wie immer.«

»Wie konnte das nur angehen?«, rief Raphael Kempinski, während er sich auf den Kutschbock schwang. »Berthold ist doch ein viel zu heiterer Mensch, als dass er auf andere schießt.«

»Der Freund ist ein Eiferer, ein Feuerkopf, ein kleiner Savonarola, der wird ihn mitgerissen haben.«

»Mitgegangen, mitgehangen.« Raphael Kempinski hatte das Erschießungskommando vor Augen. Wie man die Gewehre auf seinen Sohn anlegte. Feuer!

»Wenn die beiden zu Fuß sind, werden wir auf alle Fälle vor ihnen an der Grenze sein«, sagte Schlüsselfeld. Nach Kalisch waren es auf direktem Wege knapp dreißig Kilometer.

Raphael Kempinski überlegte trotz aller Hetze und Panik einen Augenblick lang, wie wohl optimal vorzugehen war. »Wir sollten bei Droszew abbiegen und nach Skalmierzyce fahren, das liegt auf ihrem Weg von Ostrow nach Kalisch, und da stoßen wir schon auf sie, bevor sie in der Nähe der Grenze angekommen sind.«

Der Apotheker nickte. »Gut. Also über Drosenau und Skalmierschütz Richtung Russisch-Polen.« Mit Absicht wählte er die deutschen Namen der genannten Orte.

Raphael Kempinski konnte es nicht schnell genug gehen, und er verfluchte die Behörden, die es noch immer nicht geschafft hatten, die Städte im Dreieck Posen–Breslau–Kalisch mit Eisenbahnen zu verbinden.

Schlüsselfeld nickte. »Recht hast du! Hüh! Mach hinne, du dösiger Krippensetzer!« Sein Brauner lief ihm nicht schnell genug. »Wenn man Posen germanisieren will, muss bei uns alles besser sein als anderswo. Und wehe uns, wenn die Polen den Zaren besiegen und einen der Ihren zum König machen, dann wird man in Warschau nichts weiter im Kopf haben, als Preußen Posen wieder zu entreißen – und womöglich Schlesien dazu.«

»Mir kann es egal sein, was in zwanzig Jahren sein wird, da deckt mich schon längst der kühle Rasen.«

»Da freust du dich wohl drauf?«, fragte Schlüsselfeld.

»Du hast mehr vom Leben, wenn du dich darauf freust, von Gott heimgeholt zu werden in die Ewigkeit.«

»Wenn schon, dann möchte ich als Deutscher sterben und in deutscher Erde begraben werden.«

»Ist das hier deutsche Erde?«, fragte Raphael Kempinski, während sie, wenn die Chausseebäume einmal etwas lichter standen, in der Ferne schon den Kirchturm von Szczuny sahen.

»Ja, das hier ist deutsche Erde, und ich fürchte ein wenig um unsere Freundschaft, wenn sich dein Berthold wirklich den polnischen Banden anschließt. Erst werden sie gegen Russland kämpfen, dann gegen die Preußen – bis sie endlich ihr Großpolen wiederhaben.«

»Das ist nun mal so«, sagte Raphael Kempinski. »Nur schade, dass sie bei ihrer Siegesfeier Wodka trinken werden und keinen Wein. Man müsste sich rechtzeitig umstellen.«

So stritten sie munter weiter, bis sie nach anderthalb Stunden Skalmierschütz erreichten. Es war ziemlich heiß, das Pferd musste unbedingt getränkt werden, und auch sie lechzten nach einem kühlen Trunk.

Dennoch war Raphael Kempinski von dieser Rast nicht eben begeistert. »Was wir dadurch an Zeit verlieren! Ist Berthold erst einmal über die Grenze, dann kann ich ihn abschreiben.«

»Hör auf zu jammern!«

Raphael Kempinski besann sich. »Du hast recht: Ich habe ja noch immer Moritz, von den anderen Kindern ganz zu schweigen.«

»Deinen Humor möchte ich haben.«

Nach kurzer Suche fanden sie einen Gasthof, in dem ein Knecht bereitstand, um sich um das Pferd zu kümmern. Sie überließen es ihm und traten in die Gaststube, die niedrig war und dunkel dazu. So kam es, dass Raphael Kempinski den jungen Mann hinten in der Ecke erst entdeckte, als sie sich niedersetzen wollten.

»Berthold!«, schrie er.

»Vater! Was machst du denn hier?«

»Ich will dich daran hindern, dich den Polen anzuschließen.«

Der Sohn lachte. »Da kämest du zu spät, das hätte ich schon längst tun können. Ich wollte aber Witold nur bis zur Grenze begleiten und dort Abschied von ihm nehmen. Das habe ich auch – und nun bin ich wieder auf dem Rückweg nach Ostrowo.«

Raphael Kempinski umarmte ihn.

»Du solltest den Jungen was Vernünftiges machen lassen«, sagte Schlüsselfeld. »Seit er nicht mehr in die Schule gehen will, lungert er nur noch herum und kommt auf dumme Gedanken. Bei seinen guten Noten hätte er doch überall studieren können, jeder Professor wäre froh über ihn gewesen.«

Berthold Kempinski starrte auf seine Fingernägel. »Ich weiß aber partout nicht, was ich machen möchte.«

»Warum gehst du nicht nach Breslau zu deinem Bruder ins Geschäft? Breslau ist ein gutes Sprungbrett nach Berlin.« Schlüsselfeld wusste, dass er seinem Freund Raphael ab und an auf die Sprünge helfen musste, denn der hätte den Jungen nie aus eigenem Antrieb an die Kandare genommen, weil er meinte, alles müsse von innen heraus kommen und zwang man einem anderen seinen Willen auf, dann ging das immer schief.

»Ich will nicht zu Moritz!« Fast hätte Berthold Kempinski mit dem Fuß auf den Boden gestampft.

»Du gehst!«, beschied der Vater, der sich genötigt sah, angesichts des kritischen Freundes einmal Härte zu zeigen. »Auch wenn es nur für kurze Zeit ist, um einmal hineinzuschnuppern.«

»Nein.«

Schlüsselfeld wollte vermitteln. »Dann schick ihn in die Lehre, Raphael, ich habe da einen Vetter in Kreuzburg, bei dem kann er den Beruf des Kaufmanns erlernen, und dann erst tritt er bei Moritz ins Geschäft ein.«

Leopold Leichholz ließ es sich nicht nehmen, Berthold Kempinski sein Breslau zu zeigen, und er wurde richtig poetisch dabei. »Breslau ist die größte und kostbarste Perle am schimmernden Bande der Oder«, rief er aus, als sie über die Universitätsbrücke schritten, die Insel Bürgerwerder, die geformt war wie ein menschlicher Magen, mit ihren Kasernen zur Linken und der Vorderbleiche zur Rechten. »Wie eine Geliebte umschlingt sie der Strom. Breslau, alte Patrizierstadt und Zentrum von Wissenschaft und humanistischer Bildung. Ich sage nur Joseph von Eichendorff und Gustav Freytag und allein die Philosophen: Christian von Wolff, ein Vorläufer Kants, Christian Garve, ein Kämpfer gegen den Kant'schen Kritizismus, Johann Gottlieb Fichte, Friedrich Schleiermacher … Darum blieb mir nichts anderes übrig, als Philosophie zu studieren.«

Berthold Kempinski schaute ihn an. »Die Wahrheit findest du allerdings nicht im Hörsaal, sondern nur bei uns.«

»Wie das?«

»Nun: Im Wein liegt Wahrheit, und der Wein ist ein Spiegel der Menschen.«

Leichholz lachte. »Ja, die schläs'sche G'mittlichkeit. Mein Vater hat jeden Sonntag im Dorfkretscham gesessen und seinen Grünberger getrunken, so sauer der auch gewesen sein mag. Und wie hat unser großer schlesischer Dichter gereimt …«

»Der Angelus Silesius?«

»Nein, der August Kopisch.« Er musste einen Augenblick nachdenken, bis er darauf kam. »*Auf Schlesiens Bergen, da wächst ein Wein,/der braucht nicht Hitze, nicht Sonnenschein./Ob's Jahr schlecht, ob's Jahr gut,/da trinkt man fröhlich der Trauben Blut.*«

Berthold Kempinski erinnerte sich wieder. »Der Dichter trifft nun den Teufel und wettet mit ihm, dass er ihn unter den Tisch trinken kann.«

»Ja, und schließlich lallt der Teufel: *Hör', Kamerad, / beim Fegefeuer! Jetzt hab ich's satt / Ich trank wohl vor hundert Jahren in Prag / mit den Studenten Nacht und Tag, / doch mehr zu trinken solch sauern Wein, / müsst' ich ein geborener Schlesier sein!*«

»Was wir nicht sind«, sagte Berthold Kempinski, »sondern geborene Posener, und darum hat M. Kempinski auch das Recht, seine Weine aus Ungarn zu beziehen.«

Leopold Leichholz schlug ihm auf die Schulter. »Es sei euch gedankt!«

Sie durchschritten die engen Straßen der Oder- und der Sandvorstadt und kamen über den Gneisenauplatz zur Kreuzkirche, deren spitzer Turm Leichholz spotten ließ, hier habe sich der Baumeister in der Religion geirrt und aus Versehen ein Minarett errichtet. Nicht weit entfernt lag der Dom mit seinen beiden Renaissance-Türmen und der dreischiffigen Basilika, an die mehrere Kapellen angebaut waren.

»Willst du in den Chor rein?«, fragte Leichholz.

»Nein, dazu singe ich zu schlecht.«

»Mensch, ins Kirchenschiff, den Hohen Chor zu St. Johannes.«

Berthold zeigte sich vom Breslauer Dom durchaus beeindruckt, obwohl er nicht so recht verstand, was der Freund damit meinte, wenn er sagte, der Fürstbischof Friedrich von Hessen habe im 17. Jahrhundert die gotische Ausstattung systematisch barockisieren lassen. Ein Gedanke ließ ihn nicht mehr los, seit er neulich geträumt hatte, Habel in Berlin hätte ihn adoptiert. »Was könnte man hier für ein herrliches Restaurant eröffnen!«, rief er.

Leichholz lachte. »Keine schlechte Idee. Der Wein ist ja schon hier – der Messwein fürs Abendmahl. Aber ob sie ihn dir als Juden so ohne weiteres überlassen würden?«

Berthold Kempinski winkte ab. »Du weißt, ich hab mich nie so recht als Jude gefühlt.«

»Dessen ungeachtet bist du einer. Und wenn es mal Ausschreitungen gegen Juden gibt …«

»In Preußen gibt es keine«, beschied ihn Berthold Kempinski. »Und wenn ich einmal ein Restaurant aufmache, dann nenne ich es bestimmt nicht *Beth ha-Mikdasch*.«

»Immerhin kennst du den Tempel in Jerusalem.«

»Manchmal kann es ja auch ganz nützlich sein, einen Glauben zu haben«, sagte Berthold Kempinski und dachte an seinen Freund Witold, der nun schon die ersten Gefechte hinter sich hatte. »An irgendetwas muss sich der Mensch schließlich festhalten. Und man lernt am Schabbat Leute kennen, die einem später etwas abkaufen.«

»Sehr gläubig bist du wirklich nicht.«

»Wenn alle Völker auf der Welt einen Gott hätten und anbeten würden, wäre ich ja noch zu überzeugen, dass es ihn wirklich gibt, aber so ... Alle haben einen anderen und behaupten, er wäre der einzig wahre. Da kann doch etwas nicht stimmen!«

»Das erinnert mich an mein zweites Semester.« Leopold Leichholz kratzte sich den Hinterkopf. »Da gibt es einen Philosophen aus Landshut, den Ludwig Feuerbach, der behauptet, dass nicht Gott den Menschen nach seinem Ebenbilde geschaffen habe, sondern vielmehr umgekehrt der Mensch die Götter nach seinem eigenen Ebenbilde schaffe.«

Berthold Kempinski schloss ihren Dialog mit dem Satz, dass er nur an eines hundertprozentig glaube. »Dass nämlich ein Kilo Rindfleisch eine wunderschöne Brühe ergibt.«

Dennoch ging er mit Leichholz am Freitagabend in die Storch-Synagoge in der Wallstraße 7/9, die von keinem Geringerem als Carl Ferdinand Langhans erbaut worden war. Hier trafen sich die liberalen Breslauer Juden. Es wurde aber darüber geredet, eine neue und viel größere Synagoge zu bauen und diese hier den Orthodoxen zu überlassen.

»Mir ist das alles egal«, sagte Berthold Kempinski.

Leichholz sah ihn prüfend an. »Sag bloß, du willst konvertieren?«

»Paris ist eine Messe wert, heißt es ja, aber ich bin zu bequem dazu. Außerdem scheinen mir die Grabreden bei den Juden besser zu sein als bei den Christen.«

»Daran zu denken ist doch ein bisschen früh, oder?«

Berthold Kempinski lachte. »Recht hast du. Und vielleicht werde ich einmal unsterblich, dann ist das Ganze sowie kein Problem mehr.«

Krojanke hatte zu Hause in Obersitzko eine Liste mit über zwanzig potentiellen Opfern versteckt, darunter auch Berthold Kempinski. Die wollte er sich noch holen, bevor er zu alt dafür war, mit Pferd und Wagen durch die Lande zu ziehen und im Zelt zu schlafen. Da er alles tat, um als gutmütiger und hilfsbereiter Mensch zu erscheinen, und zusätzlich das hatte, was seine Mitmenschen als »ein liebes Gesicht« bezeichneten, war er noch immer unentdeckt geblieben. Dass er keine Frau hatte, erregte keinen Verdacht. Alle wussten, dass ihm seine heißgeliebte Johanna schon in jungen Jahren weggestorben war und er damals geschworen hatte, nie wieder eine andere anzurühren. Die Leute also ließen ihn in Ruhe, und die Mittel der Polizei waren in jenen Jahren so beschränkt, dass er auch von dieser Seite nichts zu befürchten hatte. Wer nicht in flagranti ertappt wurde, der konnte über Jahrzehnte hinweg andere abschlachten, ohne dass man seiner habhaft wurde.

Nach Breslau kam Krojanke nur selten, denn hier war nicht allzu viel zu verdienen, weil es zu viele Geschäfte gab, die wie er Scheren, Messer, Sägen, Feilen, Äxte und Beile an den Mann bringen wollten. So stand er auch heute wieder ziemlich gelangweilt an seinem Stand, als es ihn traf wie ein Stich in die Brust: Lief doch da Berthold Kempinski aus Raschkow über den Platz. »Den muss ich mir noch holen«, flüsterte er. »Diesmal wirst du mir nicht entgehen.«

Einmal hatte er ihn schon in der Falle gehabt. Damals auf der Chaussee zwischen Ostrowo und Raschkow, als er ihn aufgelesen und neben sich auf dem Kutschbock platziert hatte. Bei der ersten Rast hätte er ihn erschlagen und unter einer Plane verborgen nach Obersitzko gebracht. Da war ihm ein Rad gebrochen, und Kempinski hatte es vorgezogen, den Rest des Weges zu Fuß zurückzulegen.

So arm die Menschen in den preußischen Provinzen auch waren, überall gab es Honoratioren und Genießer, die gute Weine zu schätzen wussten und froh waren, dass sie nicht meilenweit reisen mussten, um diese käuflich zu erwerben, sondern sie ohne großen Aufpreis ins Haus geliefert bekamen. Gutsbesitzer und Landpfarrer vor allem. Moritz Kempinski hatte das schnell begriffen und seinen Radius ganz erheblich erweitert, seit er seinen Bruder ausschicken konnte.

Berthold Kempinski fand es nicht gerade berauschend, als fliegender Weinhändler zweispännig durchs Land zu zuckeln, aber da er die Kunst beherrschte, das Beste aus allem zu machen, litt er auch nicht übermäßig. Es gab Schlimmeres auf der Welt, und »Hoch auf dem gelben Wagen« zu singen, während es durch wogende Kornfelder ging, war ja auch nicht ohne. Er liebte die Kornblumen am Wege und mehr noch den roten Mohn, und ab und an fand sich in den Dörfern auch ein Mädchen, das auf einen Prinzen wartete. Sah er zu den weißen Wolken hinauf, dann fand er, dass er dahintrieb wie sie. Irgendwie wusste er, dass das eigentliche Leben noch kam und diese Zeit nur so leer war, damit er sich nicht zu früh verbrauchte. Wer warten konnte, zu dem kam alles. Wenn es irgendwie ging, nahm er den Weg nach Nordosten, nach Ostrowo und Raschkow, um zugleich die Eltern und die Geschwister, aber auch die alten Freunde zu besuchen.

In Medzibor traf er Ludwig Liebenthal, der dort im ersten Hotel am Platze als Hausknecht arbeitete. Die Wiedersehensfreude war groß.

»Wie geht's denn Luise?« Das war eine der ersten Fragen, die Berthold Kempinski stellte.

»Du wirst lachen, sie lebt gar nicht weit von hier als Magd in Honig. Gleich hier hinter Medzibor Richtung Krotoschin.«

»Na, da muss ich morgen mal hin.«

»Mach das. Ich glaube, sie liebt dich noch immer.«

Berthold Kempinski fühlte, dass er rot wurde. In einsamen Nächten hatte er sich oft genug vorgestellt, mit Luise ins Heu zu gehen. Und nun stellte sich heraus, dass auch sie ihn nicht vergessen hatte. Geh hin und frage sie, ob sie deine Frau werden will. Was ihn antrieb, war die Natur. Die wollte, dass er sich mit Luise vereinigte und Kinder in die Welt setzte. Alles kam, wie es kommen musste.

Ludwig Liebenthal umarmte ihn. »Es wäre schön, wenn du mein Schwager wirst.«

Berthold Kempinski. »Und du meiner! Was stellt sich denn

Luise so vor, ich meine …« Er konnte nicht recht in Worte fassen, was er im Sinn hatte.

»Sie will unbedingt auswandern. Nach Amerika.«

»Nach Amerika.« Berthold Kempinski brauchte eine Weile, um das zu verarbeiten. »Das will ja mancher.« Bis 1848, das wusste er, waren viele Juden nach Übersee ausgewandert, inzwischen aber wollten sie nicht mehr ganz so weit und begnügten sich mit Schlesien, von wo es des Öfteren auch weiterging bis nach Berlin. »Wenn schon Amerika, dann aber bitte Lateinamerika, schließlich habe ich in der Schule Latein gelernt.«

»Wie?« Der Freund verstand den kleinen Scherz nicht und blieb ernsthaft. »Nein, in die Vereinigten Staaten möchte sie, das ist ihr großer Traum.«

Als Berthold Kempinski wieder auf dem Kutschbock saß, hatte er Zeit genug, sich alles durch den Kopf gehen zu lassen. Der schmerzte zwar ein wenig, weil er den ganzen Abend über mit Ludwig gezecht hatte, aber dennoch. War es also sein Schicksal, Amerikaner zu werden? New York, New York. Alle Liberalen sprachen davon. Keine Fürsten mehr, keine Unterdrücker. Freiheit und viele Dollars. Konnte man drüben als Weinhändler seinen Weg machen? Vielleicht hatten sie sich ein bisschen an europäischer Kultur bewahrt und soffen nicht nur Bier and Brandy.

Je mehr er sich dem Dorfe Honig näherte, desto unruhiger wurde er. Wie hielt man um die Hand einer Vollwaise an? Luises Vater war ja auf ewig verschollen und ihre Mutter schon lange gestorben. Fragte man da den Bruder? Möglicherweise, aber Ludwig hatte ja schon sein Plazet gegeben. Also standen alle Türen offen. Oder waren die eigenen Eltern vorher zu fragen? Da geriet er ins Wanken. Aber was sollte sein Vater gegen Luise haben? Dass sie arm war und ihm eine gute Partie den Start ins Leben sehr erleichtert hätte. Schon richtig, aber bislang hatte keine der höheren Töchter zwischen Posen und Breslau Anstalten gemacht, ihn zu erwählen. Außerdem liebte er Luise, wenn Liebe hieß, dass er sie besitzen wollte.

Als er Akazien am Wegesrand sah, stieg er ab und pflückte ihr einen wunderschönen Strauß aus Feldblumen.

Eine Stunde später hielt er vor dem Gehöft des Bauern Gurkow. Es war nicht schwer zu finden gewesen, Ludwig hatte ihm alles genau beschrieben. Irgendwie hatte Berthold gehofft, dass hier tausend bunte Bänder wehten. Aber Luise hatte ja von seiner Ankunft nichts wissen können.

Er zog die Bremse seines Wagens an und stellte den Pferden Wasser und Hafer hin, um Zeit zu gewinnen und alles zu mustern. Vorn am Wohnhaus klebte viel Schinkel, was hieß, dass der Bauer recht wohlhabend war. Da hatte es Luise ja gut getroffen.

Er nahm seinen Blumenstrauß und trat durch das offene Tor in den Hof. »Hallo, ist da wer?«

Ein Hüne mit Haaren wie Haferstroh kam mit der Forke vom Misthaufen herab. Offenbar der Knecht. »Was ist?«

»Pardon, ich suche die Luise.«

»Hier ist keine Luise.«

»Ich bin doch aber richtig bei Gurkow?«

»Was wollen Sie hier?«

»Na, die Luise sprechen.«

Da erschien Luise Liebenthal auf der kleinen Terrasse, die man vor die Küche gesetzt hatte, um vom Hochparterre über eine Treppe in den Hof und zu den Ställen zu gelangen.

Ein Hahn krähte, ein Kater schmiegte sich an ihre Beine, aber die Szene war dennoch alles andere als idyllisch, denn Berthold Kempinski hatte schnell begriffen, dass auch der andere ein Auge auf Luise geworfen hatte und sie nicht kampflos hergeben würde.

»Berthold!«, rief Luise von oben. »Du hier?«

»Ja, um dich zu holen!« So schoss es aus ihm heraus, ohne dass er eine Chance gehabt hätte, es zu verhindern.

»Luise gehört mir!«, schrie da der Mann auf dem Misthaufen und kam mit seiner Forke drohend auf Berthold zu. Der wich einen Schritt zurück und fragte Luise, wer das denn sei.

»Heinrich, der Sohn vom Bauern. Er will mich auch.«

»Und wen willst du?«

»Lass mir einen Augenblick Zeit.«

Luise Liebenthal schloss die Augen, und Berthold Kempinski hatte das Gefühl, sie warte auf eine Eingebung des Himmels.

Als sie sich dann sicher war, kam sie die Treppen herunter und in seine Richtung gelaufen. Er breitete schon die Arme aus, um sie aufzufangen.

Da machte sie einen kleinen Schlenker und warf sich Heinrich Gurkow an die Brust.

In Kongresspolen waren die Aufständischen 1864 endgültig gescheitert. Sie hatten es nicht verstanden, ein tragfähiges Programm für die Bauernbefreiung zu entwickeln, und so war die Unterstützung aus dem Lande weithin ausgeblieben, erst recht, als der Zar mit einem Ukas die Leibeigenschaft aufgehoben hatte. Unter Romuald Traugutt hatte man schließlich den Partisanenkrieg gegen die Russen verloren. Die überzogen das Land mit Terror und henkten Traugutt und andere Rädelsführer. Hunderte Rebellen waren es, die öffentlich hingerichtet wurden, und es hieß, zwanzigtausend Polen seien nach Sibirien in die Verbannung geschickt worden.

»Das ist aber noch nicht alles«, sagte Friedrich Wilhelm von Kraschnitz. »Tausende von polnischen Adelsfamilien sind enteignet worden, die katholische Kirche wird unterdrückt, Russisch ist Amts- und Schulsprache geworden. Kongresspolen existiert nicht mehr und ist russische Provinz geworden. ›Weichselland‹ nennen sie es oder ›Gouvernement Warschau‹.«

»Mich interessiert Witolds Schicksal. Und Sie mit Ihren vielen Verbindungen nach Russland können doch da sicher etwas ausrichten.« Vor allem deswegen Berthold war Kempinski aufs Gut gekommen, nicht wegen des Weines, den Kraschnitz bestellt hat. »Ich flehe Sie geradezu an!«

»Ich werde alles versuchen, was in meiner Macht steht, aber wenn er schon auf dem Weg nach Sibirien ist, dann …« Er brach ab, denn sein Leibdiener war in den Raum getreten und kam zu ihm hin, um ihm etwas ins Ohr zu flüstern. Kraschnitz nickte und blickte dann zu Berthold Kempinski hinüber. »Ihr Vater weiß, dass sie hier sind, und hat jemanden geschickt. Ihre Mutter liegt im Sterben, und Sie sollen so schnell wie möglich nach Raschkow kommen.«

Mit Rosalie Kempinski ging es zu Ende, und alle ihre Kinder und näheren Verwandten hatten sich an ihrem Bett versammelt. Sie sah so elend aus, dass Berthold es kaum schaffte, in ihre Richtung zu blicken.

Obwohl es ihr furchtbar schwerfiel und sie immer von Hustenkrämpfen erschüttert wurde, wollte sie ihrem Mann und ihren Kindern noch ein letztes Wort mit auf den Weg geben. »Moritz, du kümmerst dich um Berthold und machst ihn zum Kompagnon. Und du, Berthold, bist Moritz ein ehrlicher Partner und fügst dich in alles ein.«

Kapitel 4
1871

Mit der Schlacht bei Sedan am 2. September 1870 und der Gefangennahme von Napoleon III. war der Deutsch-Französische Krieg entschieden, und die Deutschen sollten am 18. Januar 1871 den preußischen König Wilhelm I. zum Kaiser krönen. Nicht alle Menschen zwischen Maas und Memel und von der Etsch bis an den Belt stimmten in den nationalen Jubel ein, aber es gab in den deutschen Landen einen Aufbruch ohnegleichen. Die deutsche Agrarrevolution kam zum Abschluss, die industrielle Revolution strebte ihrem Höhepunkt entgegen. Jetzt musste man wagen, wollte man gewinnen.

Vor diesem historischen Hintergrund wollte Breslau sein Schiffer-Silvester ganz besonders ausgelassen feiern. Es war ein einzigartiges Fest der Lebensfreude, das die Oderschiffer abbrannten. Begannen sie ihren Umzug, sprach sich das wie ein Lauffeuer herum, und wer sich vergnügen wollte, der stürzte aus dem Haus, um sich ihnen anzuschließen. Durch die Altstadtgassen wälzte sich der Strom, um den Ring und über den Neumarkt, und ergoss sich schließlich in die Straßen zur Oder, wo in den vielen kleinen Schifferlokalen bis weit in den Neujahrstag hinein gefeiert wurde. Getrunken wurden Breslauer Spezialitäten wie der Schirdewan und die Hennig-Creme. Für die Musik sorgten Schnutenorgel und Schifferklavier, also Mund- und Ziehharmonika, und es wurde tüchtig getanzt und gesungen.

» *Wie die Welle hüpft vom Kiel,/wie der Wind fegt über Deck,/ jagen plötzlich Tanz und Spiel/alle Müh' des Jahres weg./Schif-*

fer-Karle, Schiffer-Franz/mit der Frieda und Sophie/drehen sich im Dauertanz/junge Welt, was kostet sie!«

Berthold Kempinski kämpfte sich mit seinen Freunden Leopold Leichholz und Witold Klodzinski durch die Menge. Die beiden waren unheimlich aufgekratzt und wollten ordentlich feiern. Grund dazu hatten sie. Der eine hatte im vergangenen Jahr sein Studium beenden können und verdiente seinen Lebensunterhalt als Hauslehrer bei einer wohlhabenden jüdischen Familie, der andere war mit nur leichten Blessuren aus Frankreich heimgekehrt.

Witold Klodzinski hatte sich vor sechs Jahren schon auf dem Weg in ein sibirisches Arbeitslager befunden, als es Kraschnitz mit seinen Verbindungen zu deutschen Diplomaten in St. Petersburg gelungen war, ihn den Russen doch noch zu entreißen. Voller Dankbarkeit für seine Rettung hatte er sich dann widerstandslos in sein Schicksal ergeben, mit den Ostrower Ulanen in den Krieg zu ziehen. Natürlich war ihm das contrecœur gegangen, denn das Herz der Polen hatte immer schon für Frankreich geschlagen, und der Sieg über die Franzosen stärkte nur die Deutschen und ließ ein freies und großes Polen in eine noch fernere Zukunft rücken, aber zuerst kam das Menschliche, und er wollte Kraschnitz nicht enttäuschen.

Berthold Kempinski freute sich über das Glück seiner beiden besten Freunde, haderte aber doch ein wenig mit dem eigenen Schicksal. Er hatte kein Studium beendet, konnte sich weder Professor nennen und seiner Gelehrsamkeit rühmen, wie der eine, noch hatte er etwas Abenteuerliches erlebt und galt als Held, wie der andere, er verschleuderte weiterhin all seine Gaben und war im Grunde nichts weiter als ein ganz gewöhnlicher Ladenschwengel. »Da darf ich Ihnen zuerst die alles entscheidende Frage stellen, mein Herr: Rot oder weiß?« Er sah sich als armseliges Zirkuspferd Abend für Abend, Jahr für Jahr durch die Arena laufen, immer im Kreis herum, obwohl er doch die Anlage zu einem Rennpferd hatte, das immerzu siegen und wertvolle Preise einheimsen konnte. Im neuen Jahr musste alles anders werden, musste er endlich raus aus seinem Trott. Breslau war eine Sackgasse, in Berlin spielte die Musik.

Sie mussten langsam zusehen, dass sie in einer der vielen Kneipen und Gaststätten einen Platz ergatterten, wollten sie auf das neue Jahr mit Sekt anstoßen, doch das Gedränge vor den Eingängen war so groß geworden, dass sie kaum noch hoffen konnten.

»Witold, geh du mal voran!«, rief Berthold Kempinski. »Du hast Kampferfahrung und kannst den Durchbruch schaffen.«

Witold Klodzinski sagte nicht nein und spielte den Rammbock, die beiden anderen folgten ihm.

Anfangs ging es ganz gut, dann aber verlor Berthold Kempinski ein wenig den Anschluss, und der Druck der Menge trieb eine junge Frau wie einen Keil zwischen ihn und Klodzinski. Es ließ sich nicht vermeiden, dass er ihr kräftig auf den Fuß trat. Sie schrie auf.

»Pardon!« rief er. »Aber das ist mein erster Auftritt heute.«

»Sie haben mir den Fuß gebrochen, Sie Gawwalier! Ich werd gleich ohnmächchdch.«

»Kommen Sie, ich stütze Sie.« Dessen bedurfte es eigentlich keiner besonderen Aufforderung, denn sie wurde von den Nachdrängenden ohnehin gegen seinen Körper gepresst. »Witold, andere Richtung, wir müssen raus hier!«

Das gelang dann auch mit einiger Mühe, und als sie schließlich am Rande des Menschenstromes eine halbwegs ruhige Insel gefunden hatten, stellte sich heraus, dass das Fräulein nur noch humpeln konnte.

»Wie soll ich denn so nach Hause kommen?«, fragte sie.

»Wir tragen Sie hin«, versprach ihr Berthold Kempinski, den die Kleine, sechzehn mochte sie sein, gehörig dauerte. »Wo kommen Sie denn her?«

»Aus Leibzsch.«

»Das dürfte ein bisschen weit sein. Aber dass Sie aus Leipzig stammen, hätte ich nie vermutet.«

»Nu, door säggs'sche Dialeggd iß iwwerall ä bisschen andorsch. Mier mergn glei, wenn eener aus Drehsden oder aus Leibzsch gommd. Wie in Leibzsch so schbrichd morr ooch inn Worrzn, Grimme unn ooch in Borrne. Schon in Eilnborch unn ooch in Dorche gamorr gee G schbrechn. Doord gibbds dorrfor ä J.«

Alles lachte schallend, und sie erklärte, dass in Leipzig zwar ihr

Elternhaus stünde, sie aber durch mehrere Zufälle bei einem Arzt in der Berliner Straße gelandet sei. »Hier in Breslau. Als Dienstmädchen.«

»Dann ist das mit dem Tragen ja wirklich kein Problem«, sagte Leopold Leichholz. »Wenn wir die Neue Oderstraße Richtung Bahnhof hochgehen, sind wir gleich an der Berliner Straße. Passen Sie mal auf, Fräulein …«

»Hess, Helene Hess.«

»Wieso Hässlich?«, fragte Berthold Kempinski, sie bewusst missverstehend. »Sie müssten doch eigentlich Schön heißen, Helene Schön, die schöne Helene.«

»Sie können aber Gommblemännde machen.«

»Nicht nur das …«

Schon war er dabei, seine Hände mit denen von Witold Klodzinski zu verschränken, so dass sich für das Fräulein ein schöner Sitz ergab. So zogen sie denn los. Leichholz, der für solche Transporte zu schwächlich war, wies ihnen den Weg.

Die Familie des Arztes war schon tüchtig am Feiern, der Doktor fand aber noch Zeit, den schon dick angeschwollenen rechten Fuß des Mädchens zu versorgen. Anschließend lud er die drei jungen Männer ein, mit ihm und seinen Gästen zu feiern. Sie sagten nicht nein, zumal es hieß, der Champagner sei schon kalt gestellt.

Caspar Sprotte war 1840 in Berlin als Sohn eines Schauspielers zur Welt gekommen und hatte mit heißem Bemühen Malerei und Baukunst studiert, ohne aber von den anderen als das Genie wahrgenommen zu werden, als das er sich selber sah. Auch seine Romane und Gedichte hatten nie einen Verleger gefunden. Schließlich war er in die Fußstapfen seines Erzeugers getreten und versuchte sich nun nach zwei Jahren an einer mittelmäßigen Schauspielschule als gehobener Statist an den Bühnen der preußischen Provinz. So hatten all die Großen einmal angefangen, und es gab schlechtere Plätze als Breslau und geringere Rollen als den Pförtner in Shakespeares *Macbeth*. Elend war das Leben eines Bohemiens in den Zeiten kaiserlichen Glanzes, aber Sprotte genoss es dennoch.

Vor der nächsten Probe saß er in der Kantine des Breslauer Stadttheaters am Exerzierplatz und memorierte seinen Text. »Das ist ein Klopfen! Wahrhaftig, wenn einer Höllenpförtner wäre, da hätte er was zu schließen. Poch, poch, poch: Wer da! In Beelzebubs Namen? Ein Pächter, der sich in Erwartung einer reichen Ernte aufhing …«

Das ging. Wenn er nur etwas zu trinken gehabt hätte! Bei seiner geringen Entlohnung war er gezwungen, sich zwei Stunden an einem Schoppen Wein festzuhalten.

Als er sein Glas bis auf den letzten Tropfen geleert hatte, lechzte er geradezu nach einem frischen Trunk, und just in diesem Augenblick kam ein Mann mit einem großen Korb voller Weinflaschen vorüber.

»Wein her!«, rief Sprotte. »Wein her, Burschen!/Stoßt an mit dem Gläselein, klingt! klingt!«

»Bravo«, rief der Mann mit den Weinflaschen. »Shakespeare, *Othello*, II. Akt, 3. Szene.«

»Ihr Bravo retour!« Da Sprotte im Gegensatz zu dem anderen seine Hände frei hatte, konnte er anhaltend klatschen. »Welche Bildung bei einem Boten!«

»Das hing bei meinem Vater im Bureau. Wir sind eine alte Weinhändlerfamilie.«

»Wir haben auch mit Weinen zu tun, mit Lachen und Weinen.«

»Sie sind hier im Engagement?«

»Erraten.« Sprotte rückte einen zweiten Stuhl zurecht. »Setzen Sie sich doch.«

Man stellte sich vor, und Caspar Sprotte erfuhr, dass der andere Berthold Kempinski hieß und kein simpler Bote war, sondern Kompagnon des Weinhauses M. Kempinski & Co., das auch Lieferant der Theaterkantine war, und außerdem Absolvent des bekannten Gymnasiums in Ostrowo. Sie kamen schnell ins Gespräch.

»Wie fühlen Sie sich hier?«, fragte der Schauspieler.

»Gemessen an Raschkow und Ostrowo erscheint mir Breslau wie eine strahlende Residenz«, antwortete Berthold Kempinski.

»Ach, Bres is lau. Leben lässt sich's nur in Berlin.« Er hätte fast seine Probe verpasst, so sehr geriet er ins Schwärmen. Ein Assistent holte ihn schließlich.

»Schade«, sagte Berthold Kempinski. »Wann kann man Sie denn auf der Bühne erleben?«

»Nächsten Monat ist Premiere.« Sprotte schielte auf die Weinflaschen. »Wir können ja tauschen: Eine Flasche Wein gegen eine Theaterkarte.«

»Zwei Flaschen gegen zwei Karten.«

»Gut. Machen wir.«

Die Jüdische Gemeinde zu Breslau wuchs von Jahr zu Jahr. Hatte man 1850 an die 7200 Bürger mosaischen Glaubens gezählt, so sollten es 1900 schon mehr als 19 000 sein. Und so erwarb die Jüdische Gemeinde im Südosten der Schweidnitzer Vorstadt ein 4,6 Hektar großes Areal, das Raum für zwanzig Gräberfelder bot. Im November 1856 konnte dort das erste Begräbnis stattfinden.

Moritz und Berthold Kempinski gingen über diesen »Ort des Lebens« und suchten das Grab ihres Kunden Salomon Auerbach, dessen Sarg sich letztes Jahr in die Erde gesenkt hatte.

»Der Ewige gab, der Ewige nahm; es sei der Name des Ewigen gepriesen!« Mit der ihm eigenen Ernsthaftigkeit zitierte Moritz Kempinski Hiob 1, Vers 21.

Berthold Kempinski lachte und dachte an die Kria. »Nicht so feierlich, sonst zerreiße ich mir noch meine Kleider!« Für die nahen Verwandten des Verstorbenen war das fest vorgeschrieben. Damit sollte der Schmerz nach außen hin sichtbar gemacht werden. Der Riss in den Gewändern symbolisierte den Riss im Herzen.

Moritz Kempinski simulierte weiterhin den Gang von der Trauerfeier zum Grabe, der mehrmals unterbrochen wurde, um die Mühsal dieses Weges anzuzeigen, und rezitierte den Anfang des 91. Psalms: » Wer in dem Schutze des Höchsten sitzet, der ruhet im Schatten des Allmächtigen. Ich spreche zum Ewigen: Meine Zuflucht und meine Burg, mein Gott, dem ich vertraue. Denn er wird dich retten von der Schlinge des Vogelstellers.«

»Das tut ja nun in Breslau weniger not«, kam Berthold Kempinskis Zwischenruf.

Der Bruder sah ihn tadelnd an. » Treib aus den Spötter!« Das war aus den Sprüchen Salomos, und weil er viele von denen auswendig

77

kannte, fügte er noch hinzu: »*Mancher kommt zu großem Unglück durch sein eigen Maul.*«

»Du, ich bin da die große Ausnahme: Mein Maul ist mein größtes Kapital und Glück. Ich unterhalte die Leute damit, ich sorge dafür, dass sie sich amüsieren – und sie danken es mir. So sind wir alle glücklich.« Berthold Kempinski hatte es in all den Jahren in Breslau gelernt, den Aggressionen des Bruders mit einem entwaffnenden Humor zu begegnen.

Der Bruder sah ihn böse an. »Ich möchte dir heute nicht bei uns am Abendbrottisch gegenübersitzen.«

»Da brauchst du nichts zu befürchten, ich gehe heute Abend ins Theater.«

Helene Hess kam aus einfachen Verhältnissen, ihr Vater war Rangierer bei der Königlich Sächsischen Eisenbahn in Leipzig und ihre Mutter Beiköchin in einem Gasthaus in der Nähe des Bayerischen Bahnhofs, und wie alle Mädchen ihres Standes träumte sie davon, einmal in die höheren Kreise einzuheiraten. Und ein Weinhändler mit einem Geschäft am Ring zählte ganz sicher dazu.

Vor ihr auf der Waschkommode stand der Blumenstrauß, den ihr Berthold Kempinski geschickt hatte. Zusammen mit einem Billett, das zwar kein richtiger Liebesbrief war, aber immerhin eine gewisse Anbetung erkennen ließ. Ins Theater lud er sie ein, und Theater war etwas für Herrschaften. Sein genaues Alter kannte sie noch nicht, aber sie schätzte, dass er mehr als zehn Jahre vor ihr auf die Welt gekommen war. Es war nichts Außergewöhnliches, dass ein Mann so viel älter war als die Frau, die er heiratete, es war sogar gut so, da hatte er sich schon die Hörner abgestoßen. Ein Beau war Berthold Kempinski nicht, aber durchaus ansehnlich und vor allem ein lustiger Kerl. Und in ihm steckte viel Energie, das hatte sie bei ihrer kurzen Begegnung zu Silvester instinktiv gespürt. Wenn er nun wirklich ernsthafte Absichten hatte … Sie war doch erst sechzehn und kannte die Welt nur aus Kolportageromanen. Mit wem sollte sie reden? In Breslau hatte sie noch keine beste Freundin gefunden.

Ich gehe mit ihm ins Theater, ich gehe nicht. Ich gehe, ich gehe nicht. Sie konnte sich nicht entscheiden. Schließlich nahm sie einen Würfel. Eins, zwei oder drei bedeutet: Ich gehe nicht. Vier, fünf oder sechs heißt: Ich gehe. Der Würfel rollte über die Marmorplatte.

Kommissarius Wilhelm Owieczek schlenderte über den Markt von Krotoschin. Er war gerufen worden, weil man an der Straße nach Ostrowo einen ausgeweideten jungen Mann gefunden hatte. Dem Leichnam hatten Herz, Leber und Teile aus dem rechten Oberschenkel gefehlt. Das war die Handschrift des Mannes, den er nun schon seit über fünfzehn Jahren suchte. Es war mit Sicherheit einer, der das Fleisch seiner Opfer kochte und konservierte. Da, wo es Leichenfunde gegeben hatte und junge Männer als verschwunden gemeldet waren, hatte er bunte Nadeln in die Karte der Provinz Posen gesteckt, und sehr schnell war ihm klargeworden, dass der Täter von Berufs wegen viel unterwegs sein musste. Außerdem konnte er davon ausgehen, dass der Mann alleinstehend war, denn vor einer Ehefrau oder einer Haushälterin hätte er sein Treiben nicht über so viele Jahre hinweg verheimlichen können. Im langen Winter hatte er sich nun mit mehreren Gehilfen darangemacht, die Melderegister aller Gemeinden zwischen der Stadt Posen und der schlesischen Grenze nach Männern abzusuchen, die alleinstehend waren und ihr Geld als Handlungsreisende, fliegende Händler, Schauspieler, Musiker, Akrobaten, Trödler, Lumpenmänner, Saisonarbeiter oder Lokomotivführer verdienten. Hunderte von Namen waren zusammengekommen, und Owieczeks Vorgesetzter hatte seine Arbeit als verlorene Liebesmüh bezeichnet.

Von den vielen Namen hatten sich nur wenige in sein Gedächtnis eingeprägt, und einer von denen war Krojanke. Warum, das wusste er nicht. Wahrscheinlich, weil seine Mutter eine geborene Jahnke war.

Und nun hörte er den Namen Krojanke am Stand eines Mannes, der Scheren, Messer, Sägen, Feilen, Äxte und Beile verkaufte und gerade mit einem Förster verhandelte.

»Die nehm ich, Krojanke«, sagte der Forstbeamte und prüfte die scharf geschliffene Klinge noch einmal mit Zeigefinger und Daumen.

»Da können Se Papier mit schneiden.« Krojanke ließ sich die Axt noch einmal geben, um es zu demonstrieren.

Dabei entdeckte Owieczek einen rötlichen Fleck auf dem Stiel, und zwar da, wo sich ein kleiner Ratscher in der Lackierung befand. Dieser Fleck war ganz einfach zu erklären, denn Krojanke hatte Stunden zuvor Rote Beete gegessen, und dabei war ein wenig Saft auf seine Auslagen gekleckert. Owieczek aber hatte eine ganz andere Assoziation: Blut! Es schoss ihm durch den Kopf, wie ein Reflex, und gleichzeitig fiel ihm wieder ein, dass damals in Raschkow der Regierungsreferendarius Sigismund von Schecken mit einer Axt erschlagen worden war. Vielleicht hatte er sterben müssen, weil er den Kannibalen schon damals entdeckt hatte? Ach, alles Hirngespinste!

Dennoch setzte sich Owieczek am Abend hin und schrieb einen Brief an seine Kollegen in der Stadt Posen. Sie mögen doch bitte in Erfahrung bringen, wo dieser Krojanke ansässig war, und sich einmal in dessen Wohnung umsehen.

Moritz Kempinski war wenig erbaut davon, dass sich sein Bruder mit Fräulein Hess verloben wollte.

»Ein Dienstmädchen, Berthold, ich kann es nicht fassen! Wollen wir mit unserer Firma expandieren, brauchen wir dringend neues Kapital. Und ich habe so sehr mit der Mitgift deiner Braut gerechnet.«

»Es ist Liebe – und gegen diese Himmelsmacht kann keiner an.«

»Das Leben ist kein Kolportageroman!«

Berthold Kempinski lachte. »Dann mache ich's eben dazu.«

»Das Lachen wird dir schon noch vergehen.«

Und diese Prophezeiung sollte sich alsbald erfüllen, denn bei ihnen in der Ohlauer Straße 73, wohin sie inzwischen mit ihrer Firma umgezogen waren, erschien ein Mann, der sich als Kommissarius Wilhelm Owieczek aus Posen vorstellte.

»Ich komme wegen eines versuchten Mordes.«

»Wir sind nicht Kain und Abel!«, rief Berthold Kempinski, nachdem man sich gegenseitig vorgestellt hatte. Jetzt erst ging ihm ein Licht auf. »Gott, Sie sind doch der, der mich damals in Raschkow vernommen hat, weil ich den erschlagenen Regierungsreferendarius gefunden habe.«

»Ja, in der Tat.« Auch Owieczek konnte sich wieder daran erinnern. »Da waren Sie noch ein Schuljunge.«

»Und jetzt stehe ich kurz davor, die Frau fürs Leben zu heiraten.«

»Gratuliere.« Owieczek schüttelte ihm die Hand. »Zu Ihrer Braut und dazu, dass sie dem Tod gerade so von der Schippe gesprungen sind.«

»Wie das?« Berthold Kempinski konnte nicht verhindern, dass er doch ein wenig blass wurde.

»Setzen wir uns erst einmal.« Der Kommissarius nahm Platz und ließ seine Blicke über die Weinregale schweifen. »Ein Glas Wasser haben Sie nicht für mich?«

»Doch«, sagte Moritz Kempinski und gab dem Gehilfen einen Wink, in die Küche zu eilen.

Berthold Kempinski hielt den jungen Mann zurück. »Sie dürfen ja keinen Schnaps im Dienst trinken, aber wohl ein Glas Wein, Posen ist schließlich weit weg.«

»Oh, gerne!« Owieczek freute sich immer wieder, wenn er auf Menschen traf, die Gedanken lesen konnten. Nachdem er sich gelabt hatte, begann er zu erzählen. Wie er durch den roten Fleck auf der Axt, aber auch durch die anderen Fakten auf Krojanke gekommen war und dass sie in seinem Haus in Obersitzko grausiges Beweismaterial in Hülle und Fülle gefunden hatten.

»Das habe ich schon alles in der Zeitung gelesen«, sagte Berthold Kempinski ein wenig enttäuscht. »Und warum soll ich da dem Tod von der Schippe gesprungen sein? Weil ich den Regierungsreferendarius gefunden habe?«

»Nein, weil Sie auf Krojankes Liste gestanden haben, auf einer Liste mit jungen Männern, auf die er mächtig Appetit gehabt hat. Und einmal hatte er sie auch schon an der Angel, wie er mir erzählt hat. Irgendwann im Jahre 1861. Da waren Sie zu Fuß von Ostrowo nach Raschkow unterwegs, und er hat sie auf seinem Wagen mitgenommen. Wenn nicht das Rad gebrochen wäre, dann … Die Axt lag schon bereit.«

Berthold Kempinski schwieg. Fast hätte er ein Dankgebet gen Himmel geschickt.

Des Menschen Seele ist ein merkwürdig Ding, hatte Dr. Dramburger immer gesagt, und daran musste sich Berthold Kempinski in den nächsten Tagen des Öfteren erinnern, denn jetzt, wo Krojanke hinter Schloss und Riegel saß und bald geköpft werden würde, kam die Angst. Er sah Krojanke mit seiner Axt hinter jeder Ecke lauern, und ein Gedanke beherrschte ihn mehr und mehr: Bloß weg von hier, weg von Posen und Breslau!

Das deckte sich mit Helenes Wunsch, lieber heute als morgen nach Berlin zu ziehen, denn die Reichshauptstadt war für sie, wie er immer wieder spottete, das, was für die alten Griechen der Berg Ida war, der Geburtsort des Zeus.

»Das ist doch widernatürlich, dass du als Sächsin nach Preußen willst.«

»Jetzt sind wir doch alle ein Land – und Schlesien ist schließlich auch preußisch.«

Berthold Kempinski konnte sich nicht entscheiden, ob er Berlin herrlich oder scheußlich finden sollte. Er kannte es nur vom Hörensagen, vor allem aus den Erzählungen seines Freundes Caspar Sprotte. In Raschkow war er wer, in Breslau kannten ihn und die Firma M. Kempinski & Co. immerhin alle Honoratioren der Stadt, aber in Berlin war er ein absoluter Niemand.

»Was soll ich denn da?«, fragte er seine zukünftige Gattin, als er mit Helene und Moritz zusammen bei Tische saß.

Helene lachte. »Was du da sollst? Na, Berlin erobern. E' jeder hat sei' Steckenfärd.«

»Berlin erobern – vielleicht mit meinen Jonglierkünsten?« Er schaffte es immerhin, drei leere Weinflaschen durch die Luft zu wirbeln und vor seiner Nase kreisen zu lassen, wenn auch nur selten, ohne dass sie irgendwann zu Boden fielen und zerschellten.

»Mit deiner Kenntnis von guten Weinen.«

Berthold Kempinski kaute an seinem Rinderbraten und geriet wieder ins Wanken. »Und wenn ich nun doch in Breslau bleibe und wir zusehen, dass wir zum Weinhandel noch ein eigenes Restaurant aufmachen?«

Sein Bruder reagierte abwehrend. »Nur über meine Leiche.«

Berthold Kempinski lachte. »Das machte nur Sinn, wenn wir Krojanke hätten und dich fein portioniert auf den Teller bringen könnten.«

»Verschone mich bitte mit deinem schwarzen Humor!«

Sie stritten sich noch eine Weile, doch schließlich setzte sich Berthold Kempinski hin und schrieb einen Brief an Caspar Sprotte, der inzwischen nach Berlin zurückgekehrt war. Könne er ihn nicht vom Bahnhof abholen, er wolle sich einmal in der Hauptstadt umsehen, ob es sich lohne, dort eine eigene Weinhandlung zu eröffnen.

Die Antwort kam prompt. *Immer her mit Dir, ich freue mich schon darauf, Dich zu umarmen.*

Caspar Sprotte hatte sich gern als Cicerone angeboten und sich schon lange vor Berthold Kempinskis Eintreffen in Berlin in der Szene kundig gemacht, so dass er den Breslauer nun zu den wichtigsten Ladenlokalen führen konnte, in denen man Wein kaufen und verkosten konnte.

»Beginnen müssen wir unbedingt mit Habel«, sagte er, als sie sich an einem eher trüben Oktobertag auf den Weg durch die Innenstadt machten. »Denn: Was dem Kain der Abel, / ist dem Kenner edler Weine hier in Berlin der Habel.«

Die Weinhandlung der Königlichen Hoflieferanten Gebrüder Habel war bereits 1779 gegründet worden. Johann Simon und Johann Georg Habel waren aus der Gegend von Rothenburg ob der Tauber an die Spree gekommen. Die Söhne hatte das Anwesen Unter den Linden 30 gekauft und 1784 neben der Weinhandlung eine Weinstube eröffnet. Die Hintergebäude reichten bis zur Rosmarinstraße. 1801 hatte man alles umbauen lassen.

»Und Johann Simon Habel ist sogar 42 Jahre lang Kellermeister Friedrichs des Großen gewesen«, sagte Sprotte. »Von den beiden anderen beiden Preußenkönigen ganz zu schweigen, den Friedrich Wilhelmen II. und III.«

»Damit kann ich leider nicht dienen.« Berthold Kempinski seufzte.

Sprotte nickte. »Ich fürchte, auch nicht mit der Alt-Berliner Behaglichkeit, welche die Leute an Habel so schätzen. Die alten Kachelöfen, die Bilder aus dem Hof-, Theater- und Volksleben.« Berthold Kempinski registrierte, dass ihm immer bänger wurde. Da hatte er sich, angetrieben von Helene, vorgenommen, Berlin im Handstreich zu erobern – und stand nun mit Pfeil und Bogen vor hohen Festungsmauern.

»Warum haben wir ausgerechnet mit Habel beginnen müssen?«, hielt er Sprotte vor.

Der Freund lachte. »Das habe ich bei Machiavelli gelesen, dass man immer mit den größten Grausamkeiten beginnen soll.« Erst jetzt begriff er, dass jede schon bestehende Weinhandlung, in die er Berthold führte, ein schwerer Schlag war, den der Mann aus der Provinz erst einmal verdauen musste. »Biegen wir dennoch ab in die Charlottenstraße zu Lutter & Wegner.«

Über diese Berliner Institution wusste er zu berichten, dass sie schon 1806 vom Kaufmann und Weinhändler Sigismund Trenck begründet worden war, und zwar in einem wunderschönen klassizistischen Gebäude, das kein Geringerer als Carl Gontard entworfen hatte. Fünf Jahre später war das Geschäft dann von Christoph Lutter und August Friedrich Wegner übernommen worden. In den Kellergewölben hatten Berühmtheiten wie die Dichter E. T. A. Hoffmann, Heinrich Heine und Theodor Körner und der Schauspieler Ludwig Devrient zu ergründen versucht, wie viel Wahrheit im Wein zu finden war.

Wieder war Berthold Kempinski so beeindruckt, dass es ihm fast den Atem nahm. Als er dann aber mit Caspar Sprotte in einem der Gewölbe saß, dessen Wände Handzeichnungen E. T. A. Hoffmanns zierten, hatte er sich schon wieder gefangen.

»Das sieht ja hier aus wie in den Kasematten der Festung Küstrin«, sagte er. »Oder wie zu Hause in meinem Kohlenkeller.«

Sprotte lachte. »Die Kunst besteht eben darin, den Leuten weiszumachen, dass das ein ganz besonderes Erlebnis sei.«

»Ein bisschen gehobener hätte ich's schon gern«, bekannte Kempinski, »so vom Ambiente her.«

Da gefiel ihm Trabach in der Behrenstraße 51 schon besser, obwohl ihm das Etablissement zu klein erschien. Der Kellner erzählte ihnen, dass man an einen Neubau denke. Berthold Kempinski freute sich, als er das hörte, denn das war der Beweis, dass die Berliner Weide noch lange nicht abgegrast war. Die empfohlenen Weine von der Ahr und der Mosel fand er so vorzüglich, dass er für Sprotte und sich einen Schoppen nach dem anderen bestellte. Die Folge war, dass sie ihren Rundgang erst am Abend des nächsten Tages fortsetzen konnten.

Diesmal begannen sie bei F. W. Borchardt in der Französischen Straße 48. Auf der gegenüberliegenden Straßenseite stehend, mussten sie eine Weile nachdenken, wann die Firma denn wirklich gegründet worden war, denn oben am Sims stand *MDCCCLIII*. Schließlich einigten sie sich auf 1853.

»Klein, aber fein«, fasste Sprotte seine Erkenntnisse über F. W. Borchardt zusammen. »Zuweilen geruht der Kronprinz hier nach einem Theaterbesuch in einem der Nebensäle zu soupieren, die Garde-Kavallerie feiert hier, und die älteren Herren des vornehmen Landadels schauen vorbei, wenn sie nach Berlin kommen. Wer ein Gourmet ist, kann sich mit dem Ober beraten und sich jedes gewünschte Gericht extra zubereiten lassen.«

»Gut, fühle mich als Berthold von Kempinski, Großgrundbesitzer aus Raschkow, und bestelle mir Schlesisches Himmelreich.«

So geschah es dann auch, und er war von allem überaus beeindruckt.

»Na, willst du Borchardt kopieren?«, fragte Spotte.

Berthold Kempinski zögerte mit einer Antwort. »Nein, das ist mir für den Anfang alles eine Nummer zu groß, aber am Ende könnte das schon stehen: die Weinhandlung in Verbindung mit einem Restaurant und einem Delikatessengeschäft. Aber um da hinzukommen, braucht man Jahrzehnte.«

Sprotte lachte. »Der Anfang ist die Hälfte des Ganzen, und wo und wie willst du denn anfangen?«

»Auf alle Fälle bald, denn wenn die Millionen aus Frankreich erst da sind und ausgegeben werden, muss man zur Stelle sein. Und wo? Auf alle Fälle irgendwo im Bereich Friedrichstraße, Leipziger Straße.«

»Warum nicht am Potsdamer Bahnhof, wenn der nächstes Jahr eröffnet wird, warum nicht am Hackeschen Markt?«, fragte Sprotte. »Ich habe noch zwei gute Adressen, aber da musst du ein paar Groschen für eine Droschke lockermachen, so weit latsche ich nicht durch die Stadt.«

Berthold Kempinski nickte, und so fuhren sie zunächst zu den Weinstuben Frederich in der Eichhornstraße 3. Die war zwischen der Potsdamer und der Linkstraße gelegen und stieß an ihrem östlichen Ende an das ausgedehnte Bahngelände.

»Das wäre schon eher meine Hutnummer«, sagte Kempinski, als sie an Ort und Stelle angekommen waren, denn gemessen an Habel und Borchardt wirkte das Haus Frederich mit seiner niedrigen Firsthöhe und dem schlichten Stil ziemlich bescheiden.

»Adolf Menzel soll hier verkehren«, sagte Sprotte.

»Ja, schön und gut«, Berthold Kempinski wiegte den Kopf hin und her, »aber so unmittelbar neben einem Bahnhof, da hat man zu viel Laufkundschaft und keine Stammkunden, und die garantieren einem das Überleben.«

»Dann auf zum Hackeschen Markt!«

Staud's Weinstuben, seine letzte Adresse, lag am Zwirngraben 2 und war über die Neue Promenade zu erreichen.

»Manche kommen nur zu Franz Staud, um Berlins schmalstes Haus zu bewundern. Das liegt direkt daneben, zweieinhalb Stockwerke hoch, aber nur so breit, dass gerade mal Platz für ein Fenster je Etage vorhanden ist.«

Auch Berthold Kempinski staunte über dieses Bauwerk, merkte aber an, dass er sich sein Domizil in der Hauptstadt doch ein wenig feudaler vorgestellt habe.

»Und die Weinstube selber?«, fragte Sprotte.

»Für die gilt dasselbe, ein bisschen gehobener könnte es schon sein. Was mir vorschwebt, liegt irgendwo zwischen Habel und Staud.«

Sprotte lachte. »Dann such mal schön.«

Berthold Kempinski engagierte vor der Rückreise nach Breslau einen Makler, und der schickte ihm im Laufe der Zeit immer wieder Listen mit mehreren Okkasionen nach Breslau, darunter auch das

Haus Friedrichstraße 178. Das war an der Ecke Taubenstraße, also ungemein günstig gelegen.

»Die Friedrichstraße ist es!«, rief Helene. »Da gibt's weiter kee' Gefiepe: Das Haus da nehmen wir!«

»Ich muss erst mit meinem Bruder sprechen.« Berthold Kempinski graute es vor diesem Gang, denn ohne dass ihm Moritz Geld gab, konnte er Berlin vergessen.

»Unmöglich!« rief Moritz Kempinski, der es als elenden Verrat empfand, dass sich sein Bruder von ihm trennen wollte. Seit ewigen Zeiten hatte er Gewalt über ihn gehabt, und nun kam der Aufstand.

Berthold Kempinski sah es ebenso: als Befreiung, als Abnabelung. Auch er fühlte sich unwohl dabei, aber was sein musste, das musste halt sein.

»Ist dir denn deine Familie gar nichts mehr wert?«, fragte Moritz.

»Versuche es bitte nicht auf diese Tour! Berlin ist schließlich nicht aus der Welt, und ich kann dich und die anderen ja jederzeit besuchen.« Berthold Kempinski spürte plötzlich die Kraft, die in ihm steckte. »Und bitte zahle mich aus.«

»Das kann ich nicht.«

»Ich brauche für Berlin eigenes Kapital, sonst brauche ich gar nicht erst anzufangen.«

»Du hast ja deine Spargroschen.«

»Die reichen nicht.«

»Dann nimm Kredite auf.«

»Die kosten zu viel.«

»Dann schlag dir die Friedrichstraße wieder aus dem Kopf!«, rief Moritz.

»Nein, das tue ich nicht!«

Sie brauchten die halbe Nacht, um sich zu einigen und halbwegs in Güte zu trennen. Berthold bekam einiges Geld aus der Firma und willigte dafür ein, das Berliner Geschäft ebenfalls unter der Firmenbezeichnung M. Kempinski & Co. eintragen zu lassen, so dass der Bruder in Breslau damit prunken konnte, eine Filiale in Berlin zu haben.

Als sie in den Berliner Zug steigen wollten, hatten sich sein Vater, sein Bruder Moritz und die Freunde Witold Klodzinski und Leopold Leichholz auf dem Bahnsteig versammelt.

»Schön, dass ihr uns das letzte Geleit geben wollt«, sagte Berthold Kempinski.

Man umarmte sich, und alle gaben ihnen gute Ratschläge und die herzlichsten Wünsche mit auf den Weg, und als der Zugführer zum Einsteigen mahnte, trat Leopold Leichholz vor, um sie mit einem Gedicht seines geliebten Angelus Silesius zu verabschieden.

»Aus *Der cherubinische Wandersmann*: *Mensch, werde wesentlich! Denn wenn die Welt vergeht,/so fällt der Zufall weg; das Wesen, das besteht./Viel haben macht nicht reich. Der ist ein reicher Mann,/der alles, was er hat, ohn' Leid verlieren kann./Freund, so du etwas bist, so bleib doch ja nicht stehn:/Man muss aus einem Lichte fort ins and're gehen.«*

Kapitel 5
1872–1881

Die Gründerzeit hatte begonnen. Mit den französischen Reparationen, die sich auf etwa 4,5 Milliarden Reichsmark beliefen, versuchte Deutschland, den industriellen Rückstand gegenüber anderen europäischen Ländern aufzuholen. Bis Ende 1873 wurden allein in Preußen fünfhundert neue Aktiengesellschaften gegründet. Immer mehr privates Kapital floß in die Wirtschaft, und die wuchs und wuchs. Ebenso wie die Bevölkerung. Die Einwohnerzahl Berlins und der 1920 eingemeindeten preußischen Großstädte Rixdorf, Schöneberg, Wilmersdorf und Charlottenburg, später noch Lichtenberg, Spandau und Steglitz, stieg in den Jahren 1871 bis 1910 von rund 930 000 auf 3,7 Millionen Menschen. Im Jahresdurchschnitt kamen jeweils rund 72 000 neue Einwohner hinzu. Die wirtschaftliche Dynamik war unvorstellbar groß. Ganze Straßenzüge und Villenvororte, Westend und Lichterfelde etwa, wurden ebenso aus der Erde gestampft wie riesige Blöcke mit Mietskasernen für die ärmeren Bevölkerungsschichten.

Berlin war mit der Gründung des Deutschen Reiches die Hauptstadtfunktion zugefallen. Der Deutsche Reichstag trat in der Königlichen Porzellanmanufaktur in der Leipziger Straße zusammen, deren Gebäude man um einen Plenarsaal erweitert hatte. Der Hof residierte zwar auch in Potsdam, aber das Berliner Stadtschloss war bedeutsamer. Die Spitzen der preußischen und der Reichsverwaltung, die Führungskräfte in den Zentralen von Banken, Industrie und Handel und der unzähligen Verbände konzentrierten sich in der Mitte Berlins. Dazu kamen die ausländischen Diplomaten und die Vertreter der anderen Bundesstaaten. Staats-

und Regierungschefs kamen zu Staatsbesuchen oder internationalen Kongressen in die deutsche Hauptstadt, und der Berliner Kongress von 1878, in dem sich Bismarck als Friedensstifter auf dem Balkan profilierte, war ein erster Höhepunkt. Zusammen mit den vielen Dutzend Parteipolitikern und Parlamentariern und den Vertretern von Kunst und Wissenschaft ergab das die »oberen Zehntausend«, die Berlin langsam, aber sicher zur Weltstadt werden ließen. Es wurden immer mehr Büros eingerichtet, man traf sich tagsüber zu Verhandlungen und Geschäftsabschlüssen und abends nach dem Theater, der Oper oder einem Konzert in den Cafés und Restaurants der Innenstadt.

Berthold Kempinski hatte den richtigen Riecher gehabt, denn die Friedrichstraße lag am Rande dieses Zentrums von Macht und Einfluss. Dennoch gab es ein unüberhörbares Aber. Pessimisten wie wirkliche Kenner ökonomischer Zusammenhänge sagten voraus, dass der kollektiven Trunkenheit alsbald ein böses Erwachen folgen würde, und behaupteten hinterher, sie hätten den »Gründerkrach« von 1873 mit stürzenden Kursen und plötzlich wertlos gewordenen Aktien vorhergesehen. Bei Berthold Kempinski kam ein schrecklicher Traum hinzu: Er hatte sich als Ikarus gesehen, war der Sonne entgegengeflogen und abgestürzt. Mit zerschmetterten Gliedern hatte er auf der Weidendammer Brücke gelegen.

»Haben wir zu viel gewagt?«, fragte Helene Kempinski, als er ihr von seinem Alptraum erzählt hatte. Kein Abend verging ohne längere Diskussion über diese Frage.

»Zu viel gewagt? Nein.« Berthold Kempinski schüttelte den Kopf. »Eher zu wenig.«

»Wie das?«

»Ich glaube, der Weingroßhandel allein, der bringt es nicht. Ich meine, dass nur die Wiederverkäufer bei uns auftauchen. Rechne doch mal: Einer, der zehn Flaschen kauft, bringt weniger als hundert, die eine Flasche mit nach Hause nehmen.«

»Hundert, wie sollen denn die bei uns reinpassen?«

Er lachte. »Die kommen doch nicht alle auf einmal, die verteilen sich doch auf den ganzen Tag.«

Helene blieb skeptisch. »Und wie sollen wir die anlocken?«

»Indem wir nicht nur Flaschen ins Schaufenster stellen, sondern die Leute auch mal was trinken lassen.«

Seine Frau sah ihn nachdenklich an. »Du meinst, wir sollten eine Probierstube einrichten?«

»Ja, das meine ich.«

Sie verzog das Gesicht. »So eng, wie das alles schon jetzt bei uns ist?«

»Probieren geht über studieren.«

So wurde eine »Weinprobierstube« eingerichtet, und die Leute kamen nun wirklich in Scharen.

Aber so richtig zufrieden waren die Berliner noch immer nicht.

»Schade, Herr Kempinski, dass Sie zum Wein nicht auch ein paar Käsehäppchen reichen.«

»Tut mir leid, aber …«

»Kann man bei Ihnen auch gleich etwas zu essen bestellen?«

»Das muss ich bedauern, mein Herr.«

Das wiederholte sich so oft, dass Berthold Kempinski ein Glas mit Soleiern und einen kleinen Korb mit Brötchen auf die Theke stellte. Als dieser kleine Imbiss bei vielen Gästen den Wunsch nach mehr aufkommen ließ, schlug er Helene vor, ein kleines Lokal einzurichten, eine Schoppenstube mit ein paar ausgewählten Gerichten.

»Die Leute machen Geschäfte und wollen sich zwischendurch mal für ein paar Minuten ausruhen und dann wieder weiter. Tempo, Tempo! So ein Restaurant gibt es hier in der Gegend noch nicht.«

Seine Frau war einverstanden. »Ja, Wein und dazu ein paar Happen, die man ohne viel Umstände isst, die auch nicht viel kosten und die ich selber kochen kann.«

»Wunderbar, du kochst das alles, und ich serviere es«, sagte er.

Helene lachte. »Dass ich kochen kann, steht außer Frage, aber du kannst nicht servieren.«

»Kann ich wohl!« Berthold Kempinski hatte es ja als Kind in Raschkow oft genug geübt. Er zögerte nicht, ihr eine kleine Kostprobe seines Könnens zu geben. Es klappte alles bestens.

So wuchs denn in der Friedrichstraße 178, Ecke Taubenstraße

alles so organisch, dass es gelingen musste. Der Schoppenwein war vortrefflich und preiswert dazu, und was aus Helenes Küche kam, Bratwürstchen, Gulasch, Zwiebelleber und Kalbsschnitzel, das mundete allen.

Von der Friedrichstraße her betrat der Gast einen vergleichsweise breiten Hausflur, von dem es links zu Kempinski ging. Nachdem die Eingangstür passiert war, ging es in den Laden und durch diesen hindurch in das kleine Lokal, in dem im Bedarfsfalle an die zwanzig Gäste Platz finden konnten. Schmal, eng und düster war der Raum, und an den Wänden reihten sich die Regale aneinander, in denen viele tausend Flaschen lagerten. Für alle sichtbar, ließ Berthold Kempinski den Wein aus großen übereinanderliegenden Fässern in die Kelche rinnen. Hinter der Gaststube lag die Küche, und von der führte eine weitere Tür zu ihrer Wohnung.

»Davon träumt doch jeder Mensch«, sagte Berthold Kempinski. »Zwei Schritte – und man ist vom Bett am Arbeitsplatz.«

Caspar Sprotte winkte ab. »Das ist doch gar nichts, eine frühere Kollegin von mir hat ihren Arbeitsplatz direkt im Bett.«

»Meinst du wirklich, dass *ich* damit mehr Geld verdienen könnte als mit Wein und kleinen Happen?«

Sich in Berlin einzugewöhnen war kein Kunststück für Berthold Kempinski, denn zum einen war es sprichwörtlich, dass der richtige Berliner aus Breslau kam, und zum anderen konnte man der deutschen Hauptstadt zwar viel Negatives nachsagen, ein Vorteil aber war ihr nicht abzusprechen, der nämlich, dass sie jeden, der von auswärts kam, sofort als gleichberechtigt anerkannte. Da gab es keine offenen oder versteckten Aggressionen gegen »Reingeschmeckte«, wie die neu Zugezogenen im Süddeutschen hießen.

Berthold Kempinski war als Kaufmann kreativ und tüchtig, verstand eine Menge vom Wein als solchem und besaß ein so gewinnendes Wesen, dass die Leute gar nicht anders konnten, als sich von ihm einfangen zu lassen. In ihrer wissenschaftlich angelegten Firmengeschichte *M. Kempinski & Co.* beschreibt Elfie Pracht seinen Charakter folgendermaßen:

Natürliche Liebenswürdigkeit, Humor, der manchmal einen sar-
kastischen Einschlag hatte, meistens aber gutmütig blieb, Beschei-
denheit und eine ausgeprägte Fähigkeit, sich in die Psyche anderer
einzufühlen, machten Berthold Kempinski bald zu einem der be-
liebtesten Gastronomen Berlins. Menschen zu ermutigen und zu-
friedenzustellen, war Leitmotiv seines Wirkens.

Eines Tages bestellte der Oberbuchhalter eines Konfektions-
geschäftes am Dönhoffplatz eine Flasche roten Beaujolais. Kaum
hatte er den Wein gekostet, rief er den Kellner, den Berthold Kempinski inzwischen eingestellt hatte, um sich zu beschweren.
    »Das ist doch unmöglich ein Château Fleur Cardinale!«
    »Doch, mein Herr.«
    »Dann rufen Sie mir den Inhaber.«
    Berthold Kempinski kam an den Tisch, begrüßte den Gast mit
einer angemessenen Verbeugung, ließ sich vom Kellner ein Glas
geben, schenkte sich ein und hielt den Wein gegen das Licht. »Das
werden wir gleich haben.« Behutsam kostete er, ließ den Wein auf
der Zunge zergehen, kostete nochmals, schnalzte und stellte das
Glas vorsichtig auf den Tisch. Natürlich war es derselbe Château
Fleur Cardinale, den er schon seit Wochen verkaufte, aber sagte er
dem Gast jetzt, dass dieser unrecht hatte, sah der sich vor seiner
Begleitung bloßgestellt und ließ sich garantiert nie wieder blicken.
Und sollte er ihn dahingehend belehren, dass jede Speise die Ge-
schmacksnerven eines Menschen anders beeinflusste und er beim
ersten Mal nur etwas anderes gegessen hatte? Nein. Also gab er
sich reuig. »Sie haben recht, mein Herr, es ist nicht die gleiche
Qualität. Ich bin erstaunt, dass Sie ein so großer Weinkenner sind,
denn der Unterschied ist nur für ganz große Feinschmecker zu be-
merken. Ich werde Ihnen eine andere Flasche kommen lassen.«
    Der Gast bedankte sich und erklärte dem Kellner wie der Dame
seines Herzens, dass er nun endlich den einzig wahren Château
Fleur Cardinale trinken werde.
    Ja, die französischen Weine! Vier hellbraune Fässer eines her-
vorragenden Bordeaux hatte er sich aus St. Julien kommen lassen.
    »Koste mal«, sagte er zu seiner Frau. »Köstlich. Die Berliner

werden staunen, wenn ich ihnen meinen Château Mouton d'Armailhacq für 35 Pfennige ablasse.«

Helene Kempinski schüttelte sich. »Französischer Rotwein, das ist nichts für mich. Und außerdem zerbricht sich jeder vernünftige Mensch die Zunge, wenn er das aussprechen will. Wenn du deinen Château Dingsda verkaufen willst, musst du ihn erst mal umtaufen.«

»Hier wird nichts umgetauft!« Und er machte sich daran, ein großes Schild zu malen: *Château Mouton d'Armailhacq. Jahrgang 1861. 2me crû classé. Das Glas 35 Pfennig.*

Helene begann ein wenig zu maulen. »Immer musst du dir was Neues einfallen lassen. Kannst du nicht mal mit dem zufrieden sein, was wir haben? Immer neue Flausen im Kopf! Gerade fängt unser Geschäft an, einigermaßen zu gehen: Wir haben unsere Stammgäste, alles ehrenwerte Herrschaften, die ihren Mosel oder Rheinwein lieben, sich ab und zu auch mal an einem Glas Tokajer oder Szamorodner delektieren, und die vergraulst du mit deinem Château Muhton.«

»Mouton, nicht Muhton, mit Kühen hat das nichts zu tun.«

»Danke für die Belehrung. Vielleicht kannst du Strousberg deinen Château Muhton für den Ausschank in seinen Zügen verkaufen oder Bismarck für seine Staatsgäste, denn morgen sind die bestimmt hier und essen und trinken bei uns.« Sie meinte den Eisenbahnkönig und den Reichskanzler.

Er trat zu seiner Frau und legte ihr die Arme auf die Schultern. »Sei lieb, Helenchen, wir wollten doch heute Abend ganz etwas anderes machen als uns streiten – den Thronfolger nämlich.«

»Heute nicht!« Helene war richtiggehend böse.

Zwar entging Berthold Kempinski an diesem Abend der erhoffte Genuss, dafür konnte er in den nächsten Tagen wegen seines Château Mouton d'Armailhacq frohlocken, denn zu den Stammgästen gesellten sich nun auch die Assessoren, Legationsräte und Räte erster Klasse aus dem Außenministerium in der Wilhelmstraße.

Unaufhaltsam nahte der 10. Oktober 1873, und Berthold Kempinski musste sich mit der Tatsache abfinden, dass er an diesem Tage dreißig Jahre alt wurde.

»Willst du wirklich groß feiern?«, fragte Helene.

»Soll ich damit warten, bis ich hundert werde?«, fragte er zurück.

»Wo willst du denn feiern?«

»Na, hier bei uns natürlich. An diesem Abend hängen wir das Schild *Geschlossene Gesellschaft* an die Tür.«

»Was uns da an Einnahmen entgeht!«, barmte Helene.

Berthold Kempinski nahm es gelassen, dass ihre Sparsamkeit mitunter schon in Geiz überging. Wo er nie auf den Pfennig sah, war es gut, dass sie das Geld zusammenhielt. »Wir werden schon nicht pleitegehen.«

»Nein, aber …« Sie suchte nach anderen Argumenten, dem Trubel einer großen Feier zu entgehen. »Wer soll denn alles kommen? Ganz Raschkow und Breslau?«

Er kratzte sich den Kopf. »Ja, eigentlich schon.«

»Wo sollen die denn alle schlafen, wir sind doch kein Hotel hier!«

»Leider nein, aber hier in der Nähe gibt es eine Menge Unterkünfte mit Zimmern, die man bezahlen kann.«

Helene maulte noch ein wenig, dass man das Geld ruhig aus dem Fenster werfen könne, man habe es ja, dann gab sie aber doch ihre Zustimmung, und er konnte die Einladungen verschicken.

Sein Vater, sein Bruder Moritz und die drei Freunde aus seiner Kindheit und Jugend in Posen und Breslau kamen am Abend zuvor mit der Eisenbahn an. Schon eine halbe Stunde vor Ankunft des Zuges stand Berthold Kempinski auf dem Schlesischen Bahnhof. Alt und würdig kam er sich vor. Noch war er keine stadtbekannte Persönlichkeit wie August Borsig, Wilhelm von Carstenn, Theodor Fontane, James Hobrecht, Eduard Knoblauch, Wilhelm Adolf Lette, Rudolf Mosse, Ernst Schering, Werner Siemens oder Rudolf Virchow. Aber wollte er überhaupt, dass er kaum noch über die Straße gehen konnte, ohne pausenlos lächeln und grüßen zu müssen? Nein.

Einen Gefühlssturm hatte er erwartet, doch als die fünf jetzt aus dem Zug stiegen, reagierte er mit weniger Emphase als beim Eintritt neuer Gäste in seine Schoppenstube. Sie kamen ihm so fremd vor, auch der Vater und der Bruder. Provinzler allesamt. Da konnte ein Berliner nur müde lächeln. Raschkow, Ostrowo, Breslau – Ewigkeiten war das her. Es sollte eine Weile dauern, bis sich die alte Vertrautheit wieder einstellte. Ansatzweise jedenfalls.

»Fahren wir mit der Pferdebahn?«, fragte Witold Klodzinski.

»Nein, mit den beiden Droschken da drüben.«

»Schade.«

Das kann ja heiter werden, dachte Berthold Kempinski, vielleicht hätte er doch lieber mit Helene alleine feiern sollen. Oder gar nicht.

In der Droschke saß sein Vater neben ihm und fragte ihn, ob er dann und wann Heimweh habe.

»Ja, schon.« Heimweh nach der offenen Landschaft, kein Wunder bei der Enge in Berlin. Heimweh nach der Zeit des sorglosen Dahintreibens, kein Wunder bei der täglichen Hetze in der Friedrichstraße. Raschkow stand für die Sehnsucht danach, Kind zu sein und zu glauben, dass man ewig leben würde, Ostrowo für das Glück, seine Begabungen zu entdecken und zu glauben, dass sie reichen würden, die Welt zu erobern.

Die Geburtstagsfeier am nächsten Tag bezeichnete er im Nachhinein als gelungen. Er konnte zwar nicht alles, was im Geschäft zu erledigen war, Helene und seinem Kellner überlassen, am Vormittag aber nahm er sich drei Stunden Zeit, um mit seinen auswärtigen Gästen die Neue Synagoge in der Oranienburger Straße zu besuchen. Insbesondere Moritz hatte darauf gedrungen.

»Die sieht ja eher muslimisch aus!«, rief sein Bruder dann, als sie aus der Droschke stiegen. »Was habt ihr euch denn da für ein komisches Bauwerk hinsetzen lassen?«

Berthold Kempinski war zwar mit seiner Frau einige Male hier gewesen, hatte sich aber nie groß Gedanken über das Äußere der Neuen Synagoge gemacht. »Sieht doch aber ganz hübsch aus.«

»Der maurische Stil ist nun mal modern«, sagte Leopold Leichholz. »Schau dir Budapest an.«

»Der Architekt kommt aus Berlin«, erklärte ihnen Caspar Sprotte, der sich der kleinen Gruppe angeschlossen hatte, um den Cicerone zu spielen, »und ist keine Jude, sondern Christ, obwohl sein Name anderes vermuten lässt: Knoblauch, Eduard Knoblauch, geboren 1801, gestorben 1865, also ein Jahr vor der Einweihung. Friedrich August Stüler hat das Werk vollendet. 1800 Männer und 1200 Frauen haben in der Neuen Synagoge Platz. Ich bitte, wenn wir eingetreten sind, den kühnen Gewölbekonstruktionen aus Eisen und der raffinierten Beleuchtung besondere Aufmerksamkeit zu schenken. Wenn Sie nun Ihre Blicke nach oben richten wollen, meine Herren, so sehen sie über den Portalen eine Inschrift, stammend aus dem Buch des Propheten Jesaja, die da in deutscher Übersetzung lautet: *Öffnet die Tore, und es kommt das gerechte Volk, das die Treue wahrt.* Ja, det war't.«

Moritz Kempinski, den Orthodoxen verbunden, hatte gehört, dass die Neue Synagoge zu einem Zentrum des Reformjudentums geworden war, und wandte ein, dass er den Jesaja-Vers ganz anders übersetzen würde: »Öffnet die Tore, und es kommt der Nichtjude. Der Gerechte aber wahrt die Treue.«

»Ihr seid also die Gerechten«, murmelte Leopold Leichholz, der ein eingefleischter Reformer war.

Berthold Kempinski fürchtete, dass es nun einen endlosen Disput geben würde, und rief: »Kinder, Ruhe, ich habe Geburtstag heute.« Er war zwar Jude, aber wer ihn fragte, ob er auch gläubig sei, bekam immer nur seinen Standardspruch zu hören: »Ich glaube nur, dass zwei Pfund Rindfleisch eine gute Brühe ergeben.«

Ab sechs Uhr abends ließ man in der Friedrichstraße 178 keine fremden Gäste mehr zu, und ab sieben hatte man das kleine Restaurant ganz für sich allein. Ihr Kellner servierte ein Menü vom Feinsten, wobei die Krebse im Sud den meisten Zuspruch fanden. Die hatte Helene Kempinski selber zubereitet, während man sich für die anderen Gerichte einen Koch ausgeborgt hatte, damit sie mitfeiern konnte.

»Das ist ja wie im Schlaraffenland!«, rief Caspar Sprotte und ließ sich den Wein direkt vom Fass in den Mund laufen.

Neben den Verwandten und Freunden aus dem deutschen Osten hatte Berthold Kempinski nur noch Caspar Sprotte eingeladen. Das versetzte seinen Bruder Moritz in Erstaunen, und er fragte nach dem Grund.

Berthold Kempinski kratzte sich den Kopf. »Wir stehen morgens um sechs auf, arbeiten den ganzen Tag und gehen abends um elf ins Bett, wie soll man da Freundschaften pflegen?«

»Das Leben besteht doch nicht nur aus Arbeit«, sagte Leopold Leichholz.

Berthold Kempinski lachte. »In der Arbeit wohnt der Friede, in der Mühe wohnt die Ruh.«

»Was braucht er andere Menschen, er hat ja uns«, sagte sein Vater und fragte, ob der Herr von Forckenbeck schon einmal bei ihm gespeist habe.

»Wer?«

Sein Vater erklärte es ihm. »Der Führer der preußischen Liberalen, ein Mitbegründer der Deutschen Fortschrittspartei. Ich kenne ihn schon, seit er Assessor am Glogauer Stadtgericht war. Jetzt hat er das Präsidium des Preußischen Abgeordnetenhauses inne.«

»Solch hohe Herren verirren sich nicht zu uns in die Friedrichstraße«, sagte Helene Kempinski.

»Jetzt ist es zu spät, ihn noch anzulocken«, sagte Leopold Leichholz. »Wir setzen alles daran, dass er Bürgermeister von Breslau wird. Und dein Vater unterstützt das nach Kräften.«

»Du solltest dich mehr um die Politik kümmern, Berthold«, mahnte Witold Klodzinski.

»Wozu? Als Gastwirt darfst du doch sowieso keine eigene Meinung haben. Hat man sie, läuft man nur Gefahr, sie auszusprechen – und dann bleiben einem die Gäste weg.«

Sein Bruder, gerade von der Toilette zurück, mischte sich ein. »Die werden dir sowieso wegbleiben, wenn sie bei dir einmal aufs stille Örtchen müssen. Das stinkt ja wirklich zum Himmel.«

Helene Kempinski rang die Hände. »Wie oft haben wir uns schon beim Hauswirt beschwert! Immer umsonst.«

Berthold Kempinski nahm es gelassen. »Hebt euch alles auf, im Hotel habt ihr vornehmere Toiletten.«

Nun wurde ein Steak serviert, das dem Koch aber für Moritz Kempinskis Geschmack ein wenig zu blutig geraten war. Er monierte das sofort.

»Das ist eines à la Krojanke«, sagte Berthold Kempinski. »Ich bin ja mit meiner Heimat so sehr verbunden geblieben, dass ich deren gute alte Bräuche gerne beibehalte. Dass ab und an einer unserer Gäste nicht von der Toilette zurückkommt, fällt hier in Berlin nicht weiter auf. Und so spare ich eine Menge Geld, was das frische Fleisch betrifft.«

»Berthold, bitte!«, mahnte sein Bruder und schob seinen Teller beiseite.

»Du hör auf zu meckern, du bist ja schließlich unversehrt von der Toilette zurückgekommen.«

»Eine Dummheit macht auch der Gescheiteste«, murmelte Caspar Sprotte.

Berthold Kempinski wandte sich den drei Freunden aus Raschkow und Ostrowo zu und fragte, was sie denn so machten, ob sie ihr Lebensglück gefunden hätten. Inzwischen fühlte er sich ihnen wieder so nahe wie damals.

Ludwig Liebenthal hatte sich inzwischen im Hotel in Medzibor hochgearbeitet und stand jetzt an der Rezeption hinter der Theke, um die ankommenden Gäste zu begrüßen.

»Tüchtig, tüchtig«, sagte Berthold Kempinski. Für einen aus dem Armenhaus war das eine große Leistung. Raschkow schien ein guter Boden zu sein. »Wiederum schade, dass wir kein Hotel haben, sonst hätte ich dir die Leitung übertragen. Und deine Schwester hättest du gleich mitbringen können.« Ein bisschen Wehmut stieg schon in ihm auf, aber das durfte er Helene nicht merken lassen. »Was macht Luise denn so?«

»Sie ist mit ihrem Heinrich glücklich verheiratet. Drei Kinder hat sie schon, zwei Mädchen und einen Jungen.«

»Wann werde ich denn endlich mal Onkel?«, fragte Moritz Kempinski.

»Wenn du's uns vorgemacht hast«, gab Berthold die Gemeinheit zurück, denn sein Bruder hatte nicht einmal geheiratet. Dann wandte er sich schnell Leopold Leichholz zu, der irgendwie leidend aussah. »Was macht die Philosophie?«

»Versuche du mal, dem fünfzehnjährigen Sohn eines Bankiers Schopenhauer nahezubringen. Aber um mit selbigem zu sprechen: *Sich zu mühen und mit dem Widerstande zu kämpfen ist dem Menschen Bedürfnis wie dem Maulwurf das Graben.*«

»Ist da der staatliche Schuldienst nicht doch das Bessere?«

»Ja, wenn ich kein Jude wäre. Vielleicht entschließe ich mich doch noch, Rabbi zu werden.«

So glücklich war auch der dritte der alten Freunde nicht, obwohl Witold Klodzinski eigentlich nicht klagen konnte, denn er arbeitete als Meister im Zinnwalzwerk, das der Fürst Guido Henckel von Donnersmarck 1868 in Ostrowo in Betrieb genommen hatte, um das in seinen oberschlesischen Hütten erzeugte Rohzink zu verfeinern.

»Sosehr ich mich mit den Deutschen versöhnt habe, aber wir sind immer noch meilenweit von einem freien Polen entfernt.«

Zwischen zwei Gängen erhob sich Raphael Kempinski, klopfte mit dem Messer gegen sein Glas und setzte zu einer kleinen Rede an. »Lieber Berthold, herzlichen Glückwunsch noch einmal. Dreißig Jahre sind eine lange Zeit, dreißig Jahre sind eine kurze Zeit. Eben habe ich dich noch in der Wiege geschaukelt, nun setzt du an, Berlin zu erobern. Wenn du doppelt so alt bist, wirst du es geschafft haben. Ich glaube daran, und damit es dir auch wirklich gelingt, möchte ich dir etwas schenken, das dir den letzten Schliff geben könnte …« Er machte eine kleine Pause, weil er ein wenig weiter ausholen musste. »Du bist schon jetzt ein Meister in deinem Metier, aber ein wahrer Meister ist nur der, der nicht zu stolz ist, jederzeit noch etwas dazuzulernen. Und da ist mir eine Idee gekommen: Ein alter Freund von mir ist im Hôtel de Rome in leitender Stellung tätig, und damit komme ich zur Sache. Damit die dortigen Kellner wirklich allen höheren Ansprüchen genügen, schult man sie ganz besonders. Daran kannst du dich nun beteiligen, Berthold. Dies bewirkt zu haben ist mein ganz besonders Geburtstagsgeschenk. Man lernt schließlich nie aus.«

Berthold Kempinski stand ebenfalls auf, um zum Vater zu gehen und sich mit einem angedeuteten Kuss auf die Glatze zu bedanken. Es war lieb gemeint, aber … Der Bruder beschwerte sich über seine Gästetoilette, und der Vater war unzufrieden mit seinen Weinkenntnissen und damit, wie er mit den Gästen umging.

»Auf das Wohl meiner Lieben!«

Berthold Kempinski war also gezwungen, sich als eine Art Volontär im Hôtel de Rome einzufinden, wollte er seinen Vater nicht kränken. Gleich nach seiner Ankunft in Berlin hatte er mit Helene zusammen einmal im Café des Grand Hôtel de Rome gesessen und die Herren der Akademie der Wissenschaften bestaunt, die hier zu ihren berühmten Donnerstagssitzungen zusammenkamen. Es war Unter den Linden 39, Ecke Charlottenstraße gelegen, also nur ein paar Straßenzüge weiter.

Der hoffnungsvolle Kellnernachwuchs hatte sich schon in einem schlecht beleuchteten Vorraum des Weinkellers versammelt und harrte der Dinge, die da kommen sollten. Berthold Kempinski fiel unter den schätzungsweise dreißig jungen Männern nicht sonderlich auf. Sein Vater hatte ihn unter dem Namen Berthold Raschkowski angemeldet, der Mann aus Raschkow.

Der Meister, der ihr Wissen über die Weinsorten, die Weinsprache und den Umgang mit Wein vertiefen sollte, kam aus dem schlesischen Grünberg, dessen Weine dafür bekannt waren, dass sie besonders sauer schmeckten, und so war auch er entsprechend säuerlich. Ebenso unpassend für den Beruf des Weinkundlers war sein Name, denn der lautete Wassermann. Andererseits verfügte er über eine wahre Trinkernase – einen mächtigen Zinken, dessen Rot schon langsam ins Bläuliche überging.

Martin Wassermann also erzählte ihnen etwas über die verschiedenen Weinsorten, und Berthold Kempinski hatte Mühe, nicht einzuschlafen. Das kannte er natürlich alles.

»Blanc de Blancs, das ist die französische Bezeichnung für einen Wein, der aus weißen Trauben hergestellt wird. Cuvée ist eine Kombination aus Grundweinen verschiedener Lagen, Rebsorten und auch Jahrgängen, die aber ...« Er sah auf seine Liste. »Raschkowski!«

Berthold schreckte hoch. »Die aber ...« Er hatte nicht zugehört und musste improvisieren. »Die aber alle aus Frankreich kommen müssen.«

»Falsch! Die alle aus einem Anbaugebiet stammen müssen. Weiter im Text. Was ist ein Crémant? Ein Crémant ist ein Schaumwein mit besonders hohen Qualitätsansprüchen, jedoch nicht aus ...«

»Grünberg!«, rief Berthold Kempinski.

»Falsch! Nicht aus der Champagne.« Nach den Weinsorten kam Wassermann zur Weinsprache. »Den Begriff Bukett kennen ja alle ...«

Berthold Kempinski grinste, denn sein Freund Caspar Sprotte sagte immer, wenn er sie ohne einen Blumenstrauß in der Hand besuchte: »Kacke am Stock ist auch ein Bukett.« Das behielt er aber, aus der Angst heraus, vom Ober-Sommelier frühzeitig nach Hause geschickt zu werden, doch lieber für sich.

»Ein Bukett ist bei uns kein Blumenstrauß, sondern meint den Duft und das Geschmacksbild von gereiften Weinen. Die Blume ist die positive Duftempfindung. Wenn Sie, meine Herren, dem Gast gegenüber einen Wein besonders anpreisen wollen, dann müssen Sie einen Schatz von Worten parat haben, die bei ihm angenehme Gefühle auslösen. Edel, das heißt, unser Wein ist hochwertig, fein und erlesen. Elegant, er ist harmonisch und ausgewogen. Mit harmonisch dürften Sie nie falsch liegen. Zum Bestellen wird es auch anregen, wenn Sie sagen, dieser Wein ist fruchtig, geschmeidig oder herzhaft. Herzhaft, dass heißt, eine gute kräftige Art mit guter Säure. Kernig, rassig oder nervig ist ein Wein mit guter Säure und Kraft, pikant ein guter, eleganter Wein mit fruchtiger Säure. Dann haben wir noch ...« Er ging an eine bereitstehende Tafel, um mitzuschreiben. *Rund gleich voll, spricht den ganzen Mund auf angenehme Weise an. Kraftvoll: mit gutem Körper und Alkoholgehalt. Reintönig: sauber, ohne negativem Nebengeschmack. Süffig: erfrischend, leicht, gefällig. Würzig: ausgeprägter, sortentypischer Wein mit gutem Gehalt, Frucht und Aroma. Lieblich: mild, mit viel Restzucker. Spritzig: lebhafte Säure mit etwas Kohlensäure. Zart: fein, delikat, meist für ältere Weine.* Hier hielt er inne. »Habe ich noch etwas vergessen? Ah ja, was versteht man unter Abgang?«

Berthold Kempinski hatte als Erster eine Antwort parat. »Von einem Abgang spricht man, wenn ein Mensch vom Herrn heimgeholt wird in die Ewigkeit.«

»Falsch! Ein Abgang ist der Nachgeschmack. Kurz heißt in diesem Zusammenhang, der Wein ist nach dem Trinken gleich weg, hat keinen Abgang. Negativ ist auch schal, also abgebauter Wein, der kaum mehr Säure aufweist und ohne Charakter ist.«

Jetzt kam Wassermann endlich zur Verkostung. Die Teilnehmer bekamen Weine vorgesetzt und mussten dann ihr Urteil abgeben.

»Aber nicht trinken, nur den Mund damit ausspülen, und dann ab damit in die bereitstehenden Schalen.«

»Wie soll ich denn da den Abgang beurteilen können?«, fragte Berthold Kempinski.

»Das überlassen Sie gefälligst mir!«, rief Wassermann.

Das hatte zur Folge, dass sie relativ früh nach Hause gehen konnten. Am nächsten Tag kam der Weinkundler dann auf das Zusammenspiel zwischen Wein und Speisen zu sprechen. »Welcher Wein ist der richtige?«

Fast hätte Berthold Kempinski ausgerufen: »Der, den Sie bei mir bekommen!« Doch er war ja inkognito hier und längst nicht so bekannt, dass der Mann aus Grünberg und die jungen Kellner, von denen auch nur die wenigsten aus Berlin selber kamen, ihn durchschaut hätten.

»Wie ist das nun grundsätzlich, Raschkowski?«

Berthold Kempinski musste über die Faustregel nicht lange nachdenken. »Weißwein zu weißem Fleisch und Rotwein zu rotem Fleisch.«

»Falsch! Viel wichtiger als die Fleisch- oder Fischsorte sind deren Zubereitung und die sie begleitende Sauce.« Nun wurde Wassermann richtiggehend lyrisch. »Die Vermählung von Wein und Speisen gleicht dem Aufbau einer Symphonie, in der jedes einzelne Thema sein eigenes Leben, also seine persönliche Geschmackskomponente behält, aber dennoch innerhalb des Ganzen zu einer Synthese wird.«

Berthold Kempinski hätte am liebsten laut losgelacht, was nun aber kam, war die reinste Wissenschaft, und er konnte doch noch einiges dazulernen.

»Drei Grundsätze sind dabei zu beachten«, schloss Wassermann seine Ausführungen. »Erstens: Der Wein soll den Geschmack der Speisen unterstreichen, er darf ihn höchstens leicht dämpfen, nicht jedoch vollkommen überdecken. Zweitens: Die Weinfolge soll in

Aroma und Geschmack sowie in Gehalt und Fülle eine Steigerung erfahren. Drittens: Ein Wein hat bei Tische drei Feinde, die ihn angreifen – nämlich? Raschkowski!«

Berthold Kempinski hatte keine Ahnung, was der Ober-Sommelier damit wohl meinen konnte. »Der erste Feind ist ... ist die Hand des Gastes, die das Weinglas umstößt.«

»Falsch!«, rief Wassermann.

»Na dann ... dann ist der erste Feind der hohe Preis des Weines.«

»Falsch! Der erste Feind ist der Essig, zum Beispiel der im Salat, der zweite die spitze Säure in Zitrusfrüchten und der dritte das Öl. Bei öligen Fischarten zum Beispiel bekommen Rotweine leicht einen metallischen Geschmack. Ich schreibe jetzt noch einmal das Wichtigste an die Tafel, und alle schreiben mit!«

Berthold Kempinski tat, wie ihm geheißen. *Viel Alkohol im Wein erhöht den Eindruck der Süße, verstärkt die Wirkung von Gewürzen und fördert die Verdauung. Stark fetthaltige Speisen sind bekömmlicher mit Weinen, die reich an Säure, Gerbstoff und Alkohol sind. In Verbindung mit stark säurehaltigen Weinen werden säurehaltige Speisen unbekömmlich und können Sodbrennen verursachen. Kräftig gewürzte Speisen schmecken in Verbindung mit alkoholhaltigen Weinen noch kräftiger.*

Wassermann ließ nun eine Reihe unterschiedlich geformter Gläser aus der Küche kommen und fragte, wozu er dies wohl angeordnete habe. »Raschkowski!«

»Kann es sein, dass wir bei Ihnen auch noch das Jonglieren lernen sollen?«

»Falsch! Jeder Wein verlangt eine besondere Form des Glases. Ein Glas muss die Farbe, die Duftstoffe und den Geschmack des Weines voll zur Geltung bringen. Warum sollen insbesondere beim Weißwein die Stiele der Kelche schön lang sein?«

»Damit sie stilvoll aussehen«, antwortete Berthold Kempinski.

»Falsch! Damit die Hand nicht den Kelch berührt und den Wein im Glas erwärmt. Und worin – Raschkowski, ich will Ihnen noch eine letzte Chance geben –, worin liegt der Vorteil eines größeren Kelches?«

»Da geht mehr rein.«

»Falsch! Ein größerer Kelch wird mehr Luft an den Wein bringen und ihn somit geschmeidiger erscheinen lassen. Aber Vorsicht: Ältere Rotweine könnten dabei unter zu großer Oxidation leiden.«

Als Wassermann seinen Kursus beendet hatte, kam der Direktor des Hôtel de Rome und fragte, welche der auszubildenden jungen Herrn wohl für den Beruf eines Weinkellners geeignet seien und welche nicht.

Der Ober-Sommelier zeigte spontan auf Berthold Kempinski und rief: »Alle außer diesem hier! Der sollte sich lieber einen Beruf suchen, in dem er auf keinen Fall mit irgendeinem Wein in Berührung kommt. Am besten aber, er geht zum Theater und wird Komödiant.«

»Herzlichen Dank, Herr Wassermann.« Berthold Kempinski trat vor, um dem Weinkundler die Hand zu drücken. »Ich hoffe, Sie kennen die Weinhandlung M. Kempinski & Co.?«

»Aber selbstverständlich, deren guter Ruf ist sogar bis zu uns nach Grünberg vorgedrungen.«

»Das freut mich.« Berthold Kempinski verbeugte sich und lüftete sein Inkognito. »Kempinski meine Name.«

»Ah!«, rief Wassermann. »Moritz Kempinski, Breslau, Ohlauer Straße 79.«

»Falsch! Berthold Kempinski, Berlin, Friedrichstraße 178. Ich hoffe, Sie demnächst als Gast und Gutachter einmal bei mir begrüßen zu dürfen.«

Die Zeit verging im Sauseschritt, und da Berthold und Helene Kempinski weiterhin außerordentlich bescheiden lebten, kam auf ihrem Konto einiges Geld zusammen. Das zu beobachten machte Spaß. Mehr wollten sie nicht, als die siebziger Jahre langsam ihrem Ende zugingen. Doch, ein Wunsch blieb offen: der nach einem Kind. Aber es wollte und wollte nicht klappen.

Beide litten darunter, auch wenn Berthold Kempinski immer wieder spottete: »Da ist mein Vater schuld dran. Der hat ein Dutzend Kinder gezeugt und damit das Pulver unserer Familie für alle Zeiten verschossen.« Zu dieser These passte, dass auch Moritz sich noch nicht Vater nennen konnte, andererseits hatte einer seiner jüngeren Brüder schon einen Sohn bekommen.

Auch im Jahre 1878 wurde Helene nicht schwanger, sosehr sie auch übten. Ein Erbe wäre wirklich schön gewesen.

Die beiden Mordanschläge auf den Kaiser, am 11. Mai und kurz darauf am 2. Juni, erschütterten sie.

»Unter den Linden, ganz bei uns in der Nähe.« Helene Kempinski rang die Hände. »Und in diesen schrecklichen Zeiten soll man nun Kinder in die Welt setzen.«

Berthold Kempinski suchte, sie zu beruhigen. »Dass sie Wilhelm I. ausgerechnet bei uns in der Schoppenstube erschießen, ist nicht anzunehmen. Er kommt ja nicht her, um bei uns zu essen und zu trinken.«

»Ja, weil du mich keinen Gänsebraten machen lässt«, klagte seine Frau. »Mal etwas Ausgefallenes. Die Portion für eine Mark und fünfzig, mit Apfelmus und Kartoffelpüree. Nicht ganz billig, aber manche Leute haben's ja.«

Berthold Kempinski lenkte ein. »Gut, ich biete deinen Gänsebraten an, wenn der Theaterverein ›Urania‹ zur Weihnachtsfeier kommt.«

»Da hole ich gleich fünf Gänse vom Werderschen Markt«, rief Helene Kempinski. »In der ›Urania‹ sind doch die Sandrocks drin, mit ihrer Tochter, der Adele.«

»Ja, und auch der Forckenbeck.«

Am 21. November 1878 war Max von Forckenbeck von der Stadtverordnetenversammlung zum Oberbürgermeister von Berlin gewählt worden.

»Meinst du denn, der Forckenbeck wird wirklich kommen?«

»Der wird! Schließlich war es mein Vater, der dafür gesorgt hat, dass sie ihn vor fünf Jahren in Breslau zum Oberbürgermeister gewählt haben, ihn, den alten Bismarckfeind.«

Tatsächlich kam der Oberbürgermeister in ihr Restaurant, was Berthold Kempinski als ersten großen Erfolg wertete, und es war ihm, als habe man ihn schon zum Kommerzienrat ernannt.

Die Freude wurde nur durch einen ganz besonderen Umstand etwas getrübt.

»Du, Berthold, das mit dem Gänsebraten ist schiefgegangen«, gestand ihm seine Frau, die nicht ein einziges Mal aus der Küche herausgekommen war, so viel hatte es für sie zu tun gegeben. Sie brach in Tränen aus. »Nur eine einzige Portion ist bestellt worden.«

Berthold Kempinski, der gerade das Geld zählte, das sie an diesem Tage eingenommen hatten, stand auf und küsste sie. »Ich weiß, eine einzige Portion. Und die habe ich für mich selber bestellt. Hat ganz wunderbar geschmeckt.«

Auch das Jahr 1878 sollte zu Ende gehen, ohne dass Helene schwanger geworden wäre. Im neuen Jahr aber war es dann endlich so weit. Nachdem der Arzt die »anderen Umstände« diagnostiziert hatte, lagen sie sich in den Armen und konnten ihr Glück kaum fassen.

Der Oberbürgermeister hatte den Anfang gemacht, aber es sollte noch einige Zeit vergehen, bis sich auch Guido Henckel von Donnersmarck bei ihnen blicken ließ, der »Kohlengraf«, einer der wohlhabensten Männer im Reich.

»Kein Wunder, dass die besseren Kreise einen Bogen um uns machen«, sagte Berthold Kempinski. »Denn wer bei uns nicht nur über Geschäfte sprechen will, sondern auch sein großes oder kleines Geschäft machen will, der kommt nie wieder und sagt anderen, dass sie lieber wegbleiben sollen.«

Gerade wieder hatte er einen Brief an *die wohllöbliche Ortspolizei-Verwaltung für die Canalisation zu Berlin* geschrieben und sich über das im Hof gelegene und von anderen Mietern mitbenutzte Klosett beschwert, das völlig verrottet war: *Es ist verstopft, die Wasserleitung versagt ganz, die Excremente reichen bis über die Brille, und es verbreitet einen gesundheitsgefährdenden Gestank. Wir besitzen ein Restaurant und sind demnach auch unseren Gästen gegenüber in einer sehr unangenehmen Lage.*

Doch Vermieter wie Polizei zeigten sich gegenüber seiner Beschwerde indolent, wie man damals sagte.

In einem anderen Falle aber war es Berthold Kempinski selber, der sich dem Diktat des Fortschritts keineswegs fügen wollte. Am

14. Juni 1880 nämlich hatte Generalpostmeister Heinrich von Stephan in den Berliner Zeitungen einen Aufruf veröffentlichen lassen:

Um festzustellen, ob für Berlin ein Bedürfnis vorhanden ist, Geschäftslokale, Fabrikanlagen pp. solcher Personen, welche sich des Fernsprechers als Verkehrsmittel bedienen sollen, in entsprechende Verbindung zu bringen und jedem Theilnehmer die Möglichkeit zu gewähren, sich zu jeder Zeit mit jedem anderen Theilnehmer mittels des Fernsprechers in Vernehmen zu setzen, werden diejenigen Personen, welche eine Einrichtung vorstehender Art wünschten sollten, hierdurch aufgefordert, sich dieserhalb schriftlich oder während der Dienststunden von 9 Uhr vormittags bis 3 Uhr nachmittags persönlich an das Telegraphenbetriebsbureau des Reichspostamtes, Französische Straße 33c, Zimmer 149, zu wenden, welches die nähere Auskunft über die diesbezüglichen Einrichtungen sowohl, als auch über die Bedingungen der Theilnahme erteilen wird.

»Wozu brauchen wir das?«, fragte Berthold Kempinski seine Frau.

»Damit sie bei uns einen Tisch reservieren lassen können.«

»Wir haben ja nie einen freien Tisch, und da sind sie nur verstimmt, wenn sie abgewiesen werden.«

Alsbald aber sollte er seine Entscheidung verfluchen, denn als bei Helene die Wehen einsetzten, wäre es doch besser gewesen, man hätte die Hebamme schnell herbeitelefonieren können. Doch auch so ging alles gut, und man konnte vermelden, dass Mutter und Tochter wohlauf waren.

Frieda machte ihr Glück vollkommen, ihr »Friedelchen«.

Kapitel 6
1888–1890

Immer wieder kam es vor, dass mehr Gäste bei Kempinski essen und trinken wollten, als Plätze vorhanden waren. Mit dem Ausdruck des größten Bedauerns und vielen Entschuldigungen musste man sie wieder auf die Straße hinauskomplimentieren.

»Das tut mir ein jedes Mal in der Seele leid«, sagte Berthold Kempinski zu seiner Frau.

Helene lachte. »Besser so als andersherum: dass wir überall leere Tische haben.«

»Aber wer abgewiesen wird, bringt kein Geld in die Kasse«, erwiderte Berthold Kempinski. »Doch nicht allein das ist es, was mich stört, sondern vor allem der Gedanke, dass derjenige dann nach Hause geht und ungut über uns spricht. Was ist denn das für eine Propaganda, wenn er sagt: ›Zu Kempinski brauchst du gar nicht erst zu gehen, da ist sowieso immer alles voll.‹«

»Wo du recht hast, hast du recht«, musste seine Frau zugeben. »Aber was willst du dagegen machen? Befehl geben, dass die Leute schneller essen und trinken sollen?«

Berthold Kempinski lachte. »Ja, am besten mit vorgehaltener Pistole. Nein, wir müssen uns vergrößern.«

Helene runzelte die Stirn. »Wie willst du dich denn in der Friedrichstraße vergrößern?«

»Na, wir stehlen uns ein Geschütz – und dann die Granaten immer rein in die Nachbarhäuser.«

»Kannst du nicht mal ernst sein!«, rief Helene.

»Gut.« Berthold Kempinski lenkte ein. »Was bleibt uns anderes übrig, als uns woanders größere Räume zu suchen?«

»Aber nicht so weit weg von der Friedrichstraße, damit uns die Stammkunden nicht verlorengehen«, mahnte Helene.

»Selbstredend. Ich werde jeden Tag einen kleinen Spaziergang unternehmen und die Augen offen halten«, versprach er ihr.

So streifte er in der nächsten Zeit öfter durch die Querstraßen zwischen der Dorotheen- und der Kochstraße, ohne aber fündig zu werden. Die Gegend um den Gensdarmen-Markt gefiel ihm am besten, aber es ließ sich trotz allen Eifers keine Immobilie entdecken, die seinen Wünschen halbwegs entsprach.

»Nirgendwo ist etwas zu mieten, das für uns geeignet wäre«, klagte er.

»Wenn man nichts mieten kann, muss man etwas kaufen«, sagte Helene.

Der Gedanke gefiel ihm. »Geld genug haben wir zwar nicht, aber wozu hat die Menschheit die Kredite erfunden.«

Berthold Kempinski wandte sich nun an einen Makler in der Behrenstraße, doch was der ihm vorschlug, gefiel ihm nicht. Schließlich kam ihm der Zufall zu Hilfe: Er kam gerade von einer Reise zu seinen Verwandten aus Raschkow und Breslau zurück, die er ohne Helene und die kränkelnde Tochter unternommen hatte, und wollte so schnell wie möglich nach Hause, um seine beiden Lieben wiederzusehen. Am Schlesischen Bahnhof stritt er sich mit einem anderen Geschäftsreisenden um die letzte freie Droschke.

»Ich war eher da!«, rief der andere.

»Ja, aber nur, weil Sie mich auf den letzten Metern zur Seite gedrängt haben«, entgegnete Berthold Kempinski.

»Kinda, schlagt euch nich die Köppe ein«, mahnte der Kutscher. »Ick muss denn wieda det rausjespritzte Jehirn wegwischen. Vielleicht wollta in dieselbe Jejend und könnt beede hinten rin bei mir.«

»Ich will in die Friedrichstraße«, sagte Berthold Kempinski.

»Und ich in die Leipziger.«

»Na bitte, heute Morgen haben die sich noch beede jekreuzt – und so schnell werden se det nich umjebaut ham, trotz det Berliner Tempo.«

Man stellte sich vor. Der andere hieß Kühnhackl und vertrat das Leinenhaus F. V. Grünfeld aus Landshut.

»Wir wollen in Berlin ein Verkaufshaus einrichten, und ich soll mich nach geeigneten Räumlichkeiten umsehen«, erklärte Kühnhackl.

Kempinski horchte auf. »Haben Sie schon etwas im Visier?«

»Ja, in der Leipziger Straße 25 soll ein vierstöckiges Haus zu haben sein.«

»Interessant. Ich suche nämlich auch. Na, wenn Sie mit dem Verkäufer gesprochen haben, können Sie ja zu mir in die Weinstube kommen und mir Bericht erstatten.« Kempinski reichte dem Landshuter seine Visitenkarte.

In eine angenehme Unterhaltung vertieft, kamen sie über die Köpenicker, die Insel- und die Wallstraße zum Spittelmarkt, wo die Leipziger Straße ihren Anfang nahm. Als sie die Hausnummer 25 erreicht hatten, das war zwischen Charlotten- und Friedrichstraße, stieg Kühnhackl aus und drückte dem Kutscher die Hälfte des angefallenen Fahrgeldes in die Hand.

Berthold Kempinski warf einen schnellen Blick auf das schmale Gebäude, das zwischen niedrigen Wohn- und Geschäftshäusern gelegen war und recht bescheiden wirkte.

Kühnhackl kam noch einmal zurück, um sich von ihm zu verabschieden, indem er einen Händedruck andeutete.

»Gutes Gelingen«, wünschte ihm Berthold Kempinski und war sich sicher, den Niederbayern nie im Leben wiederzusehen.

Doch da sollte er sich irren, denn am Abend des folgenden Tages erschien Kühnhackl wirklich in der Friedrichstraße in seiner Weinstube.

Kempinski sah ihn fragend an. »Nun, gilt es, den erfolgreichen Vertragsabschluss zu feiern, werden Sie Ihre Filiale in Berlin eröffnen?«

»Nein, Herrn Grünfeld ist der Kaufpreis zu hoch.«

Kempinski erfragte ihn und rechnete. »Was ist denn, wenn ich das Haus kaufe, und Ihre Firma mietet sich von mir geeignete Räume?«

»Darüber könnte man reden.« Kühnhackl versprach, sich sofort am nächsten Morgen mit seinem Chef in Verbindung zu setzen.

Ganz spontan war Berthold Kempinski diese Idee gekommen, und kaum hatte er sie dem Niederbayern mitgeteilt, da erschrak er heftig. Wie hatte er dies tun können, ohne vorher mit Helene darüber zu sprechen? War die Leipziger Straße Nummer 25 wirklich der geeignete Platz, um ein etwas besseres Weinrestaurant zu eröffnen? Lagen nicht Habel, Lutter & Wegner, Trarbach und F. W. Borchardt viel zu nahe?

»Ach was«, sagte Helene, als er ihr seinen Plan offenbart hatte. »Wie heißt es immer, wenn ein weiteres Kind auf die Welt kommt: Wo für vier etwas zu essen da ist, wird ein fünftes auch noch satt werden. Und außerdem werden wir ja einen guten Teil unserer Stammkunden von der Friedrichstraße mitbringen.«

Kempinski fand ihre Worte sehr trostreich, kam aber mit weiteren Bedenken. »Grünfeld beansprucht je zwei große Schaufenster im Erd- und im ersten Obergeschoss für sich. Ich fürchte, seine Leinenprodukte werden alles dominieren.«

Helene wischte seine Bedenken beiseite. »Und wenn, unser Weinglas und unser Firmenschild werden nicht zu übersehen sein.«

»Wir werden uns verschulden bis in alle Ewigkeit.«

»Nicht in diesen Zeiten, wo alles aufbricht zu neuen Ufern. Die Leute werden kommen und essen, weil es ihnen glänzend geht im Deutschen Kaiserreich. Grünfeld wird pünktlich seine Miete zahlen – und wir sparen unsere, wenn wir in die Leipziger Straße ziehen und oben wohnen. Besser geht es doch gar nicht, da können wir ständig ein Auge auf alles werfen, was unten im Restaurant passiert.«

»Lass es mich überschlafen«, sagte Berthold Kempinski.

Am nächsten Tag besuchte er seinen alten Freund Caspar Sprotte, der wieder einmal seinen Wohnsitz gewechselt und jetzt in der Ziegelstraße Quartier bezogen hatte. Die ging oberhalb der Weidendammer Brücke rechts von der Friedrichstraße ab, während fast genau gegenüber die Karlstraße ihren Anfang nahm. Die musste man nur ein paar Schritte westwärts gehen, um zur Schumannstraße und damit zum Friedrich-Wilhelmstädtischen Theater zu gelangen, wo Sprotte derzeit engagiert war.

Kempinski fand den Freund aber nicht auf einer der Proben, sondern zu Hause, wo er am Schreibtisch saß und an einem Roman über den Schauspielerkollegen Ludwig Devrient werkelte.

Er stellte ihm eine Flasche edlen Rotwein auf den Tisch. »Auf dass dir die Tinte besser aus der Feder fließe. Das ist der, den ich selber trinke.«

»Danke, aber …« Caspar Sprotte mimte den Erstaunten. »Berthold, du und Wein – wie kommt denn das zusammen? Du hast doch immer nur Wasser trinken dürfen, seit du Friederike geehelicht hast.«

»Welche Friederike?«

»Na, die Friederike, die deinen Namen trägt: Friederike Kemper.«

»Ich heiße nicht Kemper, sondern Kempinski, mein Herr, falls Ihnen das entgangen sein sollte. Und sehe ich etwa so aus wie ›Der schlesische Schwan‹?«

»Oh, Pardon, nein, aber Sie wissen doch: Die Poesie hat immer recht! Aber verbindlichsten Dank für den Hinweis, dass Sie nicht mit unserer Dichterin …« Er riss einen Bündel Theaterzeitschriften von dem einzigen Stuhl, der nicht so wacklig war, dass seine Benutzung ein gebrochenes Steißbein befürchten ließ. »Wenn Sie bitte Platz nehmen würden. Womit kann ich dienen?«

»Du warst dabei, als ich mich nach meiner ersten Weinstube umgesehen habe, und ich hätte dich auch gerne dabei, wenn ich nach einem neuen und größeren Ladenlokal Ausschau halte.«

Sprotte verbeugte sich. »Sie werden nicht ermessen können, wie sehr ich mich geehrt fühle, mein Herr. Wo soll es denn liegen, wenn ich mir die Frage erlauben darf?«

»An der Leipziger Straße.«

»Nicht schlecht.« Sprotte, der alles wusste, was Berlin betraf, und sein Geld auch schon als Cicerone verdient hatte, hielt nun einen kleinen Vortrag. »Gebaut wurde die Straße 1688 beim Aufbau der Friedrichstadt, ihren Namen erhielt sie um 1700 mit Bezug auf die alte Heerstraße nach Leipzig. Bald wurde sie mit repräsentativen Häusern und dem einen oder anderen Palais bebaut. 1762 hat Johann Ernst Gotzkowsky hier seine Porzellanmanufaktur errichtet. Namhafte Persönlichkeiten haben hier gewohnt. So Georg Wenzeslaus von Knobelsdorff in der Nummer 85, die Familie von Felix Mendelssohn Bartholdy in der Nummer 3 a und E. T. A. Hoffmann in der Nummer 110. Adolf Glaßbrenner hat sogar in der Leipziger Straße das Licht der Welt erblickt – 1810 in der Nummer 31.«

Berthold Kempinski zeigte sich beeindruckt. »Das ist schon eine gute Adresse, aber wir hätten eine Menge Schulden.«

Sprotte lachte. »Ich habe auch eine Menge Schulden und bin dennoch ein fröhlicher Mensch. Und Helene und du, ihr werdet mit euren gastronomischen Künsten im neuen Restaurant eine Menge Geld verdienen, im Gegensatz zu mir, und bald alle Kredite abbezahlt haben.«

»Dein Wort in Gottes Ohr.«

»In das meines Gottes oder deines Gottes Ohr?«

»In beider Ohren.«

Sprotte drängte nun aufzubrechen und das Haus in der Leipziger Straße in Augenschein zu nehmen. Als sie davorstanden, schloss er die Augen und schwieg.

»Sieht es so scheußlich aus, dass du es nicht ertragen kannst?«, fragte Kempinski.

»Nein, ich warte auf eine Intuition.« Dabei murmelte er Verse aus Schillers *Lied von der Glocke*:

> Der Mann muss hinaus
> Ins feindliche Leben,
> Muss wirken und streben
> Und pflanzen und schaffen,
> Erlisten, erraffen,
> Muss wetten und wagen,
> Das Glück zu erjagen.
> Da strömet herbei die unendliche Gabe,
> Es füllt sich der Speicher mit köstlicher Habe,
> Die Räume wachsen, es dehnt sich das Haus.

Berthold Kempinski machte hinter Sprottes Rücken eine Geste, die besagen sollte, dass der andere wohl nicht mehr alle Tassen im Schrank habe, ließ ihn aber gewähren.

Plötzlich riss Caspar Sprotte die Arme hoch und schrie: »Berthold, tu's, es wird dir zum Segen gereichen!«

»Ich danke dir für deine Prophezeiung.« Wenigstens hatte der Freund nicht wie die alten Römer bei ihren Auspizien ein Tier geschlachtet und sich die Gedärme angeschaut.

Sprotte wechselte nun von Schiller zu Shakespeare und gab den Falstaff: »Gib mir ein Glas Sekt, Schurke!«

»Bei der Eröffnung des neuen Hauses sollst du eine ganze Flasche haben.«

In *M. Kempinski & Co* berichtet Elfie Pracht:

Der Umzug aus der »Klitsche« in der Friedrichstraße in das Berthold und Helene Kempinski gehörende vierstöckige Haus in der Leipziger Straße 25 markiert eine deutliche Zensur in der Unternehmensgeschichte: Die Firma war nun etabliert. Am 1. Juli 1889 öffnete das Stammhaus Kempinski seine Pforten.

Endlich hatte Berthold Kempinski auch Kellerräume, die seinen Ansprüchen wenigstens annähernd genügten. Da gab es optimale Bedingungen für die Lagerung von Flaschenweinen: möglichst zehn bis vierzehn Grad Celsius, nur minimale Temperaturschwankungen, eine Luftfeuchtigkeit von siebzig Prozent, damit die Korken nicht austrockneten und sich kein Schimmel bildete. Helles Licht minderte die Qualität der Weine ebenso wie Erschütterungen. Da hoffte er nur, dass sie in der Leipziger Straße keine Untergrundbahn bauten, wie es dieser Phantast Siemens immer wieder einmal vorschlug. Zwiebeln, Farben, Petroleum und andere stark riechende Substanzen durfte es in der Nähe der Weine nicht geben. Nun, da hatte er in der Enge des ersten Domizils ganz schön gesündigt. Auch gegen das nächste Gebot hatte er in der Friedrichstraße notgedrungen verstoßen müssen: Wein sollte liegend aufbewahrt werden – Rotwein oben, da die Wärme nach oben steigt und die Rotweine in der Regel weniger empfindlich waren, Weißweinflaschen unten.

»Prima«, sagte Caspar Sprotte, als er zum ersten Mal durch Kempinskis neuen Weinkeller ging. »Im Oktober kommt ja der Zar nach Berlin, da wird er sich einen Besuch bei dir nicht entgehen lassen.«

»Danke für den Hinweis, ich werde sofort Krimsekt ordern.«

Für seine fünfzehn Jahre war Hans Kempinski ziemlich klein und spillerig geraten. Aber er galt als zäh und ausdauernd. Das mochte auch seinen Onkel Moritz in Breslau trotz aller Bedenken letztendlich bewogen haben, ihn nach der Schule als Laufburschen einzustellen. So brachte Hans den Kunden von M. Kempinski &. Co. die bestellten ungarischen Weine ins Haus. Wenn auch sehr ungern. Seine Mutter musste ihm ständig Prügel androhen, damit er sich auf den Weg zur Ohlauer Straße 79 machte. Das war dicht am Ring, dem zentralen Platz mit dem Breslauer Rathaus. Vor einiger Zeit war Moritz Kempinski von der Albrechtstraße hierher gezogen.

»Raus aus dem Bett!«, rief seine Mutter und zog ihm die Decke weg. »Du Nichtsnutz, du!«

Hans Kempinski wehrte sich. »Lass mich doch zu Vater nach Amerika!«

»Nicht zu diesem Mistkerl! Da verkommst du noch mehr.«

Hans' Vater, eines der vielen Kinder von Raphael und Rosalie Kempinski, war bald nach der Geburt des Sohnes nach New York gegangen, um dort Arbeit zu suchen. Angeblich. In Wahrheit hatte er sich nur von Weib und Kind absetzen wollen. Die Mutter versuchte, sich und ihren Hans durchzubringen, indem sie als Reinemachefrau arbeitete und für andere Leute Wäsche wusch und flickte. Den Sohn auf eine höhere Schule zu schicken lag weit außerhalb ihrer Möglichkeiten, und eine Lehrstelle hatte sich für ihn nicht finden lassen. In der jüdischen Gemeinde gab es zwar viele Geschäftsleute, doch niemand war bereit, Hans Kempinski bei sich aufzunehmen, denn er galt überall als unbegabt und störrisch, vor allem aber als zu »fickerig«, wie die Leute sagten, also als zu nervös und unstet. Alles finge er an, und nichts brächte er zu Ende. Zudem zuckten alle zurück, wenn sie hörten, dass ihn nicht einmal sein eigener Onkel in die Lehre nehmen wollte. Moritz Kempinski aber blieb hart. »Nur über meine Leiche. Ist er bei mir im Geschäft, gehe ich pleite. Der Apfel fällt nicht weit vom Stamm, und er ist nun mal ein Taugenichts wie sein Vater. Höchstens, dass er als Laufbursche bei mir ein paar Pfennige verdienen kann.«

Hans Kempinski musste von der Schweinitzer Straße, wo sie Stube und Küche bewohnten, bis zum Ring zu Fuß laufen. Selbstverständlich. Immer geradeaus. Er verfluchte diesen Fußmarsch. Er griff in seine Hosentasche, förderte ein Dutzend alter Sonnenblumenkerne hervor, steckte sie in den Mund und begann, sie zu kauen. Hatte er einen mit den Zähnen geknackt, spuckte er die Schale auf die Straße.

Jeden Tag überlegte er, ob er nicht ausreißen sollte. Vielleicht konnte er auf einem der Oderkähne anheuern und sich bis Hamburg durchschlagen. Schiffsjungen brauchten sie immer. Aber die Tränen seiner Mutter ... Ach was! Heute trieb ihn ein starker Impuls zum Ohlauer Ufer und zum Ausladeplatz am Weidendamm. Da lagen die Kähne, die Kohle vom Oberschlesischen Revier nach Berlin brachten. Direkt vor ihm war einer der Schiffseigner dabei, an Land zu gehen. Hans Kempinski zögerte nicht lange.

»Brauchen Sie einen Schiffsjungen?«

Der Oderschiffer musterte ihn. »Wen denn, dich?«

»Ja, ich kann jetzt gleich anfangen.«

Der Mann lachte ihn aus. »Nee, du, nich so 'n schmales Handtuch wie dich. Dich bläst ja die kleinste Böe über Bord, und schwimmen kannste auch nicht, oder?«

Hans Kempinski schwieg, denn tatsächlich war er Nichtschwimmer. Da mit dem Mann sicherlich nicht gut Kirschen essen war, verzichtete er auf eine deftige Entgegnung und machte sich wieder auf den Weg zu M. Kempinski &. Co. Wenn er etwas hasste, dann war es dieser Firmenname. Beim Einschlafen hatte er sich schon öfter vorgestellt, nachts eine Brandfackel in den Laden zu werfen. Ob Wein wohl brannte? So wie bei einer Feuerzangenbowle vielleicht. Tat er es, wanderte er mit Sicherheit in eine Erziehungsanstalt. Und wenn schon! Da erlebte er wenigstens etwas. Nichts war langweiliger als Breslau. Und mehr als seine Mutter und sein Onkel konnten ihn auch die Aufseher in der Erziehungsanstalt nicht schurigeln.

Von Moritz Kempinski bekam er erst einmal eine saftige Backpfeife. Weil Bismarck als Reichskanzler zurückgetreten war, hatte er verdammt schlechte Laune. »Wie oft habe ich dir schon gesagt, dass du nicht zu spät kommen sollst!«

»Entschuldigung. Ich musste aber erst einen blinden Mann zum

Dampfer bringen. Er hat mich vor dem Stadttheater angesprochen.« Zu lügen fiel ihm leicht.

»Egal. Jetzt bringst du diesen Ballon mit dem Landwein zu Morgenau in die Herrenstraße. Aber dalli!«

Hans Kempinski stopfte sich noch einmal eine Handvoll Sonnenblumenkerne in den Mund, dann packte er den Ballon aus dunkelgrünem Glas mit beiden Händen und presste ihn an die Brust. Es war eine verdammt schwere Last. Obwohl er in Mathematik und Physik immer schlechte Noten bekommen hatte, war ihm klar, dass der Ballon umso leichter wurde, je weniger Wein sich in seinem flaschengrünem Bauch befand. Den Wein einfach in den Rinnstein gießen, das wagte er nicht, denn es war Rotwein, und der war den Christen mit Blick auf das Abendmahl sozusagen heilig. Wenn ein Jude den verschüttete, reagierten sie womöglich heftig. Er hatte schon als Kind genug von den Judenverfolgungen gehört. Aber den Wein zu trinken war nicht verboten. Also tat er es. Erst brannte das Zeug ganz fürchterlich im Mund, aber schon nach dem fünften Schluck fühlte er sich mächtig beschwingt und hatte das Gefühl zu schweben. Am Blücherplatz jedoch bemerkte er, dass nun viel zu wenig Wein im Ballon war und der Kunde sofort Geschrei machen würde. Was tun? Da eine Pumpe in der Nähe stand, brauchte er nicht lange zu überlegen.

Und Herr Professor Morgenau hätte wohl vom gepanschten Wein gar nichts bemerkt – denn er war an sich Biertrinker –, wenn nicht einer seiner abendlichen Gäste aufgeschrien hätte. »Bei mir schwimmt etwas im Glas!«

»Das wird nur ein Stück Korken sein«

»Nein, das ist 'n Flügel von irgendeinem Insekt.«

»Unsinn!« Professor Morgenau war Biologe, und bei genauer Untersuchung stellte sich heraus, dass es sich nicht um einen Insektenflügel, sondern die Schale eines Sonnenblumenkerns handelte. Außerdem ergaben Vergleiche mit einer anderen Rotweinsorte, dass sich im ungarischen Wein aus dem Haus M. Kempinski & Co. eine Menge Wasser befand.

Am nächsten Tag lief Professor Morgenau zu Moritz Kempinski und beschwerte sich. Die Beweise hatte er mitgebracht.

»Ich bin über diese Verschmutzung und Verdünnung meines Weines zutiefst empört, verlange angemessenen Ersatz und versichere Ihnen, in Ihrem Haus nie wieder zu kaufen. Und ich werde meine Freunde anhalten, sich meinem Beispiel anzuschließen.«

Moritz Kempinski begriff die Zusammenhänge sehr schnell, denn er hatte seinen Neffen schon oft genug angeschnauzt und aufgefordert, das Ausspucken seiner Sonnenblumenkerne beziehungsweise deren Reste gefälligst zu unterlassen. Dass er sich eines Tages auch an der Ware vergreifen würde, war bei diesem Früchtchen zu erwarten gewesen. Als der Junge im Laden auftauchte, verzichtete Moritz auf jedes Verhör, packte ihn sogleich und verprügelte ihn mit einem Lederriemen. Dann sperrte er ihn in den Kohlenkeller.

Berthold Kempinski hatte nicht vorgehabt, in den nächsten Jahren nach Raschkow oder Breslau zu reisen, denn das neue Stammhaus in der Leipziger Straße erforderte seine Anwesenheit fast rund um die Uhr, aber nicht dabei zu sein, wenn sich der Sarg seines Vaters in die Erde senkte, war völlig ausgeschlossen.

»Du musst unbedingt hin«, war auch Helenes Meinung. »Ich komme schon ein paar Tage allein klar. Außerdem ist es mir ganz lieb, wenn Friedelchen diese Erschütterung erspart bleibt. Mit ihren zehn Jahren ist sie noch nicht alt genug.«

So machte er sich allein auf den Weg nach Breslau, wo Raphael Kempinski auf dem in der Lohestraße gelegenen jüdischen Friedhof, auch »Ort des Lebens« oder *Bet ha-chajjim* genannt, beerdigt werden sollte.

Wenn Berthold Kempinski ehrlich mit sich war, dann glaubte er nicht an eine Existenz nach dem Tod. Starb man, war alles aus. Da blieb nichts. Nicht anders als bei der Fliege, die er gerade an der Scheibe seines Zugabteils zerdrückt hatte. Der Kosmos kannte keinen Unterschied zwischen Menschen und Fliegen. So war sein Vater von nun an nichts mehr als ein Gedankengebilde, er existierte nur noch als Vorstellung.

Ich hatte einen guten Vater, dachte er. Und trotz aller seiner Vorbehalte gegen jedwede Religion schloss er nun die Augen und dankte seinem Schöpfer für dieses Geschenk. Die Mitreisenden bemerkten seine Tränen nicht.

Auf dem Bahnsteig stand sein Bruder Moritz. Sie umarmten sich wortlos. Erst als sie in der Droschke saßen und in Richtung Schweidnitzer Vorstadt fuhren, brachen sie das Schweigen.

»Ich habe in Raschkow an seinem Sterbebett gesessen«, sagte Moritz Kempinski, und das klang in Bertholds Ohren so wie: Ich ja, du nicht – aber ich ja war schon immer der bessere Sohn. »Er hat das Sündenbekenntnis gesprochen.«

»Viele Sünden wird er nicht zu bereuen gehabt haben«, murmelte Berthold Kempinski.

»Doch, denn er war ein Anhänger dieses Sigismund Stern.« Der galt als der radikalste jüdische Reformer und verzichtete auf wesentliche jüdische Traditionen wie die Kopfbedeckung in der Synagoge, die hebräische Liturgie, den Schabbat und die Geschlechtertrennung. »Das ist für mich kein Jude mehr.«

Dann bin ich es auch nicht mehr, dachte Berthold Kempinski, sprach dies aber nicht aus, um den Bruder nicht unnötig zu reizen. »Immerhin ist unser Vater nicht konvertiert.«

»Wohl nur aus reiner Bequemlichkeit.«

Wieder schwieg Berthold Kempinski. Wie er doch seinem Vater in allem ähnelte. Im Grunde war er nur Jude aus Gewohnheit. Aber das war ja bei den meisten Christen nicht anders.

Sein Bruder kam auf die Szene am Sterbebett zurück. »Hans und ich, wir haben mit ihm als Letztes das Glaubensbekenntnis gesprochen: Höre Israel, der Ewige ist unser Gott, der Ewige ist einzig.«

Die *Chewra Kaddischa* hatte es übernommen, den Toten für die Bestattung vorzubereiten.

Als sie den Raum betraten, der für die Trauerfeier vorgesehen war, hielt Berthold Kempinski automatisch Ausschau nach den Freunden seines Vaters und fragte Gustav Gnadenfroh, der neben ihm stand, wo sie denn alle seien: »Eduard Schlüsselfeld, der Apotheker, Veitel Ungar, unser Rabbi, Dr. Dramburger, Friedrich Wilhelm von Kraschnitz ...«

»Wo sie alle stecken?« Der Landrat blickte zum Himmel hinauf. »Hoffentlich da oben und nicht in der Hölle.«

Berthold Kempinski brauchte ein paar Sekunden, um zu realisieren, dass die Genannten ja alle viel älter gewesen waren als sein Vater und er im fernen Berlin in den letzten Jahren viele Traueranzeigen bekommen hatte.

Es hatten sich an die fünfzig Personen versammelt. Neben Moritz und ihm die Geschwister mit ihren Familien, dann Leopold Leichholz und Witold Klodzinski und schließlich eine Reihe von Geschäftsfreunden.

Der Kantor begann zu singen, dann sprachen der Rabbiner und Landrat Gnadenfroh, die hervorhoben, was für ein wunderbarer Mensch Raphael Kempinski gewesen war. Es folgte das Gebet, das als *Zidduk ha-din* bezeichnet wird, als Anerkennung der göttlichen Gerechtigkeit: »Gott hat gegeben und Gott hat genommen; der Name Gottes sei gelobt.«

Als es daran ging, die *Kria* vorzunehmen, zögerte Berthold Kempinski ein wenig. Es wäre jammerschade um sein schönes schwarzes Jackett, und dass er sieben Tage so herumlaufen sollte, passte ihm auch nicht. Was sollten seine Gäste von ihm denken? Aber was blieb ihm weiter übrig. Der Riss im Gewand stand für den Riss im Herzen. Das fand er bei allem Schmerz über den Verlust des Vaters ein wenig übertrieben. Er hatte nicht vor, sein restliches Leben als herzkranker Mensch zu verbringen.

Dienstbare Geister trugen den Sarg zum Grab, das bereits ausgehoben war. Der Gang dorthin wurde mehrfach unterbrochen, um die Mühsal dieses Weges anzuzeigen, und man rezitierte den 91. Psalm: »Denn du, Ewiger, bist meine Zuversicht.«

Endlich an der Grabstelle angekommen, wurde der Sarg herabgelassen, und alle Anwesenden warfen drei Hände Sand hinunter, wobei sie jedes Mal sagten: »Von Staub bist du, und zum Staube wirst du zurückkehren.« Als der Sarg völlig mit Erde bedeckt war, sprachen alle Versammelten das Kaddischgebet. Danach traten sie zu den engsten Verwandten und sagten ihnen tröstende Worte. Bevor sie den Friedhof verließen, wuschen sich alle die Hände. Moritz Kempinski riss noch ein Büschel Gras aus dem Rasen und warf es hinter sich, um damit anzudeuten, dass dereinst die Toten auferstehen werden wie das Gras auf dem Felde.

Bis jetzt war alles harmonisch verlaufen, als aber später der engste Kreis in einem Café am Stadttheater beisammensaß, kam es zum offenen Konflikt zwischen Berthold und Moritz Kempinski.

»Ich nehme an, du wirst die Trauerwoche wie ich in unserem Elternhaus in Raschkow verbringen«, sagte Moritz.

Berthold zuckte zusammen. »Die *Schiwa*, ja ...« Während dieser war es unter anderem Vorschrift, das Haus nicht zu verlassen und keine Berufstätigkeit auszuüben. »Das wird schwer werden«, druckste er. »Ich gehe pleite, wenn ich mein Restaurant über eine Woche lang allein lasse.«

Moritz winkte ab. »Wir sammeln für dich, wenn du in finanzielle Schwierigkeiten kommen solltest.«

Berthold Kempinski schwankte. Er konnte weder die Trauerwoche über in Raschkow bleiben noch anschließend in Berlin jeden Morgen zum Gottesdienst gehen, um das Kaddischgebet zu sprechen, wie es für einen männlichen Leidtragenden vorgeschrieben war, denn damit hätte er sein Lebenswerk gefährdet. Folgte er den Gesetzen des jüdischen Glaubens, verstieß er gegen die Gesetze des Geschäftslebens. In der Leipziger Straße konnten ihn weder Helene noch seine Angestellten ersetzen. So glaubte er jedenfalls.

»Nun, was ist?«, fragte sein Bruder, im Ton inquisitorisch wie immer.

Berthold Kempinski nahm seinen ganzen Mut zusammen. »Es tut mir furchtbar leid, aber ich muss noch heute Nachmittag nach Berlin zurück.«

Alles reagierte mit eisigem Schweigen und wandte den Blick von ihm ab, nur ein etwa fünfzehn Jahre alter Neffe wagte es, ihn anzusehen. »Nimmst du mich mit nach Berlin?«

»Wer bist du denn?« Seine vielen Neffen konnte er unmöglich alle auseinanderhalten.

»Der Hans. Kann ich bei dir in die Lehre gehen?«

Berthold Kempinski war zu Tränen gerührt. Es war, als hätte der Himmel ihm soeben einen Sohn geschenkt.

»Ja, sicher. Komm nur.«

Kapitel 7
1896–1901

Berthold Kempinski war kein ausgesprochener Flaneur, und wenn er durch die Straßen lief, dann nicht primär des urbanen Genusses wegen, sondern um zu sehen, was die Konkurrenz so trieb. War sie erfolgreicher als er, dann war das ein gewaltiger Ansporn für ihn, und gern erinnerte er sich an die Worte seiner Mutter, man könne mit den Augen stehlen. Die anderen schliefen nicht, und einige hatten schon vor ihm »Hier!« gerufen, aber er hatte es verstanden, ihren Vorsprung aufzuholen. Die Frage war nun, wie man sie auch überholen konnte.

»Der ganz große Wurf, der fehlt uns immer noch«, sagte er zu seinem Neffen.

Hans Kempinski kaute an seiner Unterlippe. »Ich fürchte, der gelingt eher anderen – denen nämlich, die auf die Biertrinker setzen. Die scheinen Konjunktur zu haben. Lies mal die *Familie Buchholz*.« Er meinte den Romanzyklus von Julius Stinde, wo auch in den höheren Ständen – bei Ärzten und Händlern – ständig Bier und nur gelegentlich Wein getrunken wurde. »Sieh dir mal die Bierpaläste an! Denen müssen wir die Gäste abwerben.«

Berthold Kempinski lachte. »Ja, deren Wasser auf unsere Mühlen lenken. Haben Sie in Bordeaux auch Bierpaläste errichtet?« Dorthin hatte er den Neffen geschickt, um seine Weinkenntnisse zu erweitern. Vor zwei Wochen war er zurückgekommen.

»Nein, aber Bordeaux ist nicht Berlin, und die Leute dort haben keine so große Tradition, was das Brauen und Trinken von Bier betrifft, wie wir Deutschen. Kein Germane ohne Met. Den Wein haben uns doch erst die Römer ins Land gebracht.«

»*Beneficia non obtruduntur*, aber ...«

»Wie?«

»Wohltaten werden nicht aufgedrängt, aber es wäre schon schön, wenn die Berliner davon wegkommen, Bier und Buletten als das Höchste zu sehen, und mehr von Wein und Hummern schwärmen.«

Hans Kempinski lachte. »Wenn du ihnen das Geld dafür gibst.«

»Der Preis, ja ... Darüber wäre nachzudenken.«

»Und du musst sie mit Bier anlocken. Das Bier als Köder und ihnen dann mit einer schönen Speise- und Weinkarte den Mund wässrig machen.«

Berthold Kempinski nahm die Worte seines Neffen so ernst, dass er sich schon in den nächsten Wochen aufmachte, die besagten Bierpaläste einmal genauer unter die Lupe zu nehmen – natürlich in Begleitung seines Freundes Caspar Sprotte, der sich auch in diesem Metier bestens auskannte.

»Wer in Berlin überleben will, der muss sich vergrößern«, erklärte er den Grund seiner Besichtigungstour. »Und das ist nur sinnvoll, wenn es uns gelingt, einen Teil der Biertrinker in unser Haus zu locken. Ich will also sehen, was die Bierpaläste haben und was ich nicht bieten kann.«

»Bier vor allem.«

»Gerade das hasse ich!«, rief Kempinski.

»Dann lass mich deine Säle ausmalen«, schlug Caspar Sprotte vor. »Überall Zapfhähne und Bierseidel. In Gedanken trinken die Leute dann Bier, bestellen aber werden sie Wein.«

Berthold Kempinski schüttelte den Kopf. »Dann starren doch die Leute nur noch mit offenen Mündern an die Decke und auf die Wände und sind so beeindruckt, dass sie überhaupt nicht mehr daran denken, etwas zu bestellen.«

Beide hatten Gefallen daran, bei den Konkurrenten zu spionieren, wobei sie sehr daran interessiert waren, dies inkognito zu tun, ohne sich indes richtig zu verkleiden, weil ihnen das dann doch zu albern erschien. Ganz obenan auf ihrer Liste stand das Tucherhaus Friedrichstraße 180, Ecke Taubenstraße, das kurz vor dem Umzug in die Leipziger Straße eröffnet worden war.

»Auf in die alte Heimat«, sagte Berthold Kempinski beim Aufbruch, denn der Biertempel lag im selben Karree wie sein erstes Berliner Domizil. Von der Leipziger Straße aus war es ein Fußweg von knapp einem halben Kilometer, und so war die Droschke durchaus entbehrlich.

»Willkommen in Nürnberg«, sagte Sprotte, als sie vor dem Tucherhaus angekommen waren. Die Sockelzone mit ihrer Sandsteinmimikry, die Fassadenbemalung, die Chörlein und die spitzgiebligen Dachgauben des Eckgebäudes ließen sofort an die alte fränkische Reichsstadt denken. Drinnen fanden sie bestätigt, was der Reiseführer versprach: *Sehr hübsche und angenehme Lokalität. Mittagstisch in vorzüglicher Zubereitung zu kleinen Preisen. Dunkles und helles Tucherbier.*

Berthold Kempinski hatte sich zu seinen Rostbratwürsten ostentativ kein Bier, sondern nur ein Mineralwasser bestellt und schaute nachdenklich in die perlenden Kohlensäurebläschen. »Eine eigene Brauerei will und werde ich nie haben, aber Weinberge und eine Kellerei wären schon nicht schlecht.«

»Greif nur zu«, erwiderte Sprotte. »Berlin ist ja eines der bevorzugten Weinanbaugebiete in Deutschland. Wir haben einen alten Weinberg oben am Rosenthaler Platz, vielleicht baust du da deine Bertholdiner Spätlese an oder am Südhang des Kreuzbergs den Tischwein Helene.«

Ihr nächster Besuch galt dem Ausschank der Brauerei zum Spaten, der sich seit 1885 im Hause Friedrichstraße 172 befand. Die Ziermalereien der Fassade, die Treppengiebel und die Erker waren typisch bayerisch. Im Erdgeschoss gab es ein Lokal im altdeutschen Stil und in der ersten Etage ein modern eingerichtetes Restaurant mit hübsch gedeckten Tischen.

»Willst du nicht doch über deinen Schatten springen und einige Biersorten anbieten?«, fragte Sprotte und kam ihm mit einem alten Berliner Spruch: »Bier auf Wein, das lass sein, / aber Wein auf Bier, das rat' ich dir. Das heißt, du köderst die Leute erst mit Bier und kommst ihnen dann mit deinen edelsten Gewächsen.«

Berthold Kempinski verzog das Gesicht. »Perlen vor die Säue werfen, nein!«

»Bedenke aber: Mögen Biertrinker auch stinken, ihr Geld tut es nicht.«

Caspar Sprotte, der sogar schlechtes Bier guten Weinen vorzog, führte Kempinski noch in das Münchener Brauhaus in der Neuen Friedrichstraße 1 und schließlich zu Aschinger in der Neuen Roßstraße 4, um ihm zu zeigen, wie sich auch Geschäfte machen ließen.

Vor vier Jahren hatte August Aschinger zwischen Spittelmarkt und Waisenbrücke seine erste Bierquelle eröffnet. Man erkannte sie am bayerischen weiß-blauen Rautenmuster mit einer Glocke darin. Aber bajuwarisch war nur das Äußere, bei den Speisen überwog das Urberlinische, und typisch waren die Löffelerbsen, die Würstchen und die spottbilligen Brötchen mit Schinken und Käse.

»*Beleckte Brötchen*«, las Capar Sprotte. »Das wäre auch eine Arbeit für mich, wenn ich wieder kein Engagement bekomme und keiner meine Romane drucken will: Königlich Bayerischer Brötchenbelecker.«

Berthold Kempinski schüttelte sich. »Bei mir würdest du achtkantig rausfliegen, wenn ich sehe, wie du von einer Speise kostest, die später einem Gast vorgesetzt wird.«

Caspar Sprotte sagte, er habe gehört, dass in China zahnlose Großmütter Ingwerwurzeln kauten, da nur ihre Spucke die Stoffe enthielten, die Ingwer später zu Ingwer machten, und aus der Südsee wurde berichtet, dass die Frauen auf einigen Inseln mit den Wurzeln der Kavasträucher ebenso verfuhren und sie in große Behälter spuckten, wo dann durch Gärung ein wunderbares Bier entstünde.

»Ich weiß schon, warum ich gegen Bier etwas habe«, sagte Berthold Kempinski.

Sprotte blieb hart. »Trotzdem, rein in Arschingers Bierquelle!« Der Versuchung, den Namen Aschinger zu verballhornen, konnte er selten widerstehen.

Als sie den Gastraum betraten, wurde gerade die Bierglocke geläutet, was ein Zeichen dafür war, dass soeben ein neues Fass angestochen worden war.

»Das könntet ihr bei dir in der Leipziger Straße auch machen«, sagte Sprotte. »Immer einen Böllerschuss abgeben, wenn wieder eine Flasche Wein geöffnet wird. Und dazu die Reklame auf den Litfaßsäulen: *Kempinski lässt wieder einen Korken steigen!*«

Berthold Kempinski nickte. Sein Blick glitt über das Publikum, das sich hier versammelt hatte. In der Hauptsache waren es Studenten, kleine Angestellte, eilige Reisende und Berliner Bummelbrüder. Einerseits hatte er es schon gern ein wenig gehobener, andererseits hielt er es geradezu für seine Pflicht, auch diesen Bevölkerungsgruppen die Freude guten Essens und Trinkens zu bereiten. Und zwar so, dass sie es auch bezahlen konnten, ohne bei jedem Bissen daran zu denken, wo sie es wieder einsparen konnten. Denn das verdarb jeden Genuss.

»So, wie du guckst, könnte man ja meinen, du wolltest Arschinger auf der Stelle aufkaufen.«

»Lass das bitte«, sagte Berthold Kempinski. »August Aschinger ist durchaus ein ehrenwerter Mann, und die Mittel, seine Firma zu kaufen, hätte ich wohl kaum angesichts der vielen Filialen, die er schon eröffnet hat.«

»Die Banken würden dir bestimmt Kredite einräumen, und mit Aschinger hättest du ein wunderschönes zweites Bein: neben deinem Wein- dann auch ein Bierbein.«

Berthold Kempinski winkte ab. »Man soll nicht zusammenbringen, was nicht zusammengehört.«

Aber nicht nur Caspar Sprotte, sondern auch sein Neffe hielt dagegen, und Hans Kempinski brachte es auf den Punkt: »Wer nicht groß genug ist, der wird untergehen. Kaufen oder gekauft werden. Am besten, Kempinski wird eine Aktiengesellschaft, dann haben wir genug Geld, um uns entscheidend zu vergrößern.«

»Nur über meine Leiche!«, rief Berthold Kempinski mit einem gewissen Pathos.

»Kempinski ist und bleibt ein Familienbetrieb«, schlug seine Frau in dieselbe Kerbe. »Und wir sollten nichts überstürzen und uns nicht finanziell übernehmen, sondern Schritt für Schritt vorgehen und mal hier und mal dort ein bisschen dazukaufen, zur Krausenstraße hin, zur Friedrichstraße hin, bis wir dann das ganze Karree für uns haben.«

»Ja, und dann haben wir so viel Platz, dass wir uns so entfalten können wie die Leute vom Central Hotel.« Hans Kempinski war begeistert von dieser Idee. Das Central Hotel an der Friedrichstraße 143–149 war ein riesiger Komplex mit einem längs der Fassade laufenden Fries aus Goldmosaik, auf dem alle Weltstädte verewigt waren. Flankiert wurde es an der Georgen- und der Dorotheenstraße von zwei dreißig Meter hohen Kuppeltürmen. Der Clou aber war die riesige, von einem Glasdach überspannte Halle: der Wintergarten. Auf kiesbedecktem Boden, zwischen Palmen und künstlichen Wasserläufen konnten die Gäste nach Herzenslust essen und trinken. Um die Geländer der umlaufenden Galerie und die Streben des Daches wanden sich Schlingpflanzen, anderen wuchsen in Ampeln, die an der Decke hingen.

Caspar Sprotte, der gerne Billard spielte, empfahl Berthold Kempinski hingegen, sich das Café Kerkau als Vorbild zu nehmen. Auch dieses war an der Friedrichstraße gelegen, wenn auch mit der Nummer 59 weiter südlich, das heißt an der Ecke Leipziger Straße. In der ersten Etage gab es einen Damensalon, und neben dem Billardsalon war eine eigene Kapelle mit einem als leicht meschugge bezeichneten Dirigenten die Attraktion des Hauses.

»Mal sehen, was sich machen lässt«, sagte Berthold Kempinski, ohne in diesem Augenblick zu ahnen, dass noch zehn Jahre vergehen sollten, bis seine Träume gereift waren.

Aber mit der Erweiterung seines Gastronomie-Imperiums begann er schon bald. Noch im alten Jahrhundert, Mitte 1897, wurde das Grundstück Krausenstraße 73 erworben. Die Krausenstraße verlief in Ost-West-Richtung, also parallel zur Leipziger Straße, und auf das gesamte Karree Friedrich-, Leipziger, Charlotten- und Krausenstraße hatte er es à la longue abgesehen.

Richard Unger stand am Ufer der Gera und warf einen Knüppel in das muntere Flüsschen hinunter. Das Wasser spritzte auf, das Holz versank, kam wieder hoch und wurde mitgerissen. Blieb der Knüppel nirgendwo hängen, trieb er von der Erfurt bis dort hin, wo die Gera in die Unstrut mündete. Was geschah mit ihm, schaffte er es durch die Unstrut und die Saale bis in die Elbe hinein, vielleicht sogar bis hinauf nach Hamburg?

Richard Unger wünschte sich, dass endlich einer kam und ihn ins Wasser warf, ins kalte Wasser des Lebens, er selber schien nicht die Kraft zu haben, von Erfurt loszukommen. Hier war er geboren worden, am 6. Juli 1866, hier hatte er das Realgymnasium besucht, hier war er in der väterlichen Bank fest verankert.

Friedrich Unger hatte als Kaufmann und Lotterie-Einnehmer begonnen und sich als Hofagent und Kommissionsrat betätigt. Jetzt war er alt und krank, aber die beiden Söhne, Gustav und Richard, standen bereit, das Geschäft nach seinem Tode weiterzuführen.

Einmal Erfurt, immer Erfurt. Eigentlich liebte Richard Unger die Stadt. Vom Junkersand schlenderte er zum Fischmarkt und weiter zum Domplatz. Warum denn in die Ferne schweifen, schöner als hier war es nirgendwo auf der Welt. Nur einmal hatte er Erfurt verlassen, um im Berliner Bankhaus Veit Simon eine Lehre zu absolvieren. Berlin war schrecklich. Zu laut, zu hektisch. Da hatte er es als »Puffbohne« schwer gehabt. Weil in Erfurt Gartenbau und Saatzucht eine wichtige Rolle spielten, hatte man den Eingeborenen den Spitznamen »Puffbohne« verpasst.

Er sah einer Gruppe junger Krankenschwestern hinterher. Langsam wurde es Zeit, sich fest zu binden, schließlich war er 32 Jahre alt. Aber woher nehmen und nicht stehlen? Die jüdische Gemeinde zu Erfurt war zu klein, um viel Auswahl zu bieten, und eine Christin als Ehefrau, das brachte zu viele Komplikationen mit sich.

Seine Mittagspause ging zu Ende, er musste zurück ins Bureau.

Gustav empfing ihn mit einem vorwurfsvollen Blick. »Hast du gedacht, wir sind in Spanien?«

Richard Unger konnte ihm nicht folgen. »Wieso?«

»Wegen deiner Siesta.«

Er hasste es, sich rechtfertigen zu müssen, aber er tat es dennoch um des lieben Friedens willen. »Ich war gerade mal eine Stunde weg.«

»Eine halbe Stunde zu viel. Das ist kein gutes Beispiel für die Untergebenen«, hielt ihm sein Bruder vor.

»Ich habe in Ruhe darüber nachgedacht, ob wir dem Hotelier Grünspan einen neuen Kredit gewähren oder nicht.« Richard Unger machte eine kleine Pause. »Und ich meine, wir sollen.«

»Nein, das werden wir nicht!«, rief Gustav Unger.

»Dann soll Vater darüber entscheiden.«

»Ja, soll er.«

Sie gingen ins Hospital an der Melanchthonstraße, wo Friedrich Unger wegen seiner obstruktiven Bronchitis behandelt wurde. Die Lunge war stark angegriffen, und viele Tage gaben ihm die Ärzte nicht mehr. Immer wieder litt er an Erstickungsanfällen. Aber standen die Söhne an seinem Bett, blühte er auf.

»Nein«, hauchte er, bevor er wieder anhaltend husten musste, »der Grünspan soll keine Mark mehr kriegen.«

»Aber Vater«, rief Richard Unger, »ich mag Georg Grünspan, er ist einer meiner besten Freunde. Und geht er pleite, verlieren wir zehntausend Mark.«

»Geben wir ihm weitere zehntausend, verlieren wir am Ende zwanzigtausend.«

Gustav wiederholte grinsend das Credo ihres Vaters: »Hüte dich davor, gutes Geld schlechtem nachzuwerfen.«

Friedrich Unger strahlte. »Du hast es begriffen, Gustav.«

Diese Szene gab endgültig den Ausschlag dafür, dass er Gustav zum Juniorchef machte und im Testament zu seinem Nachfolger bestimmte.

Drei Wochen später starb der Vater, und für Richard stellte sich die Frage, ob er sich sein Leben lang damit abfinden sollte, hinter Gustav der zweite Mann im Bank- und Geschäftshaus Unger zu sein.

Seine Mutter, die immer eine Glucke gewesen war, hätte es gerne so gehabt. »Wir sind immer eine glückliche Familie gewesen. Und ihr könnt euch doch die Arbeit brüderlich aufteilen.«

Er küsste die alte Dame. »Ja, Mutter, ich will es gern versuchen.«

Ihre Arbeitsteilung bestand darin, dass er alles übernahm, was mit dem Außendienst zu tun hatte.

Eine der ersten Reisen führte ihn nach Berlin, wohin sich Georg Grünspan abgesetzt hatte. Es hieß, er habe dort in einem der Ausflugsgebiete ein Restaurant eröffnet. Gustav drängte zur Eile, ehe überhaupt nichts mehr zu holen sei.

Richard Unger fuhr über Halle und Bitterfeld, und als er am späten Vormittag am Anhalter Bahnhof ankam, suchte er sich erst einmal ein Hotelzimmer. Am liebsten wäre er im Central Hotel, im Kaiserhof oder gar im Hôtel de Rome abgestiegen, aber eine so hohe Spesenrechnung hätte sein Bruder nie und nimmer abgezeichnet, also beließ er es beim Hotel garni der Witwe Suhle in der Bernburger Straße. Das lag gleich um die Ecke und ersparte ihm die Droschke. Er füllte seinen Meldezettel aus, ließ seinen Koffer nach oben tragen, wusch sich kurz Gesicht und Hände und machte sich dann daran, das in der Rezeption liegende Telefonbuch durchzugehen. Ein Restaurant Grünspan war nicht zu finden. Auch nicht im Adressbuch.

»Wenn dit neu is, wat Se suchen, kann et noch nich drinne sein«, sagte ihm der Hoteldiener. »Am besten is, Se jeh'n uff de Pullizei und fragen da.«

Das nun aber wollte Richard Unger nicht. Vielleicht war es nicht ganz koscher, was sein Freund Georg Grünspan da getrieben hatte, aber deswegen musste man nicht gleich die Kriminalen auf ihn loslassen.

Er trat an die Wand, wo der Stadtplan Berlins angeheftet war. Ausflugsgebiete und Vororte gab es zu viele, um sie alle abzuklappern. Er überflog die wichtigsten in Richtung des Uhrzeigers: Tegel, Friedrichsfelde, Stralau, Friedrichshagen, Schmöckwitz, Grünau, Lichterfelde, Wannsee, Kladow, Gatow … Auch Potsdam wäre möglich. Das konnte dauern. Was gab es für Möglichkeiten, Grünspan auf die Spur zu kommen? Die Innung anrufen. Das tat er, aber im Bereich der Stadtgemeinde Berlin gab es kein Restaurant Grünspan. Und die Ausflugsgebiete und Vororte lagen durchweg in anderen Gemeinden und Landkreisen. Er ging wieder auf sein Zimmer, setzte sich auf die Bettkante und dachte nach. Wer konnte über alle Restaurants und Destillen im Berliner Umland Bescheid wissen? Die Trinker … Aber sollte er in die Heilstätten gehen und sie befragen? Unsinn. Die Brauereien … Er sprang auf. »Ja, das ist es!« Er rief sie der Reihe nach an, aber erst, als er bei der Vereinsbrauerei Rixdorf angelangt war, konnte er jubeln.

»Georg Grünspan, ja, der sitzt in draußen in Britz.«

Richard Unger fuhr mit dem Pferdeomnibus nach Rixdorf und nahm sich am Hermannplatz eine Droschke. Der Kutscher schwärmte vom Britzer Schloss und seinem berühmtesten Besitzer, dem Grafen Ewald Friedrich von Hertzberg. Minister sei er gewesen und habe sich gleichzeitig um die Landwirtschaft gekümmert. »Der hat et jeschafft, det uff dem Sandboden in Britz draußen der schönste Weizen jewachsen is.«

Richard Unger hoffte, dass Grünspans Weizen in Britz genauso blühte, sah sich aber darin getäuscht, denn als sie an Ort und Stelle waren, erkannte er schon von weitem ein großes Schild am Zaun des Biergartens: *Vorübergehend geschlossen.* Er stieg aus, bat den Kutscher zu warten und suchte nach einem Menschen, der ihm Auskunft geben konnte.

Ein Veteran des Krieges von 1870/71 humpelte den Britzer Damm entlang. Richard Unger sprach ihn an. Wo denn der Besitzer des Kruges stecke?

»Dem ham se jepfändet, der hat wieda wegjemacht.«

»Wohin, wissen Sie auch nicht?«

»Nee, bin ick Jesus?«

»Man weiß ja nie«, erwiderte Richard Unger und war ebenso enttäuscht wie erleichtert. Vor der Rückfahrt nach Berlin vertrat er sich noch ein wenig die Beine und ging zum Dorfanger hinüber. Einige schmucke klassizistische Häuser und eine kleine Feldsteinkirche unter alten Bäumen erfreuten das Auge. Ein schmaler Weg führte hinunter zu einem kleinen See, mehr einem großen Teich, hinter dessen anderem Ufer sich das langgestreckte weiße Herrenhaus erhob. Hier müsste man wohnen, dachte Richard Unger, dann ließe sich sogar Erfurt vergessen.

Wieder im Hotel, wusste er nicht so recht, was er mit dem Rest des Tages anfangen sollte. Kam er ohne greifbares Ergebnis nach Erfurt zurück, musste er die abfälligen Kommentare seines Bruders fürchten. Hier in Berlin war er sein eigener Herr. Das war ein schönes Gefühl, ein wunderschönes Gefühl. Wenn einem der Vater Weisungen gab, mochte das ja noch angehen, aber kamen sie vom eigenen Bruder, dann waren sie nur mit leisem Zähneknirschen hinzunehmen. Doch Richard Unger war zu sehr Realist, als dass er sich in seinen Träumen verloren hätte. Frei war nur jemand, der genügend Kapital besaß und nicht gezwungen war, seine Arbeitskraft einem anderen zu verkaufen. Und er musste das. Die Frage war nur, wem. Und da schloss sich der Kreis: Am besten einem anderen und nicht dem eigenen Bruder. Also ging er hinunter zum Telefon und ließ sich mit dem Bankhaus Veit Simon verbinden.

»Ja, hier Richard Unger aus Erfurt, vom Bankhaus Friedrich Unger, zur Zeit in Berlin. Ich habe einmal bei Ihnen gelernt und hätte gern Herrn Rosentreter gesprochen.« Das war einer seiner Mitlehrlinge gewesen. Hoffentlich gab es den noch. Außerdem war es kurz vor Feierabend.

»Ich stelle durch.«

Bernhard Rosentreter konnte sich noch gut an ihn erinnern und freute sich auf ein Wiedersehen.

»Aber wann? Ich muss morgen wieder zurück nach Erfurt.«

»Dann komm doch heute Abend mit. Ich bin mit meiner Braut zu einer Feier bei den Gebrüdern Simon eingeladen, aber Katharina kann nicht mitkommen.«

»Soll ich mich als deine Braut verkleiden?«, fragte Richard Unger.

»Wenn es dir Spaß macht ... Nein, es reicht, wenn du im Reiseanzug antrittst. Ich schlage vor, wir treffen uns um sieben Uhr Hofjägerallee, Ecke Thiergartenstraße.«

Beide waren pünktlich und begrüßten sich, obwohl sie sich seit zehn Jahren nicht gesehen hatten, mit einer herzlichen Umarmung. Nachdem sie die üblichen Floskeln im Hinblick auf das persönliche Wohlergehen des anderen ausgetauscht hatten, kamen die Fragen nach der beruflichen Karriere.

»Ich bin inzwischen im Bankhaus Veit Simon bis zum Leiter der Kreditabteilung aufgestiegen«, sagte Rosentreter. »Und du?«

»Ich bin im Bankhaus Unger der zweite Mann.«

»Gratuliere«, rief Rosentreter.

»Der Pferdefuß daran ist bloß, dass der erste Mann mein Bruder Gustav ist. Und dem zu gehorchen ist mir schon immer schwergefallen. Habt ihr nicht bei euch einen Posten frei, der mir auf den Leib geschnitten ist?«

»Leider nein.« Rosentreter sah bei aller Freundschaft keine Möglichkeit, ihn bei Veit Simon unterzubringen. »Jedenfalls nicht in absehbarer Zeit. Aber vielleicht klopfst du nachher mal bei James Simon an.«

Richard Unger konnte ihm nicht folgen. »Ist das der Bruder von …«

»Nein.« Während sie die Thiergartenstraße entlanggingen, erklärte ihm Rosentreter die Zusammenhänge. »Es gab einen Bankier Simon Veit, der aber nicht mit unserem Bankier Veit Simon zu verwechseln ist. Simon Veit lebte von 1754 bis 1819 in Berlin und war mit Brendel Mendelssohn verheiratet. James Simon hingegen, geboren 1851 in Berlin, ist kein Bankier, sondern Geschäftsführer der väterlichen Firma ›Gebrüder Simon Leinen- und Baumwollniederlassung‹ in der Klosterstraße 80–82. Er hat gerade die Deutsche Orientgesellschaft gegründet und will Grabungen in Ägypten, Mesopotamien und Palästina finanzieren. Darüber hinaus verfügt er über eine umfangreiche italienische Renaissance-Sammlung und schenkt und spendet überall.«

Richard Unger zeigte sich beeindruckt, rechnete sich aber keine großen Chancen aus, bei James Simon ein angemessenes Tätigkeitsfeld zu finden, denn er verstand wenig von Baumwolle und Leinen – und von der italienischen Renaissance noch weitaus weniger. So hielt er sich denn, als er von Rosentreter dem Gastgeber vorgestellt wurde, sichtlich zurück und mühte sich nicht um eine vorteilhafte Selbstdarstellung.

»So, aus Erfurt kommen Sie, junger Mann.« James Simon musterte ihn ein wenig amüsiert. »Eine schöne Synagoge haben Sie da, vor Jahren bin ich mal dort gewesen. Es wäre schön, wenn man in Erfurt eine Baumwollsorte züchten könnte, die hier in Deutschland gedeiht und uns von allen Importen unabhängig werden lässt.«

»Davon verstehe ich nichts«, erwiderte Richard Unger. »Ich weiß nur, dass wir Spezialisten für Saubohnen sind, auch Dicke Bohnen oder Puffbohnen genannt.«

James Simon lachte. »Vielleicht können Sie da mit meinem Freund Kempinski ins Geschäft kommen und ihm einen Waggon voll Puffbohnen verkaufen. Da fährt er gerade vor. Mit seiner Frau

Gemahlin und seiner Tochter Frieda. Dann gibt es nächste Woche bei ihm in der Leipziger Straße Puffbohnen mit Kaviar.«

Richard Unger fühlte sich auf den Arm genommen und wollte sich schon abwenden, da fiel sein Blick auf Frieda Kempinski.

Berthold Kempinski hatte nie die Zeit und die Kraft gehabt, nach einem anstrengenden Arbeitstag noch ins Theater, in die Oper oder in einen Konzertsaal zu gehen, war aber allen Künsten durchaus zugeneigt und freute sich deshalb immer ganz besonders, wenn Künstler zu ihm kamen, um zu plaudern, zu essen und zu trinken. Vor allem waren es Schauspieler, in letzter Zeit aber auch die Leute vom Film. Ganz in der Nähe, Unter den Linden 21, hatte Oskar Meßter 1896 das erste deutsche Kino eröffnet, nachdem schon ein Jahr zuvor die Brüder Skalandowsky im Varieté-Programm des Wintergartens mit ihren »lebenden Bildern« aufgetreten waren. Oft saß Meßter bei Kempinski im Restaurant und erzählte den Gästen, wie das alles gewesen war, wobei er so kräftig berlinerte, als würde er dafür bezahlt werden.

»Ick bin echta Berlina, obwohl man det nich hört. 1866 uff de Welt jekommen. Meine Jroßmutta hat zu meinem Vata immer jesagt: ›Eduard, et reicht nich, det bei dir det Bier im Hintern knarrt, du musst ooch mal wat untanehm' – und da issa Untanehma jewordn.« Einen Betrieb zur Herstellung optischer und feinmechanischer Geräte hatte er gegründet. »Und desterwejen hab ick dann Optika jelernt, um die Klitsche mal zu erben. Aba nur, damit ick richtich basteln konnte.«

Vor allem Filmprojektoren. Er und seine Operateure waren durch die Stadt gezogen, um alles Aktuelle einzufangen, bis hin zum Kaiser beim Manöver. Trotzdem war man bei den Behörden von seinem künstlerischen Schaffen nicht eben angetan. In einem amtlichen Schriftstück wurde dem von einem leitenden Beamten Ausdruck gegeben.

Ein Kinodrama hat keinerlei Berechtigung, es entbehrt in allen seinen Erscheinungsformen jeglichen Kunstwertes. Ich sehe diese Richtung des Kinematographen als eine unmittelbare Gefahr für unser Volk an, in sittlicher wie in ästhetischer Beziehung. Ich sehe auch keinerlei Möglichkeit, wie der Kinematograph auf diesem Gebiet verbesserungsfähig wäre.

Trotzdem glaubte Oskar Meßter an die Zukunft seiner Erfindung. »Da könnse sagen, wat Ihnen Spaß macht, det Kino kommt trotz de Rejierung.«

Berthold Kempinski kam bei seinem Rundgang auch an Meßters Tisch und lauschte, dem Manne freundlich zunickend, wie gebannt, obwohl er das alles schon x-mal gehört hatte. Erst als der Filmpionier eine kleine Pause machte, begrüßte er ihn mit festem Händedruck. »Wie geht's denn?«

»Danke, letztet Mal jing's noch. Imma den Kopp hoch, wenn der Hals ooch dreckich is.«

Berthold Kempinski hatte viel Freude an solchen Dialogen, dennoch kostete die Kommunikation mit seinen Gästen einiges an Kraft, und hatte er alle begrüßt, dann ging er am liebsten hinauf in die Wohnung und legte sich für eine Viertelstunde auf die Chaiselongue, um sich ein wenig zu erholen. Im zweiten und dritten Stockwerk hatten sie sich eingerichtet und genossen es, nach der fürchterlichen Enge in der Friedrichstraße viel Platz zu haben. Trat er in ihr Wohnzimmer, saß Helene zumeist im Sessel und strickte beim fahlen Licht der Gasbeleuchtung.

»Was für ein Glück, dass wir nicht irgendwo draußen eine Villa haben, sondern hier mitten in der Stadt zu Hause sind«, sagte er, während er sich mit einem wohligen Laut lang ausstreckte.

Sie ließ ihre Nadeln sinken. »Ist dir auch was am Friedelchen aufgefallen?«

»Nein. Ist sie etwa schwanger?«

»Berthold, bitte!«

»Helene, danke!«

Die Tochter war inzwischen neunzehn Jahre, und dass sie sich des Öfteren mit diesem Erfurter traf, war ihm nicht entgangen. Gestern noch hatte er sie in ihrer Wiege in den Schlaf geschaukelt ... Unfassbar, wie schnell alles vergangen war. Das Leben war nur ein Traum. Er hätte weinen können, dass nun alles schon vorüber war:

Frieda als Baby, Frieda als Kind, Frieda als Schulmädchen ... Und bald kam sie als Braut daher, er ahnte es.

»Wie gefällt dir denn der Herr Unger?«, fragte Helene, deren Gedanken in dieselbe Richtung gegangen waren.

»Fast fünfzehn Jahre älter als unsere Tochter ist er ja, aber als Mensch und als Geschäftsmann kann man über ihn nicht meckern.« Richard Unger war Mitte 1899 in die Firma eingetreten und hatte sich bestens gemacht. »Und wenn er und Hans die Firma M. Kempinski & Co. einmal übernehmen ...«

»Berthold, dir fehlt das Poetische! Die Frage ist doch: Liebt sie ihn, liebt er sie, passen sie zusammen, sind sie ein schönes Paar?«

»Ich hoffe doch sehr.« Er ließ sich nicht provozieren. »Frieda ist unser Kind, aber die Firma ist auch unser Kind – und M. Kempinski & Co. war eher da. Also muss ich mir auch um unser Ältestes Gedanken machen. Ich gehe auf die sechzig zu und muss Überlegungen anstellen, was aus der Firma wird, wenn ich nicht mehr da bin. Schön, Kempinski ist unsterblich, aber ich bin es nicht. Und Herrn Unger traue ich vieles zu und würde ihm das Steuer gerne in die Hand drücken. Mit Hans zusammen, versteht sich.«

»Mal sehen, wie es kommt ...«

1900. Berlin tanzte ins neue Jahrtausend. »Mit Volldampf voraus!«, lautete die Parole, die Kaiser Wilhelm II. ausgegeben hatte. In der Silvesternacht feierten viele Berlinerinnen und Berliner in den Straßen zwischen dem Brandenburger Tor, dem Schloss und dem Rathaus. Im Weinrestaurant M. Kempinski & Co. gab es ein festliches Menü und, nachdem man zur fraglichen Sekunde mit erlesenem Sekt angestoßen hatte, draußen auf der Leipziger Straße ein hübsches Feuerwerk.

Gerade hatten sich Berthold und Helene geküsst und sich alles Liebe und Gute für die kommenden 365 Tage gewünscht, da trat Richard Unger mit einer kleinen Verbeugung auf sie zu.

»Verehrter Herr Kempinski, darf ich um die Hand Ihrer Tochter Frieda anhalten?«

Berthold Kempinski zuckte zusammen, obwohl er gewusst hatte, dass der Erfurter diese historische Stunde für seine Attacke nutzen würde. Er schluckte. Die Tochter hergeben, nein! Um sich nicht anmerken zu lassen, wie gerührt und erschüttert er war, flüchtete er sich in seinen Humor.

»Was denn, nur die Hand wollen Sie? Sie sind mir ja ein zweiter Krojanke. Aber gut, kommen Sie mit in die Küche, da haben wir genug Hackebeilchen ...«

»Papa, bitte, kannst du nicht einmal ernst sein«, rief Frieda, die hinter ihren Bräutigam getreten war.

»Gut, bin ich eben der Ernst und nicht der Berthold Kempinski. Also, Kinder, meinetwegen, unseren Segen habt ihr.«

Sie fielen sich und ihm um den Hals, und bis in den Morgen hinein wurde ihre Verlobung gefeiert.

Danach liefen die Dinge genau so, wie man sie geplant hatte, und in der Chronik von Familie und Firma konnten drei bedeutsame Daten und Fakten vermerkt werden:

7. Februar 1900: Frieda Kempinski heiratet Richard Unger.
23. März 1900: Der Schwiegersohn Richard Unger bekommt Generalvollmacht.
2. Januar 1901: Hans Kempinski wird Mitgesellschafter.

Kapitel 8
1903–1907

Mit der Aufnahme von Richard Unger und Hans Kempinski als Gesellschafter war M. Kempinski & Co. zur offenen Handelsgesellschaft geworden. Bei Elfie Pracht heißt es dazu unter Hinweis auf ein späteres Gutachten:

Diese juristische Form war einem Unternehmen angemessen, »bei welchem die persönliche Note und die traditionsgebundene Betriebsführung eine außerordentlich wichtige Rolle« spielten, das also vom Patriarchalismus und der Verantwortung der Chefs geprägt war. Eine Gesellschaft auf Aktien hätte allerdings wohl in den Jahren der Expansion und des schlechten Geschäftsgangs für eine solidere Kapitalbasis gesorgt.

Berthold Kempinski feierte am 10. Oktober 1903 seinen sechzigsten Geburtstag und konnte nun langsam daran denken, sich aus dem Geschäftsleben zurückzuziehen. Er war angekommen, er hatte alle seine Ziele erreicht, und wenn es nach ihm gegangen wäre, hätte es bis in alle Ewigkeit so bleiben können, wie es war. Sein Restaurant war eine feste Größe in der Stadt, gehörte zu ihr wie der Anhalter Bahnhof, und mit der Leipziger Straße 25 hatte er sich sein eigenes Denkmal gesetzt. Wenn er das damals geahnt hätte, damals in Raschkow ...

Öfter bekam er Briefe aus der alten Heimat, denn die meisten seiner Geschwister waren in der Provinz geblieben, höchstens ins nahe Schlesien gezogen, und vielen ging es so schlecht, dass er ihnen hin und wieder Geld und Pakete schicken musste, damit sie halbwegs angemessen durchs Leben kamen. Dachte er an seine alten Freunde, so wurde er immer ein wenig schwermütig. Leopold Leichholz hatte den Freitod gewählt, weil ihm nichts gelingen wollte, weder als Lehrer noch als Schriftsteller hatte er reüssieren können. Das Angebot, nach Berlin zu kommen und in der Firma als Korrespondent zu arbeiten, hatte er dankend abgelehnt. Ludwig Liebenthal war zwar in der Hotellerie bis zum Geschäftsführer aufgestiegen, dabei aber der Trunksucht verfallen und im letzten Jahr in einem Asyl in Krotoschin verstorben. Und Witold Klodzinski schließlich war ausgewandert in die Vereinigten Staaten, um dort mit anderen Polen eine Siedlung zu gründen, ein »Klein-Polen« am Michigansee, aber beim Holzfällen von einem Baumstamm erschlagen worden. Gemessen am Schicksal von Leopold, Ludwig und Witold konnte Berthold sich glücklich preisen, hatte er das große Los gezogen.

Was blieb ihm noch an Träumen? Langsam war nach einem Altersruhesitz Ausschau zu halten.

Den Fehler mancher Patriarchen, die Nachfolge nicht rechtzeitig zu regeln und womöglich potentielle Kandidaten zu diminuieren, hatte Berthold Kempinski nicht begangen, denn Schwiegersohn und Neffe waren ja schon längst in alle Entscheidungen eingebunden.

Dass die Konkurrenz nicht schlief, musste Richard Unger nicht extra gesagt werden, aber wie wach sie plötzlich war, das überraschte auch ihn. Schon sein Schwiegervater hatte sich immer zuerst an den Weinstuben Trarbach orientiert, und diese hatten 1905 mächtig zugelegt. Neben ihrem alten Domizil in der Behrenstraße hatten sie sich einen Neubau im romanisierenden Stil errichten lassen und für dessen Inneneinrichtung den Architekten und Jugendstilkünstler Richard Riemerschmid aus München gewinnen können. Um einen Innenhof waren verschiedene Säle gruppiert, deren Fenster versenkbar waren.

»Die Räume sind atemberaubend«, berichtete Hans Kempinski, der am Tage zuvor alles besichtigt hatte. »Insbesondere der Rosensaal. Überall edle Materialien, Zedernholz und Onyx. Alles ist liebevoll aufeinander abgestimmt: die Ornamente, der Stuck, die Malerei, das Schnitzwerk, die Stühle, die Heizkörper, die Musterungen im Linoleum – bis hin zum Weinkühler und Streichholzständer. Wenn ich Fußballer wäre, würde ich sagen: Trarbach führt gegen Kempinski mit 5 : 0.«

Richard Unger hob die Hände. »Jedes Spiel dauert eine Stunde.«

»Neunzig Minuten«, korrigiert Hans Kempinski. »Komm einmal mit zu einem Spiel von Union 92.« Die waren bereits Deutscher Meister geworden, sein Herz aber schlug für Viktoria 89, eine Mannschaft, die stark im Kommen war.

»Wie auch immer, klar ist, dass wir gewaltig aufholen müssen.« Richard Unger trat an den Stadtplan. »Wenn es uns gelingt, den Ankauf der Grundstücke Krausenstraße 72 und 74 endlich unter Dach und Fach zu bringen, wird Platz genug sein für Speisesäle, wie Trarbach sie hat.«

»Und der ›Automat‹?«, fragte Hans Kempinski.

Richard Unger stieß die Luft aus den Lungen. Der »Automat« war ein Automatenrestaurant in der Friedrichstraße 166, und mit ihm schien im hektischen Berlin eine neue Epoche der Esskultur angebrochen zu sein. Anstatt Platz zu nehmen, auf den Kellner zu warten und seine Bestellung aufzugeben, trat man an eine Art Buffet, zog sich das, was man essen wollte, nach dem Einwurf passender Münzen aus einem Automatenfach und begab sich auf die Suche nach einem freien Tisch, um sich dort niederzulassen. »Für mich ist das so etwas wie der Untergang des Abendlandes.«

Hans Kempinski sah es gelassener. »Und wenn wir einen Raum für Automaten vorsehen und damit ein ganz bestimmtes Publikum anlocken, gleichzeitig aber alles tun, sie in gehobenere Gefilde weiterzuleiten?«

»Ich glaube nicht, dass meine Schwiegereltern dem zustimmen würden.«

»Sollen wir lieber nobel zugrunde gehen?«

»Ja. Aber keine Sorge, wir werden die Schlacht gewinnen, wir werden größer und schöner werden als alle anderen. Noch heute fangen wir an, uns nach einem geeigneten Architekten umzusehen.«

Als sie am Sonntag beim Mittagessen alle beisammensaßen,

wurden die Namen diskutiert, die in jenen Jahren den besten Klang hatten.

»Ich bin für Martin Gropius«, begann Helene Kempinski, die immer wieder gern das Kunstgewerbemuseum in der Prinz-Albrecht-Straße besuchte, das von Martin Gropius und Heino Schmieden entworfen und 1881 eröffnet worden war.

Berthold Kempinski lachte. »Dem könnten wir eine Million Goldmark bieten, und es klappte dennoch nicht.«

»Wieso denn das?«

»Weil er schon seit 26 Jahren tot ist.«

Seine Tochter brachte Franz Schwechten ins Spiel, der für den Anhalter Bahnhof, eröffnet 1880, und die Kaiser-Wilhelm-Gedächtniskirche stand, die 1895 geweiht worden war.

»Nee, Frieda«, rief Berthold Kempinski. »Das ist mir entschieden zu protzig.«

Mit derselben Begründung lehnte er die nächsten beiden Männer ab: Paul Wallot, den Erbauer des Reichstages, dessen Schlussstein 1894 gelegt worden war, und Julius Raschdorff, der den im letzten Jahr fertiggestellten Berliner Dom entworfen hatte.

»Und wie wäre es mit Bernhard Sehring?«, fragte Hans Kempinski. »Der hat das Theater des Westens entworfen.«

Richard Unger nickte. »Warum nicht? Wie beim Theater geht es auch hier darum, den Leuten erhebende Gefühle zu verschaffen.«

So kam Sehring als Erster auf die Liste jener Architekten, mit denen sie reden wollten. Weitere Namen waren Hermann Muthesius, der sich durch entzückende Villenbauten in den Vorstädten hervorgetan hatte, Alfred Messel, der das 1904 eröffnete Kaufhaus Wertheim nebenan in der Leipziger Straße gebaut hatte, Heinrich Reinhardt und Georg Süßenguth, denen Steglitz und Charlottenburg ihre Rathäuser verdankten, das eine in märkischer Backsteingotik, das andere im Jugendstil, und schließlich Alfred Grenander, der die besonders originellen Bauwerke und Bahnhöfe der gerade in Betrieb genommenen Berliner Hoch- und Untergrundbahn entworfen hatte.

Doch keiner der Herren zeigte sich bereit, für M. Kempinski & Co. zu arbeiten. Sie gaben an, ausgelastet zu sein. Möglicherweise war es unter ihrem Niveau, aus einem Konglomerat diverser schon vorhandener Baulichkeiten ein stilistisch homogenes Ganzes zu machen.

Berthold Kempinski brachte es auf den Punkt: »Denen sind wir zu poplig.« 1872 war er ausgezogen, um Berlin zu erobern, doch nun spürte er, dass er noch immer nicht ganz oben angekommen war.

Schließlich heuerten sie den Architekten Alfred J. Balcke, Jahrgang 1857, an, der als Empfehlung bislang nichts weiter als ein paar wenig bekannte Fabriken und Wohnhäuser vorzuweisen hatte, von der deutschen Renaissance inspiriert war, sich aber auch mit dem angefreundet hatte, was in der Fachwelt als Jugendstil mit Art-déco-Einschlag gehandelt wurde.

»Der ist genau richtig für uns«, erklärte Berthold Kempinski. »Der hat keene Rosinen im Kopp.«

Begegnet war ihm Balcke zum ersten Mal in der Leipziger Straße. Als er durch die Reihen zwischen den Tischen gegangen war, um die Gäste mit einem freundlichen Kopfnicken zu begrüßen, war ihm ein ernsthafter, aber doch ein wenig wie ein Bohemien gekleideter Mann von etwa fünfzig Jahren aufgefallen, der seinem Gegenüber mit Hilfe zweier Speisekarten und einiger steifer Servietten die äußere Form des Märkischen Museums erläuterte, an dem man seit einigen Jahren baute.

»Sind Sie zufällig Architekt?«, fragte Kempinski.

»Ja, aber nicht zufällig, sondern weil ich es lange Jahre studiert habe.«

Die Antwort gefiel Berthold Kempinski, und ganz spontan fragte er den Gast, ob er wohl um seinen Namen bitten dürfe.

Balcke erschrak. »Warum denn das? Habe ich Ihre wertvollen Speisekarten beschädigt oder mich irgendwie unwürdig verhalten?«

»Nein, nein, aber wir suchen einen tüchtigen Architekten für unseren Um- und Erweiterungsbau.«

Schon am Abend traf man sich oben im Büro zu einem ersten Gespräch. Hans Kempinski und Richard Unger erklärten Balcke, worum es ihnen ging, Berthold und Helene Kempinski hörten zu und beteiligten sich nur gelegentlich an der Unterredung.

Nur eines war Berthold Kempinski wichtig, und das betonte er auch mehrere Male: »Ich will keinen Prunk, wie er in anderen großen Etablissements zu finden ist. Also nichts Pompöses bitte und nichts von zweifelhaftem Geschmack. Sachlich soll es sein.«

Der Architekt sah hilfesuchend zu Hans Kempinski, von dem er sich am ehesten Unterstützung erhoffte. »Die Leute wollen aber verspielte und exzentrische Gestaltungselemente, und vor allem an der Fassade in der Leipziger Straße sollten wir sie haben, denn ringsum stehen ja lauter schlichte Geschäftshäuser – und von denen muss sich ihr Haus deutlich abheben, Herr Kempinski, damit jeder sieht, hier wird Besonderes geboten, hier will ich einkehren. M. Kempinski & Co. soll doch eher ein Tempel des Bacchus als eine Fabrik zur Abspeisung hungriger Berliner sein.«

Das überzeugte Berthold Kempinski, und er nickte zustimmend. »Gut, machen Sie mal, aber nicht, dass mir Küche und Bäckerei so aussehen wie der Festsaal im Schloss Trachenberg.«

Balcke dankte ihm mit einer leichten Verbeugung. »Gewiss nicht, denn ich bin kein Langhans, und Rokoko ist nicht mein Metier. Ich plädiere aber für eine Mischung aus Jugendstil und Art nouveau, was die Gebäudeteile betrifft, die für Ihr Publikum zugänglich sind, und ansonsten für kompromisslose Sachlichkeit und alle Errungenschaften des technischen Fortschritts.«

So wurde man sich einig, und Balcke suchte sich die Leute zusammen, um seine Pläne auszuarbeiten und zu verwirklichen. Der finanzielle Rahmen war mit anderthalb Millionen Mark großzügig bemessen.

Alles schien bestens zu sein, doch bald kam es zu den ersten Streitigkeiten zwischen dem Architekten und der Firma. So kam Balcke eines Tages zu Richard Unger und fragte ihn, wann genau denn M. Kempinski & Co. den gastronomischen Betrieb einstellen würde.

Richard Unger sah ihn an, als sei er plötzlich vom Wahn befallen worden. »Wie meinen Sie?«

Balcke wurde deutlicher. »Wann Sie hier alles zusperren, damit wir mit dem Umbau beginnen können.«

Richard Unger wurde heftig. »Ich höre wohl nicht recht! Natürlich läuft hier während des Umbaues alles so weiter wie immer.«

Der Architekt sprang auf. »Das ist doch völlig unmöglich!«

»Sie werden dafür bezahlt, es möglich zu machen.«

Kaum hatte sich der Architekt damit abgefunden, ergab sich ein anderes Problem.

»Wann werden Sie denn umziehen, Herr Kempinski?«, fragte er den Seniorchef, denn die im zweiten und dritten Stockwerk des Hauses in der Leipziger Straße gelegene Wohnung von Berthold und Helene Kempinski störte ihn mächtig.

Berthold Kempinski blickte lächelnd zum Himmel empor. »Nur der Ewige weiß, wann ich umziehen werde.«

Balcke verstand ihn nicht. »Wer bitte?«

»Der Herr über Leben und Tod. Und niemand kennt Tag und Stunde.«

Der Architekt rang die Hände. »Funktionalität ist unser erstes Gebot, und wenn Sie und Ihre Frau Ihre Wohnung im Stammhaus behalten wollen, dann ist das genauso absurd, als würde der Herr Reichsbahndirektor darauf aus sein, seine Gemächer mitten in der Eingangshalle des Anhalter Bahnhofs zu haben.«

Kempinski zuckte mit den Schultern. »Das wäre aber gut für die Fahrgäste, dann würde er besser Bescheid wissen über die Drängeleien an der Gepäckaufgabe und die Verspätungen seiner Fernzüge.«

Balcke versuchte es andersherum. »Warum ziehen Sie denn nicht in die Kolonie Grunewald, da hätten Sie's doch ruhig und idyllisch.«

»Aber mir würde M. Kempinski & Co. fehlen. Ich bin das Herz der Firma, und ein Herz gehört immer mitten in den Körper.«

So musste sich Balcke mit beiden Fakten abfinden. Wenigstens zog das Leinenhaus F. V. Grünfeld in ein eigenes Gebäude gleich nebenan in die Leipziger Straße 20, so dass er nicht auch noch dessen genuine Interessen zu berücksichtigen hatte.

Anderthalb Jahre lang wurde nachgedacht und gezeichnet, Künstlerisches entworfen und wieder verworfen, gemauert und gemalt, dann endlich war der erste Um- und Ausbau des Stammhauses Leipziger Straße 25 vollendet, und Publikum wie Fachwelt zeigten sich begeistert.

»So viele Leute aus nah und fern sind an unseren Neuheiten interessiert, dass es sich fast schon lohnen würde, Führungen anzubieten«, sagte Richard Unger. »Aber weder Hans noch ich haben Zeit dafür. Möchtest du das nicht machen, lieber Schwiegervater?«

Berthold Kempinski machte eine abwehrende Handbewegung. »Nein, bloß nicht! Ich bin vollkommen damit ausgelastet, durch die Speisesäle zu gehen, die Gäste mit einem Lächeln zu begrüßen und mit der Prominenz ein paar Worte zu wechseln. Aber nehmen wir doch meinen alten Freund Caspar Sprotte, der klagt gerade wieder über eine mächtige Flaute in seinem Leben, dass keiner seine Romane druckt oder ihn den König Lear spielen lässt. Der ist bestimmt ein glänzender Cicerone.«

Caspar Sprotte ließ sich nicht zweimal bitten, dem Ruf der Leipziger Straße Folge zu leisten. Zu seiner ersten Führung hatte sich eine ansehnliche Schar von Korrespondenten und Stadtverordneten eingefunden, denn am Ende des Rundgangs sollte ein kleines Frühstück gereicht werden. Wer kostenlos Austern serviert bekam, mit dessen Unterstützung konnte fortan gerechnet werden.

»In Preußen, meine sehr verehrten Damen und Herren, muss natürlich Friedrich der Große am Anfang stehen«, begann er seine Ausführungen. »Der hat gesagt: ›In meinem Staate kann jeder mit seiner Fassade selig werden.‹ Und so hat man bei M. Kempinski & Co., als die Frage gestellt wurde: ›Det Haus is fertig, wat soll'n vorne für'n Stil ran?‹, kurz und bündig geantwortet: ›Jugendstil mit Art déco.‹ Wenn Sie jetzt Ihre Augen mal bitte verdrehen und nach oben blicken, sehen sie unter dem Dachsims zwei tanzende Weingöttinnen, wunderschön von süßen Trauben umgeben. Die hängen natürlich sehr hoch, wie es sich eben gehört. Klar, besser den Spatz in der Hand als die Trauben unterm Dach. Lassen Sie mich nun von den Geschossen sprechen … Ja, die Pazifisten von der Sozialdemokratie können bleiben. Das erste Geschoss präsentiert sich in einer Verkleidung aus rotem schwedischem Granit, schön poliert … Was hätte man daraus alles an Grabsteinen machen können! Da haben Sie recht, mein Herr. Die oberen Stockwerke sind verputzt worden. Wie? Ansonsten verputzt man doch bei M. Kempinski & Co. Delikateres, Rehrücken und dergleichen. Aber dazu später. Beachten Sie bitte, dass der Putz mit Keim'schen Mineralfarben bemalt und vergoldet ist ... Haben die Damen und Herren noch Fragen, bevor wir geschlossen zur Fassade in der Krausenstraße marschieren?«

»Wo liegen denn die Weinkeller?«

»Sie meinen, oben auf dem Dachboden hinter den beiden Göttinnen? Irrtum, die befinden sich schon in der Tiefe, sind aber so geheim, dass nicht einmal ich weiß, wo man sie suchen muss. Nein, im Ernst, ich habe den Befehl von der Geschäftsleitung erhalten, keinen Besucher mehr durch die Weinkeller von M. Kempinski & Co. zu führen, denn die sind so ausgedehnt, dass wir die drei Versprengten von der letzten Führung noch immer nicht gefunden haben. Ja, beweinen wir sie.«

Damit brachen sie zur Krausenstraße auf, wo Sprotte auf die Schwierigkeit hinwies, aus den verschieden gestalteten Fassaden mehrerer Häuser eine Einheit zu machen. »Dazu wurden die Fenster angeglichen und ein einheitlicher Putz aufgetragen. Die mehrfarbige Malerei putzt ungemein. Alles wird aufgelockert durch Ornamente aus der Werkstatt des Bildhauers Robert Schirmer, der auch die berühmten, grünlich schimmernden Bacchusreliefs im Innern des Hauses schuf. Im wahrsten Sinne des Wortes hervorstechend ist der große Erker, der mit Kupferplatten verkleidet ist.«

»Das sieht ja aus wie ein Panzerschiff des Kaisers!«, rief einer.

»Psst!«, machte Caspar Sprotte. »In einem Weinhaus redet man nicht vom Wasser! Es liegen schon mehrere Skelette bei uns herum. Passen Sie also bitte auf, wenn wir jetzt eintreten und durch das Haus streifen.« Entgegen seinen Warnungen gingen sie doch durch die beiden Weinkeller. »Der untere Weinkeller, das Fasslager, erstreckt sich von der Krausen- bis zur Leipziger Straße. Im oberen Keller lagern die Flaschenweine für den täglichen Verbrauch. So, ich zähle einmal durch, damit wir die Vermisstenmeldung gleich an die Polizei weitergeben können.«

»Gibt es denn auch eine Weinverkostung?«

»Ja, aber keiner schluckt etwas herunter, sondern spuckt den Wein, den er im Mund hat, sofort wieder aus. Für Weinleichen übernimmt das Haus M. Kempinski & Co. keinerlei Verantwortung. Übrigens: Wir haben im oberen Keller extra Brechräume.«

»Wirklich?«

»Ja, Austernbrechräume. Daneben finden sie auch die Toiletten. Alles Marmor. Gut essen, gut ... Sch ... reib- und Telefonzellen gleich nebenan. Auch die Unfallstation.«

Nach der kleinen Weinprobe ging es weiter durch das umgebaute Haus in der Leipziger Straße. »Im Erdgeschoss haben wir den Weinladen. Im ersten Oberschoss finden wir die Verwaltung: Hauptbüro, Buchhaltung, Kasse, Expedition, Personal und chemische Prüfstelle.«

»Da wird untersucht, ob das Personal an Eisenmangel leidet?«

»Nein, da werden bei M. Kempinski & Co. die Kellner daraufhin untersucht, ob sie über goldenen Humor verfügen.«

Im zweiten Stockwerk ging es zuerst durch die Küchen- und die Vorratskammern, dann folgten die Bäckerei und die Konditorei, die Hefefabrikation und die Fleischerei.

»Ob Sie es glauben oder nicht: Bei uns wird im Augenblick alles versilbert«, sagte Caspar Sprotte im Weitergehen.

»Ist Kempinski also pleite, war der Umbau zu teuer?«

»Nein, aber in der Versilberei werden unsere Bestecke, Milchkännchen und Zuckerstreuer wieder auf Vordermann gebracht, und nebenan haben wir die Verzinnerei, die Seifensiederei, die Teller- und Glasmalerei, die Kupferschmiede zur Ausbesserung der Kasserollen und Pfannen und die Schlosserei, wenn irgendwo einmal eine Schraube locker ist. Wenn zu diesem Punkt noch jemand Fragen hat? Nein, dann folge man mir bitte vertrauensvoll in den dritten Stock.«

Auf dem Weg dorthin erzählte er noch die Geschichte von dem Provinzler, der sich bei seinem ersten Berlin-Besuch sehr schwer tut. »Schon auf dem Bahnhof in Pyritz fängt es an. Da zieht sich seine Frau ihre Schuhe aus. Fragt er sie, warum sie das tue. ›Na, da steht doch: Geh leis!‹ Gleis meint sie, großes G, kleines leis. – Kommt er ins Kaufhaus, will sich einen Hut kaufen und fragt einen Verkäufer, wo es denn Hüte gebe. ›Erster Stock.‹ Erst 'n Stock, denkt er, na gut, wenn das in Berlin so Sitte ist, und kauft sich einen. – Wieder fragte er einen Verkäufer nach Hüten. ›Geradezu.‹ So ein Mist, denkt er, wenn die gerade zu haben, kann man nichts machen. – Auch sein nächster Kauf scheitert. Fragt er einen Passanten, wo es denn hier Schuhe gebe. ›Leiser.‹ Als er die nächsten Berliner mit immer leiserer Stimme fragt, schreien die immer lauter: ›Leiser!‹ Schließlich ist sein Flüstern nicht mehr zu verstehen, und er muss aufgeben. – Abends geht er dann mit seiner Frau ins Theater, weiß aber nicht genau, was die Karten kosten. ›Steht doch da dran‹, sagt seine Frau. ›Programm 1,50.‹ Wehrt er ab: ›Pro Gramm 1,50 – das ist mir bei meinen zwei Zentnern zu teuer.‹«

»Das von dem tumben Provinzler sollten Sie lieber nicht erzählen«, riet ihm einer der Stadtverordneten. »Herr Kempinski kommt doch schließlich selber aus der Provinz.«

Caspar Sprotte lachte. »Von dem hab ich's doch.«

In der dritten Etage befand sich die Dampfwäscherei und in der vierten die Bon-Zählstelle. Im Seitenflügel und im Quergebäude gab es eine Müllverbrennungsanlage, mehrere Kühlräume, ein Kesselhaus und eine Akkumulatorenanlage.

»Das ist ja eine richtige Stadt für sich«, rief einer der Journalisten. »Haben Sie auch einen eigenen Friedhof hier?«

»Nein, wir warten noch auf den ersten Besucher, den der Herr hier im Hause heimruft in die Ewigkeit. Wenn Sie Interesse daran haben, melden Sie sich bitte bei der Geschäftsleitung.«

»Nach Ihnen.«

»Wenn Sie mich treffen wollen, dann halten Sie das bitte hier im Buch fest.« Sie standen im Vestibül, und Caspar Sprotte wies auf ein schalterähnliches Gebilde aus Edelholz. »Dies hier ist unsere Auskunftei, und hier liegt das sogenannte Treffbuch, in das man sich eintragen lassen kann, wenn man jemanden treffen will. Nicht mit einer Kugel, mit Tomaten oder faulen Eiern, sondern nur so … Obwohl sich das andere auf dem schönen grauen Marmor unter unseren Füßen nicht schlecht machen würde. Begeben wir uns nun ins Treppenhaus. Hier ist es so schön byzantinisch, dass Kaiser Konstantin schon hier war, um sich an seine glanzvollsten Jahre zu erinnern. An den Wänden sehen Sie griechischen Cipollin-Marmor. Der Wandbrunnen mit einem Relief des jungen Dionysos und mit Faunenmasken stammt von Hans Latt, das dreiteilige Fenster mit seiner wunderschönen Glasmalerei von Friedrich Wilhelm Mayer. Bewundern Sie den Bacchuszug, die tanzenden Mädchen und die Panther, bewundern sie die reichvergoldete Decke. Wer hier einkehrt, kann alle Hoffnung fahren lassen, es bei sich zu Hause jemals so schön zu haben. Wir kommen nun zu den einzelnen Sälen, und die Säle sind die Seele des Hauses Kempinski. Wir haben den Erkersaal – nicht Erkner bei Berlin, sondern Erker –, den Grauen, den Gelben, den Burgen- und den Estradensaal.«

So früh am Morgen gab es noch keine Gäste, die dienstbaren Geister aber waren schon fleißig dabei, die Tische herzurichten.

»Den Grauen Saal haben Sie wohl so genannt, weil dort die Kellner das Grauen packt, wenn sie an ihre niedrigen Löhne denken?«, fragte einer der sozialdemokratischen Stadtverordneten.

Caspar Sprotte ließ sich nicht aus der Ruhe bringen. »Das liegt allein an Ihnen, mein Herr. Kommen Sie und Ihre Parteifreunde jeden Tag zu uns, und geben Sie reichlich Trinkgeld!«

Damit hatte er die Lacher auf seiner Seite und konnte sich daranmachen, das wiederzugeben, was er über die Einrichtung der Säle auswendig gelernt hatte.

»Der Graue Saal heißt nicht deswegen so, weil Goethe hier über die Theorie nachgedacht hat, sondern weil er mit grau gebeiztem schwedischem Björkholz ausgekleidet ist.«

»Das ist doch Ahorn«, sagte ein Stadtverordneter.

»Auch. Die Plaketten, Gesimse und Zierleisten sind aus versilbertem Carton-pierre. Fragen Sie bitte Ihren Kunstlehrer, was das ist. Die Beleuchtungskörper sind in versilbertem Metall und mit Bernsteinperlen ausgeführt. Neulich hat sich ein fettleibiger Gast in unverschämtem Tonfall bei uns beschwert, dass sich eine Perle gelöst habe und ihm ins Essen gefallen sei, da hat sein Tischnachbar gerufen: ›Bei Kempinski wirft man doch keine Perlen vor die Säue.‹ Nun, bewundern Sie bitte die Reliefs in den Nischen, die zeigen den Weinbau, das Keltern, den Tanz und so weiter.«

»Das ›und so weiter‹ hätte man ruhig weiter ausführen sollen«, brummte einer der Stadtverordneten.

Caspar Sprotte schritt weiter zum Burgensaal. »Dieser präsentiert sich weithin konventionell. Die großflächigen Wandmalereien sorgen für ein farbenfrohes Ambiente. Wir sehen die Burg Rheinstein, die Wartburg, Schloss Eltz und Schloss Heidelberg.«

»Kunst ist das aber nicht!«, rief einer.

»Ganz recht, mein Herr, denn im Hause Kempinski gibt es nur *eine* richtige Kunst: die Kochkunst. Und so empfehle ich Ihnen und Ihrer Frau Gemahlin für den heutigen Abend Cantaloupe-Melone mit Krebsschwänzen, legierte frische Spargelsuppe, Rehrücken in Sahne mit Preiselbeeren, Kartoffelcroquettes und Kohlrabigemüse, frische Gartenerdbeeren auf Vanilleeis mit Crème double und Kaffee.«

»Das kann sich ein normaler Mensch doch erst nach einem Bankraub leisten«, sagte der sozialdemokratische Stadtverordnete.

»Irrtum!«, rief Caspar Sprotte. »Bei uns gilt die Devise: Halbe Portionen, halbe Preise. Aber auch Gäste mit ganz schmalem Portemonnaie genießen den Aufenthalt bei uns, denn sie können auch Bouillon, deutsches Beefsteak mit Setzei und Bratkartoffeln und zum Nachtisch Apfelmus bestellen. Bei uns finden Sie Herren des Hochadels neben kleinen Beamten aus den Ministerien, Großindustrielle neben abgerissenen Schauspielern, den Schutzmann mit seiner Verlobten oder die kleine Buchhalterin.«

»Kempinski, die Volksküche für die bessere Welt«, brummte einer der Zeitungsschreiber.

»Danke, das muss ich mir merken.« Sprotte schrieb es sich auf. »Wir können 2500 Gäste gleichzeitig bedienen und 10 000 an einem Tag. Gelegentlich müssen wir sogar das Schild *Wegen Überfüllung geschlossen* draußen an die Tür hängen. Täglich verarbeiten wir ungefähr 25 Zentner Fleisch, acht Zentner Fisch, vier Zentner Hummer, dreihundert Schock Krebse, an die zwei Zentner Kaviar, mehrere hundert Stück Geflügel und während der Saison 20 000 Austern.«

»Ja, wo sind die Austern?«

»Im neuen Gelben Saal. Dort schaffen Wandleuchten und blau

facettierte Glasmedallions den Effekt eines dunkelblauen Sternenhimmels.«

Am Ende des Rundgangs folgte das versprochene Sektfrühstück im hinteren Teil des Gelben Saals.

»Bevor wir aber zuschlagen, meine Herren, wird Sie noch Herr Unger von der Chefetage des Hauses begrüßen.«

»Was, einen Ungarn hat Kempinski als Chef?«, fragte ein Stadtverordneter der Deutschnationalen mit einer gewissen Empörung. »Ja, aber einen aus Erfurt. Richard Unger, wie Hunger, aber ohne H. Mit wäre ja bei uns auch ein Witz. Ah, da ist er ja.«

Richard Unger begrüßte die Honoratioren und Journalisten mit ausgesuchter Höflichkeit und machte sie noch einmal mit der Philosophie des Hauses bekannt.

»Unsere Atmosphäre ist überwältigend luxuriös«, hob er hervor, »aber anders als viele unserer Konkurrenten sind wir nicht exklusiv. Kempinski steht allen Bevölkerungsschichten offen. Bei uns kann der solide Kleinbürger die Welt der Aristokratie und der Großbourgeoisie erleben.«

»Es lebe der Parvenü«, warf einer der Journalisten ein.

»Das ist doch eine fürchterliche Gleichmacherei!«, rief einer der konservativen Stadtverordneten.

»Die Unterschiede zwischen einer Grunewald-Villa und einer Mietwohnung im Wedding bleiben bestehen«, entgegnete Richard Unger. »Aber wir machen sie erträglich.«

»Sie verhindern damit die Revolution«, fügte der SPD-Mann hinzu, der zum revisionistischen Flügel seiner Partei gehörte. »Und das ist gut so.«

Ehe es politisch wurde, griff sich Caspar Sprotte ein wohlgefülltes Weinglas und schloss seine Führung mit Zeilen aus Goethes Gedicht *Der Sänger:* »*Doch darf ich bitten, bitt' ich eins:/Lass mir den besten Becher Weins/In purem Golde reichen.›/Er setzt' ihn an, er trank in aus./‹O Trank voll süßer Labe!/O dreimal hochbeglücktes Haus.* Es lebe M. Kempinski & Co.!«

Kapitel 9
1908–1910

Berthold Kempinski hatte Berlin erobert und, wie es Hans Erman in seinem Buch *Bei Kempinski* ausdrückt hat, *einem aufstrebenden und aufrückendem Bürgertum den gewünschten Tempel der Lebensfreude gebaut.* Weiter berichtet Erman:

Er fand die »Masse« als Gast für sein Restaurant. Er gewann für das Haus in der Leipziger Straße jenen breiten Durchschnitt des gehobenen, mittleren und selbst des kleinen Bürgertums, das einmal in der Woche oder auch nur einmal im Monat die »sechs Mark fünfzig« dem Traum von der »großen Welt« opferte, wie die gleichen Schichten heute ihre übrigen Markstücke im Kino dem Traum von der »großen Welt« opfern.

Auch Richard Gurkow war glücklich, dass er sein kleines Frauchen einmal ausführen konnte. »Nachdem ich jahrelang jeden Tag Tausende von Menschen befördert habe, ist es Zeit, dass ich auch mal selber befördert worden bin.«

In der Hochbahngesellschaft war er vom Zugbegleiter zum »Motorführer«, also Fahrer eines Zuges aufgestiegen, und das musste gebührend gefeiert werden. Natürlich bei Kempinski.

»Wenn du in dem Zug gewesen wärst, der am Gleisdreieck abgestürzt ist, würden wir uns heute nicht auf den Weg in die Leipziger Straße machen«, sagte seine Frau.

Richard Gurkow schüttelte sich. »Ja. Ich solle den Kollegen Klemm vertreten, hieß es, der sei plötzlich erkrankt – dann ist er aber doch noch zum Dienst erschienen.«

Am 26. September 1908 hatte es die Katastrophe gegeben. Um 13.42 Uhr hatte der Motorführer Schreiber mit seinem Zug den Bahnhof Leipziger Platz in Richtung Möckernbrücke verlassen und auf dem Gleisdreieck ein auf Rot stehendes Signal überfahren. Da es zu dieser Zeit noch keine automatische Zwangsbremsung gab, war er daraufhin seinem Kollegen Gesellius, der sich verspätet vom Bahnhof Bülowstraße genähert hatte, in die Flanke gefahren und hatte mehrere Wagen seines Zuges mit gewaltiger Kraft aus dem Gleis gedrückt. Dabei war ein Waggon vom rund acht Meter hohen Viadukt in die Tiefe gestürzt. Zwanzig Menschen waren schwerverletzt und achtzehn hatten ihr Leben verloren, darunter der unglückliche Klemm, der als Zugbegleiter links neben Gesellius gestanden hatte.

»Stimmt es, dass es sein erster und zugleich auch sein letzter Arbeitstag war?«, fragte Hildegard Gurkow.

»Ja. Gesellius ist invalid, und Schreiber sitzt immer noch im Gefängnis«, sagte Richard Gurkow. »Ein Jahr und neun Monate hat er bekommen.«

»Geschieht ihm recht.«

»Er schwört bis heute, dass er Grün gehabt hat.«

Sie kamen vom U-Bahnhof Leipziger Platz, den man vor einem Jahr eröffnet hatte, und mussten sich zusammenreißen, um die letzten hundert Meter nicht zu rennen.

»Ich fühle mich wie als Kind, kurz bevor der Weihnachtsmann kommt«, sagte Hildegard Gurkow.

»Kempinski ist ja auch was.« Er hatte die Reklame auswendig gelernt. »*Größte Weinkarte! Reichhaltigste Speisekarte! Modernste Küche! Eleganteste Säle!* Im Adlon ist es auch nicht prächtiger.«

»Kannste auch die Verse vom Kempinski-Gedicht aufsagen?«

»Nicht alle, aber 'n paar: *Hat der Berliner sechs Mark fünfzig/Und geht mit einer Dame aus/Dann führt er sie mit Rothschild-Miene/Zum Restaurant Kempinski hin;/Denn erstens ist es da sehr billig,/Und zweitens ist das Essen schön,/Und drittens trifft man dort Bekannte,/Und viertens wird man dort geseh'n.«*

Damit hatten sie Kempinski erreicht.

Betrat man das Weinrestaurant, musste man sich am Auskunftstisch anmelden. Dort saß ein Fräulein, schrieb den Namen auf einen kleinen Zettel und steckte ihn sauber nach dem Alphabet geordnet in ein Kästchen.

»Falls später jemand nach Ihnen fragen sollte«, erklärte sie.

Richard Gurkow, der eher an eine polizeiliche Maßnahme gedacht hatte, lachte etwas unsicher. »Wer sollte schon nach mir fragen?«

»Andere Gäste natürlich, mein Herr.«

Beruhigt nahm er die Hand seiner Frau. Es war ein feierlicher Augenblick. Als wäre er mit ihr zur Neujahrs-Defilier-Cour im königlichen Schloss geladen worden und hätte den Weißen Saal betreten, um vom Oberhof- und Hausmarschall, dem Grafen zu Eulenburg, zur Festtafel geführt zu werden.

Im Vestibül blieben sie stehen, um zu staunen und sich zu orientieren. Hier verzweigten sich die Wege zu den einzelnen Sälen, und allein sechs verschiedene Treppen führten zu Räumen im oberen Stockwerk.

»Wer sich hier nicht verläuft ...«, sagte Hildegard. »Wo hast du unseren Tisch reserviert?«

Er suchte, sich zu erinnern. »Im Grauen Saal des ersten Stockes.«

Sie sahen sich noch ein wenig um und stellten fest, dass es neben den großen Sälen auch kleinere und lauschigere Räume gab, die an *Chambres séparées* erinnerten. Vor allem versetzte sie aber in Erstaunen, dass sich hier bei Kempinski alle Schichten und alle Stände mischten. Neben ihresgleichen gab es Redakteure, Direktoren, Offiziere, Händler, Rechtsanwälte, Professoren und Ärzte. Den meisten sah man an, was sie waren, oder konnte es aus den Wortfetzen schließen, die herüberflogen.

Sie verfügten über einige Menschenkenntnis. Richard Gurkow hatte bei der Hochbahn als Zugbegleiter begonnen und sich, hielten sie an einem Seitenbahnsteig, bei jeder Abfahrt durch die Menge drängeln müssen, um wieder zu seinem Stand zu gelangen, und Hildegard arbeitete in der Vermittlungsanstalt des Fernmeldeamtes und bekam als »Fräulein vom Amt« auch einiges mit.

»Guck mal, da!« Sie stieß ihm den Ellenbogen in die Seite. »Der ist Abteilungsleiter bei Rudolph Hertzog.«

Der Mann, ein sogenannter Abendkavalier, trug einen Konfektionsanzug mit engen Hosen und einem etwas zu hohen Stehkragen, hatte eine Menge Brillantine im Haar und seinen Schnurrbart nach Art des Kaisers hochgezwirbelt. »Es ist erreicht«, sagten die Berliner dazu. Sein ganzer Stolz aber war sein Siegelring, der ihm, mit einem Phantasiewappen versehen, etwas Aristokratisches verleihen sollte.

»Ah, ein Pforzheimer«, sagte Richard Gurkow.

»Woher weißt du denn, woher er kommt?«

»Die heißen so, weil ihre Ringe aus Pforzheim kommen, da sitzen doch die großen Schmuckwarenfabriken.«

Damit hatten sie ihren Tisch erreicht. Der Kellner, gewandet wie ein fürstlicher Kammerdiener, eilte herbei, schob ihnen die ledergepolsterten Stühle zurecht und legte ihnen die Speisekarte vor.

»Wenn sich die Herrschaften bitte ihr Menü zusammenstellen wollen ...«

Gewöhnt an Eintöpfe aus Linsen, Erbsen, Mohrrüben, Wirsingkohl oder grünen Bohnen, an Brühnudeln und Graupen, Milchreis mit Zucker und Zimt, Buletten mit Kartoffelsalat, Saure Eier und an Sonntagen Königsberger Klopse oder Falschen Hasen, gingen ihnen die Augen über. Bouillon, deutsches Beefsteak mit Setzei und Bratkartoffeln, zum Nachtisch Apfelmus, das kannte man ja noch, aber was dann kam ...

Cantaloupe-Melone mit Krebsschwänzen
Kalter Rheinlachs mit Salaten garniert, Zarinnenart
Echte Schildkröten-Suppe
Chateaubriand mit Gemüse garniert
Karpfen blau mit zerlassener Butter
Pökelzunge mit Rosenkohl
gespickte Kalbsleber mit Endiviensalat
Chesterfield-Suppe
Filetsteak à l'anglaise
Frische Gartenerdbeeren auf Vanilleeis
Orangentorte
Kleines Gebäck

»Was nun?«, fragte Hildegard. »Das meiste kann ich gar nicht aussprechen. Da blamiert man sich ja nur.«

Richard Gurkow fand schnell einen Ausweg aus diesem Dilemma. »Dann zeigen wir eben mit dem Finger auf das, was wir haben wollen, oder spielen die Taubstummen.«

»Aber das können wir uns beim besten Willen nicht leisten«, rief Hildegard Gurkow mit gedämpfter Stimme, als sie die Preise gelesen hatte.

Ihr Mann suchte, sie zu beruhigen. »Du kennst Kempinski nicht, hier gilt: Halbe Portionen, halbe Flaschen, halbe Kosten! Keine Panik also wegen der Preise!«

»Nein, komm, wir stehen wieder auf und gehen woanders hin.«

»Nicht doch, Hildegard, ich bitte dich!« Richard Gurkow war entschlossen, nicht zu weichen.

Gerade als sie sich ernsthaft zu streiten begannen, stand ein älterer Herr hinter ihnen, der kein anderer sein konnte als ... Ihr Atem stockte.

»Pardon«, sagte der ältere Herr. »Wenn ich mich vorstellen darf: Berthold Kempinski.«

»Persönlich?«, entfuhr es Hildegard Gurkow.

»Ja, obwohl mir ein Doppelgänger manchmal lieber wäre.«

Richard Gurkow überwand seine Befangenheit und lachte. »Wie ich gelesen habe, sind Sie ja gerade dabei, sich aus dem Geschäftsleben zurückzuziehen.«

»So ist es, mein Herr.« Nun zeigte sich Berthold Kempinski etwas verlegen. »Wenn ich Sie einen Augenblick stören dürfte ... Ich weiß nicht, wie ich anfangen soll. Immer wenn ich durch die Säle gehe, sehe ich mir am Auskunftstisch die Namen meiner Gäste an. Man will ja niemanden übersehen, der bedeutsam ist. Und da stoße ich auf den Namen Gurkow und erschrecke. Man sagte mir, Sie seien Herr Gurkow mit der Frau Gemahlin.«

»Ja, das sind wir.« Richard Gurkow war es siedendheiß geworden. Sollten sie jetzt des Hauses verwiesen werden, weil man Zweifel daran hegte, ob sie ihre Rechnung auch bezahlen konnten?

»Bitte, behalten Sie Platz, es ist nichts Schlimmes. Kommen Sie vielleicht aus Posen, aus dem Dorfe Honig bei Medzibor?«

Richard Gurkow starrte ihn an. »Ja.«

»Und Ihre Mutter heißt Luise und ist eine geborene Liebenthal?«

»Ja, das auch ...«

»Dann kommen Sie doch bitte in den stillen hinteren Saal des ›Alten Restaurants‹, da sind wir ungestörter. Sie beide sind herzlich eingeladen zum Köstlichsten, was Kempinskis Küche und der Weinkeller zu bieten haben.«

Hildegard Gurkow konnte es nicht fassen. »Warum denn das, warum denn diese Ehre?«

Berthold Kempinski lächelte mit verklärtem Blick. »Ach, das ist eine lange Geschichte. Weil Luise Liebenthal meine erste große Liebe war, damals in Raschkow, und Ihr Richard eigentlich mein Sohn ... Was rede ich da. Kommen Sie!«

Inzwischen war auch die Firma M. Kempinski & Co. an das deutsche Fernsprechnetz angeschlossen, und Berthold Kempinski bemühte sich, seinen Bruder Moritz in Breslau zu erreichen. Der aus Holz gefertigte Apparat, der ihn immer an eine überdimensionale Kaffeemühle erinnerte, hing an der Wand seines Bureaus. Um die Vermittlungsanstalt »zu wecken«, wie es amtlich hieß, hatte er zuerst zwei bis drei Sekunden auf einen kleinen Knopf zu drücken und dann den Fernsprecher vom Haken zu nehmen und mit der Schallöffnung gegen das Ohr zu halten.

Prompt hörte er die Stimme des Fräuleins aus der Zentrale: »Hier Amt, was beliebt?«

»Wünsche, mit Breslau verbunden zu werden. Die Nummer des Teilnehmers dort lautet ...« Er hatte sie im Kopf, lang war sie nicht.

»Schon besetzt, werde melden, wenn frei.«

»Verstanden.« Aufstöhnend hängte Berthold Kempinski den Fernsprecher wieder in den Haken und wartete, bis der Wecker ertönte, um ihn schnell abzuheben und ans Ohr zu halten. »Hier Berthold Kempinski.«

»Breslau jetzt frei, bitte rufen.«

Nun hatte er mit dem Fernsprecher am Ohr durch nochmaliges

158

Knopfdrücken seinen Bruder »zu wecken«. Es klappte auf Anhieb.

»Hier Moritz Kempinski, wer dort?«

»Hier Berthold.«

»Ah, guten Morgen, was liegt an?«

»Du, wir feiern am 1. Juli 1909 nichts Geringeres als zwanzig Jahre Kempinski, von der Eröffnung unseres Stammhauses in der Leipziger Straße an gerechnet, und würden uns sehr freuen, dich zu diesem Anlass hier in Berlin begrüßen zu dürfen – Helene, Frieda, Hans, Richard und ich.«

»Mein Dank für die Einladung, aber ich werde nicht kommen können.«

Berthold Kempinski zeigte sich besorgt. »Warum denn das, du bist doch hoffentlich wohlauf?«

»Nein, krank. Ich bin schließlich zwölf Jahre älter als du, und wenn man jenseits der Siebzig ist ...«

»Das ist jammerschade. Gute Besserung dann.«

»Danke. Ich werde es wohl nicht mehr lange machen.«

Als Berthold Kempinski einhängte, wankte er zu seinem Sessel. Er musste sich erst einmal setzen. Nun redete auch schon der Bruder vom Sterben, und Moritz war ein viel zu ernsthafter Mensch, als dass er damit scherzen würde. Alles hat einmal ein Ende. Das war zwar eine Binsenweisheit, aber die letzten Wahrheiten waren alle Binsenweisheiten.

Sich bei Kempinski in der Leipziger Straße sehen zu lassen wurde in den Reihen der Berliner Prominenz allmählich Mode. Da waren neben vielen anderen die Herren Theobald von Bethmann-Hollweg, der »lange Theobald«, Oberpräsident der Provinz Brandenburg und preußischer Innenminister, Philipp Fürst zu Eulenburg und Hertefeld, enger Vertrauter von Kaiser Wilhelm II., Prof. Adolf Harnack, protestantischer Theologe und Kirchenhistoriker, Direktor der Königlichen Bibliothek und politischer Berater Bethmann-Hollwegs, Prof. Hermann Paasche, Staatswissenschaftler, 1905 als Oberleutnant zur See beteiligt an den Kämpfen in Deutsch-Ostafrika, Vizepräsident der Deutschen Kolonialgesellschaft, Prof. Ernst von Bergmann, der berühmte Kriegschirurg, Viktor von Podbielski, preußischer Minister für Landwirtschaft, Domänen und Forsten, Alfred Polycarp von Hompesch, Kammerherr der Kaiserin Augusta und Abgeordneter im Deutschen Reichstag, bekannt für seine Reden gegen die »beängstigend sich ausbreitende Unsittlichkeit«, Emil Georg von Stauß aus Friedrichsthal, hoffnungsvoller junger Mann der Deutschen Bank und Privatsekretär bei Georg von Siemens, Ludwig Barnay, Sohn eines Synagogenkantors, Schauspieler, Theaterleiter und Geheimer Intendanz- und Hofrat, eine Legende, angetreten mit dem Motto »Wir sind nichts – was wir wollen, ist alles«, Kommerzienrat Gilka, dessen Getreidekümmel in aller Mund war, und Kommerzienrat Lohse, der mit seinen Parfüms alle Berlinerinnen bezauberte. Auch der Sohn von Louis Victor Robert Schwartzkopff, dem Gründer der weltbekannten Eisengießerei und Maschinenfabrik, sah man in der Leipziger Straße. Dazu kamen Lily Braun, Politikerin, Frauenrechtlerin und Schriftstellerin, und Schauspielerinnen wie Adele Sandrock und Henny Porten.

Ging Berthold Kempinski in Gedanken die Liste seiner prominenten Gäste durch, musste er unwillkürlich an die Honoratioren denken, die in Raschkow im Hause seines Vaters ein und aus gegangen waren: Eduard Schlüsselfeld, der Apotheker, Veitel Ungar, der Rabbiner, Dr. Richard Dramburger, der Arzt, Gustav Gnadenfroh, der Landrat, und Friedrich Wilhelm von Kraschnitz. Wie ehrfürchtig war er ihnen begegnet.

Obwohl es ihm gesundheitlich nicht gerade glänzend ging, zögerte Berthold Kempinski keinen Augenblick, am Tage des zwanzigjährigen Bestehens seines Weinrestaurants durch die Säle zu gehen und seine Gäste zu begrüßen. So wie damals. Seine Säle waren seine Bühne. Die Verbeugung nach allen Seiten hin, ehrerbietig und dennoch reserviert, hätte jedem Schauspieler zum Engagement verholfen. Er schätzte alle Prominenz, die zu ihm kam, aber er fühlte sich nicht geringer als sie, denn auch er war ja wer, ein König gar, der König der Berliner Gastronomie. Und die Berliner huldigten ihm. Jeder mochte ihn, wohlbeleibt wie er war, fröhlich, mit seiner Glatze, die wie poliert erschien.

»Zwanzig Jahre Kempinski. Ich lade Sie alle ein zu einem Glase Sekt!«

Man applaudierte anhaltend, stieß an mit ihm und trank auf sein Wohl. »Auf das Fünfundzwanzigste!«

Anschließend ging er in sein Privatbüro, wo Helene am Schreibtisch saß und an einer grünen Tischdecke häkelte.

»Können wir uns keine Tischdecken kaufen?«, fragte er.

»Sicher, Tausende sogar, aber meine Hände müssen was zu tun haben, seit ich nicht mehr selber kochen darf. Der Arzt hat mir ja geraten, mich zu schonen.«

»Mir auch.« Berthold Kempinski fiel in seinen Sessel. »Darum soll ja auch Richard nächste Woche den Geschichtsverein ›Brandenburgia‹ durch das Haus führen und ihnen alles erklären.«

Sonntag, der 29. August 1909, war »Zeppelintag« in Berlin. Schon am 30. Mai hatte der Graf mit seinem Z II kommen sollen, und die Glückwunschtelegramme hatten sich bereits zu Stapeln angehäuft. Aber nicht nur das, die kaiserliche Familie und die Generalität hatten geschlagene viereinhalb Stunden vergeblich auf dem Tempelhofer Feld gewartet. Schlechtes Wetter in Bitterfeld war schuld an der Panne.

Heimgekehrt nach Friedrichshafen, wagte man zwei Tage später mit dem neuen Z III den nächsten Versuch. Um 4.30 Uhr früh startete man unter der Führung eines Oberingenieurs, aber in der Nähe von Nürnberg musste man zu einer Notlandung ansetzen.

Nun hieß es am Morgen des 29. August in den Berliner Zeitungen, dass der Z III am Mittag in Berlin zu erwarten sei und Wilhelm II. um 12.30 Uhr über dem Tempelhofer Feld begrüßen wolle. Und in der Tat stieg der Graf um 7.35 Uhr in Bitterfeld höchstpersönlich in die vordere Gondel. Da diesmal ausnahmsweise alles klappte und die Winde günstig wehten, glitt man schon um 10.40 Uhr über die südwestlichen Vororte Berlins hinweg und drehte zwei Stunden Ehrenrunden, um auf die Minute pünktlich vor dem Kaiser zu erscheinen. Der allerdings wartete bereits seit 11.15 Uhr auf dem Tempelhofer Feld. Gelandet wurde nicht, man wollte sich erst auf dem Tegeler Schießplatz treffen. So zog der

Zeppelin, begrüßt von den begeisterten Berlinern, über die Stadt hinweg. Überall wehten die Fahnen.

Berthold Kempinski war von seinem Freund Caspar Sprotte überredet worden, mit zum Platz vor dem Roten Rathaus zu kommen, um dem Spektakel beizuwohnen.

»Ach, ich mit meinen lahmen Beinen.«

Längere Strecken konnte Berthold Kempinski kaum noch ohne Schmerzen zurücklegen. War er ein Stückchen gegangen, musste er ein paar Minuten Pause einlegen, bis es weitergehen konnte. In der Leipziger und der Friedrichstraße hangelte er sich gleichsam immer nur von Schaufenster zu Schaufenster, und nach körperlichen Belastungen hinkte er eine Weile.

»Mein Großvati hat die Artilleriekleerose«, sagte Gerhard, der Sohn seines Neffen Hans und dessen Frau Luise, und meinte damit die Arteriosklerose.

»Ist ja gar nicht dein richtiger Großvater«, rief Friedrich Wolfgang, der Sohn seiner Tochter Frieda, »nur meiner!«

»Aber ich heiße Kempinski und du nur Unger.«

»Unger ist viel schöner!«, ließ sich Elisabeth vernehmen, das zweite Kind von Frieda und Richard.

Als eingefleischter Familienmensch hatte Berthold Kempinski an den beiden Knaben wie dem Mädchen seine helle Freude, und wenn sie alle zusammen aßen – Helene, Frieda, Richard, Hans, Luise, Elisabeth, Friedrich Wolfgang und Gerhard –, dann blühte er wieder auf und war der Alte, sonst aber … Er fühlte, wie sein Lebenslicht kurz davor war zu verlöschen. Oft litt er unter einer bedrohlichen Enge in der Brust und konnte nur noch mit großer Mühe atmen. Sein Herz wurde immer schwächer und schlug mitunter so ungleichmäßig, dass er glaubte, es müsse im nächsten Augenblick völlig versagen.

Er wusste, dass seine Zeit bald abgelaufen war. 66 Jahre alt wurde er im Oktober, aber die siebzig, die schaffte er nicht mehr, so wie die Ärzte redeten.

»Ihre Arterienwände, lieber Kempinski, sind derart verkalkt, dass wir wenig dagegen tun können.«

Er liebte die Flüsse, ob nun Bartsch, Olobok, Oder, Spree oder

Rhein, er hätte nirgendwo wohnen mögen, wo es keine Flüsse gab. Viel herumgekommen war er ja nicht in seinem Leben: Raschkow, Ostrowo, Breslau und Berlin. Ein bisschen Ungarn noch. Plötzlich hatte er Sehnsucht nach Paris, Rom, Hongkong und Rio de Janeiro. »Zu spät«, murmelte er. »Aber im nächsten Leben ...«

Wenn er nur daran geglaubt hätte! Er versuchte zu beten: »Willige, Ewiger, in meine Rettung, Ewiger, zu meinem Beistand eile.«

Gab es wirklich so etwas wie das Jüngste Gericht, dann hatte er sich wenig vorzuwerfen. Er hatte das Beste aus seinem Leben gemacht und versucht, möglichst viele Menschen glücklich zu machen – privat wie in seinem Restaurant. Und mit seinem Neffen und seinem Schwiegersohn war die Zukunft von M. Kempinski & Co. gesichert. Er hatte das Seine getan, man brauchte ihn nicht mehr. Mit dem Stammhaus in der Leipziger Straße hatte er sich selbst sein Denkmal gesetzt, und in Raschkow stellte man vielleicht seine Statue auf einen Sockel: *Dem größten Sohn unserer Stadt.*

Das alles erzählte er seinem Freund Caspar Sprotte, als sie langsam von der Leipziger Straße zum Platz vor dem Roten Rathaus liefen.

»Es kommt mit Macht – und keiner kann's aufhalten«, war dessen Kommentar. »Das gilt für den Samen ebenso wie für den Tod.«

»Du hast ja Vergleiche!«

»Ich hasse Vergleiche, ja, weil in ihnen immer eine Leiche enthalten ist. Auch das mit dem Verg stimmt mich melancholisch.«

»Wer ist Verg?«

»Verg bedeutet Vergil. Römischer Dichter, 70 vor Christus bis 19 vor Christus. Kurzepen *Culex* und *Ciris.*«

Berthold Kempinski lachte. »Ich weiß: Culex, die Mücke, Ciris, der Reiher. Hatten wir damals alles in Ostrowo bei Dr. Lagow. Zweifelhaft ist aber, ob sie wirklich von ihm sind. Nicht von Lagow, sondern von Vergil. Wir haben uns auch mehr auf die *Aeneis* gestürzt.«

»Kempinski, setzen, Eins!«, rief Caspar Sprotte. »Ich bewundere dein Gedächtnis ebenso wie deine Bildung. Du hättest Professor werden können. Aber dir ist es sicherlich lieber, dass du du geworden bist.«

»So ist es.«

»Auf alle Fälle bist du dadurch unsterblich geworden.«

Berthold Kempinski winkte ab. »Übertreiben wir mal nicht.«

Die Worte des Freundes taten ihm wohl. Es war schon ein gewisser Trost, wenn man davon ausgehen konnte, dass die Menschen auch noch nach hundert Jahren mit dem Namen Kempinski etwas anzufangen wussten.

Dennoch hatte er Tränen in den Augen. Er wusste, wie schlecht es um seine Gesundheit stand und dass da auch sein Geld und die besten Ärzte nichts mehr ausrichten konnten, und langsam galt es, Abschied zu nehmen von allem, von Helene, der Familie, dem Geschäft, den Freunden. Sein Sterben würde furchtbar werden, der erste Schlaganfall, der zweite, nicht mehr reden können, kein Gedanke daran, durch die Säle zu gehen und seine Gäste zu begrüßen. Er dankte dem Ewigen für sein Leben, und er verfluchte ihn, dass er es wohl so und nicht anders ausklingen ließ.

Ein Schrei riss ihn aus seiner Trauer. »Der Zeppelin ist da!«

Wilhelm II., Deutscher Kaiser und König von Preußen, war am 27. Januar 1859 als erstes Kind des Prinzen Friedrich Wilhelm von Preußen, des späteren Kaisers Friedrich III., und dessen Frau Viktoria, Princess Royal of England, im Kronprinzenpalais in Berlin geboren worden. Nach Besuch des Gymnasiums in Kassel-Wilhelmshöhe und des Studiums der Rechts- und Staatswissenschaften in Bonn hatte er 1881 Prinzessin Auguste Viktoria von Schleswig-Holstein-Sonderburg-Augustenburg geheiratet. Nach dem Tod seines Vaters hatte er am 15. Juni 1888 den Thron bestiegen.

Unter seiner Regierung hatte Berlin den Anspruch verwirklichen können, Hauptstadt und ökonomisches Entscheidungszentrum des Deutschen Reiches zu sein, und man hatte die Folgen der industriellen Revolution ebenso wie die Bevölkerungsexplosion einigermaßen gemeistert. In Wirtschaft, Wissenschaft, Kunst und Kultur gab es ständig Neues zu bestaunen. Es existierte zwar eine starke politische Opposition, in der Hauptsache linke Liberale und Sozialdemokraten, die mehr Gleichberechtigung und Demokratie einforderten und dafür engmaschig überwacht und verfolgt wurden, aber die Monarchie schien gefestigt zu sein für alle Ewigkeit, und Kaiser Wilhelm II. konnte man trotz verschiedener Affären als gottähnlichen Übervater des deutschen Volkes bezeichnen.

Dieser Wilhelm II. nun hatte sich bei M. Kempinski & Co. angesagt und wollte höchstselbst in Augenschein nehmen, was seine Untertanen im Karree Leipziger, Friedrich- und Krausenstraße so begeisterte. Das war eine unfassbare Ehre für das Unternehmen.

»Die Krönung durch die Krone«, sagte Richard Unger.

Zweifellos hatte das Haus Kempinski damit seinen ersten großen Höhepunkt erreicht.

Die Aufregung in der Familie Kempinski/Unger steigerte sich noch, als man erfuhr, dass der Kaiser mit seiner Frau Gemahlin und der Tochter Viktoria Luise an seiner Seite erscheinen würde.

»Prinzessin Viktoria Luise!«, jubelte Frieda Unger. »Ich muss mir unbedingt ein neues Kleid machen lassen.«

»Aber beim selben Schneider wie sie«, spottete Hans Kempinski.

»Das ist eine gute Idee.«

Sie nahm es ernst und schaffte es tatsächlich, den Hofschneider für sich arbeiten zu lassen. Aber nicht nur das, es wurde auch eine Erzieherin aus dem Schloss engagiert, um den Hofknicks einzuüben. Stundenlang brauchte man, bis Frieda hoffähig war.

Friedrich Wolfgang maulte so lange, bis sie ihm einen neuen Matrosenanzug kauften. Anders wollte er Seiner Majestät nicht unter die Augen treten. Selbst die Kinder wussten von der großen Liebe des Kaisers zur Marine.

Vor lauter Aufregung schüttete er sich dann den Inhalt eines Tintenfasses über seinen schmucken Matrosenanzug und musste in gewöhnlicher Schulkleidung Aufstellung nehmen, als es hieß: »Sie kommen!«

So wehte denn, wie es später Caspar Sprotte formulierte, im Herbst 1910 der hehre Atem der Geschichte durch das Haus Kempinski.

»Kolossal!«, rief Wilhelm II., als man ihn durch die Säle und die Küche führte. »So sollte bei uns im Schloss auch gekocht und gespeist werden.«

Die Kaiserin bemerkte, dass Frieda Unger rote Wangen bekam und plauderte ganz allerliebst mit ihr.

Der Besuch endete damit, dass sie alle das Gefühl hatten, der Kaiser habe ihnen den Orden *Pour le Mérite* verliehen und sie in den Adelsstand erhoben.

»Es ist absurd, dass wir Räume zu Verwaltungszwecken nutzen, in denen man auch Gäste platzieren könnte«, sagte Richard Unger, als die Familie am Sonntag beim Essen zusammensaß.

»Richtig«, sagte Luise, die Frau von Hans Kempinski, während sie aufpasste, dass ihr Sohn, gerade fünf Jahre alt geworden, keine Dummheiten machte. »Gerhard, hör bitte auf, an Großmuttis Vorhängen zu reißen!«

»Ich spiel doch Theater.«

»Unsere Buchhalter kosten nur Geld, Gäste aber bringen etwas ein«, begründete Luise Kempinski ihre Haltung.

Ihr Mann korrigierte sie. »Ohne eine vernünftige Buchhaltung nützen dir auch die besten Gäste nichts.«

»Aber deine Buchhalter kannst du auch in einem kleinen Zimmer im Seitenflügel arbeiten lassen«, hielt ihm Richard Unger entgegen. »Ich bleibe dabei: In der Leipziger Straße muss jeder Quadratmeter genutzt werden, um noch mehr Gäste gleichzeitig im Hause zu haben.«

Helene Kempinski war hellhörig geworden. »Sag bloß, du willst die Gäste auch noch in mein Wohnzimmer setzen.«

Frieda suchte, sie zu beruhigen. »Nein, Mutter, so ist das nicht gemeint.«

»Berthold würde sich im Grabe umdrehen.«

Hans Kempinski und Richard Unger sahen sich an. Sie waren sich einig, dass es in diesen Zeiten nicht anging, wertvolle Fläche zu verschenken. Wohnen konnte man ebenso gut oder noch viel besser in den Kolonien Grunewald oder Schlachtensee, aber man konnte das zahlende Publikum nicht dorthin verfrachten. Da sie aber Helene Kempinski den Umzug nicht schmackhaft machen konnten, wurde beschlossen, die Wohnung mit ihren zwölf Zimmern zumindest vorerst nicht anzutasten.

»Und wen lassen wir das alles umbauen?«, fragte Hans Kempinski. »Balcke können wir ja nicht mehr beauftragen.« Der war am 20. Juli 1909 verstorben. »Wahrscheinlich hat er sich mit seinem Bauvorhaben in Lodz gehörig übernommen.«

»Wie wäre es mit Hart und Lesser?«, fragte Richard Unger. Er hatte beide in der Synagoge Fasanenstraße kennengelernt, wo sie mit der Ausstattung des Trausaales beauftragt waren.

Gustav Hart, Jahrgang 1864, und Alfred Lesser, geboren 1871, hatten sich in Berlin schon einige Meriten erworben. Ihr Prunkstück war das Möbelhaus Trunck in der Kronenstraße, dessen Fassade aus schwedischem Granit und Cottaer Sandstein Dekorformen des Barocks und des Jugendstils schmückten. Des Weiteren waren sie mit der Villa für den Bankier Julius Erxleben in der Kolonie Grunewald, mit dem Bahnhof Zehlendorf-West und den Bauten um den Bahnhof Frohnau, insbesondere dem dreißig Meter hohen Casinoturm, stadtbekannt geworden. Beide waren Schüler und Mitarbeiter von Alfred Messel.

Hart und Lesser drängten den Jugendstil zurück und legten besonderen Wert auf nachempfundene Elemente aus Barock und Rokoko. Es entstand für Kempinski neben dem »Berliner Saal« der besonders pompöse »Cadiner Saal«, so benannt nach der gelbweißen Majolika-Wandverkleidung aus der kaiserlichen Fabrik in Cadinen. Auch eine Büste Seiner Majestät Kaiser Wilhelm II. wurde aufgestellt.

»Jetzt ist Kempinski ein richtiger Palast geworden«, sagte Caspar Sprotte bei seinen Führungen. »Es gibt sogar Gerüchte, Seine Majestät wolle hier einziehen.«

Beide Ereignisse, den erneuten Umbau des Stammhauses durch Hart und Lesser wie den Besuch des Kaisers, konnte Berthold Kempinski nicht mehr miterleben. Er war am 14. März 1910 in Berlin an den Folgen seiner schweren Arteriosklerose gestorben.

Bei seiner Beerdigung auf dem Jüdischen Friedhof in Weißensee sprachen am Grab Justizrat Dr. Strassmann, einer seiner Neffen, und der Rabbiner Dr. Malvin Warschauer.

»Welche Erfolge auch deiner Ehrenhaftigkeit, deinen kaufmännischen Talenten und deinem unermüdlichen Fleiße beschieden waren«, sagte Dr. Strassmann, »die wahren Wurzeln deiner Kraft liegen in der Heimat und in deinem Elternhause. Klein und unbedeutend ist deine Heimatstadt, und abgeschieden liegt sie im Posener Lande. In zärtlicher Liebe hingst du an ihr, mit herzlichem Interesse, und werktätig verfolgtest du ihre Geschicke. Treue hieltest du den Gespielen und Freunden deiner Kindheit, und kein Landsmann suchte dich auf, der nicht deine Hilfe, deinen Rat und herzliche Aufnahme gefunden hätte. Mit welcher Freude sprachst du von deiner Gymnasiastenzeit, und wem schlug das Herz nicht höher, wenn er von der Heimat und dem Elternhaus dich leuchtenden Auges und mit lebhaften Mienen fast mehr erzählen sah als erzählen hörte.«

Bei Dr. Malvin Warschauer klang es nicht anders. »Mit der zärtlichsten Liebe hing er an seinem einzigen Kinde, der Tochter, und übertrug das gleiche starke Gefühl auf ihren Gatten, der ihm ein Sohn war, und auf ihre Kinder, die die Freude seines Lebensabends wurden. Und über den Kreis dieser Nächsten hinaus, in der ganzen größeren Familie, betätigte sich seine hilfsbereite, teilnehmende Liebe, die zumal dem älteren Bruder und besonders dem Neffen zugewandt war, der wiederum zu ihm wie zu einem Vater in dankbarer Verehrung aufblickt.«

Auf dem Feld T 2, am Rondell, findet sich noch heute das Erbbegräbnis der Familie Kempinski. Es besteht aus einer Säulenreihe, die mit Grabplatten geschlossen ist und bogenförmig die Rückseite des Grundstücks darstellt. Auf der großen, geschmückten Urne, die auf einem frei stehenden Säulenstumpf angebracht ist, ist ein Medaillon mit dem Porträt Berthold Kempinskis zu sehen.

Zweiter Teil

Expansion und volle Blüte

1911–1932

Kapitel 10
1911–1913

Richard Unger feierte am 6. Juli 1911 seinen Geburtstag sozusagen bei sich zu Hause im »Burgensaal«. Der Konditor hatte auf der riesigen Torte mit rötlich gefärbtem Marzipan eine wunderschöne *45* aufgebracht. Eingeladen waren nicht nur alle Familienmitglieder, sondern auch seine Freunde aus der Politik. Letztere war neben M. Kempinski & Co. seine zweite Passion. Außerdem bekleidete er seit einem Jahr den Posten eines Handelsrichters.

Trotz Reichsgründung, Sozialistengesetzes und wilhelminischer Weltpolitik dominierten in den Berliner Selbstverwaltungsorganen noch immer die Liberalen. Wegen der Sitzordnung im Parlament hießen sie die Linken. Ihrer Fraktion, der Mehrheitsfraktion, gehörte auch Richard Unger an. Seit dem 8. Dezember 1910 saß er für den Wahlbezirk Friedrichstadt in der Berliner Stadtverordnetenversammlung.

»Das verstehe ich nicht ganz«, sagte Hans Kempinski des Öfteren zu ihm. »Da bekennst du dich theoretisch zur linksliberalen Position und unterstützt Forderungen, das Deutsche Reich mit einer parlamentarischen Monarchie à la England zu regieren, und rufst gleichzeitig hurra, wenn der Kaiser irgendwo auftaucht, der doch für das Alte steht, das für immer und ewig zementiert werden soll.«

Richard Unger strich sich über den dunklen Oberlippenbart. »Mit einem klaren Sowohl-als-auch fährt man als Kaufmann immer am besten. Ich will es mal den radikalen Pragmatismus nennen, der uns weiterhilft, die Kunst, es allen recht zu machen. Irgendwie müssen wir das Schiff M. Kempinski & Co. ja sicher durch die Zeiten steuern.«

Diese Aufgabe war ihnen mit dem Tod Berthold Kempinskis nicht vom einen Tag auf den anderen zugefallen, sondern alles hatte sich kontinuierlich und organisch entwickelt, als sein Schwiegervater krankheitsbedingt von Monat zu Monat immer weniger im Restaurant beziehungsweise im Bureau erschienen war.

Ach ja, das Jahr 1910 … Nicht nur sein Schwiegervater war gestorben, sondern auch Moritz Kempinski im fernen Breslau. Die Berliner hatten sich mit den anderen Erben geeinigt und Kempinski/Breslau an Berthold Güth senior vermietet, den Besitzer des Weinhauses Kaisergarten. Alleinerbin Berthold Kempinskis war seine Ehefrau Helene, und die hatte Richard Unger am 24. November 1910 die Generalvollmacht erteilt, so dass er bestimmte Dinge ohne Rücksprache mit ihr erledigen konnte.

Ob es ihn nicht störe, wurde Richard Unger des Öfteren gefragt, dass sein Name weder über dem Eingang des Stammhauses noch in der Reklame auftauche.

»Nein, denn ich agiere gern hinter der Bühne, und in der Stadtverordnetenversammlung drängt es mich ja auch nicht pausenlos ans Rednerpult. Vergessen Sie nicht, dass ich von Hause aus Banker bin und von daher auf Diskretion ausgerichtet.«

Was seine Gegner hinter seinem Rücken murmelten, das wusste er: »Der hat sich ja nur ins gemachte Nest gesetzt.« Das war nicht schön, aber damit musste man als Kempinskis Schwiegersohn halt leben. Manchmal ging er in die Offensive und sagte, dass das gemachte Nest, die Firma M. Kempinski & Co., in kürzester Zeit von der Konkurrenz zerstört werden würde, säße er nicht drin und helfe, mit Hans Kempinski zusammen, es zu erhalten und auszubauen. »Mag der Nestbauer auch mehr zählen als der Nesterhalter – ohne Letzteren hätte keine Firma auf Dauer eine Chance, und der Ruhm des Gründers wäre schnell verwelkt.«

Natürlich war er ein ganz anderer Typ Mensch als sein Schwiegervater, kein begnadeter Plauderer und Volksschauspieler, sondern eher der seriöse Bankier. Durch die Säle zu gehen und die Leute zu begrüßen war ihm ein Gräuel, und gern ließ er Hans Kempinski den Vortritt.

Auch die Geburtstagsfeier war nicht als Volksbelustigung gedacht. Seine Frau hätte es gern gehabt, dass bekannte Sänger, Musiker und Schauspieler zu kleinen Einlagen gekommen wären, doch er hatte das abgelehnt. Diese Menschen waren ihm zu exaltiert.

Zu den prominenten Gästen gehörte auch Oberbürgermeister Martin Kirschner, ein Nationalliberaler. Er kam schnell auf sein Lieblingsthema zu sprechen: »Wir brauchen so schnell wie möglich ein Groß-Berlin. Aber die besseren Vororte haben Angst, von ihrem Reichtum etwas an die ärmeren Nachbargemeinden abgeben zu müssen. Damit nicht genug, auch die preußische Regierung torpediert meine Groß-Berlin-Idee, weil sie das rote Berlin mittels eines Kranzes blühender Vorortgemeinden besser unter Kontrolle halten kann.«

Als der Oberbürgermeister ging, flüsterte er Richard Unger etwas ins Ohr, das sicherlich das schönster aller Geschenke war: »Ich habe gehört, mein Lieber, dass ein Verfahren eingeleitet worden ist, in dem geprüft werden soll, ob Sie würdig sind, den Titel eines Preußischen Kommerzienrats zu erhalten.«

»Oh, eigentlich hätte der Titel ja meinem Schwiegervater zugestanden, aber ich verstehe ihn auch als posthume Ehrung für ihn.«

»Nun, keine falsche Bescheidenheit, Ihre eigenen Meriten werden da gewürdigt. Aber warten wir den Bericht des Polizeipräsidenten ab.«

In dem nun wurden Besitz, Bildung, soziales Engagement, kaufmännische Fähigkeiten und loyale politische Gesinnung Richard Ungers ausführlich gewürdigt:

Die Firma hat sich von Jahr zu Jahr in größerem Umfange entwickelt ... Die Firma gehört zu den angesehensten und bestfundierten Gaststätten des hiesigen Platzes, genießt Weltruf und wegen ihrer Solidität großes Vertrauen ... Unger gilt als ein tüchtiger, umsichtiger, gewandter und vertrauenswerter Kaufmann ... Er ist ein gebildeter Mann, besitzt gute Umgangsformen und erfreut sich im bürgerlichen Leben allseitiger Achtung und besten Ansehens. Politisch tritt er nicht hervor ... Sein Ansehen in der Kaufmannschaft ist derart gefestigt, daß man ihm den Kommerzienratstitel

*allgemein gönnt. Der Präsident der Handelskammer Herr Gehei-
mer Kommerzienrat Herz hat ... gegen die Ernennung keine Bedenken zu erheben.*

Für Richard Unger sprach weiterhin, dass er große Summen für
wohltätige Zwecke gestiftet hatte, zum Beispiel für die Opfer eines
Zechenunglücks wie für Erdbebenopfer auf Sizilien, zur Bekämp-
fung der Säuglingssterblichkeit und zur Speisung armer Kinder
und Notleidender. Viele patriotische Vereine und Wohlfahrtsein-
richtungen bekamen regelmäßig Gelder überwiesen, und auch der
Magistrat der Stadt Raschkow wurde bedacht.

So war es nur folgerichtig, dass Richard Unger am 14. Oktober
1911 von Kaiser Wilhelm II. der Titel eines Preußischen Kommer-
zienrates verliehen wurde.

»Den kann sich M. Kempinski & Co. wie einen Orden an die
Brust heften«, sagte Caspar Sprotte, als er davon erfuhr.

Siegfried Krzynowek saß mit zwanzig anderen Bediensteten in einem Konferenzraum, dessen Fenster zur Krausenstraße hinaus-
gingen, und lernte, wie man mit Gästen kommunizierte, die kein
Deutsch verstanden, sondern »nur« Englisch, Französisch oder
Spanisch sprachen. M. Kempinski & Co. hatte dafür extra einen
Lehrer aus der Berlitz School angeheuert. Der Kurs fand während
der Arbeitszeit statt. Eigentlich war er nur für Oberkellner gedacht,
aber es war plötzlich ein Platz frei geworden, und man ließ ihn teilnehmen, weil sicher schien, dass er irgendwann aufsteigen würde.

»Entschuldigen Sie?«

»Perdone.«

»Fisch?«

»Pescado.«

»Sehr gut.«

Der Lehrer war mit ihm zufrieden, und Siegfried Krzynowek
freute sich, die kleine Prüfung so gut bestanden zu haben. Schade,
dass die Stunde so schnell zu Ende ging. Alle mussten nun wieder
an ihren Arbeitsplatz eilen, denn die ersten Abendgäste wurden erwartet.

Es war weit nach Mitternacht, als er sich endlich auf sein Fahrrad schwingen und auf den Heimweg machen konnte. Er wohnte noch immer bei seinen Eltern in der Adalbertstraße, hatte also ganz schön zu radeln. Immer die Leipziger Straße hinunter, dann am Spittelmarkt rechts in die Seydel- und die Stallschreiberstraße. Endlich war die Oranienstraße erreicht. Noch der Moritz- und der Oranienplatz, dann war er endlich zu Hause. Halb bewusstlos sank er ins Bett. Das stand am Ende des Korridors und war mit einem Vorhang abgetrennt.

Nur am Sonntag fand die Familie zusammen: die Eltern, er und seine drei Geschwister. Er war mit seinen 21 Jahren der Älteste. Dann kam Franz, der war Elektriker und hatte gerade bei Siemens angefangen. Gerda und Frieda gingen noch zur Schule. Die eine wollte Schneiderin werden, die andere Kontoristin bei Kempinski. Der Vater war selbständiger Malermeister mit zwei Gehilfen, und sie kamen finanziell ganz gut über die Runden.

Wie jedes Mal beim Frühstück erwarteten die Krzynoweks ganz automatisch, dass Siegfried sie bediente.

»So kommst du nicht aus der Übung«, sagte der Vater.

»Kollege kommt gleich«, brummte Siegfried Krzynowek. »Ihr seht doch, dass ich nicht im Dienst bin. Und hier ist nicht Kempinski.«

»Leider«, stöhnte Franz.

»Zieh doch aus, wenn's dir nicht passt!«, rief der Vater. Franz ging immer zu Versammlungen der SPD oder der KPD, und das gefiel dem Vater gar nicht. Diese Heuchler alle! Auch sein Sohn. Die Revolution wollen, aber bei Kempinski essen gehen!

Kaum standen die weich gekochten Eier auf dem Tisch, begann Franz auch schon zu agitieren. Zumeist hatte er seinen Bruder im Visier. »Kellner – immer hochnäsig, dabei aber die miesesten Löhne, in der Statistik ganz unten. Arbeitszeit zwischen vierzehn und achtzehn Stunden.«

»Hör auf«, sagte Siegfried Krzynowek. »Kempinski tut alles für seine Leute.«

»Ja, was die Ausbeutung betrifft«, höhnte Franz. »Löhne zwischen zehn und zwanzig Mark im Monat, da wird ja selbst im

Brauereigewerbe das Doppelte verdient, von mir mal ganz zu schweigen.«

»Wir haben ja noch unsere Trinkgelder«, wandte Siegfried Krzynowek ein.

»Davon zieht euch die Geschäftsleitung noch das Bruchgeld ab – auch wenn es gar keine Scherben gegeben hat.«

»Ich lass mich doch von dir nicht aufhetzen!«, rief Siegfried Krzynowek.

Als man in der Familie Kempinski/Unger in der Genthiner Straße auf das Jahr 1912 anstieß, konnte die Stimmung als gut bezeichnet werden. Berthold und Moritz waren unvergessen, aber das Trauerjahr war lange vorüber und Berlin zu aufregend, um sich auf Dauer elegisch zu geben.

Was war im letzten Jahrzehnt nicht alles geschehen! 1901 war die Siegesallee vollendet, das Bismarck-Denkmal vor dem Reichstag enthüllt und die Wandervogelbewegung gegründet worden. 1902 war die Hochbahn in Betrieb genommen worden. 1904 hatte sich Kaiser Wilhelm II. auf einer Edison-Walze stimmlich verewigt, war die *B. Z. am Mittag* zum ersten Mal erschienen, war am Halensee der Lunapark dem Publikum übergeben und am Leipziger Platz das Warenhaus Wertheim eröffnet worden. Das Jahr 1905 hatte die Einweihung des Domes und die ersten Motoromnibusse gebracht, 1906 war der Teltowkanal für die Schifffahrt freigegeben worden und hatte der Schuster Wilhelm Voigt als Hauptmann von Köpenick für Amüsement gesorgt. 1907 hatte Berlin mit dem KaDeWe am Wittenbergplatz, dem Hotel Adlon am Pariser Platz/Unter den Linden und dem Strandbad Wannsee gleich drei neue Glanzlichter bekommen. 1908 war das Märkische Museum hinzugekommen und 1910 der Sportpalast, nachdem es schon ein Jahr zuvor in den Ausstellungshallen am Zoologischen Garten das erste Sechstagerennen gegeben hatte. 1911 hatte man vierzig Jahre Deutsches Kaiserreich gefeiert und lang und breit über Gerhart Hauptmanns *Die Ratten* diskutiert. Und nun 1912 ...

Für Richard und Frieda Unger begann das neue Jahr mit einem Paukenschlag, denn der Kommerzienrat war mit der Frau Gemahlin zum großen Fastnachtsball im Berliner Stadtschloss eingeladen worden.

Weit über tausend Gäste waren gekommen. Die bekanntesten Vertreter der Wissenschaften und schönen Künste, des Handels und Wandels, der Hochschulen und Akademien, der Parlamente und städtischen Behörden mischten sich mit fremden Gesandten, Ministern und hohen Offizieren wie Beamten nebst deren Damen.

Die größere Zahl der Gäste versammelte sich in der Bildergalerie, während der Weiße Saal den Chefs der fürstlichen und ehemals reichsständischen gräflichen Häuser, den Diplomaten, den Exzellenzen und den tanzenden Herren mit ihren Damen reserviert blieb. Dorthin begab sich auch der kaiserliche Zug. Gern nutzen der Kaiser und seine Gemahlin das Fest dazu, sich ungezwungen unter ihren Gästen zu bewegen und hier und da Cercle zu halten, bis der Tanz begann.

Frieda dirigierte ihren Mann so geschickt in Richtung der Verbindungstür, dass sie wenigstens einen Blick in den Weißen Saal werfen konnte.

»Welch reicher Himmel«, flüsterte sie beim Anblick der tanzenden Paare. »Stern an Stern, wer kennt all die Namen.«

Blendender Glanz erfüllte den Weißen Saal. Ein farbenprächtiges, buntbewegtes Bild bot sich innerhalb der marmornen Wandflächen des stolzen Raumes, in dessen Nischen die Statuen der preußischen Herrscher standen und von dessen Decke in sinnreicher Anordnung das elektrische Licht herunterflutete, ohne dass man die Beleuchtungskörper erblickte. Und in dieser strahlenden Helle wogte ein Meer von wechselvollen Uniformen, blitzenden Kreuzen, flimmernden Sternen, von leuchtenden Ordensbändern und funkelnden Agraffen, daneben konnte sich das Auge auch am reichen Damenflor ergötzen. Da sah man Kostüme in allen Farbtönen, das Glänzen der Seide und des Atlas neben den satten Schattierungen des Sammet- und Brokatstoffes, eine ungeheure Fülle an weißen Schultern und Armen, und glühend und glitzernd, in Blau, in Grün und Rot, hoben sich die Diamantketten, die Spangen und die Broschen ab, ein Vermögen oft um einen schönen Damenhals gewunden.

Richard Unger erinnerte sich an einen Satz von Theodor Fontane, den er einmal in einer der abonnierten Zeitungen gelesen hatte: *Wie viel hat das Leben, aber für wie wenige nur.* Und er fügte hinzu: »Danken wir Gott, dass wir zu diesen wenigen gehören.« »Eher sollten wir meinem Vater danken«, sagte Frieda. Er lachte. »Und den Berliner Weintrinkern und Genießern.«

Nachdem die Tanzenden eine Souperpause eingelegt hatten, begann der große Reigen, wobei sich die Paare graziös vor den unter dem Thron-Baldachin stehenden Kaiserlichen Herrschaften verneigten. Nach der Mitternachtsstunde endete der Tanz, was aber noch nicht das Ende des Festes bedeutete. Denn nach überlieferter Sitte gab es an diesem Abend süß duftenden Punsch und Berliner Pfannkuchen, beides von Lakaien auf vollbesetzten Plateaus serviert, deren Vorräte, mochten sie noch so oft erneuert worden sein, stets im Handumdrehen verschwunden waren. Fröhlich und angeregt war die Stimmung, und im Hinausgehen hörten Richard und Frieda Unger, wie mit großem Bedauern ausgerufen wurde: »Wie schade, dass die Hoffestlichkeiten vorüber sind!«

Der nächste Höhepunkt war die Begegnung mit Fritzi Massary. Die war 1882 in Wien als Friederika Massaryk auf die Welt gekommen und hatte in Linz, Hamburg und Wien als Sängerin und Schauspielerin erste kleine Erfolge gefeiert. Der künstlerische Durchbruch gelang ihr dann als Sopranistin im Berliner Metropol-Theater, als *Grande Cocotte*. 1904 hatte ihre Karriere begonnen, und 1912 trug man der Massary fast nur noch Hauptrollen an. Kam sie zum Essen und Trinken in die Leipziger Straße, musste man Frieda Unger sofort Meldung davon machen, dann eilte diese ins Restaurant, setzte sich mit an den Tisch und hörte zu.

Die Massary erzählte viel von den Jahresrevuen im Metropol. Wie sie als »Berliner Börse« aufgetreten war, wie der Kaiserliche Hof allen Offizieren – sogar dem Kronprinzen – verboten hatte, Josef Giampietro zuzuhören, wenn der schmetterte: *Donnerwetter, Donnerwetter, wir sind Kerle! Bei Kritik sagt Majestät: Famos, famos!/Donnerwetter, jeder einzelne 'ne Perle! Also wirklich: Donnerwetter, tadellos!*, wie Herr von Glasenapp, der Zensor, ihnen Textstellen herausgestrichen hatte wie: *Treibt sie's*

alleene? – Nee, es muss immer eener dabei sein. Das sei sitten-
polizeilich nicht vertretbar.

»Was steht denn dieses Jahr an?«, fragte Frieda Unger.

»Im Dezember: *Der liebe Augustin,* 'ne Operette von Leo Fall.«

»Da müssen wir unbedingt zur Premiere hin.«

Bei alledem vergaß man aber bei M. Kempinski & Co. keineswegs das Geschäftliche. Eine Idee wurde beim sonntäglichen Bei-
sammensein der Familie in der Fasanenstraße geboren.

»Der Lachs ist ja wirklich wunderbar«, rief Hans Kempinski.
»Wo hast du den denn her?«

»Aus dem KaDeWe«, antwortete Frieda Unger.

»Das ist doch eine Schande, so etwas kauft man bei uns.«

»Entschuldige, aber Kempinski hat keine Delikatessenabtei-
lung.«

»Warum nicht?«, rief Richard Unger. »Sofort eine eröffnen!«

Zwar dauerte es eine Weile, bis sie das Grundstück Krausenstraße 71, Ecke Friedrichstraße 198/199 kaufen konnten. Im Jahre
1912, war es aber endlich so weit, und das erste Kempinski-Deli-
katessengeschäft konnte eröffnet werden.

Ein bisschen ging das Ereignis allerdings unter, denn die Berliner hatten über anderes zu reden. Zum Beispiel über den Untergang der *Titanic* am 15. April oder den Tod des dänischen Königs
Frederick VIII. Der war, 69-jährig, am 14. Mai in einem Hambur-
ger Bordell verstorben.

»Das wäre doch auch was für Kempinski«, sagte Caspar Sprotte,
der ab und an noch vorbeischaute.

Hans Kempinski winkte ab. »Das lohnt sich nicht bei den wenigen Königen, die auf die siebzig zugehen.«

Richard Unger fand, dass sie die Diskussion zu diesem Thema
lieber lassen sollten. »Wie schnell ist ein guter Ruf dahin.«

Siegfried Krzynowek hatte sich von seinem Bruder überzeugen
lassen und war nun Mitglied der SPD und der Gewerkschaft. Er
wollte keinen Umsturz, er wollte nur etwas mehr vom Kuchen.
Darum stand er auch voll hinter Wilhelm Liebknecht, der die
Richtung des Parteivorstandes vorgegeben hatte: »Vermeiden wir

einerseits den Sumpf opportunistischer Regierungspolitik, hüten wir uns andererseits vor anarchistischen Tollheiten.«

Nach der Aufhebung des Sozialistengesetzes hatte sich die Sozialdemokratie neu formiert und ein dichtes Geflecht von Institutionen, Organisationen und Veranstaltungen geschaffen. Meistens ging es Siegfried Krzynowek dort zu proletarisch zu, schließlich war er designierter Oberkellner bei Kempinski, aber in der »Reichsparteischule« der SPD in der Lindenstraße 3 saß er gern als Gast, denn dort lehrten Franz Mehring und Hermann Duncker Geschichte, Rosa Luxemburg und Rudolf Hilferding Nationalökonomie und Arthur Stadthagen Arbeitsrecht.

Siegfried Krzynowek wusste, dass sich bei M. Kempinski & Co. so schnell keiner finden würde, der bereit war, für kürzere Arbeitszeiten und höhere Löhne zu kämpfen, denn beim Ableben des Seniorchefs hatte die Belegschaft noch eine Anzeige in die Zeitung setzen lassen, die voll war von unbedingter Loyalität: *Durch den heute erfolgten Hingang unseres hochverehrten Herrn Berthold Kempinski verlieren wir einen Chef, der, jederzeit auf unser Wohlergehen bedacht, durch seine Leutseligkeit und Milde sich unsere Dankbarkeit und Treue bis über das Grab erworben hat.*

Da setzte Siegfried Krzynowek nun an, als es ihm endlich gelungen war, ein Großteil des Personals am Morgen eine Viertelstunde vor Arbeitsbeginn in einem der Innenhöfe des Kempinski-Komplexes zusammenzutrommeln.

»Berthold Kempinski ist tot, und er war sicherlich ein guter Chef, ein Patriarch, wie er im Buche steht, aber die Zeiten ändern sich. Alles wird teurer. Aber steigen unsere Löhne im selben Maße? Nein! Sie müssen aber angemessen steigen, sonst stürzen wir und unsere Familien ins Elend. Um Pfennige kämpfen wir, um Pfennige, die uns bitter zum Leben fehlen – für Brot und Margarine, für Milch und für unsere Kinder.«

Als sich die Firmenleitung weigerte, die Löhne anzuheben, beschloss er zu handeln. »Heute ist der 1. Mai, Kolleginnen und Kollegen, heute wollen wir zeigen, dass wir nicht gänzlich machtlos sind. Es wird gestreikt!«

Richard Unger und Hans Kempinski saßen im Bureau und ärgerten sich über die hohen Kosten, die dadurch entstanden, dass die Weine ihrer Firma an x verschiedenen Stellen lagerten, so in der Königstraße 4/5, 50 und 61, in der Heiligegeiststraße 26–28, in der Potsdamer Straße 127, der Kommandantenstraße 24, der Friedrichstraße 218 sowie in der Leipziger Straße 25.

»Ein zentraler Weinkeller muss her!«, rief Richard Unger.

»Bei M. Kempinski & Co. in Breslau soll Platz genug sein. Hier in Berlin kann das doch keiner bezahlen.«

»Wir müssen in den sauren Apfel beißen, die Flaschen müssen hier bei uns im Karree lagern.« Es klopfte. »Ja, bitte – aber muss denn das sein?«

Der Hausmeister stand in der Tür und zitterte am ganzen Körper. »Sie streiken.«

»Lass sie streiken.«

»Hier bei uns im Hof! Unsere Leute!«

»Das darf doch nicht wahr sein!« Richard Unger stürzte zum Fenster.

»So etwas von Undankbarkeit!«, rief Hans Kempinski und zählte auf, was man alles für die Mitarbeiterinnen und Mitarbeiter getan hatte. »Wir haben helle Arbeitsräume, wie kümmern uns um die Hygiene, wir haben einen Arzt und eine Unfallstation im Hause, wir haben unser Erholungsheim in Linow, wir haben eine Pensions- und Unterstützungskasse – was wollen die Leute denn noch!«

Richard Unger riss das Fenster auf und schrie nach unten: »Besser als bei uns kann es keiner haben – was wollt ihr denn noch?«

»Sieben Pfennige mehr die Stunde!«, rief Siegfried Krzynowek.

»Dann gehen wir in Konkurs, und wenn wir in Konkurs gehen, habt ihr gar nichts mehr. Also, Herrschaften, an die Arbeit!«

»Nein. Ohne Lohnerhöhung nicht!«

»Dann lasse ich die Polizei holen!«, schrie Richard Unger nach unten.

Hans Kempinski hatte inzwischen überschlägig berechnet, dass sich etwa 150 Streikende im Hof aufhielten. »Da bleiben noch genug übrig, die arbeiten wollen. Lass die da unten doch streiken, wir schaffen es auch so, nur müssen wir aufpassen, dass sie nicht wieder ins Haus kommen.«

Als sie Weisung gaben, dies in die Wege zu leiten, kam es zu einem Handgemenge, so dass Richard Unger auf dem Polizeirevier in der Kronenstraße anrief und um Unterstützung bei der Niederschlagung des Streiks bat. »Ich fürchte, dass es bei uns zu Ausschreitungen und Gewalttätigkeiten kommen wird.«

Die Polizei rückte an, stellte die Ordnung wieder her und freute sich anschließend über die Spende, die ihr der Kommerzienrat zukommen ließ.

Richard Unger und Hans Kempinski liefen durch die Gewölbe des neuen Zentralkellers. Anfang 1913 war er endlich fertig geworden. Zweistöckig war er, riesig, die Lieferadresse lautete Friedrichstraße 225. Über siebentausend Quadratmeter Lagerfläche verfügte man an diesem Ort. Dazu kamen noch einmal dreitausend Quadratmeter im Stammhaus und in den Kellereien an Rhein, Nahe und Mosel, die der Firma gehörten.

»Jetzt haben wir den größten Weinkeller Berlins, ja ganz Norddeutschlands«, sagte Hans Kempinski. »Eine Millionen Flaschen, zehntausend gehen täglich weg.«

»Wieso nur zehntausend?«, fragte Richard Unger. »Wo wir doch mit unseren drei Spülmaschinen 15 000 reinigen können.« Er war besonders stolz auf die moderne Technik, die man eingebaut hatte. Wasser konnte zerstäubt und Fässer konnten wie Flaschen berieselt werden, Hebebühnen gab es, wasserdichte Telefone und gut isolierte elektrische Leitungen.

»Nun sind wir ja bestens gerüstet, um die Schlacht um den Berliner Weintrinker zu gewinnen«, sagte Hans Kempinski.

Der bevorzugte seit langem die schweren Bordeaux-Weine und liebte Süffiges, während sich M. Kempinski & Co. bemühte, die herberen deutschen Weine durchzusetzen. Vieles hatte zur Flaute im Weingeschäft geführt. Zum einen war der norddeutsche Weinhandel in den Verdacht geraten, billigen Mosel- und Frankenweinen illegal mehr Süße zu verschaffen, zum anderen waren in den Anbaugebieten Winzergenossenschaften dazu übergegangen, ihre

Weine direkt an den Mann zu bringen und die Preise kräftig zu drücken. Auch die Erfolge der Temperenzlerbewegung und Modegetränke wie Whisky, Liköre und Sekt schmälerten Umsatz und Gewinn.

»Dazu kommen die Biertrinker«, sagte Richard Unger, nachdem er alles aufgezählt hatte, was schuld war am Preisverfall des Weins. »Wir werden nicht umhinkommen, bei uns einige Biersorten anzubieten. Auch wenn sich Schwiegervater im Grabe umdrehen würde, falls er davon erführe.«

»An den habe ich heute Morgen denken müssen, als ich die Liste der Bewerbungen durchgegangen bin«, sagte Hans Kempinski. »Da war nämlich ein gewisser Schmeisel dabei. Kannst du dich an den Namen noch erinnern?«

»Selbstverständlich.« Bei jeder Familienfeier hatte Berthold Kempinski geradezu endlos von seiner Zeit in Raschkow, Ostrowo und Breslau erzählt, und immer wieder war der Name Schmeisel aufgetaucht. »Karl-Michael Schmeisel, der Sohn vom Fleischer hinterm Markt, dem großen Judenhasser. Mit dem war er andauernd in Gefechte verwickelt. Aber der muss doch jetzt auch schon siebzig sein – der wird doch nicht bei uns anfangen wollen?«

»Nein, unser Kandidat heißt Reinhard und ist knapp über zwanzig.«

»Dann muss es der Enkel sein. Aber steht denn fest, dass der mit den Raschkower Schmeisels verwandt ist?«, fragte Richard Unger.

»Nein. Und wenn?« Hans Kempinski war etwas unschlüssig.

»Als was will er denn eingestellt werden?«

»Als Koch.«

Richard Unger lachte. »Meinst du, er wird im Auftrage seines Großvaters Gift ins Essen mischen, damit unsere Gäste sterben und wir schließen müssen?«

»Nein, aber …«

»Wir sollten erst einmal herausbekommen, ob er seine Wurzeln wirklich in Raschkow hat«, schlug Richard Unger vor.

»Und wenn?« Hans Kempinski ließ nicht locker.

»Sollten wir so großzügig sein und ihn nehmen, wenn er vorzügliche Referenzen hat und einen guten Eindruck macht.«

Den machte Reinhard Schmeisel auf den Mitarbeiter, der die Einstellungen vornahm, und so verzichtete Hans Kempinski darauf, sein Veto einzulegen, obwohl der junge Mann angab, dass sein Großvater der Fleischermeister Karl-Michael Schmeisel aus Raschkow sei.

Kapitel 11
1914–1918

Am 4. August 1914 erklärte Kaiser Wilhelm II. vor dem Reichstag: *Uns treibt nicht Eroberungslust, uns beseelt der unbeugsame Wille, den Platz zu bewahren, auf den Gott uns gestellt hat ... Ich kenne keine Parteien mehr, ich kenne nur Deutsche!* Am 1. August war die Mobilmachung verkündet worden, am 3. August hatte das Deutsche Reich Frankreich den Krieg erklärt.

Auch Berlin war vom Kriegstaumel erfasst worden, und bei Kempinski in der Leipziger Straße sangen die Leute patriotische Lieder, brachten Hochrufe auf den Kaiser aus und reimten fröhlich: »Jeder Stoß ein Franzos',/jeder Schuss ein Russ'.«

Richard Unger freute sich, dass man rechtzeitig eine Bronzebüste des Kaisers in der Eingangshalle aufgestellt hatte. Wie Millionen anderer Deutscher hegte er keinerlei Zweifel daran, dass dieser Krieg richtig und gerecht war und nicht lange dauern würde. Den Geschäftsbetrieb würde er kaum tangieren.

Da sollte er sich allerdings irren, denn bald gab es Verkaufsverbote für ausländische Erzeugnisse wie Champagner, Mineralwasser aus Vichy und Evian, Roquefort und Camenbert, Cognac, Chartreuse und Benedictine. Außerdem sollte alles eingedeutscht werden. Vor den Hotels Bristol und Belvedere forderte eine erregte Menschenmenge die Änderung des Namens, ohne aber Erfolg zu haben, während sich das Café Piccadilly am Potsdamer Platz schnell umtaufte und fortan als »Kaffee Vaterland« firmierte.

In der *Deutschen Gastwirte-Zeitung* warnte die »Zentralstelle für den Fremdenverkehr Groß-Berlins« vor der *geschäftsschädigenden Überspannung des Nationalgefühls.*

»Bloß gut, dass wir Kempinski heißen, denn gegen die Polen führen wir ja keinen Krieg, und nicht englisch Campinski«, sagte Andreas Köhler, der Prokurist, als er mit Richard Unger und Hans Kempinski zusammensaß, um das Notwendige zu besprechen.

Eduard Willmer, der Küchenmeister, lachte. »Kempinski ist schlimm genug. Das klingt russisch, und gegen Russland stehen ja unsere Soldaten im Feld.«

»Wenn das ernst gemeint ist ...« Hans Kempinski zog an seiner Zigarette. »Ich hänge nicht an dem Namen, wir können uns auch umbenennen in Unger & Co.«

Richard Unger winkte ab. »Nicht doch, wer käme dann noch! Aber die Speisekarten müssen wir durchforsten und bereinigen.«

»Was wird dann aus meinem Omelette aux confitures?«, fragte der Küchenmeister.

»Eierkuchen, gefüllt mit Eingemachtem.« Da brauchte Richard Unger nicht lange zu überlegen. »Deutscher, sprich deutsch. Es geht doch! Sandwiches sind belegte Brote, Punkt.«

So verschwanden auch die Cantaloupe-Melone, die Kartoffel-croquetten, das Chateaubriand und die Crème double von den Speisenkarten, und das Schild *On parle français/English spoken* wurde aus dem Schaufenster genommen. Die geänderten Speise-karten bekamen einen schwarz-weiß-roten Rand, und auf der Rückseite wurden die Gäste ermahnt, die Soldaten an der Front nicht zu vergessen.

»Am besten mit einem Feldpostpaket von Kempinski«, fügte der Prokurist hinzu.

»Nein, das Essen aus der Gulaschkanone ist vorzüglich«, sagte der Küchenmeister. »Wir sollten es auch bei uns anbieten.«

»Bitte, wir sind hier nicht in der Redaktion des *Simplicissimus*«, mahnte Richard Unger.

Hans Kempinski zückte seinen Kopierstift. »Ich notiere mir das gleich mal.«

»Was? Dass wir keine satirische Zeitschrift machen?«

»Nein, das mit den Feldpostpaketen, die man bei uns ordern kann. Das ist doch eine prima Idee.«

Kurz darauf warb man auf Flugblättern für die Feldpostpakete:

Wir empfehlen für unsere Soldaten: Kekse, Schokolade, Tee, Kaffee, Ananas in Dosen, Ananas frisch, Kronen-Hummer, Lachsschinken in verschiedener Größe, Pökelzunge, Schinken in Burgunder, Gänseleberpastete. Alles prima Qualität. Alles prima verpackt. Zum Versand als Feldpostbrief oder -paket bestens geeignet. Sämtliche Weine, einzelne Flaschen, kleine Gebinde. Bruchsicher. Mit Garantie für Wohlgeschmack.

»Man muss auch mal an die Offiziere denken und nicht immer nur an die Soldaten«, sagte der Küchenmeister. »Obwohl – Weine? Die kann man doch in Frankreich kostenlos bekommen – als Kriegsbeute.«

»Willmer, bitte!« Richard Unger erschien der leichte Ton ziemlich unangebracht.

Hans Kempinski dagegen konnte ein Schmunzeln kaum unterdrücken. Irgendwie hatte auch er etwas von der Raschkower Erbmasse mitbekommen, vom heiteren Gemüt des Raphael Kempinski.

»Zu etwas anderem«, sagte der Prokurist, »nämlich zu den Beschwerden der Gäste. Es liegen einige Klagen vor, dass die Bedienung zu lange dauern würde.«

Hans Kempinski lachte. »Kein Wunder, wo wir jetzt so viele ältere Kellner haben, die jungen stehen ja alle im Felde.«

Susanne Seidenberg war in einer Bäckerei in der Dieffenbachstraße aufgewachsen, unweit des Hohenstaufenplatzes. Während ihr Vater mit seinen Gesellen in der Backstube gearbeitet hatte, war es ihrer Mutter und ihrer älteren Schwester zugefallen, die Brote, Schrippen, Schusterjungen und diverse Blechkuchen vorn im Laden zu verkaufen. Sie selber hatte auch ab und an mithelfen müssen, war aber ansonsten ausersehen worden, etwas Besseres zu werden. Darum hatte man sie auf das Lyzeum geschickt. Doch so richtig hatte sie es nicht geschafft, das Wohlwollen ihrer Lehrerinnen und Lehrer zu finden, und ihren Eltern war nach einiger Zeit angeraten worden, sie doch lieber auf der Höheren Handelsschule anzumelden. Die hatte sie dann auch mit Erfolg hinter sich gebracht, um anschließend bei Rudolph Hertzog in der Einkaufs-abteilung eine Anstellung zu finden.

Das Kaufhaus in der Breite Straße 12–18 war eine Welt, die ihr als Mischung aus königlichem Schloss und Berliner U-Bahn erschien. Jedenfalls war sie mit ihren achtzehn Jahren ungemein beeindruckt von allem. Nur war ihr sehr schnell klargeworden, dass sie mit dem, was sie verdiente und was ein Mann aus ihrer Schicht dermaleinst nach Hause bringen würde, kaum eine Chance hatte, die hier angebotenen Waren zu kaufen.

Als sie ihrer Freundin Margot gegenüber dies beklagte, bekam sie zur Antwort, dass sie, so wie sie aussah, ja sicherlich einen Märchenprinzen abbekommen würde. »Das Beste wird es aber wohl sein, du gehst zur Revue und wartest auf einen Millionär, der dich heiratet.«

Susanne Seidenberg seufzte. Dass sie sich schon beim Metropol-Theater als Tänzerin beworben hatte und nicht genommen worden war, wusste ihre Freundin nicht. Sie brauchte es auch nicht zu wissen.

So saß Susanne Seidenberg brav in ihrem Bureau und bestellte Damenkleiderstoffe, Konfektion für Knaben und Mädchen, Tricot-Unterzeuge und Brautausstattungen. Dies tat sie immer zur Zufriedenheit ihres Vorgesetzen. Bis Herr Seitsch dann eines Tages mit ihr allein im Lager war und sie bat, ihm doch bitte zu sagen, ob das neue Korsett aus Seide, das gerade aus Brüssel gekommen war, wirklich so tadellos saß, wie die Fabrikanten in ihrem Prospekt behaupteten.

»Bevor wir es in größerer Stückzahl bestellen, müssen wir uns darüber Sicherheit verschaffen, ob man diesen Versprechungen wirklich trauen kann.« Er erweckte den Eindruck, dass ihre wie seine Stellung auf dem Spiele standen. »Probieren geht über studieren.« Er nahm ein Korsett vom Bügel und hielt es ihr hin. »Nicht über ihrem Kleid, sondern …«

Susanne Seidenberg war perplex. »Ist das so Usus hier in der Einkaufsabteilung, dass die Damen alles selber anprobieren?«

Herr Seitsch tat erstaunt. »Ja, hat man Ihnen das nicht gesagt?«

»Nein.«

»Nun gut, dann sage ich es Ihnen.«

Da nahm sie das Korsett und zog sich hinter einen Vorhang zurück. Doch kaum hatte sie sich ihres Kleides entledigt, stand Herr Seitsch hinter ihr und umarmte sie schwer atmend.

»Hören Sie auf, ich schreie!«

»Halten Sie still, und Sie bekommen von mir alles, was sie wollen.«

Sie schrie nicht, und das Ballkleid, das sie als Entschädigung bekam, war wirklich sehr schön. Die Geschäftsleitung aber bekam Wind von der Sache und setzte beide auf die Straße.

Seit dem 1. März 1915 saß sie nun hinter dem Auskunftstisch von M. Kempinski & Co. und war es gewohnt, von wohlsituierten Herren angesprochen zu werden. Ob sie nicht Lust hätte, mit ihnen anderswo essen zu gehen.

»Bedauere sehr, das ist mir leider strengstens untersagt.«

Das stimmte zwar nicht, schützte sie aber wirksam vor allen Nachstellungen. Seit der Szene mit Herrn Seitsch war sie ein gebranntes Kind. Sie konnte sich nicht an jeden hergelaufenen Gockel verplempern, sie musste warten, bis der Richtige kam. Jemand aus den höheren Ständen, der nicht für ein paar Minuten seinen Spaß mit ihr haben wollte, sondern sie auch wirklich heiratete und ihr das Leben bescherte, das sie sich immer erträumt hatte.

In immer größerer Zahl aber erschienen Soldaten in ihren feldgrauen Uniformen, im Knopfloch das schwarz-weiße Band, bärtige Landser, aber auch junge Leutnants, viele mit dem Arm in der Binde oder einer Krücke unter der Achsel, weil man ihnen das Bein zerschossen hatte. Sie feierten ihre Heimkehr und ihr Überleben mit Braut, Frau oder Freundin. Zuerst waren die Kellner besonders schnell an ihre Tische geeilt, sozusagen um den Helden die nötige Huldigung darzubringen, insbesondere wenn sie mit dem EK I zurückgekommen waren, nun aber war auch das alles Alltag geworden.

Nur bei deutschen Siegen hob sich die Stimmung, so auch am 10. März 1915, nachdem an den Tagen zuvor die Lorettohöhe erstürmt worden war. Da wehte auch wieder die schwarz-weiß-rote Fahne über dem Hause Kempinski.

Für Susanne Seidenberg aber sollte dieser Tag nicht deswegen unvergesslich werden, sondern aus einem ganz anderen Grund. Als sie nämlich von ihrem Zettelkasten aufsah, stand ein junger Mann vor ihrem Tisch, der sie zusammenfahren ließ. Träumte sie? Nein, er war aus Fleisch und Blut und sprach sogar mit ihr.

»Sagen Sie bitte, ist mein Onkel noch im Hause?«

Sie war so verwirrt, dass sie ihn nur anstarren konnte. »Wessen Onkel?«

»Na, meiner.«

»Ja, wer ... wer sind Sie denn?«

»Sie kennen mich nicht? Ich war doch schon ein paar Mal hier.«

»Da war ich aber noch nicht ...«

»Ach so, Pardon.« Er machte eine kleine Verbeugung und lüftete den Hut. Was für wunderbar schwarzes Haar er hatte! »Mein Name ist Walter Unger, ich bin der Neffe des Chefs.«

»Nein, Ihr Onkel ist noch nicht im Haus. Wenn Sie hier warten wollen ...« Sie hatte das Gefühl, ihr Blut würde kochen und ihr Gesicht krebsrot anlaufen.

Der Krieg dauerte, und bei M. Kempinski & Co. wurde nun alles viel bescheidener, und manches konnte man schon schäbig nennen.

»*Sic transit gloria mundi*«, sagte Walter Unger. »Wobei wir gloria mit Glanz und nicht mit Ruhm übersetzen.«

»Ja, es ist wahrlich kein Glanz mehr in unserer Hütte.« Hans Kempinski orientierte sich eher an Schiller, der in der *Jungfrau von Orleans* fragen lässt: »Wie kommt mir solcher Glanz in meine Hütte?«

In Hans Ermans Chronik *Bei Kempinski* heißt es dazu:

Im Restaurant schnippeln die Kellner mit den Scheren längst auch an der Fleischkarte ... Wer Kaffee bestellt, weiß jetzt, daß ihm ›Ersatz‹ serviert wird. Ganz selbstverständlich reicht man dem Kellner schon die Zuckerkarte, wenn man sein Päckchen Sacharin vergessen hat. Man gewöhnt sich auch an die Fettkarte, an die »fleischlosen« Tage, auch daran, daß ein Gast zur Grießsuppe die Nährmittelkarte, zum Hauptgericht die Kartoffelkarte bei sich haben muß ... Im Restaurant Kempinski liegen nun statt damastener Tücher Papierbogen auf den Tischen. Die Scheren der Kellner schnippeln papierene Lebensmittelkarten. Pro Tag gibt es 160 Gramm mit Kleie versetztes Brot, 20 Gramm Fleisch, 7 Gramm Fett. Kartoffeln sind eine Delikatesse wie einst Artischocken oder grüne Spargelspitzen. In den wässerigen Suppen schwimmen Rübenschnitzel ... Papierene Tischdecken, verschlissene Uniformen, abgetragene Sakkos, gestopfte Oberhemden. Das paßt nicht zu venzianischem Kristall, zu edler Bronze, zu spiegelndem Mahagoni. Und angestoßene Teller und Schüsseln, Bratenplatten, die von Sprüngen zerfurcht sind und auf denen statt französischer Poularde eine Kohlroulade liegt, vertragen sich schlecht mit Gabeln, Messern und Löffeln aus schwerem Silber ... Man gewöhnt sich auch an die Armseligkeit. Auch daran, daß die Räume schlecht geheizt sind und nur noch dürftig erleuchtet werden können.

Hans Kempinski rechnete. 1872 war es gewesen, als sein Onkel die Weinhandlung in der Friedrichstraße eröffnet und wenig später auch begonnen hatte, den Gästen kleine Happen anzubieten. Danach hatte er Berlin erobert. Und nun schien das Ende nahe.

Richard Unger hatte sich in der Hauptsache um die Weinhandelsgesellschaft zu kümmern, in der er eine leitende Funktion innehatte. Die Regierung suchte seit Beginn des Krieges, die Versorgung von Militär und Zivilbevölkerung durch zentrale Behörden sicherzustellen, der private Großhandel war ausgeschaltet. Die Weinhandelsgesellschaft mbH war eine der kleinsten dieser »Kriegsgesellschaften« und hatte vor allem den Bedarf der Militärverwaltung zu decken.

»Klar, unsere Offiziere und Soldaten brauchen das berühmte Zielwasser«, sagte Hans Kempinski.

»Hör auf zu spotten!« Richard Unger reagierte etwas unwirsch auf solche Kommentare. »Wenn wir nicht so viel für die Heeres- und Marineverwaltung herstellen und liefern würden, hätten wir schon schließen müssen.«

Andreas Köhler, ihr Prokurist, merkte an, dass er sich gerade an den Gouverneur von Warschau gewandt habe. »An General von

Etzdorf. Ich habe vorgeschlagen, dass er Ihnen beiden in Anerkennung Ihres patriotischen Engagements das Eiserne Kreuz am weißen Bande verleihen möge.«

Doch daraus wurde nichts, denn das Königliche Polizeipräsidium in Berlin, an das Etzdorf das Schreiben Köhlers mit wohlwollender Befürwortung geschickt hatte, war der Meinung, dass für Zivilisten-Kaufleute nur das Verdienstkreuz für Kriegshilfe in Frage käme.

»Das habe ich doch schon!«, rief Hans Kempinski.

Daraufhin schrieb der Prokurist einen weiteren Brief, diesmal an den Staatsminister für Handel und Gewerbe, Reinhold von Sydow, verwies darauf, dass Richard Unger im Verlaufe des Krieges schon dreihunderttausend Mark für wohltätige Zwecke gespendet, sich als Stadtverordneter für Massenspeisungen eingesetzt, bedeutendes Kapital in Kriegsanleihen angelegt und sich an den Goldsammlungen der Reichsbank beteiligt habe, und regte an, ihm das Verdienstkreuz für vaterländischen Hilfsdienst zu verleihen.

Hierzu erlaube ich mir noch ganz gehorsamst auszuführen, daß neben der hervorragenden patriotischen Gesinnung des Herrn Kommerzienrat Unger dessen Opfersinn und seine Fürsorge unseren Angestellten gegenüber ganz besonders rühmend hervorzuheben ist. Er sorgt für diese in wohlwollendster und edelster Weise. Seit Beginn des Krieges hat er den Angehörigen der im Felde stehenden Angestellten fortlaufend große geldliche Zuwendungen gemacht, außerdem aber auch bis Mitte 1916, solange die wirtschaftlichen Verhältnisse dies zuließen, täglich über 300 Angehörigen der im Felde stehenden Angestellten Mittagessen verabreichen lassen. Als genügend Materialien für diese Zwecke markenfrei nicht mehr zur Verfügung standen, erhielten die Familien der im Felde stehenden Angestellten entsprechende Barentschädigung.

Richard Unger erhielt die Auszeichnung, und am 17. Dezember 1917 konnte man gleich noch einmal feiern, denn Russlands neue Regierung hatte einen Waffenstillstand mit dem Deutschen Reich geschlossen.

»Jetzt können wir uns ganz auf den Westen konzentrieren«, sagte Richard Unger. »Und ihr werdet sehen: Der Sieg ist doch noch unser.«

Walter Unger war am 21. August 1894 in Erfurt auf die Welt gekommen. Von seinem Vater Gustav Unger, dem Chef des Bankhauses F. Unger, dazu erzogen, Zahlen zu lieben, hatte er nach dem Besuch des Friedrich-Werderschen Gymnasiums begonnen, Mathematik zu studieren. Zuerst in Berlin, dann in Grenoble und Freiburg.

Im Januar 1918 war er wieder einmal nach Berlin gekommen und wohnte bei seinem Onkel Richard in der Genthiner Straße. Platz war dort reichlich vorhanden.

Am Sonnabend, wenn Richard Unger aus dem Geschäft zurückgekommen war, saßen sie oft bei einem Glas Sherry zusammen und plauderten.

»Was kann man denn machen als Mathematiker?«, fragte der Onkel. »Zur Versicherung gehen, Astronom werden, Professor für Mathematik – oder doch Juniorchef im Bankhaus F. Unger Erfurt?«

Bei seinem Vater, der ihm mit dieser Frage, eigentlich eher einer Anklage, ständig auf die Nerven ging, hatte Walter Unger nur in stummer Qual die Augen verdreht, bei Richard Unger aber war das etwas anderes, zu ihm hatte er ein ganz anderes Verhältnis: offener, tiefer, herzlicher.

»Ja, weißt du«, begann er vorsichtig, »ich fürchte, ich werde mit meinem Vater ebenso wenig klarkommen wie du früher. Ob Bruder, ob Sohn, neben ihm ist kein Platz für einen anderen.«

»Und bei uns hier …« Der Onkel sah ihn ebenso liebevoll wie hilflos an. »Die Geschäfte gehen schlechter als schlecht, und eigentlich sind Hans und ich schon einer zu viel. Und wer weiß, ob wir nicht bald am Ende sind.«

Walter Unger lächelte. »Ich teile deine Bedenken voll und ganz: Ein Mathematiker bei M. Kempinski & Co. – undenkbar!«

»Warten wir's ab.«

»Genau. Ich bringe erst einmal meine Promotion zu Ende, ein Dr. Unger macht sich immer gut, und dann …« Walter Unger brach ab, denn in diesem Augenblick betrat der Sohn seines Onkels das Zimmer, der Sohn von Richard Unger und Frieda Kempinski, nun auch schon ein junger Mann von siebzehn Jahren und fast Primaner. »Hallo, Friedrich! Wie geht es dir, Neffe?«

»Ich heiße nicht Friedrich, sondern Friedrich Wolfgang, und hör bitte auf, mich Neffe zu nennen!«

»Gut.« Walter Unger hatte wenig Ahnung von genealogischen Begriffen und wollte auch nicht lange darüber diskutieren, wie man den Sohn eines Onkels wirklich bezeichnete. »Schlechte Laune heute?«

»Ach! Soll man vielleicht gute Laune haben, wo wir den Krieg verlieren?«

»Na, noch ist ja Napoleon nicht in Berlin eingeritten«, sagte Walter Unger. »Spielen wir eine Partie Schach, Herr Friedrich W. Unger?«

Friedrich Wolfgang winkte ab. »Gegen dich habe ich ja sowieso keine Chance.«

Sein Vater holte dennoch das Brett. »Macht nichts, mein Junge, wenn man im Leben vorankommen will, muss man von denen lernen, die besser sind als man selber.«

»Ich denke, M. Kempinski & Co. ist absolut an der Spitze.«

»Nur, weil wir alle, dein Großvater, Hans und ich, von denen gelernt haben, die besser waren als wir.«

Walter Unger stellte die Figuren auf und gab Friedrich Wolfgang die schwarzen, damit der nur zu reagieren hatte, was es ihm einfacher machte, die Partie auf ein Remis zuzusteuern. Sie spielten eine gute halbe Stunde, ohne ein Wort miteinander zu wechseln, und Richard Unger sah zu, ebenso schweigsam wie sie, seine Zigarre genießend, bis Elisabeth hereinplatzte.

Sie war zwei Jahre jünger als ihr Bruder Friedrich Wolfgang und auf dem Wege, eine *Beauté* zu werden. Außerdem war sie ausnehmend intelligent. Walter Unger fand es schade, dass sie zu nahe verwandt waren, um einmal ein Paar zu werden.

»Hat jemand meine Haarschleife gesehen?«

Walter Unger lachte. »Ja, ich habe sie eingesteckt, um sie nachher Susanne zu schenken.«

Richard Unger zog die Augenbrauen hoch. »Ist das die aus dem Einkauf bei uns?«

»Ja.«

»Du weißt, dass ich es nicht gern sehe, wenn Angehörige unseres Hauses mit unseren Angestellten …«

»Entschuldige bitte, lieber Onkel, ich bin zwar Mitglied der Familie Kempinski/Unger, aber nicht der Firma M. Kempinski & Co.« Dass über seine Privatsphäre bestimmt werden sollte, ärgerte ihn so sehr, dass er Friedrich Wolfgang nun doch verlieren ließ. »Tut mir leid.« Er erhob sich. »Ich gehe heute Abend aus. Mit Fräulein Seidenberg. Aber ich werde sie so frühzeitig nach Hause bringen, dass sie am Montag gut erholt am Arbeitsplatz erscheinen kann.«

Er ging in den Flur hinaus, um sich den Mantel anzuziehen. Bis er seinen Hut gefunden hatte, dauerte es eine Weile. Da er mehrere Bügel fallen ließ, weckte er seine Tante.

Verschlafen kam sie aus ihrem Zimmer. »Haben wir Einbrecher hier?«

»Nein, ich bin es, Tante.«

»Willst du noch in die Synagoge?«, fragte Frieda Unger.

»Nein, ins Theater.«

»Wieder mit dieser Susanne?«

»Ja.« Es ärgerte ihn, dass sie von allen für ein Flittchen gehalten wurde. »Kannst du mir bitte sagen, wie man von der Genthiner Straße am besten zum Alexanderplatz kommt?« Dort wollte er sich mit Susanne Seidenberg treffen, um mit ihr ins Rose-Theater zu gehen, das in der Großen Frankfurter Straße 132 gelegen war.

»Nein, mein Junge, nicht so genau, aber der Droschkenkutscher wird es wissen.«

»Ich will mit der Bahn fahren.«

»Da kann ich dir auch nicht helfen.«

Walter Unger bedankte sich und verließ das Haus in Richtung Lützowstraße. Schon nach ein paar Schritten entdeckte er die erste Straßenbahnhaltestelle. Die Linie 2, der Außenring, fuhr ganz offenbar durch die Große Frankfurter Straße. Irgendwie kam er von dort aus schon zum Alex.

Als der Zug direkt vor ihm hielt, stieg er ein, ohne sich weiter zu besinnen. Der Schaffner kam, und beim Bezahlen erfuhr er, dass er von der Andreas-, Ecke Große Frankfurter Straße mit dem Großen Ring, der Linie 3, schnell ans Ziel käme. Er dankte dem Mann und machte sich auf die Suche nach einem Sitzplatz. Bei einem plötzlichen Bremsmanöver fiel er einem Fahrgast unsanft auf den Schoß. Der schrie auf. Aber nicht vor Schmerz, sondern vor Freude.

»Mensch, Walter!«

»Was denn, Walter?«

Die Leute in der Bahn mussten sie für meschugge halten, aber sein bester Freund hieß nun einmal Walter wie er, Walter Kohsen. Sie kannten sich seit ihrer Jugend, denn Julius Kohsen, der Vater von Walter Kohsen, war mit Richard Unger zusammen im Berliner Bankhaus Simon Veit in die Lehre gegangen. Auch Walter Kohsen galt als hochintelligent, und beide hatten sich am Schachbrett schon gewaltige Schlachten geliefert.

»Was machst du denn hier in Berlin?«, fragte Walter Unger.

»Dasselbe hätte ich gerne von dir gewusst.«

Walter Unger erklärte es ihm und erfuhr, dass Walter Kohsen, der sein Jurastudium gerade abgeschlossen hatte und ebenfalls dabei war zu promovieren, nebenbei in Köln bei A. Levy arbeitete, dem Bankhaus des Kölner Industrie- und Handelskammerpräsidenten Louis Hagen. »Ich habe in der Militärverwaltung einiges zu besprechen. Es ist zwar ein Zufall, dass wir uns hier über den Weg laufen, aber ein so großer nun auch wieder nicht.«

Walter Unger lachte. »Es gibt keine Zufälle, alles ist vom Ewigen so vorgesehen.«

»Du als Mathematiker musst ja wissen, ob es theoretisch möglich ist, die Wege von Milliarden Menschen aufeinander abzustimmen.«

»Einem Gott ist nichts unmöglich, sonst wäre er ja keiner.«

Sie plauderten noch ein wenig über dieses und jenes, dann musste Walter Unger aussteigen.

Da er noch Zeit hatte, lief er zu Fuß zum Alexanderplatz. Susanne Seidenberg kam sowieso immer zu spät. Sie meinte, dass sei

das Recht jeder schönen Frau und an den Reaktionen des warten-
den Mannes könne man auf seinen Charakter schließen. Er hoffte,
dass sie es heute gnädig mit ihm meinte und ihn nicht mehr als zehn
Minuten in der Kälte stehenließ. Da er am Fuße der mächtigen Be-
rolina-Statue wartete, wagte er es nicht, Böses über die Frauen zu
denken. Die Reklame ringsum war überaus anregend. *Die Dame
von Chic und Eleganz trägt nur unseren reinseidenen Durchbruch-
Strumpf.* Ob Susanne heute solche Strümpfe trug und ihm der
Durchbruch gelang? Und was wäre, wenn? Er war nicht der Baron
Botho von Rienäcker und sie nicht die Lene Nimptsch, und außerdem waren er und das Bankhaus seines Vaters nicht dem Untergang geweiht, wenn er die Ehe mit einer reichen Cousine ausschlug,
aber dennoch gab es zwischen ihnen wie bei Fontane in seinen
Irrungen, Wirrungen den nicht unerheblichen Standesunterschied.
Susanne liebte ihn, und er liebte Susanne – aber reichte das für eine
Ehe in seinen Kreisen? Die Reaktionen der Ungers in der Genthiner Straße ließen Schlimmes erwarten.

Da war sie endlich. Ein Hauch. Er nahm sie in die Arme und
drückte ihr einen Kuss auf die Wange. Mehr ging hier nicht in aller Öffentlichkeit. Es sei denn, es kam ein Held einbeinig aus dem
Krieg zurück.

Susanne war bester Laune und fragte ihn, warum die Berolina
die linke Hand so weit ausstrecke.

»Keine Ahnung. Weil die Stadt noch mehr Steuern von uns ab-
kassieren will?«

»Nein, um den frierenden Berlinern den Weg nach der ›Palme‹
zu zeigen.«

Wieder sah Walter Unger als Nicht-Berliner etwas hilflos aus.
»Was ist die ›Palme‹, ein Restaurant?«

»Nein, das städtische Asyl für Obdachlose.«

Er drehte sie herum und lenkte ihre Schritte in Richtung der
nächsten Haltestelle. »Dann lass uns lieber ins Theater fahren.«

Nachdem die Mittelmächte und Sowjetrussland am 3. März 1918
den Frieden von Brest-Litowsk geschlossen hatten, begann drei
Wochen später die große deutsche Offensive an der Westfront, wo

die gegnerischen Truppen inzwischen durch Soldaten der USA verstärkt worden waren. Anfangserfolge unter General Erich von Ludendorff ließen neue Hoffnung aufkommen, dass man den Krieg doch noch gewinnen könne, dann aber starteten die Alliierten ihren großen Panzerangriff, und am 8. August 1918 brach die deutsche Front zusammen.

Fortan überschlugen sich die Ereignisse. Prinz Max von Baden wurde neuer Reichskanzler und trat in der Öffentlichkeit für einen Verständigungsfrieden ein. Am 29. Oktober begannen in Wilhelmshaven die Matrosen der Hochseeflotte zu meutern. Sie weigerten sich, zu einer letzten Schlacht auszulaufen. Am 4. November wählte das dritte Geschwader in Kiel Soldatenräte und entwaffnete die Offiziere. Auf den Schiffen wurde die rote Fahne gehisst. In ganz Deutschland bildeten sich Arbeiter- und Soldatenräte und rissen die Macht an sich.

Am 9. November, einem Sonnabend, zerbrach die alte Ordnung vollends. Um zwölf Uhr zwang Reichskanzler Max von Baden den Kaiser, abzudanken und ins Exil zu gehen, ernannte Friedrich Ebert, den Führer der Mehrheitssozialdemokraten, zum neuen Reichskanzler und trat selber zurück. Gegen fünfzehn Uhr wurde die Republik ausgerufen. Und das gleich zweimal. Einmal vom Sozialdemokraten Philipp Scheidemann von einem Balkon des Reichstagsgebäudes aus, und zum anderen von Karl Liebknecht, dem Führer des Spartakusbundes, vom Schloss aus.

Richard Unger erfuhr davon, als er im Automobil auf dem Weg zum Potsdamer Bahnhof war, um einen Geschäftsfreund abzuholen. Die Zeitungsverkäufer schrien den Untergang des Deutschen Kaiserreichs in alle Welt hinaus. Auch sein eigenes Imperium sah er untergehen: M. Kempinski & Co. Als er sah dass Soldaten ihre Waffen in den Landwehrkanal warfen, hatte er Tränen in den Augen.

Und er sah seine schlimmsten Befürchtungen bestätigt, als er in die Leipziger Straße kam. Soldaten trampelten mit ihren schweren Knobelbechern auf dem Parkett seiner Restaurants herum. Sie trugen rote Binden am Ärmel.

»Im Namen des Volkes – hier ist alles beschlagnahmt!«, schrie ihr Anführer. »Nehmt euch, was die kapitalistischen Schmarotzer hier angehäuft haben. Und schlagt den Rest zu Klump!«

In diesem Moment erkannte Richard Unger, wer diesen Befehl gegeben hatte: Siegfried Krzynowek, einer seiner Kellner, der Streikführer von 1911.

»Sind Sie verrückt geworden, Krzynowek!«, rief er. »Sie wollen doch schließlich morgen wieder Arbeit haben, hier bei Kempinski, hier bei mir.«

Krzynowek lachte. »Höchstens Sie bei mir.«

»Raus hier!« Richard Unger setzte an, den anderen zu attackieren.

»Zurück!« Krzynowek riss sein Gewehr von der Schulter und richtete den Lauf auf Ungers Brust. »Eins, zwei – bei drei drücke ich ab.«

Richard Unger wich einen Schritt zurück, alles andere wäre Selbstmord gewesen.

Die Soldaten durchsuchten Raum für Raum, fanden aber nichts weiter als ein paar halbleere Schnapsflaschen. Als sie wieder abmarschierten, stach Siegfried Krzynowek in der Eingangshalle die Bronzebüste des Kaisers ins Auge.

»Weg damit!«, rief er.

Mit einigen Stößen der Gewehrkolben war die Sache erledigt, die schwere Büste schlug dumpf auf den Boden.

Kapitel 12
1920–1926

Zyniker unter den heutigen Historikern mögen, sind sie auch noch der Fußballersprache verbunden, über das Deutschland zwischen 1918 und 1939 sagen, dass nach dem Krieg vor dem Krieg gewesen sei, doch damals ahnte noch keiner, was kommen würde, und man glaubte, das Schlimmste sei überstanden.

Obwohl jüdischen Glaubens und damit an sich einer anderen Zeitrechnung verpflichtet, feierte die Familie Kempinski/Unger wie alle Berliner Silvester mit Sekt und Pfannkuchen, mit Luftschlangen, kecken Hütchen und Bleigießen. Das Jahr 1919 hatte mit dem Spartakusaufstand und 157 Toten im Januar sowie der Niederschlagung des linksradikalen Aufstandes durch Regierungstruppen im März mit 1200 Opfern noch einmal Schreckliches gebracht, nun aber schien man am Ende des Tunnels angelangt zu sein und konnte sich des Lichts erfreuen.

»Auf ein glückliches Jahr 1920!«

Man konnte zufrieden sein und dem Schöpfer danken, dass man eigentlich ganz gut davongekommen war. Was vor allem zählte, war die Tatsache, dass keiner der Männer im Krieg gefallen war.

»Bloß gut, dass der gute Meno Burg keinen Dammbruch bewirkt hat, sondern dass sie beim kaiserlichen Militär weiterhin auf jüdische Offiziere verzichtet haben«, sagte Walter Unger. »Sonst wäre unsere kleine Familie noch kleiner.«

Zählte Helene Kempinski die Häupter ihrer Lieben, so kam sie auf neun. Mit ihr zusammen waren es also zu Beginn der Weimarer Republik zehn Mitglieder der Familien Kempinski und Unger, die Berlin als ihre Heimat ansahen.

Helene Kempinski war nun 65 Jahre alt und wohnte noch immer in der Leipziger Straße 25 über den Restaurationsräumen. Der Geschäftsbetrieb ging sie nichts mehr an, sie kümmerte sich voll und ganz um die Stiftungen ihres Mannes. Sie war sich treu und eine einfache Frau geblieben, immer der preußischen Devise verpflichtet, mehr zu sein als zu scheinen.

Richard Unger kam ihr mit seinen nunmehr rund 54 Jahren vom Alter her am nächsten.

Frieda, seine Frau, konnte in diesem Jahr auch schon ihren vierzigsten Geburtstag feiern.

Die Kinder waren herangewachsen, Friedrich Wolfgang wurde neunzehn Jahre, Elisabeth siebzehn Jahre alt.

Die zweite größere Gruppe in der Familie waren Hans Kempinski, 45, mit seiner etwas jüngeren Ehefrau Luise und dem 1905 geborenen Sohn Gerhard.

Als Einzelgänger musste Dr. Walter Unger gelten. »Mit meinen 26 Jahren habe ich zwar noch keine Frau, aber dafür meinen Doktortitel, mit dem ich jeden Tag ins Bett gehen kann«, war seine stehende Wendung. »In letzter Zeit habe ich nur meine Mathematik geliebt, aber noch bin ich guter Hoffnung, dass es mit Susanne etwas wird.«

Auch die Firma M. Kempinski & Co. konnte wieder hoffen, wie Hans Erman in seiner Chronik beschreibt:

Die Gebäude sind erhalten, die Organisation ist im wesentlichen intakt geblieben. Eigentlich, so stellt man fest, ist die Firma über den Krieg recht gut hinweggekommen. Und wenn Vorratsräume und Keller auch leer geworden sind, so wird man sie doch wieder füllen können. Gewiß mag vieles schwierig sein oder schwierig werden, es fehlt am dringend benötigten Porzellan, trotz aller Mühe bekommt man keine Tischwäsche, noch vermißt man die richtigen Köche, entbehrt das geschulte Personal. Glühbirnen gibt es sowenig wie Toilettenpapier, es mangelt an Gläsern, an Töpfen, Kasserollen. Die Gasherde in der Küche können der Sperre wegen nur stundenweise benutzt werden, für die anderen Herde hat man nicht genug Kohle ... Und es kommen wieder Gäste, wenn auch vom Typus ganz andere als früher. Es überwiegen die Neureichen, die Raffkes, deren mangelnde Bildung zu vielen Witzen Anlaß gibt, die für einen Rubens keine Millionen ausgeben wollen, weil ihnen das für ein »gebrauchtes Bild« zu viel erscheint, die mit dem Konzertbesuch lieber warten wollen, bis Schuberts »Unvollendete« endlich fertig geworden ist, und die zwei Klaviere kaufen, wenn vierhändig gespielt werden soll. Kempinski engagiert ein Unterhaltungsorchester für sie, auf daß sie es besser verschmerzen können, den Kampf gegen den Hummer auf ihrem Teller immer wieder zu verlieren ... Ach ja, und der Kaiser-Saal hieß jetzt Kadiner Saal. Nach dem Ort, wo seine Kacheln hergekommen waren ... Richard Unger trauerte um die Welt, die da versunken ist, ansonsten hielt man sich an die alte Weisheit »Das Leben geht weiter«.

Seit er wieder in Berlin war, hatte Walter Unger seine Susanne nur einmal gesehen, und das auch noch in ihrem Büro bei Kempinski in der Leipziger Straße. Heute nun, am Mittwoch, dem 17. März 1920, wie der Abreißkalender anzeigte, wollte er sie nach Geschäftsschluss abholen und mit ihr ausgehen. Sie hatten sich vor einer Woche verabredet und nicht ahnen können, dass an diesem Tag in Berlin der Teufel los sein würde.

Deutschland war vom Kapp-Putsch erschüttert, Berlin im Besonderen. Ende Februar hatte Reichswehrminister Gustav Noske die Auflösung der Freikorps Ehrhardt und Loewenstein befohlen, aber der General Walther Freiherr von Lüttwitz hatte sich diesem Befehl widersetzt und zu putschen begonnen. Am 13. März hatten seine Truppen das Regierungsviertel besetzt, und Wolfgang Kapp, Generallandschaftsdirektor von Ostpreußen, war von den Rechten zum neuen Reichskanzler ausgerufen worden. Die Regierungstruppen hatten sich den Putschisten nicht entgegengestellt, Reichspräsident Friedrich Ebert und die Regierung waren über Dresden nach Stuttgart geflohen.

Die Berliner Beamtenschaft hatte jedoch nicht mitgespielt, die Gewerkschaften hatten zum Generalstreik aufgerufen, und die Arbeiterschaft war ihnen gefolgt. Bewaffnete Arbeiter stellten sich den Putschisten entgegen. Überall im Stadtgebiet kam es zu

Kämpfen, am Ende sollte man 42 Tote und 105 Verwundete zählen.

Am 17. März hieß es, Kapp und Lüttwitz hätten aufgegeben und seien auf der Flucht. Aber ihre Truppen seien noch nicht abgezogen. Walter Unger hörte es von einem Zeitungshändler am Magdeburger Platz und machte sich auf zur Leipziger Straße. Bahnen und Busse fuhren noch immer nicht, und die Droschken hatten sich noch nicht wieder aus ihren Verstecken hervorgewagt, also musste er den Weg zu Fuß antreten. Rechts die Lützowstraße entlang, dann die Potsdamer hinauf. Als er die Leipziger Straße erreicht hatte, sah es noch immer nach Bürgerkrieg aus. In langen Kolonnen standen die Kanonen auf der Fahrbahn, daneben bis obenhin bepackte Proviantwagen, bespannt und zum Abmarsch bereit. Auch die Truppen waren marschfertig. Offiziere, mit Sturmhelm auf dem Kopf und Pistolen im Gürtel, gingen die Reihen entlang. Die letzten Fahnen der Putschherrschaft wurden eingezogen. »Wir ziehen jetzt nach Lichterfelde!«, hörten er einen jungen Offizier rufen. »Wenn ihr unterwegs angepöbelt werdet, dann rücksichtslos ...«

An der Ecke Leipziger und Charlottenstraße schloss er Susanne Seidenberg in die Arme, direkt vor der Firma wagte er es nicht.

»Deine Leibgarde ist da. Lass mich dich sicher nach Hause geleiten.«

»Ich danke dir, mein Ritter.«

Walter Unger lachte. »Hoffentlich keiner von der traurigen Gestalt.« Er hatte sich bei seinem Onkel den Stadtplan angesehen und sich den Weg zur Dieffenbachstraße eingeprägt. Das Hallesche Tor wollte er vermeiden, denn dort hatten Soldaten, von wütenden Berlinern angegriffen, eine junge Kontoristin erschossen. Auch die Oranienstraße schien ihm gefährliches Terrain zu sein. Hier hatten aufgebrachte Kreuzberger einen Leutnant der Putschisten in den Luisenstädtischen Kanal geworfen und höhnisch aufgelacht, als der geschrien hatte, dass er Nichtschwimmer sei. Ein Binnenschiffer hatte Mitleid und ihn gerettet. Also hatte er sich, um zum Kottbusser Tor zu gelangen, für die Route Leipziger, Friedrich-, Junker-, Ritter- und Reichenberger Straße entschieden.

Sie gingen Hand in Hand wie im tiefsten Frieden, und Susanne Seidenberg nutzte die Stimmung, um auf das zu sprechen zu kommen, was ihr am wichtigsten war.

»Wir kennen uns ja nun schon eine Weile, und Margot löchert mich schon.«

Walter Unger gab sich ahnungslos. »Womit?«

»Dauernd fragt sie, ob wir uns nicht bald mal verloben wollen.«

Er zögerte mit einer Antwort. »Ich habe ja noch nicht einmal meine Dissertation abgeschlossen, geschweige denn einen Beruf gefunden, mit dem ich Weib und Kind ernähren kann.«

Das war sicherlich ein triftiger Grund, aber da war noch etwas, das er nicht in Worte fassen konnte, ein zu ungewisses Gefühl. Vielleicht war es auch nur das Gift, das ihm seine Freunde injiziert hatten: Pass auf, die will dich doch nur deines Geldes wegen! Dass er der Familie Kempinski angehörte, reichte allemal, ihn für die schönen Töchter der unteren Stände attraktiv zu machen, das wusste er natürlich.

Walter blieb stehen und küsste Susanne. Und die Art, wie sie seinen Kuss erwiderte, ließ keine Zweifel daran bestehen, dass sie ihn liebte. Ihn als Menschen und nicht seiner Herkunft und seines Geldes wegen. Und er wäre ihr in den nächsten Minuten mit einem Heiratsantrag gekommen, wenn sie nicht unter dem Hochbahnviadukt am Kottbuser Tor in einen riesigen Menschenauflauf geraten wären.

Alles staute sich, denn an der Einmündung der Admiralstraße hatte die »Rote Armee«, wie man die Kämpfer gegen die putschenden Soldaten der Reichswehr nannte, eine Barrikade errichtet. Walter und Susanne wollten sich durch die Menge drängen, blieben aber stecken. Zu dicht waren die Leiber aneinandergedrängt. Vorn gab es Schreie. Eine Patrouille der Sicherheitspolizei war dabei, die Menge auseinanderzutreiben. Man wich zurück. Beide wurden von einer riesigen Welle erfasst und gegen eine Hauswand gedrückt.

»Komm, hier in den Hauseingang rein!« Walter Unger zog sie aus dem Menschenknäuel heraus und schaffte es, sie in Sicherheit zu bringen.

Ein Lastwagen mit Soldaten der Reichswehr kam dröhnend den Kottbusser Damm herauf. Kurz hinter der Brücke über den Landwehrkanal wurde ihnen befohlen abzuspringen. Doch kaum hatten ihre Stiefel das Pflaster berührt, wurden sie von einigen kräftigen Männern gepackt und unter dem Johlen der Menge ins Wasser geworfen. Jubelschreie stiegen in den grau verhangenen Himmel.

»Bloß weg von hier!«, rief Susanne Seidenberg und wollte weiter. Walter Unger hielt sie zurück. »Warten wir lieber noch 'n Augenblick.«

Dieses Zögern rettete ihnen das Leben, denn Sekunden später gab es über ihnen ein unheilvolles Zischen – und dann sahen sie vor sich wie auf einer großen Freilichtbühne Bilder des Schreckens: Mitten in der Menschenmenge explodierte eine schwere Mine, abgefeuert von einer Reichswehrabteilung aus weiter Entfernung. Zerfetzte Körper flogen durch die Luft, und noch unmittelbar vor ihnen wurden Demonstranten von herumfliegenden Geschoss-splittern niedergemäht. Der Fahrdraht der Straßenbahn fiel auf die Erde, die Hochbahntrasse schien sich zu neigen. Unter furchtbarem Schreien und Hilferufen stob die Menge auseinander.

Eng umschlungen verharrten Walter und Susanne in ihrer Nische. In diesem Augenblick waren sie sich so nahe, wie sich zwei Menschen nur nahe sein konnten.

»Kommt der Kunde nicht zu uns, müssen wir zum Kunden kommen.« Richard Unger und Hans Kempinski hatten schon immer nach dieser Devise gehandelt und von der Friedrichstraße 225 aus den Versandhandel mit ihren Weinen betrieben, Kooperationspartner in ganz Europa gesucht, so in London, Kopenhagen und Prag, und überall in Deutschland, von Königsberg bis Karlsruhe, Dependancen eröffnet, oft durch den Aufkauf von Firmen, wie zum Beispiel in Köln, wo man kurz nach Ende des Ersten Weltkriegs die 1768 gegründete Weingroßhandlung Maurer & Bracht übernommen hatte.

Auf die Idee mit Amsterdam kamen sie beim Lesen der Zeitung.

»Unser armer Kaiser in Holland«, murmelte Richard Unger. »Was wird er in Doorn wohl machen?«

Hans Kempinski lachte. »Na, hoffentlich unsere Weine trinken.«

»Wie denn, er darf doch nicht nach Köln, sich welche kaufen.«

»Dann müssen wir eben in Holland eine Zweigniederlassung gründen.«

Das taten sie dann auch, und am 25. Mai 1921 wurde die N. V. Wijnhandel M. Kempinski & Co. in das Handelsregister eingetragen. Bald aber erkannten sie das, was Berthold Kempinski schon fünfzig Jahre vorher erkannt hatte, nämlich dass sich der Weinhandel allein nicht lohnte und man den Leuten auch etwas zu essen anbieten musste.

»Ein Restaurant muss her!«

Am 3. Juni 1922 nun sollte die feierliche Eröffnung stattfinden. Sie beschlossen, den Neffen Richard Ungers mitzunehmen, denn Walter war nach seiner glücklich abgeschlossenen Promotion zum Thema *Einige Summen cubischer und biquadratischer Charaktere* ein wenig dem Müßiggang verfallen und wusste nicht viel mit sich anzufangen. So saßen sie zu dritt im Zug nach Amsterdam.

Dr. Walter Unger amüsierte sich über die Speisekarte. »Die schreiben alles so komisch: *Huzaren Salade, Kop Bouillon met Ei, Kabeljouw, Zalm, Peterselie-saus … In Saus und Braus … Macaroni met ham, Kalfs cotelette, Rijst, Bloemkool, Ijs, Vruchtentaart …*« Am meisten aber gefiel ihm die Adresse des Restaurants Wijnkempinski Amsterdam: Leichenstraße.

»Wirklich?« Richard Unger war entsetzt.

Hans Kempinski sah genauer hin. »*Leidschestraat*, nicht Leichenstraße.«

Sie konnten also beruhigt sein, denn Leichenstraße wäre doch ein böses Omen gewesen.

Als der Zug in Köln hielt und Dr. Walter Unger das klemmende Fenster öffnete, um frische Luft ins Abteil zu lassen, schrie er auf: »Mensch, da steht die Massary!«

Die anderen beiden sprangen auf, um sich diesen Anblick nicht entgehen zu lassen, doch bei genauerem Hinsehen zeigte sich, dass der Dame, die Dr. Walter Unger gemeint hatte, zwar eine gewisse Ähnlichkeit mit der Diva nicht abzusprechen war, sie aber doch eine ganz andere war.

»Sie hat sich nur ein wenig anders gekleidet und geschminkt, um inkognito zu reisen«, verteidigte sich Dr. Walter Unger.

»Wink sie doch heran, dass sie zu uns ins Abteil steigt«, schlug Hans Kempinski vor. »Dann soll sie singen, und wir merken, ob sie echt ist.«

Dr. Walter Unger tat das zwar nicht, konnte aber, als die vermeintliche Fritzi Massary einen schweren Koffer durch den Gang schleppte, gar nicht anders, als Kavalier zu sein und ihr zu helfen.

»Herzlichen Dank.« Sie war etwas ratlos. »Unser Hausdiener ist vor dem Bahnhof angefahren worden, und da musste ich ...«

Er deutete eine Verbeugung an. »Wenn es Ihnen nichts ausmacht, mit uns das Abteil zu teilen?«

»Ich habe zwar weiter hinten reserviert, aber warum nicht.«

»Wenn ich vorstellen darf: das Haus M. Kempinski & Co. aus Berlin. Die Herren Hans Kempinski und Richard Unger, und mein Name ist Dr. Walter Unger.«

»Angenehm.« Sie stellte sich nicht vor, aber im Laufe der Fahrt bekamen sie durch geschicktes Fragen heraus, dass sie mit Vornamen Hilde hieß und die Tochter eines schwerreichen Möbelfabrikanten war.

Dr. Walter Unger sah immer klarer, dass M. Kempinski & Co. sein Schicksal war. Familie war alles, und warum sollte er sich als Fremder in einer großen Firma herumschlagen, einer Versicherungsgesellschaft beispielsweise, wenn das Gute doch so nahe lag. Mit Zahlen spielen und jonglieren konnte er auch in der Leipziger Straße.

»Gut«, hatte Hans Kempinski gesagt, »wir gewähren dir die Bitte, auf dass du wirst in unserem Bunde der Dritte.«

»Allerdings erst nach eine gewissen Probezeit«, hatte sein Onkel eingeschränkt, da war Richard Unger unerbittlich. »Wir führen dich erst einmal als Volontär, und du siehst dich überall um.«

»Natürlich. Einverstanden.«

So zog er durch sämtliche Abteilungen und lernte alle Räume kennen, auch die Weinkeller. Durch die streifte er am liebsten, denn mitunter traf er auf einen Kellermeister, der gerade aus einem der großen Fässer eine Probe zog und ihn dann kosten ließ.

Einige Male im Monat kam es auch vor, dass er die Nacht zuvor mit Susanne ausgegangen war oder mit Freunden allzu lange gefeiert hatte und in der Mittagszeit hinter den Fässern ein ruhiges Plätzchen suchte, um eine Runde zu schlafen. So viele Freiheiten hatte er als designierter Juniorchef, dass er sich das erlauben konnte.

Auch heute wieder lag er im Dunkeln auf einem hölzernen Podest hinter einem der größten Fässer, unsichtbar für alle, die im Keller zu tun hatten und Wein abfüllten oder Flaschen holten.

Nachdem er etwa eine halbe Stunde geschlafen hatte, schreckte er hoch. Das war doch Susannes Stimme! Richtig. Sie hatte ihre Freundin Margot begleitet, die jetzt ebenfalls bei M. Kempinski & Co. arbeitete und für die Ordnung in den Weinkellern zuständig war. Die beiden Frauen glaubten sich allein und sprachen ziemlich laut miteinander. Jedes Wort konnte er verstehen.

»Liebst du Walter eigentlich?«, fragte Margot.

»Nein.« Susannes Antwort kam ohne jedes Zögern. »Dazu ist er mir zu alt und nicht attraktiv genug.«

»Und dennoch willst du ihn auf alle Fälle heiraten?«

»Ja, solch einen fetten Fisch krieg ich doch nie wieder an die Angel.«

Es traf ihn wie ein Keulenschlag. Leblos lag er da, die Stirn an das kühle Holz des Fasses gepresst. Er hatte es nicht ahnen können, sie war eine zu gute Schauspielerin. Oder doch? Hatte er nicht immer gedacht, dass die Frauen nicht an ihm, sondern nur an seinem Geld interessiert waren, am Wohlleben an seiner Seite?

Er schleppte sich nach oben in sein Büro, schloss sich ein und schrieb, obwohl ihn seine Tränen behinderten, einen langen Brief an Susanne Seidenberg. Er dankte ihr für all die wunderbaren Stunden, die sie miteinander verbracht hatten, aber nun sei es Zeit, Abschied voneinander zu nehmen, denn er wolle ihr nicht zumuten, ihre Zukunft an der Zeit eines alten und wenig attraktiven Menschen zu verbringen.

Als Susanne Seidenberg diesen Brief erhielt, stürzte sie sich auf ihre Freundin Margot, riss sie an den Haaren und schlug ihr ins Gesicht. »Du hast mich verraten, du Miststück!«

Richard Unger blieb daraufhin gar nichts anderes übrig, als Susanne Seidenberg fristlos zu kündigen. Er tat es aber auch mit großer Erleichterung.

»Wir können alle aufatmen, dass du die endlich losgeworden bist«, sagte er zu seinem Neffen. »Kopf hoch, es laufen ja auch noch andere Frauen auf der Welt herum – diese Hilde beispielsweise ...«

»Gleich und gleich gesellt sich gern«, hieß es, als im Freundeskreis bekannt wurde, dass Elisabeth Unger Dr. Walter Kohsen heiraten würde, den Jugendfreund ihres Cousins Walter. Sie kannten sich schon lange, und niemand war überrascht, dass sie sich nun das Jawort geben wollten, obwohl es auch skeptische Stimmen gab.

»Wo ist denn da noch die Überraschung?«, fragte Helene. »Das wird nicht lange gutgehen.«

Richard Unger rang die Hände. »Bitte, Schwiegermama, keine düsteren Prophezeiungen. Ich bin froh, dass wir den zweiten Walter nun mit im Boot haben, denn ein brillanter Jurist wie er ist in diesen Zeiten Gold wert.«

Er und Hans Kempinski waren klug genug, rechtzeitig jüngere Familienmitglieder in die Firmenleitung zu holen, zumal man weiter expandieren wollte. So meldeten sie am 14./15. Februar 1924 Dr. Walter Unger und am 17. Oktober 1924 Dr. Walter Kohsen als persönlich haftende Gesellschafter von M. Kempinski & Co. beim Handelsregister an, das beim Amtsgericht Berlin-Mitte geführt wurde. Im Oktober 1925 trat auch Dr. Friedrich Wolfgang Unger in die Firmenleitung ein.

»Ich bin stolz darauf, dass meine Mutter eine geborene Kempinski ist und Berthold Kempinski mein Großvater war«, erklärte er. »Und darum möchte ich meinen Namen in Unger-Kempinski ändern.«

Zu tun gab es in der zentralen Verwaltung und Warenbeschaffung genügend. In der Hierarchie fand sich unter der Geschäftsleitung, das heißt den Inhabern der OHG, das Sekretariat der Geschäftsleitung, dem die Herren Steinke und von Kaulbars vorstanden. Darunter angesiedelt waren die Disposition und die

Kasse mit 8 Personen, die Buchhaltung (15 Personen und 2 Lehrlinge), die Betriebsbuchhaltung (15 und 1), das Personalbüro (7 und 1), die Kontrollabteilung (24 und 2), die Hausverwaltung (1), die Reklame (3), die Telefonzentrale (6), die Registratur (4), der Empfang und die Postverteilung (15), der Lebensmitteleinkauf und das Zentrallager (25), Materialeinkauf und Material- und Formularlager (4), Weineinkauf und Fasskeller (108), die Warenannahme Leipziger Straße (7), die Warenverteilung Leipziger Straße (7) und die Speditionsabteilung (3).

Zum kaufmännischen Personal kamen der Betriebsingenieur, die oberste Leitung der technischen Betriebe, die Köche und deren Gehilfen sowie die Oberkellner und Kellner.

»Gut, dass wir jetzt einen Mathematiker in unseren Reihen haben«, sagte Hans Kempinski. »Ohne einen solchen würden wir ja gar nicht mehr zählen können, wer unserem Imperium alles angehört.«

Kurze Zeit, nachdem er mit seiner Familie in die Hohenzollernstraße 22 in Wannsee gezogen war, hatte sich Hans Kempinski ein Motorboot gekauft und einen Steg am Pohlesee gemietet. Es war sein Kindheitstraum. Ein großes Motorboot stand für Erfolg im Leben. Oft nutzte er die Kabine als Konferenzraum. Hier war man absolut geschützt vor Lauschern an der Wand, hier störte kein Telefon.

Und was die vier leitenden Herren des Hauses Kempinski am letzten Sonntag im Juni auf ihrer Fahrt über Pohle-, Stölpchen-, Griebnitz- und Jungfernsee zu besprechen hatten, war von grundsätzlicher Natur.

»So kann es nicht weitergehen«, sagte Dr. Walter Unger. »Unser Publikum ändert sich. Abgesehen einmal von denen, die unsere Kellner die ›Raffkes‹ nennen – das kaufkräftige Bürgertum schwindet immer weiter. Es kommen zwar immer noch die Beamten aus den Behörden, die Künstler aus Theater und Oper, die Zeitungs- und Geschäftsleute, aber wir müssen unser Augenmerk mehr auf die unteren Schichten richten.«

»Na, hör mal!« Richard Unger reagierte viel emotionaler als gewohnt. »Seit mein Schwiegervater das Geschäft in der Leipziger Straße eröffnet hat, haben wir doch nur ein Konzept gehabt: die Egalisierung des Luxus. Kempinski ist immer preiswert und zugleich fein gewesen.«

»Viele Leute in dieser Stadt haben nicht mal das Geld, um zu Aschinger zu gehen«, warf Dr. Friedrich Wolfgang Unger-Kempinski ein. »Für einen Teller Erbsensuppe, die Schrippen gratis.«

»Wenn man ihnen wirklich etwas bietet, kommen die Leute trotzdem«, sagte Hans Kempinski. »Sogar von weither.«

Dr. Walter Unger lachte. »Da hört man aber die Nachtigall ganz deutlich trapsen. Du willst auf das Angebot der Bank für Grundbesitz und Handel hinaus, das alte ›Haus Potsdam‹.«

»Links vor uns liegt Potsdam«, sagte Hans Kempinski. »Wenn das kein Wink des Schicksals ist.«

»Ja, sollen wir, oder sollen wir nicht?«, fragte Richard Unger.

Es ging um das riesige Gebäude der Ufa am Potsdamer Platz, genauer gesagt an der Köthener und der Königgrätzer Straße, das 1911/12 in Stahlskelettbauweise errichtet worden war. Der Architekt war Franz Schwechten, dem Berlin bereits den Anhalter Bahnhof und die Kaiser-Wilhelm-Gedächtniskirche verdankte. Wuchtig war es und fiel insbesondere durch seine runde Ecke auf, die ein wenig an das Pantheon in Rom erinnerte. Das »Haus Potsdam«, wie man es anfangs nannte, beherbergte das Café Piccadilly, ein Weinlokal, die Kleinkunstbühne Prisma, die Büroräume der Universum-Film AG (Ufa) und die Kammerlichtspiele mit 1200 Plätzen. Das Café Piccadilly, das am Tage bis zu 2500 Gäste zählte, war das größte Kaffeehaus Berlins. Die Wände waren mit Marmor und Mosaik verkleidet, auf zwei Etagen spielte ein Orchester, und man hatte einen herrlichen Blick auf Berlin. Mit Beginn des Ersten Weltkriegs hatte aus patriotischen Gründen der Name Piccadilly verschwinden müssen, und das Etablissement trug seither den Namen Kaffee Vaterland. 1926 nun hatte die Ufa, die tief in der Krise steckte, das Gebäude an die Bank für Grundbesitz und Handel verkauft, und die wollte es für Restaurationszwecke verpachten.

»Auch Aschinger ist höchst interessiert«, sagte Richard Unger. »Ich habe mit Generaldirektor Bausback von der Ufa gesprochen.«

»Ach, Arschinger!« Im Familienkreise ließ sich Hans Kempinski weiterhin keine Gelegenheit entgehen, dem Firmennamen des
Konkurrenten ein kleines »r« hinzuzufügen. »Die sind dabei, die
Aktienmehrheit an der Hotelbetriebs AG zu erwerben und werden kein Geld mehr für das Haus Potsdam haben.«

»Wir müssen unbedingt zuschlagen«, sagte Dr. Walter Unger.
»Aschinger wird zu mächtig, wenn sie das Haus Potsdam auch
noch schlucken. Und am Potsdamer Platz haben wir große Chancen, die Touristen abzufangen, wenn sie am Wochenende nach
Berlin kommen.«

Hans Kempinski lachte. »Es lebe unsere neue Goldgrube!«

Richard Unger seufzte. »Erst einmal werden wir eine Menge
Geld hineinstecken müssen – für den Umbau nämlich.«

»Hast du einen geeigneten Architekten?«, fragte Dr. Walter Unger.

»Ich denke mit Schrecken an den Umbau der Leipziger Straße.«

»Am besten ist es wohl, ich studiere schnell noch Innenarchi-
tektur«, sagte Hans Kempinski.

Schließlich kamen Sie auf den Schwaben Carl Stahl-Urach, Jahrgang 1879, der kurz vor Ausbruch des Ersten Weltkriegs in Westend in der Ahornallee 33 für den Rechtsanwalt J. Kallmann eine
opulente Villa gebaut hatte und häufig beim Film beschäftigt war,
so hatte er für die Ufa in Babelsberg das größte Filmatelier Europas
entworfen, eine 123,5 Meter lange, 56 Meter breite und 14 Meter
hohe Aufnahmehalle.

»Wenn wir den Leuten im neuen Haus Illusionen verschaffen
wollen, dann ist er genau der Richtige für uns«, sagte Hans Kempinski.

An die Eröffnung des »Hauses Vaterland« war nicht vor dem
Herbst 1928 zu denken, und bei den Kempinskis wollte man in der
Zwischenzeit nicht untätig bleiben. Zu sehr hatte sich bei ihnen
festgesetzt, was sie von Eltern, Lehrern und allen maßgebenden
Menschen zu hören bekommen hatten: Sich regen bringt Segen.

»Ist euch etwas aufgefallen?«, fragte Richard Unger.

Hans Kempinski lachte. »Ja, dass Walter in letzter Zeit so ernst aussieht. Das kann doch nur heißen, dass er in Bälde zu heiraten gedenkt.«

»Das auch.« Richard Unger blickte zu seinem Neffen hinüber. »Oder?«

»Doch, doch, irgendwann im Oktober.«

»Hilde, diese Wilde«, reimte Friedrich Wolfgang Unger-Kempinski.

Richard Unger nahm seinen Faden wieder auf. »Was mir aufgefallen ist – falls es euch interessiert: Der Hof ist nicht mehr da, kann also auch keinen Mittelpunkt mehr bilden, und der Adel ist dabei, seine Palais in der Innenstadt aufzugeben. Man zieht lieber in die neuen Villenkolonien Grunewald und Wannsee, westwärts also. Was schließen wir daraus?«

»Dass auch wir westwärts ziehen müssen«, sagte Friedrich Wolfgang Unger-Kempinski. »Hans hat ja schon den Anfang gemacht.«

»Nicht privat, sondern mit unseren Geschäftslokalen!«, rief Richard Unger.

Hans Kempinski sah ihn ungläubig an. »Sind wir doch schon längst! Hast du vergessen, dass wir die Grundstücke Kurfürstendamm 27 und Ecke Fasanenstraße 20/21 schon 1918 gekauft haben? Sie sind auf den Namen von Tante Helene eingetragen.«

»Aber wir haben nichts damit anzufangen gewusst. Da befindet sich zwar eine Gaststätte, aber der ›Alte Fasan‹ gehört nicht uns. Ich schlage vor, dass wir einen Bauantrag stellen und am Kurfürstendamm ein Weinrestaurant und eine Feinkosthandlung eröffnen.«

Alles klatschte Beifall, und am 25. Juni 1925 wurde der Bauantrag zum Amt gebracht.

Von da an verfolgten sie alles, was im Berliner Westen geschah, mit besonderem Interesse, und so entging ihnen auch nicht, dass am 30. Januar 1926 im Deutschen Künstlertheater, Nürnberger Straße 70/71, eine Oper von Franz Lehàr Premiere haben sollte.

»*Paganini*«, rief Friedrich Wolfgang Unger-Kempinski. »Da müssen wir hin, das sind wir unseren Frauen und unserem Stande schuldig.«

So erlebten sie zum ersten Mal Richard Tauber, jenen Tenor, den die Welt in den nächsten Jahren vergöttern sollte, mit seinen Liedern *Gern hab ich die Frau'n geküsst* und *Niemand liebt dich so wie ich.*

Am liebsten hätten sie ihre Dependance im Westen zum 1. Oktober 1926 eröffnet, aber das ließ sich dann doch nicht arrangieren. Trotzdem wurde die Eröffnung ein großer Erfolg, und die Presse zeigte sich begeistert. Die *Neue Berliner Zeitung* schrieb:

Diese schön umgebaute Ecke Fasanenstraße ist ein Wunderwerk der Technik, ein Wunderwerk der Organisation, ein Wunderwerk an Architektur und Kunstgewerbe ... Die Firma Kempinski und ihre fortschrittlich gesinnten Inhaber haben eine moderne Gaststätte im Westen Berlins geschaffen, einzig bisher als Pflegestätte gastronomischer Genüsse. Behaglich und vornehm und doch, wie der Berliner sagt, recht gemütlich.

Im *Berliner Tageblatt* vom 3. Oktober 1926 war, verfasst von einem Autor namens Adrian, Folgendes zu lesen:

Es ist, als ob es zwischen Olivaer und Wittenbergplatz keine anderen Wirtshäuser gäbe. Als ob aller Appetit der Bewohner des neuen Westens auf diesen einen Abend aufgespart worden wäre. An Edelhölzern, Kristall, weichen Teppichen, funkelnd neuen Kellnerfräcken ist nicht gespart. Trotzdem tönen mir im Ohr die Verse des Rideamus: »Hat der Berliner drei Mark fünfzig / Und geht er mit 'ner Dame aus ...« *Das ist noch immer, obwohl die Zahl gewachsen ist, Text und Melodie des großstädtischen Massengenusses. So wenig geheimnisvoll die Ursache dieses Erfolges ist, so wenig ist sie von anderen in all diesen Jahren erfaßt worden. Prinzip der Hungerbefriedigung dieser Stadt ist: große Portionen. Je teurer das Restaurant, je größer das Beefsteak. Wir brauchen nur über die westliche oder südliche Grenze gehen, so ist es anders. Das ist das Entzückende an den Speisekarten Pariser oder Mailänder Gaststätten, daß man das essen kann und jenes und dieses und dann noch etwas und zum Schluß abermals etwas, ohne dass man*

*ein Oger und ein Rothschild ist. Und das hat dieser Mann mit dem
polnischen Namen, den es, glaube ich, gar nicht gibt, nachgeahmt.
Es mag gewiß organisatorisch schwierig, finanziell gefahrvoll sein,
aber schließlich ist es doch zu machen, wie man sieht. Die Portion,
die in meiner Jugend fünfundsechzig Pfennige kostete und jetzt
entsprechend mehr und die den Magen völlig unbelastet und reiz-
fähig läßt, ist das sieghafte Prinzip. Auch bei den Berlinern, denen
man weismachen will, sie seien unbedingt für das Deftige, Solide,
Füllende. Aber im Grunde sind ja alle Menschen gleich. Natürlich
muß nur der grobe Materialist dieses Prinzip auf das Essen be-
schränken. In Wahrheit gilt es aber für alle Genüsse dieser Welt.
Man muß den Menschen immer nur wenig geben, sie unbefriedigt
lassen, ihnen den Appetit auf mehr erhalten, so wird man sie unbedingt gewinnen. Ihn ja nicht, weil man ihn einmal erwischt hat,
nun stopfen; ihm die Überfülle aufzwingen, weil er sich nicht wehren kann. Ist er satt, so wird er träge, trübäugig, mißvergnügt. Solange er noch Wünsche hat, ist er lebendig, quick, vergnügt. Der
Genuß soll ihm die Begierde nicht verderben. Ist das zur Lebens-
regel geworden, so hat die Erziehung zur Kultur begonnen. Es ist
gar nicht unmöglich, auch bei uns nicht, das neue Restaurant im
Westen beweist es.*

Als Walter und Hilde Unger heirateten, wurde dieser Artikel an
der Festtafel zwischen den verschiedenen Gängen herumgereicht
und ausgiebig kommentiert.

»An sich sehr schön«, sagte Hans Kempinski. »Aber dass es einen Berthold Kempinski gar nicht gegeben haben soll, das ist ja
nun die Höhe. Und Nachahmung! Das hat er sich doch alles selber ausgedacht, es war sein Instinkt.«

»Aber das andere ist ja noch viel größerer Quatsch«, rief Gerhard Kempinski, sein Sohn. »Das hier: dass man den Menschen
immer nur wenig geben und sie unbefriedigt lassen muss, um sie
zu gewinnen. Das ist die typische Kapitalistenmentalität: die
Löhne niedrig halten.«

Seine Mutter, Luise Kempinski, räusperte sich. »Bitte, nicht
hier!«

215

Gerhard war zum Leidwesen seiner Eltern wie aller Verwandten nicht an M. Kempinski & Co. und dem Beruf des Kaufmanns interessiert. Zwar hatte er, dem Druck der Familie nachgebend, ein Jurastudium begonnen, doch er wollte unbedingt Schauspieler werden.

»Kommt nicht in Frage!«, riefen alle, die Unger und Kempinski hießen.

Dennoch verkehrte Gerhard Kempinski mit Vorliebe in Künstlerkreisen und infizierte sich dort, wie Walter Unger gerne spottete, mit dem kommunistischen Bazillus.

»Eine Familie ist erst dann eine richtige Familie, wenn sie ein schwarzes Schaf aufweisen kann«, sagte Caspar Sprotte, der gerade 86 Jahre alt geworden war und immer noch zu den Kempinskis kam, um seinen Schoppen Rotwein zu trinken.

Kapitel 13
1928

Das Jahr 1928 sollte Berlin einige Höhepunkte bringen. Es begann am 22. Februar mit dem Staatsbesuch des Königs Amanullah von Afghanistan. Am 2. April folgte der Aufbruch des Droschenkutschers Gustav Hartmann zu seiner Fahrt nach Paris. Der »Eiserne« wollte sowohl einen Beitrag zur Aussöhnung mit den Franzosen leisten wie auch gegen die Benzinkutsche protestieren. Zwei Tage später schlug Max Schmeling den Heroen Franz Diener und wurde Deutscher Meister im Schwergewicht. Der 20. Juni brachte noch größeren Jubel, als auf dem Tempelhofer Feld die Flieger Freiherr von Hünefeld, Köhl und Fitzmaurice nach ihrer erfolgreiche Atlantiküberquerung gefeiert wurden. Am 31. August folgte die Uraufführung der *Dreigroschenoper* von Berthold Brecht und Kurt Weill im Theater am Schiffbauerdamm, und am 1. September wurde das Haus Vaterland eröffnet.

Am 27. Mai 1927 hatte die Firma M. Kempinski & Co. beim Stadtausschuss I einen Antrag auf Ausstellung einer Vollkonzession für das geplante Großrestaurant Haus Vaterland gestellt und alsbald auch bekommen, da man in der Behörde davon überzeugt war, dass sich der hohe Personalbedarf des Hauses positiv auf den Arbeitsmarkt auswirken und die Attraktivität der Gegend um den Potsdamer Platz steigern würde.

Das Haus Vaterland war im Nu *die* Sensation der Hauptstadt des Deutschen Reiches. Die Medien überschlugen sich in der Berichterstattung über die sensationellste Gaststätte Berlins. Das Volk geriet ins Schwärmen, nur die Intellektuellen und Feingeister rümpften ein wenig die Nase über die neue Großgaststätte. Unterhielten sie sich, dann klang das in etwa so wie in den Erinnerungen von Inge von Wangenheim mit dem Titel *Mein Haus Vaterland*:

Dieses Etablissement, ein Vergnügungs- und Freßlokal im Konzern des großen Kempinski, diente dem schönen Zweck, jenen aus der Provinz zureisenden Herren, die voller Lüsternheit nach Amüsement aus dem Potsdamer und dem Anhalter Bahnhof herausquollen, eine möglichst bunte und möglichst rationalisierte Stimmungskollektion aus den heimischen Ecken unseres Vaterlandes, der Pappmaché-Exotik von Übersee, aus Heurigenrührseligkeit und verjazztem Trapperschweiß zusammenzumixen, die billig war und dem Geschmack eines Provinzlers angemessen. Er brauchte gar nicht erst weit zu laufen und viel darüber nachzudenken, wo »man was sehen« *konnte. Er fiel aus dem Bahnhof direkt ins* »Haus Vaterland« *hinein und konnte dort* »alles« *sehen, wonach es ihn gelüstete.*

BETRIEB KEMPINSKI – HAUS VATERLAND stand unter der großen Kuppel des Eckturmes am Potsdamer Platz, darunter waren die riesigen Scheiben mit dem Signum der Firma befestigt. Ein kleines »k« war als Burg gestaltet, und am Turm hing links an einem waagerechten Fahnenmast ein siebenzackiger Stern. Über dem Haupteingang in der Köthener Straße war oben groß *BETRIEB KEMPINSKI* zu lesen, und unten auf dem Vordach *HAUS VATERLAND*. Geworben wurde mit dem Spruch *Einer sagt's dem andern*.

Was von Kempinski ablenkte, war die Ufa. Ihr Signet, die Raute mit den drei Buchstaben, stand wie ein riesiges Spinnennetz auf dem Dach, und die bunte Werbung für den aktuellen Spielfilm ebenso wie die großen Blechbuchstaben *KAMMERSPIELE* erregten Richard Ungers Unwillen, waren aber juristisch nicht zu verhindern. Ansonsten aber war er restlos glücklich.

»Das ist der Höhepunkt von M. Kempinski & Co.«, sagte er und wartete, bis auch Hans Kempinski, sein Neffe Walter und sein Sohn Friedrich Wolfgang ihr gefülltes Sektglas in die Hand genommen hatten. »Wir denken an dich, lieber Berthold, danken dir aus vollem Herzen dafür, dass du damals den Mut und die Kraft hattest, nach Berlin zu gehen und Berlin zu erobern, und wir hoffen, dass du mit dem zufrieden bist, was wir nach deinem Tode aus der Firma gemacht haben. Nun sind wir auf dem Gipfel angekommen und werden mit all unserer Energie und unserem Wissen und Geschick versuchen, unseren Spitzenplatz zu halten. Prost, lieber Berthold, auf dein Wohl und auf unsere glückliche Zukunft!«

Sie setzten sich und sahen sich die Broschüre an, die gerade erschienen war und für das Haus Vaterland werben sollte. Golden war das durchbrochene Deckblatt und zeigte unter einer Blumengirlande den gewaltigen Komplex am Potsdamer Platz. Alle Fenster waren hell erleuchtet.

»Sieht ein bisschen wie ein Fabrikgebäude aus«, sagte Dr. Walter Unger.

»Sind wir doch auch«, lachte Hans Kempinski. »Eine Fabrik zur niveauvollen Schaffung glücklicher Menschen.«

Schlug man die Broschüre auf, fiel der Blick auf dasselbe Bild, nur war das Gebäude diesmal aufgeschnitten, und man konnte sehen, wo was gelegen war.

Vorn waren die Köpfe der Männer abgebildet, die das Haus Vaterland geschaffen hatten, allen voran Leo Kronau, dann der akademische Maler Karl Benesch, der Architekt Stahl-Urach und einige Diplomingenieure. Weiter hinten waren die auftretenden Künstler abgebildet. Die Mitglieder der Familie Kempinski/Unger aber fehlten.

»Warum denn das?«, fragte Dr. Friedrich Wolfgang Unger-Kempinski. »Wir sind doch alles durchweg schöne Menschen, oder?«

»Das fraglos«, erwiderte Richard Unger. »Aber manchmal ist es klüger, sich im Hintergrund zu halten. Ich darf daran erinnern, dass wir Juden sind.«

Dr. Walter Unger winkte ab. »Die NSDAP und die SA, das sind doch Randerscheinungen. Außerdem: Deren Mitglieder essen und trinken bei uns wie jeder andere auch.«

Man nahm das Thema nicht weiter ernst und blätterte weiter zur nächsten Seite. Das Vorwort schien einem nüchternen Mathematiker wie Dr. Walter Unger doch ein wenig zu pathetisch, aber die anderen meinten, es sei ja nicht für ihn geschrieben worden, sondern für die Deutschen an sich.

VATERLAND

Ein Wort, das zum Herzen eines jeden Menschen spricht ... Heimatlich und heimisch grüßt das stolze »Haus Vaterland« im Brennpunkt der Reichshauptstadt Berlin seine Gäste, denen es zu allen Tages- und Abendstunden in der bunten Vielfältigkeit moderner Großstadtwunder traulichen und abwechslungsreichen Aufenthalt bietet. Die Welt in ihrer romantischen Schönheit hat hier in kristallner Form ihr Spiegelbild gefunden, das einem Jeden zum Erlebnis des Genusses und der Freude werden wird.

Der große Freudenstrom, der heute Berlin als emporstrebende Weltstadt in der City und im Westen durchflutet, wird hier im »Haus Vaterland« am Potsdamer Platz neue stärkende Impulse empfangen. Das Gesellschaftsleben der Großstadt findet hier einen neuen Kristallisationspunkt, dessen Internationaliät der Reichshauptstadt zu neuer Ehre gereicht.

Der Name Kempinski, der am gastronomischen Himmel des »Hauses Vaterland« prangt, bürgt für die lukullischen Genüsse des leiblichen Wohls über alle Gewähr. Nicht nur die Güte des Gebotenen, sondern auch seine preiswerte Wohlfeilheit sind damit garantiert. So dass ein Jeder auch unter Berücksichtigung bescheidener Verhältnisse im Haus Vaterland Einkehr halten kann.

»Hätte ich das im Deutschaufsatz geschrieben, hätte ich nie das Abitur bestanden«, sagte Dr. Friedrich Wolfgang Unger-Kempinski. »*Wohlfeilheit*, mein Gott!«

Richard Unger reagierte etwas ungehalten: »Ihr habt alle das Manuskript gelesen – und keiner hat gemeckert. Jetzt ist es zu spät. Innen ist das Büchlein wirklich sehr schön. Allein die kolorierten Fotos.« Er blätterte weiter.

Nach einem weiteren kleinen Vorwort wurden die einzelnen Spezialitätenrestaurants und die künstlerischen Sensationen des

Hauses vorgestellt, immer wieder unterbrochen von großen Anzeigen, die für eigene Produkte oder die führender Unternehmen warben.

DIE WELT IN EINEM HAUS

Die Originalität der schöpferischen Idee des Direktors Leo Kronau, die dem »Haus Vaterland« am Potsdamer Platz den Reiz unvergänglicher Sensation sichert, beruht in der Charakterisierung der einzelnen Säle, die dem Gast, in magischer Vollendung, heimische Seltenheiten der Welt zeigen. Man wandert nicht von einem Restaurationsraum in den anderen, sondern man verliert sich in den vier Stockwerken in die Universalität der Welt, deren traulichste und verlockendste Schönheiten dem Gast in unübertrefflicher Originalität dargeboten werden.

Was folgte, war die ausführliche Beschreibung der einzelnen Säle, immer wieder unterbrochen von Reklame.

Der Saal »Zum Löwenbräu« sollte den Gast mitten in den Trubel des urbajuwarischen Lebens führen und war auf eine *Verherrlichung des Münchner Oktoberfestes* angelegt. Auf einer riesigen Glaswand war der Werdegang des Bieres dargestellt, und die Dekoration zeigte den Eibsee mit dem Zugspitzmassiv. Eine raffinierte Beleuchtungsanlage machte es möglich, alles im magisch schimmernden Alpenglühen erscheinen zu lassen. Dazu spielten original bayerische Kapellen und tanzten die Dirndl.

Den Saal »Grinziger Heuriger« betrat der Besucher durch ein Alt-Wiener Basteitor. Er war als geräumiger Hof eines alten Wiener Hauses gestaltet, von Fliederlauben umsäumt. An der Stirnseite des Saales verlor sich der Blick in Weinberge, die im Abendschimmer lagen, und ging bis zur weichgezeichneten Silhouette Wiens. Künstliches Mondlicht flutete durch die Baumkronen eines alten Kastanienbaumes. Lampions hingen an den Zweigen. Zu hören bekam man echte Wiener Schrammelmusik, aber auch Schubert-Lieder, zu sehen gab es ein Wiener Wäschermädel-Ballett und zu essen echte Wiener Küche. *Heuriger Wein in glänzenden Gläsern versetzt Herz und Sinne in wohlige Stimmung,* versprach die Werbebroschüre, *und wohl niemand wird gerade von den deutschen Gästen dies Stückchen österreichische Erde verlassen, ohne empfunden zu haben, im trauten Schoß beseeligender Heimat verweilt zu haben.*

Die »Bodega« sollte den Gast in die sonnengleißenden südlichen Gefilde Spaniens versetzen. *Schwere Luft, heißes Temperament, rassige Musik und duftender würziger Südwein laden zum Verweilen ein.* So versprach die Werbeschrift. *Tische und Stühle sind ganz nach Landesart aus Fässern gezimmert. Hier klingt der Tango mit seiner schwermütigen Melodie, die voll der Liebe und der Tragik ist – jene Musik, in der heiße Frauenaugen lockend und verführend und gewährend glühen. Hier darfst du von Carmen träumen.*

Im »Ungarischen Dorfwirtshaus« konnte der Gast hinaus sehen in die Puszta, *Heimat der Zigeuner, der wilden rasenden Musik des Csardas,* und sich gefangen nehmen lassen vom *wilden Rhythmus jauchzender und klagender Zigeunergeigen.* Ungarische Csardasmädel tanzten, schwerer Landwein wurde ausgeschenkt. *Das ist die Landschaft des Zigeunerbarons und der zweiten Rhapsodie. Hier rollt das Blut heißer in den Pulsen, hier sagt man mit rassigem Frohsinn immer wieder Ja zum Leben, das sieghaft auch über graue Steppen jagen muss wie die feurigsten Ungarhengste …*

In der »Wild-West-Bar«, einem nachempfundenen Blockhaus mit amerikanischen Jagdtrophäen und Yankee-Fahnen an den Wänden, sollte sich der – männliche – Gast seinen Jugenderinnerungen hingeben können. An der Decke hingen funzelige Stalllaternen. Man sah hinaus auf die Prärie und die Gebirgsketten der Rocky Mountains und konnte singenden Cowboys und Jazzbands lauschen.

Türkisches Café stand wenige Schritte weiter über einem anderen Saal. Hier sollte sich der Gast in den verlockenden Gefilden aus *Tausendundeiner Nacht* verlieren. Ein orientalisches Kaffeehaus mit Diwans, niedrigen Taburetts und Wasserpfeifen war eingerichtet worden. *Dunkelhäutige Araber brauen vor den Augen des Gastes den köstlichen, schweren Mokka,* hieß es in der Werbeschrift. Die Süßigkeiten des Orients wurden angeboten, und durch die maurischen Fenster hindurch blickte man *hinaus auf den Bos-*

porus mit seinen hunderttürmigen schlanken Minaretts und Moscheen, die von jahrhunderter alter Pracht erzählen. Die Schwüle des sonnigen Orients lastet über dem Ganzen. Sphärenklänge durchziehen geheimnisvoll den Raum ... Erzeugt wurden sie von einem Musikapparat mit Hilfe von Parlophon- und Odeon-Schallplatten.

Die Krönung war ganz ohne Zweifel die »Kempinski-Rheinterrasse«. Die Werbetexter hatten versucht, ihr Bestes zu geben, und geschrieben:

Hier steigert sich die künstlerische Leistung des »Hauses Vaterland« zu einem Crescendo, zu einem überwältigenden Eindruck, der in Jedem tiefstes, heimatliches Erlebnis werden wird. Heimatliche Erde bannt uns mit magischer Kraft. Man betritt eine große Restaurationsterrasse, über der sich in der Mitte des Zeltdaches eine Glasdecke wölbt, durch die man die Allmacht des Firmaments grüßend hernieder blicken sieht. Durch die großen Spiegelscheiben an der Stirnseite des Saales erblickt man den von Sagen und Märchen umwobenen, majestätisch dahinfließenden Rhein. St. Goar grüßt den Besucher mit seiner alten Ruine. Strahlender Sonnenschein vergoldet die Landschaft, doch plötzlich verfinstert sich der Himmel. Ein Gewitter zieht auf. Donner rollen grollend in der Ferne, Blitze zucken, Regen prasselt hernieder, Wind zaust an dem Zeltdach. Doch die Launen der Natur wechseln. Ein zitternder Regenbogen überwölbt den Rhein, und wieder grüßt die Sonne die goldenen Reben. Fasziniert wird der Besucher all dieses als wahres Wunder erleben ... Der Tag neigt sich dem Ende. Abendstimmung am Rhein. Mondlicht flutet über die nächtige Landschaft, und nun ist die Stunde rheinischen Liedes und rheinischen Sanges gekommen. Jahrhunderte alte Sagen und Lieder finden in klingenden Tönen den Weg zur Seele und zum Herzen des Besuchers. Vier Studenten singen die alten schönen Lieder der akademischen Jugendzeit, und das Küferquartett gesellt sich zu ihnen, um den alten Sang ewig neu auferstehen zu lassen. Zwanzig junge rheinische Winzerinnen tanzen mitten durch die Tischreihen einen rheinischen Reigen.

In gleißenden Pokalen glänzte dabei der goldene Rheinwein der Firma M. Kempinski & Co.

Thronend über dem Ganzen wölbte sich der große Ballsaal, der »Palmensaal«. Die Werbeschrift pries ihn an als *gesellschaftliche Sensation ohne gleichen* und nannte die gewaltige Kuppel, die Prof. Ernst Stern geschaffen hatte, ein *architektonisches Diadem*. Der Clou war das federnde Tanzparkett, der »Spring-Floor«, den man aus England importiert hatte. Zwei erstklassige Tanzorchester spielten auf, und täglich gab es einen *Fünf-Uhr-Tee mit Gesellschaftstanz*, wo das Publikum bei freiem Eintritt Kaffee, Tee, Getränke und Kuchen preiswert serviert bekam.

Das alles hatten die leitenden Herren der Firma M. Kempinski & Co. bald durchgeblättert, etwas länger ruhten aber ihre Blicke auf den Fotos der Mädchen vom Ballett »An der schönen blauen Donau« und des »Sport-Balletts« und den vielen anderen jungen Damen, die im Haus Vaterland die Menschen erfreuten. Neben achtzig Köchen und 120 Hilfskräften, die man aus den verschiedensten Ländern herbeigeholt hatte, spielten im Haus Vaterland elf Musikkapellen, und für die »Ballsaal-Revue« waren vierzig »deutsche Girls« engagiert worden, eines hübscher als das andere, und allein schon die Vornamen und die abgebildeten Köpfe sorgten bei den Herren für eine gewisse Erregung: Lotti, Käte, Gerda, Wiltraut, Gertrud, Marga, Lucie, Manja, Illi, Tora, Sterne, Marianne, Elisabeth, Else, Fritzi, Hilde, Tilli, Ino, Uschi, Nelly ...

Hans Kempinski stöhnte auf. »Wenn Gerhard die alle sieht ...« Jeder kannte den Hang seines Sohnes zu den schönen Künsten. »Könnten wir nicht beschließen, ihm Hausverbot zu erteilen?«

Gerhard Kempinski kam nicht umhin, mit seiner neuen Freundin ins Haus Vaterland zu gehen, obwohl es ihm schwerfiel. Das lag daran, dass er, wie viele seiner Verwandten sagten, aus der Art geschlagen war. Sie meinten damit, dass er sich für die Belange der Firma M. Kempinski & Co. nicht im Geringsten interessierte und zwar brav die Kaufmannskunst studierte, aber nichts anderes im Sinne hatte als Film und Bühne. Schauspieler wollte er werden und nichts anderes.

Melanie wusste von seinen Träumen und nahm sie auch ernst, konnte aber die Versuchung nicht unterdrücken, ihn ein wenig zu necken, als sie am Eingang das künstlerische Programm des Hauses überflogen.

»Ich sehe dich schon auftreten hier – im neuen Bierkeller ›Zum Teltower Rübchen‹. Als was? Als der Alte Fritz, wie er als junger Mann in Rheinsberg mit Knobelsdorff spricht, damit der ihm in Berlin etwas Großartiges baut. ›Einen zweiten Zwinger müssen Sie mir bauen, Knobelsdorff. Wenn es soweit ist, will ich einen Zwinger in Berlin, ebenso genial und graziös und großartig wie jener in Dresden. Und noch etwas genialer, graziöser und großartiger. Puissant, verstehen Sie?‹ Dann ruft dein Onkel Richard aus dem Publikum: ›Einen Berliner Zwinger brauchte Knobelsdorff nicht zu bauen, wir haben ja das Haus Vaterland von Schwechten und Strahl-Urach.‹«

»Stahl-Urach«, korrigierte Gerhard Kempinski sie. »Der Ritter vom Strahl war nahebei zu Hause, in Heilbronn. Aber lass die Toten ruhen.«

Damit betraten sie die Eingangshalle, von der die Architekturkritiker sagten, sie präsentiere sich in einem Stil zwischen Art-déco-Kühle und monumentalem Expressionismus.

»Ist das alles elegant und luxuriös!«, rief Melanie und sank in einen der mit schwarzem Safranleder bezogenen Sessel.

Gerhard Kempinski blieb neben ihr stehen und musterte das pompöse Interieur mit einem Unbehagen, dessen Gründe ihm nicht ganz einsichtig waren. Es war halt nicht seine Welt. Punkt. Der Fußboden bestand aus hell- und dunkelgrauen Travertinplatten. Grau, dachte er, damit die Leute, die sonst nackten Beton und mit Granit gepflasterte Bürgersteige gewohnt sind, nicht allzu sehr erschreckten und ausrutschten. Die Treppenstufen waren mit einem Teppich aus Kammgarnvelours belegt, der mit vielfarbigen Blumen gemustert war. Die Geländer waren aus Nickel, die Wände aus gelbpoliertem Travertin, Decke und Gesimse silbern plattiert. Die Lampen waren aus mattiertem Glas, das in Nickelrahmen steckte.

»Bist du nicht stolz darauf, dass deine Familie das alles geschaffen hat?«, fragte Melanie.

Gerhard Kempinski zögerte mit der Antwort. »Ich hätte es leichter, wenn mein Vater ein kleiner Weinhändler in Schöneberg wäre.«

Er fragte sich, ob sich der Normalbürger, trat er in diese Halle, unendlich klein fühlte, weil ihm bei diesem Augenblick das vergleichsweise Ärmliche seiner eigenen Behausung wie seiner gesamten Existenz erst so richtig bewusst wurde, oder ob er im Gegenteil von einem Rausch erfasst wurde, dem Glück, sich einen Abend in diesem Hause leisten zu können.

Melanie erhob sich. »Du führst mich jetzt bitte durch euer Imperium!«

Er nickte und ging zu den Fahrstuhltüren, die aus Bronze waren und den Eindruck erweckten, hinter ihnen würden sich geheimnisvolle Schatzkammern verbergen.

Als die Fahrstuhltür aufging, prallte er zurück und schrie so laut auf, dass die Umstehenden in gelinder Panik zur Seite sprangen.

Im Fahrstuhl stand der Architekt Carl Stahl-Urach.

»Sie sind doch schon lange tot!«, rief Gerhard Kempinski.

Stahl-Urach lachte. »Ja, das ist mir auch schon zu Ohren gekommen.«

»Dann ist das also ein Irrtum?« Gerhard Kempinski konnte es noch immer nicht fassen.

»Offensichtlich.« Stahl-Urach zog Kempinski und seine Freundin zur Seite, damit die anderen Liftbenutzer ungehindert ein- und aussteigen konnten. »Ich habe in Babelsberg aufhören müssen, weil ich bei den Dreharbeiten zu Dr. Mabuse plötzlich zusammengebrochen bin. Der Kreislauf. Als sie mich ins Krankenhaus gebracht haben, muss ich wie ein Toter auf der Bahre gelegen haben, und als ich dann nicht mehr in Babelsberg aufgetaucht bin, haben sie gedacht, ich sei gestorben. Nein, ich habe nur meine Arbeit als Filmarchitekt aufgegeben, das ist mir zu aufregend, und bin jetzt ein ganz normaler Architekt. Im Augenblick bauen wir ganz groß in Wilmersdorf – Zähringer Straße, Württembergische Straße.«

»Wie kann man vom Film je wieder loskommen?« Gerhard Kempinski konnte sich das schwer vorstellen. »Und dann noch Fritz Lang und der Dr. Mabuse …«

Stahl-Urach seufzte filmreif. »Mabuse, der Arzt, der Spieler, der Verbrecher, Doktor der Psychopathologie, der mit seinen suggestiven Kräften und seinen hypnotischen Fähigkeiten Menschen zwingen kann, Handlungen auch gegen ihren Willen zu begehen.«

Gerhard Kempinski hatte die beiden Teile des Mabuse-Films mehrmals gesehen und die Diskussion um ihn mit großer Anteilnahme verfolgt. Wie ein skrupelloser Verbrecher mit magischen Kräften von der Unsicherheit und dem Chaos in der Gesellschaft profitiert und durch Dekadenz und Nihilismus zur vollen Machtentfaltung gelangt ... Ob Mabuse nicht ein Kind Nietzsches sei und womöglich in Deutschland Nachahmer auf den Plan treten könnten?

»Wie kann man Menschen zwingen, Handlungen auch gegen ihren Willen zu begehen?«, wiederholte er Stahl-Urachs Worte. »Warum lerne ich, welches die Bestandteile eines Wechsels sind, statt Schauspielunterricht zu nehmen?«

»Warum sind wir jahrelang morgens zur Schule gegangen, obwohl wir lieber gespielt hätten?«, fragte Melanie.

»Weil wir die Schulpflicht in Deutschland haben«, sagte Stahl-Urach. »Weil das ganze Leben aus Pflichten besteht, und wenn einer kommt und uns in die Pflicht nimmt, dann folgen wir ihm. Es gibt aber neben der Pflicht auch noch die Kür, das ist beim Kunstturnen so wie im richtigen Leben, und die Filmbauten sind für mich immer die Kür gewesen.«

»Und die Ausgestaltung des Hauses Vaterland hier?«, fragte ihn Gerhard Kempinski.

»Die auch. Warum gehen die Leute ins Kino? Um sich in andere Menschen hineinzuversetzen und weitere Leben zu leben, interessante, schönere. Und dasselbe passiert doch hier. Kaum einer von den Leute, die Sie hier sehen, hat so viel Urlaub und so viel Geld, dass er groß verreisen kann. Kommt er aber ins Haus Vaterland, dann ist er für zwei, drei Stunden dort, wo er nicht hinreisen kann. Wie im Kino kauft er sich seine Illusionen, nur mit dem Unterschied, dass er im Gegensatz zum Film selber mitspielt und vor allem das wirklich schmecken und genießen kann, was er ansonsten nur auf der Leinwand sieht.«

»Sie haben also hier am Potsdamer Platz nichts anderes gemacht als draußen in Babelsberg«, fasste Melanie seine Worte zusammen, »Kulissen gebaut.«

»So ist es, mein Fräulein, und die darf ich Ihnen nun voller Künstlerstolz auch zeigen.« Er führte die beiden durch das Haus. »Rein architektonisch betrachtet, ist das alles Eklektizismus«, gestand er freimütig ein und fügte, als er bemerkte, dass weder Gerhard Kempinski noch seine Begleiterin mit diesem Begriff etwas anfangen konnte, die Übersetzung ins Deutsche hinzu: »Das heißt, man ist nicht originell, sondern bedient sich bei entwickelten und abgeschlossenen Kunststilen. Nun denn: Erlaubt ist, was gefällt – und das hier gefällt den Leuten. Nicht nur das deutsche Vaterland bekommen sie hier vorgeführt, sondern auch das der Österreicher im Saal ›Grinzing‹, der Amerikaner in der ›Wild-West-Bar‹, der Ungarn im ›Csardas-Saal‹, der Türken im ›Türkischen Café‹, der Japaner in der Japanischen Teestube mit original japanischer Bedienung und der Spanier in der Spanischen ›Bodega‹.«

»Nicht zu vergessen die Bayern im Löwenbräu, die Brandenburger in der Altberliner Bierstube, die ›Teltower Rübchen‹ im Keller und die Rheinländer«, fügte Gerhard Kempinski mit leisem Spott hinzu. »Wobei die Rheinterrasse die absolute Sensation ist. Wirklich Ihr Meisterwerk, Herr Stahl-Urach!«

»Hauptsache, es erweckt angenehme Gefühle«, sagte Stahl-Urach. »Und es wird ja niemand gezwungen, ins Haus Vaterland zu kommen. Den größten Saal haben Sie allerdings vergessen, werter Herr Kempinski, den Ball- oder auch Palmensaal.«

Melanie fand den Palmensaal, gestaltet nach Entwürfen der Professoren Ernst Stern und Josef Thoral, höchst bemerkenswert. Ganz in Silber, Gold und Kupferrot war er gehalten, und die metallenen Palmen reichten vom Boden bis zur Decke. »Wie eine große Bühnendekoration!«, rief sie.

Stahl-Urach machte eine kleine Verbeugung. »Ich danke Ihnen, meine Dame.«

Gegen Kitsch kann man viel einwenden, dachte Gerhard Kempinski, aber ihm absprechen, dass er irgendwie gemütlich ist, kann man nicht.

»Wo speisen wir nun?«, fragte Melanie.

Gerhard Kempinski lachte. »In der Küche natürlich. Da bekomme ich das Essen umsonst, wenn ich mich vorstelle.«

»Und in der ›Bodega‹ nicht?«

»Nein, weil ich nicht Spanisch spreche.«

»Dann eben in der ›Rheinterrasse‹«, sagte Melanie.

Caspar Sprotte hatte inzwischen mit seinen 88 Jahren ein Alter erreicht, das man in diesen Zeiten als biblisch bezeichnete. Es ging ihm gut, vor allem deshalb, weil ihm Berthold Kempinski eine kleine Leibrente ausgesetzt hatte, und da er sich noch immer ohne fremde Hilfe in der Stadt bewegen konnte, fuhr er mehrmals im Jahr nach Weißensee hinaus, um an Bertholds Grab Zwiesprache mit dem Freund zu halten. Er wohnte jetzt in der Potsdamer Straße und konnte mit der Straßenbahn, mit der 72, einigermaßen bequem anreisen.

Behutsam, wie um Berthold nicht zu wecken, legte er einen Kiesel auf den Grabstein und begann alles vorzutragen, was ihm gerade in den Sinn kam.

»Wat soll ick dir saren: An't Haus Vaterland steht jetzt oben janz jroß dein Name dranne. Da würdeste dir 'n Loch in 'n Popo freu'n, wenn de det sehen könntest. Weeßte noch: Shakespeare, Jago, wat der jesungen hat ...« Er musste eine Weile warten, bis er es wieder beisammen hatte. »*Wein her!/Stoßt an mit dem Gläselein, klingt! klingt!/Stoßt an mit dem Gläselein, klingt!/Der Soldat ist ein Mann,/Das Leben ein Spann,/Drum lustig, Soldaten, und trinkt. Wein her, Burschen!*« Obwohl ihm niemand zugehört hatte, verbeugte er sich. »Neulich war ick selba mal im Haus Vaterland, und weeßte wat: Sie wollten mia nich rinlassen. Erst als ich mir uff dir berufen habe, jing et plötzlich. Sie ham mir für 'n Landstreicha jehalten. Vielleicht hät ick nich so berlinern dürfen. Aba je älta ick werde, um so mehr kommt et wieda hoch. Nu jut, lass ick et.« Mühelos konnte er auf Hochdeutsch umschalten. »Und weißt du, was jetzt mit deinem geliebten Raschkow los ist? Polnisch ist es geworden und schreibt sich Raszków. Ist ja nun kein großer Unterschied. Breslau gehört noch zu Deutschland, aber ich komme in diesem Leben bestimmt nicht mehr hin. Wann sind wir uns in Breslau über den Weg gelaufen?« Er musste rechnen. »1871 war es. Und später habe dich durch Berlin geführt und dir geholfen, was Passendes zu finden. Ja, ja, Kempinski erobert Berlin. Das hast du nun wirklich geschafft. Aber ein Denkmal haben sie dir noch immer nicht gesetzt, nicht einmal eine Straße nach dir benannt. Na, kommt vielleicht noch.« Er blickte zum Himmel hinauf. Von Westen her zog eine graue Wolkenfront heran, und bald würde es anfangen zu regnen. »Adieu dann, Freund, geliebter, oder *Do widzenia*, wie sie jetzt in Raschkow sagen. Bei mir Kölnisch Wasser: Ich verdufte. Erst nach Hause – und in Bälde dann für immer. Aus der Traum, den wir Leben nennen.«

Kapitel 14
1929–1932

Hans Kempinski hatte von seiner Frau zum Geburtstag *Das Lachende Hausbuch* geschenkt bekommen und darin auch eine Glosse von Adolf Stein gefunden, einem Berliner Schriftsteller, der seine *Plauderbriefe unter dem Strich* unter dem Pseudonym Rumpelstilzchen regelmäßig in der *Täglichen Rundschau* veröffentlichte. Die Geschichte handelte zu erheblichen Teilen von seinem Onkel und dem Haus Vaterland.

Der alte Kempinski hatte, als er aus Breslau nach Berlin kam, eine Idee: Kaviar fürs Volk! Was es bei Kommerzienrats in der Tiergartenstraße gab, oder was der Rittmeister von den Gardekürassieren einmal bei Dressel seinen Freunden auftischen ließ, das sollte, nur in kleinen Portionen und ganz billig, auch bei Kempinski in der Leipziger Straße zu haben sein. Für alle. Bei Kempinski wurden die Austern, die man anderswo nur im Dutzend bekam, in das Dezimalsystem eingereiht. Man konnte sich fünf Stück bestellen; dazu eine viertel Flasche Schaumwein. Piefkes lernten Artischocken lutschen. Lehmanns erkannten, daß es plebejisch sei, auf den Kaviar Zwiebel zu streuen, als sei er ein Tatarbeefsteak. Jedes Tippfräulein wußte fortan mit der Hummergabel umzugehen. Diese Demokratisierung der kulinarischen Genüsse, die große Idee des wackeren Kempinski, durch die er zum Millionär wurde, hat, auch nach seinem Tode, immer wieder Nachahmer gefunden. Nur hatten alle die neuen Lokale eine Eigentümlichkeit und haben sie noch, die manchen lästig ist, viele aber erst recht anzieht: Man tut da feiner, als man ist.

Kommerzienrat Unger, des alten Kempinski Schwiegersohn und Erbe, hat das Unternehmen nun noch weiter assortiert. Der Betrieb Kempinski im Haus Vaterland am Potsdamer Platz, dem »Haus der Nationen«, hat »viele Wohnungen«, wie man es biblisch ausdrücken könnte. Jeder Besucher kann, je nach Stimmung, Kleidung, Erziehung das wählen, was ihm paßt: den »feinen Benimm« in der Tanzdiele des Palmensaals oder das Juhu und Duliöh in Oberbayern oder den Dämmer der Knutschecken im türkischen Café oder die Wein- und Walzerseligkeit in Wien-Grinzing oder die edle Zecherfreude auf der Rheinterrasse oder das Sichaustoben in der Wild-West-Bar; kann irgendeiner Dolores oder Concepcion beim Kastagnettentanz zwischen den Fässern der spanischen Bodega eine Rose zuwerfen oder sich an seinem Tisch in der ungarischen Pußta bei feurigem Szamorodner von Zigeunern etwas vorfiedeln lassen. Dann geht man in dem Palazzo mit dem fürstlichen Treppenhaus eine Tür weiter und ist in einem anderen Lande, in einem anderen Publikum. Um Mitternacht ist schon das demokratische Durcheinander da. Im türkischen Café dienert einer der Nigger vor einem Tischchen, an dem im Smoking ein italienischer Conte und ein russischer Fürst und im Abendkleid dessen junge Gattin sitzen; sie unterhalten sich über Graf Gobineaus Rassentheorien. Aus der Nische nebenan aber leuchtet nur ein weißer Mädchenarm, der um den Hals eines jungen Mannes geschlungen ist und sich minutenlang, ewigkeitenlang nicht löst: Kostümchen und Sportanzug. Lärmend nahen andere, die allzu lange drüben von bayrischen Madln – leider den knochigsten, derbsten, die aufzutreiben waren – sich helles Münchener haben kredenzen lassen, nachdem sie vorher, angesichts des nächtlichen Wiens mit dem Stephansdom und den über die Donaubrücke fahrenden erleuchteten Trambahnen, den Heurigen reichlich erprobt haben. »Wissens«, sagt der Ferdl, einer der Kellner, zu ihnen, während er den Weinbecher aus Glas in das Gestell setzt und ihnen zeigt, wie man unten an der Röhre den Becher füllt, »wissens, der Heirige, dös wird mit eu geschrieben, aber der wirklich Feirige, auch mit eu geschrieben, dös is nit der Heirige, sondern der Olte, den solltens nemman!« Also gut, einen ganzen

Heber vom Alten; der geht ins Geblüt, da ist man sehr bald für den »Anschluß« begeistert; ich meine natürlich den von Österreich an Deutschland. Schon das fünfte Mal in diesen zwei Monaten bin ich im Betrieb Kempinski im Haus Vaterland, denn jeder Besucher, der aus dem Reiche zu mir kommt, fragt sofort, indem er sich unbewußt und begehrlich die Lippen leckt, ob ich ihm das nicht zeigen möchte. Da ist wieder einer, der macht mich auf den Nebentisch aufmerksam, wo der ›Anschluß‹ schon sehr fortgeschritten ist. Eine sehr stattliche Dame, man kann nur sagen, sie ist schlachtreif, gibt ihrem Begleiter, es sitzen drei augenscheinlich gut bekannte Paare da, einen herzhaften Kuß. Wir haben wohl zu auffällig uns umgedreht. Und da hebt sie ihr Glas und ruft herüber: »Ja, da schauen Sie her! Das ist wohl unmoralisch, nicht? Aber es ist doch so schön!« Bewahre, es ist gar nicht unmoralisch. Vielleicht nicht gerade geschmackvoll. Aber jedenfalls dionysisch in Volksausgabe. Das Geschlecht der Kempinski gehört zu den besten Psychologen, die es in Neuberlin gibt, so viel ist jedem Besucher schon klar. »Das Geschäft ist richtig.«

»Na?«, fragte Luise, als sie sah, dass ihr Mann einen Augenblick mit dem Lesen innehielt.

»Ganz schön – auch wenn dieses oder dieser Rumpelstilzchen vergessen hat, meinen Namen zu erwähnen.« Er seufzte hörbar. »Wenn doch der letzte Satz wirklich stimmte, wenn doch das Haus Vaterland in der Tat die Goldgrube wäre, von der sie alle sprechen. Das ist sie aber nicht, meine Liebe, im Gegenteil.«

Er erklärte ihr, dass die allgemeine Rezession der Firma bislang nicht so viel ausgemacht habe, da der Neuigkeitswert des Etablissements groß genug gewesen sei, ihr der schlechte Geschäftsgang nun aber doch zu schaffen mache.

Seine Frau staunte. »Ich habe doch gerade gestern in der Zeitung gelesen, dass am Tag noch immer an die dreitausend Gäste ins Haus Vaterland kommen, in die Restaurants, nicht ins Kino.«

Hans Kempinski lachte. »Sicher, Luise, unser Umsatz ist immer noch hoch genug, aber die Gewinne werden immer geringer. Die Kosten sind zu hoch. Und da gibt es nur eins: sparen.«

Sein Sohn war ins Zimmer gekommen, um nach einer Schallplatte zu suchen. »Wollt ihr den Wein mit Wasser verdünnen?«

»Nein, aber die Künstlergagen kürzen.«

Gerhard Kempinski sah ihn böse an. »Vater, das ist nicht fair.«

»Du hast mich doch auf die Idee mit dem Wasser gebracht, und es heißt doch immer: Wie geht es der Kunst? – Die Kunst geht Wasser saufen.«

»Das ist zynisch. Kürzt lieber die Gehälter der Geschäftsführer.«

»Danke für die gute Idee.«

August Lechner von der Bank für Grundbesitz und Handel hörte davon mit Stirnrunzeln. »Ich an Ihrer Stelle, Herr Kempinski, würde ganz anders vorgehen, ich würde die Aufwendungen für Reklamezwecke erhöhen. In dieser Hinsicht tun Sie entschieden zu wenig.«

Hans Kempinski nickte. »Wir brauchten eine nur leicht bekleidete Artistin, die vom Haus Vaterland auf dem Hochseil ohne Netz zum Portal des Potsdamer Bahnhofs läuft und dabei unser Firmenschild schwenkt. Aber haben Sie eine?«

»Am besten, die Josephine Baker würde es machen – nur mit einem Bananengürtel bekleidet.«

Sowenig sich Gerhard Kempinski für die betriebswirtschaftlichen Belange der Firma interessierte, so oft saß er in der Filiale im Westen, dem Restaurant am Kurfürstendamm, um der Welt nahe zu sein, die er so liebte, der Welt der Künstler und Literaten.

Da war von Anfang an Max Reinhardt mit seinen Getreuen. Von ihm entdeckt zu werden war Gerhard Kempinskis großer Traum, aber es wollte nicht so recht gelingen.

Ein Stück von Max Reinhardt entfernt saß dessen Exfrau, die Schauspielerin Else Heims, mit ihrem Anhang. Darunter waren der Tänzer Max Terpis und der Schriftsteller Artur Landsberger, ein Dr. jur., der mit seinen Romanen der Gesellschaft ein Spiegelbild vorhielt, das nicht eben schmeichelhaft war.

»Letzte Woche habe ich Ihren Roman *Berlin ohne Juden* gelesen«, sagte Gerhard Kempinski. »Das ist ja eine schreckliche Vision!«

Landsberger nickte. »Eine Reaktion auf Hugo Bettauers *Stadt ohne Juden*. Aber lesen Sie erst einmal Hitlers *Mein Kampf*, dann wissen Sie, was einmal Realität werden könnte. Bei mir ist es ja eine Satire auf die antisemitische Agitation, und es geht alles gut aus.«

In Landsbergers Roman hatte eine antisemitische Volkspartei in Deutschland die Macht übernommen und begonnen, alle Juden zu maßregeln. Als sich aber das gesamte Ausland gegen Deutschland stellte und einen Wirtschaftsboykott verhängte, war der Spuk vorbei.

Häufig zu Gast im Kempinski am Kurfürstendamm waren auch Prinz August Wilhelm, Mady Christians, Heinrich Mann, Graf Arco, Pola Negri und Lya de Putti.

Prinz August Wilhelm von Preußen, Dr. oec. publ. und Landrat a. D., genannt »Auwi«, malte, schrieb und versuchte sich als Regisseur in Liebhabertheatern. Seine Spezialität waren »Lebende Bilder«, und er hoffte, dass ihn die Ufa eines Tages engagieren würde.

Mady Christians war Schauspielerin und sollte bei der Terra Film die Königin Luise spielen.

Heinrich Mann war 1928 nach der Trennung von Maria Kanovà von München nach Berlin gezogen und hatte gerade seine spätere Ehefrau Nelly Kröger kennengelernt. Gerhard Kempinski verehrte ihn wegen seiner Romane *Professor Unrat* und *Der Untertan*.

Der Ingenieur und Pazifist Dr. Georg Graf von Arco, Sohn eines Reichsgrafen und Schüler des Rundfunkpioniers Adolf Slaby, war Mitbegründer der »Gesellschaft für drahtlose Telegraphie«, später kurz Telefunken genannt.

Pola Negri, eigentlich Barbara Apolonia Chałupiec, war 1894 in Polen auf die Welt gekommen, hatte über die Bühne den Weg zum Film gefunden und 1919 mit Ernst Lubitschs *Madame Dubarry* ihren ersten großen Erfolg gefeiert.

Lya de Putti, Schauspielerin und Tänzerin, kam aus Ungarn und hatte ihren größten Erfolg in Joe Mays *Das indische Grabmal*. Nach einigen weiteren Stummfilmen in Deutschland ging sie nach Hollywood – um dort zu scheitern. 1927 war sie nach Deutschland zurückgekehrt, aber das Pech blieb ihr treu, denn bei den Dreharbeiten zum Film *Charlott etwas verrückt* fiel sie aus dem Fenster und verletzte sich schwer.

»Jetzt ist sie in London?«, fragte Gerhard einen der Ufa-Leute, an deren Tisch er Platz genommen hatte.

»Ja, sie dreht unter Arthur Robison *The Informer*, soll aber große Schwierigkeiten haben. Sie haben mit einem Stummfilm angefangen, wollen aber Teile des Films mit Dialogen versehen, und es stellt sich heraus, dass ihr Akzent zu schlimm ist und man alles synchronisieren muss.«

Gerhard Kempinski hatte, als man das Jahr 1930 schrieb, Angst vor dem, was da heraufzog. Das große Beben, das die Welt erschüttern sollte, war irgendwie spürbar. Am 1. Mai 1929 hatte es bei Zusammenstößen zwischen kommunistischen Arbeitern und der Polizei 31 Tote gegeben, und seit dem 17. November saßen dreizehn NSDAP-Männer in der Berliner Stadtverordnetenversammlung. Golden waren die Zwanziger Jahre gewiss nicht gewesen, aber was nun kam, konnte er nicht in Worte fassen. Fritz Lang hatte es in seinem Film *Metropolis* zum Ausdruck gebracht, Alfred Döblin in seinem Roman *Berlin Alexanderplatz* beschrieben. Der moderne Industriearbeiter war entfremdet von allem, und die Masse wartete auf ihren Erlöser. Wehe, wenn sie losgelassen, dachte er des Öfteren.

Die Zahl der Arbeitslosen lag schon weit über drei Millionen, und ein Ende der Wirtschaftskrise war nicht abzusehen. Und wer noch Arbeit hatte, der achtete auf den Pfennig. Gerade die Bevölkerungsschichten, auf die das Haus Kempinski seine Angebote ausgerichtet hatte, konnten es sich immer weniger leisten, vergnügungssüchtig zu sein. Ging Hans Kempinski durch das Haus Vaterland, um die Leute zu beobachten, hatte er Mühe, nicht in tiefe Depressionen zu verfallen. Schon am Eingang ging es los.

»Otto, ich möchte gern mal in die Wild-West-Bar, da war ich noch nicht.«

»Komm weiter, Margot, das ist doch langweilig. Setz dich lieber an den Scharmützelsee und lies 'n Karl-May-Buch. Ich borg dir meinen *Schatz im Silbersee*.«

236

»Ich will wenigstens einmal sagen können, dass ich im Haus Vaterland war, wenn ich wieder nach Hause komme.«

»Schatz, wer geht denn heute noch ins Haus Vaterland!«

Hans Kempinski musste erkennen, dass ihr Haus Vaterland längst nicht mehr die Attraktion der Hauptstadt war. Sensationen verbrauchten sich schnell. Sah er in die Säle, wurde seine Stimmung noch um einige Grade schlechter. Vor dem Palmensaal, wo drei Reichsmark Eintritt verlangt wurden, kehrten die meisten wieder um.

»Da kann ick ma ja schon 'ne eijene Palme für koofen.«

»Die spinn' ja, wo wa unten schon 'ne Mark Eintritt jezahlt ham.«

Setzte er sich dann in einen der Säle, konnte er verfolgen, wie sich die Gäste stundenlang an einem Bier festhielten.

Auf der Beiratssitzung der Haus Vaterland GmbH am 5. August 1930 herrschte denn auch Krisenstimmung. Versammelt hatten sich Dr. Hans Koch, Johannes Kiehl, Salomon Marx und August Lechner sowie Hans Kempinski und Dr. Friedrich Wolfgang Unger-Kempinski, der seinen Vater immer öfter auf Sitzungen vertrat.

»Wir müssen weiter sparen«, sagte Salomon Marx.

»Je mehr wir sparen, desto mehr Leute ersparen sich auch den Weg ins Haus Vaterland«, sagte Dr. Friedrich Wolfgang Unger-Kempinski.

»Meiner Erfahrung nach kommen die Leute vor allem des Essens und Trinkens und wegen des exquisiten Interieurs zu uns, nicht wegen der Revuen«, sagte Johannes Kiehl. »Also sparen wir bei den Revuen.«

August Lechner lachte. »Sicher, jeder hat ja zu Hause seine Frau im Nachthemd. Soll die sich 'n bisschen bewegen.«

»Die Vaterland-Girls müssen unbedingt bleiben!«, rief Hans Kempinski.

Das wurde schließlich einstimmig beschlossen, die Kürzungen bei den übrigen Revuen aber genehmigt. Als Nächstes stand die Erhöhung der Eintrittspreise auf der Tagesordnung. Es lag ein Vorschlag vom Bankier Friedrich Reinhart auf dem Tisch, Mitglied des Aufsichtsrates der Haus Vaterland Gaststätten GmbH.

»Herr Reinhart möchte, dass wir das Eintrittsgeld von einer auf zwei Reichsmark erhöhen«, sagte August Lechner.

Hans Kempinski sah nicht sehr begeistert aus. »Ich habe meinen Rechenschieber nicht dabei, aber das scheint mir eine Erhöhung um hundert Prozent zu sein.«

»Richtig.«

Dr. Friedrich Wolfgang Unger-Kempinski wurde sarkastisch. »Ich schlage vor, dass wir im Gegenteil jedem eine Mark in die Hand drücken, der ins Haus Vaterland will. Nur so können wir die Säle wieder füllen.«

»Bitte, können wir nicht ernsthaft bleiben!«, rief Johannes Kiehl.

»Ich meine es ernst. Unser Publikum ist in der Hauptsache eines, das lange überlegt, ob es sich zwei Mark Eintrittsgeld wirklich leisten kann.«

»Wir können ja später eine Mark auf den Verzehr anrechnen«, schlug August Lechner vor.

Hans Kempinski ließ sich nicht überzeugen. »Wir müssen die Besucherzahlen steigern, und das können wir auf keinen Fall, wenn wir den Eintritt verdoppeln.«

Schließlich schafften er und Dr. Friedrich Wolfgang Unger-Kempinski es, dass Reinhart seinen Plan fallen ließ.

Doch gespart werden musste. Und so wurden im Februar 1929 nicht nur die Künstlergagen um 5418 Reichsmark und die Ausgaben für die Musiker um 6412 Reichsmark reduziert, sondern auch die Löhne der Geschäftsführer, der Pagen und des Hilfspersonals gesenkt.

Überall schlossen die Läden ihre Pforten, auch Luxusrestaurants. Hans Erman hält zur Lage des Kempinski fest: *Kempinski schließt nicht, Kempinski kann nicht untergehen. Dazu ist es, so glaubt man in der Direktion, denn doch zu groß und zu berühmt. Aber auch zu Kempinski kommen weniger Gäste als je zuvor.*

Die Frage war, wann M. Kempinski & Co. doch noch in den Strudel der Weltwirtschaftskrise gerissen und untergehen würde.

»Wir müssen uns etwas einfallen lassen«, sagte Richard Unger.

Dr. Walter Unger war der kühlste Analytiker in der Runde. »Es gibt nur zwei Möglichkeiten: Entweder wir vergrößern uns, das heißt, wir werden eine Aktiengesellschaft und kaufen mit den Geldern, die uns dann zur Verfügung stehen, andere Firmen auf, oder wir kooperieren mit den Großen, um die Kosten zu senken.«

Alle vier – Richard Unger, Hans Kempinski, Dr. Walter Unger und Dr. Friedrich Wolfgang Unger-Kempinski – präferierten den zweiten Weg, und auch Helene Kempinski war voll und ganz der Meinung, dass alles in der Hand der Familie Kempinski/Unger bleiben sollte.

»Also müssen wir in den sauren Apfel beißen und mit Aschinger verhandeln«, sagte Richard Unger. »Überleben kann nur, wer in der Lage ist, auch einmal über seinen eigenen Schatten zu springen.«

Aschinger hatte von Anfang an das gastronomische Kontrastprogramm zu Kempinski abgegeben, denn hier konnte sich der Gast an Riesenportionen zu Billigpreisen satt essen. Zu den Bierquellen und Stehbierhallen kamen aber nach und nach auch luxuriöse Restaurants wie das »Rheingold« hinzu, und am 1. August 1926 hatte die Aschinger AG die Aktienmehrheit bei der Hotelbetriebs AG erwerben können. In der Presse war vom *Berliner Hoteltrust* und dem *größten Gaststättentrust von Europa* die Rede. Doch man hatte sich übernommen. Da der Ankauf der Hotelbetriebs AG weithin mit Fremdkapital erfolgt war, geriet man bald in eine schwere finanzielle Krise und war gezwungen, sich nach Entlastungen umzusehen.

So kam es, dass sich am 28. Januar 1930 die Herren Fritz Aschinger, Hans Lohnert und Generaldirektor Kurt Lüpschütz von der Hotelbetriebs AG auf der einen und Kommerzienrat Richard Unger, Hans Kempinski und Dr. Friedrich Wolfgang Unger-Kempinski auf der anderen Seite zusammensetzten, um Absprachen zu treffen. Die eine Seite sollte vom anderen das beziehen, was sich dort kostengünstiger herstellen ließ, und die Preise in den Speisebetrieben sollten einander angeglichen werden.

»Eine Übernahme wird es aber dennoch geben«, erklärte Richard Unger den Herren von der Presse. »M. Kempinski & Co. in Berlin übernimmt M. Kempinski & Co. in Breslau, Ohlauer Straße 79. Wir werden die bestehenden Örtlichkeiten großzügig umbauen und am 1. Dezember 1930 ein Weinrestaurant und ein Delikatessengeschäft eröffnen. Geschäftsführer wird Herr Hans Eger werden.«

Als es so weit war, verteilte man an die Journalisten die neuen, lindgrün eingefärbten Briefbögen der Firma, die vorn Weinblätter schmückten und deren Rückseite mit Rezepten für *10 erprobte Bowlen* bedruckt war: Ananas, Champagner, Rotwein, Ananas-Eis, Erdbeer, Waldmeister, Apfelsine, Erdbeer-Eis, Pfirsich und Pfirsich-Rotwein. Wer zählte, konnte dabei über dreißig Mal auf den Namen Kempinski stoßen. Die Grundlage für fast alle Bowlen waren 1930er Langsurer aus den eigenen Kellern und der Kempinski-Sekt halbsüß, dazu kamen der Kempinski-Curaçao, der Kempinski-Weinbrand »Edel« oder Kempinski-Montagna. Probieren durften alle die Champagner- und die Waldmeister-Bowle.

Susanne Schmeisel hielt die Zeitung vom 14. Oktober 1930 in der Hand und las ihrem Mann zweimal vor, was dort geschrieben stand: »*Am gestrigen Abend haben nationalsozialistische Studenten Steine gegen die Scheiben des Restaurants Kempinski in der Leipziger Straße 25 geworfen, um damit gegen den ›jüdischen Terror‹ zu protestieren. Das Chandler-Auto von Hans Kempinski wurde demoliert und mit Judensternen beschmiert.*«

Reinhard Schmeisel klatschte Beifall. »Bravo! Endlich merkten die, wem Deutschland gehört. Uns nämlich!«

Beide saßen im Hinterzimmer ihres Restaurants in der Gneisenaustraße. Seit fünf Jahren waren sie verheiratet, vor zwei Jahren hatten sie sich selbständig gemacht. Beide glaubten fest daran, dass die Vorsehung sie zusammengebracht hatte und ein steiler Aufstieg auf sie wartete, wenn Adolf Hitler erst an die Macht gekommen wäre. Und daran zweifelten sie keinen Augenblick.

Nachdem Susanne Schmeisel 1923 die Firma M. Kempinski & Co. verlassen hatte, waren alle ihre Bemühungen gescheitert, eine gute Stellung in einer renommierten Firma zu finden, denn die Sache mit ihrer Affäre hatte sich herumgesprochen, und zu schlecht war ihr Leumund. So war ihr nichts weiter übriggeblieben, als in der Bäckerei ihrer Eltern zu arbeiten. Dort hatte sie sich und den anderen beweisen wollen, wie tüchtig sie war, und den Laden nebenan gemietet, um ein kleines Café zu eröffnen. Das hatte sich prächtig entwickelt.

Reinhard Schmeisel war in den letzten Kriegstagen noch an die Westfront gekommen und durch einen Schuss in die Lunge schwer verletzt worden. Aus dem Lazarett entlassen, war er in seine Heimat zurückgekehrt, doch nachdem Raschkow und Adelnau polnisch geworden waren, hatte der Vater seine Schlächterei und der Onkel sein Restaurant aufgegeben. Beide waren nach Breslau gezogen und hatten dort gemeinsam eine Fabrik für Fleisch- und Wurstwaren eröffnet. Dort hatte Reinhard Schmeisel zwar Arbeit gefunden, aber jeden Tag an der Maschine zu stehen und zuzusehen, wie die Würstchen herauspurzelten, war nicht unbedingt seine Sache. Schließlich hatte er als Koch bei Kempinski gearbeitet, was wie ein Orden war. Also setzte er sich in den Zug und fuhr nach Berlin. Doch bei Kempinski hatten sie keine Stelle für ihn, die Zeiten waren zu schlecht. Mühsam schlug er sich durch, arbeitete mal hier, arbeitete mal dort, stand schließlich Schmiere bei einem Überfall auf ein Juweliergeschäft und kam für zwei Jahre ins Gefängnis. Nach seiner Entlassung streunte er durch die Stadt und geriet dabei in das kleine Café in der Dieffenbachstraße, wo ihm Susanne den Kaffee an den Tisch brachte. Sie kamen ins Gespräch, stellten fest, dass sie beide bei Kempinski gearbeitet hatten, und verabredeten sich für den Abend.

So hatte es begonnen. Dann hatten sie gespart. Das Restaurant lief auf ihren Namen, denn er als Vorbestrafter hätte bei den Behörden keine Chance gehabt. Kredite hatte er durch seine Kontakte bekommen. In der NSDAP war er seit 1926. Dass er der SA sein Lokal als »Sturmlokal« angeboten hatte, verstand sich von selbst. Er spürte instinktiv, dass Deutschland reif war, von denen erobert zu werden, die bereit waren, Gewalt anzuwenden, denn der Staat wurde immer maroder, auf Beamtenschaft, Justiz und Wehrmacht konnte er sich immer weniger verlassen.

Hans Kempinski und Dr. Friedrich Wolfgang Unger-Kempinski saßen zusammen, um das Vormittagsprogramm der »Rheinterrasse« für den Monat Mai 1931 durchzugehen.

Der Ältere las mit leiser Stimme vor, was die Mitarbeiter ausgearbeitet hatten. »*8.30 Uhr: ›Der Mai ist gekommen‹. Ruth Kuthan und die Vaterland-Girls.*«

Dr. Friedrich Wolfgang Unger-Kempinski, immerhin fast dreißig jünger als sein »Onkel um drei Ecken«, wie er immer lästerte, wusste nicht so recht, wie sehr er über diesen Vorschlag lächeln durfte. »Ruth tut gut, sicher, aber Marlene Dietrich wäre mir lieber.« Und er begann zu singen: »Ich bin die tolle Lola ...«

Hans Kempinski blieb sachlich. »Die Kuthan ist eine gute Schauspielerin, ich habe gehört, sogar Erich Engels will mit ihr drehen. Weiter im Text: *8.55 Uhr: ›Rio de Janeiro‹. Die Vaterland-Girls.* Dagegen lässt sich nichts sagen. *9.20 Uhr: ›Grubenleider‹. Bergmannslieder, gesungen vom Vaterland-Quartett.*«

»Sehr schön. Passend zu unserer Bilanz, die ja weiterhin im Keller ist.«

»*9.45 Uhr: Bea von Egervary. Primaballerina der Staatsoper in Budapest.*«

»Na ja, wenigstens ein bisschen Bein«, kommentierte Dr. Friedrich Wolfgang Unger-Kempinski diesen Vorschlag. »Aber ob uns das den ›Blauen Engel‹ ersetzt?«

»Wir haben um 11.20 Uhr Erika Renal, den Tanzstar der ›Katakombe‹. Nach den Vaterland-Girls ›Auf der Mensur‹ um 10.15 Uhr und Rudolf Klaus und seine Harmonika um 10.55 Uhr. Den Schluss bildet ›Das war Bonn am Rhein‹ um 11.45 Uhr, eine heitere Szene mit Mädels und Studenten. Noch einmal Ruth Kuthan, dann die Vaterland-Girls und ein Quartett.« Damit war Hans Kempinski am Ende der Liste angekommen.

»Weißt du was, ich nehme das zweite Frühstück doch lieber bei mir im Büro ein und nicht in einem unserer Restaurants«, sagte Dr. Friedrich Wolfgang Unger-Kempinski.

Hans Kempinski stand auf. »Wenn wir uns über unser Publikum erheben, ist das der Anfang vom Ende. Unser Gründervater hätte dies niemals getan.«

»Es kann eben nicht jeder aus Raschkow kommen.« Damit verließ Dr. Friedrich Wolfgang Unger-Kempinski den Raum.

Hans Kempinski ging noch einmal den Gesellschaftsvertrag

durch, der am 31. Juli 1931 unterzeichnet werden sollte und der Einfluss und Risiko in der Firma festlegen und deren Existenz auf Dauer sichern sollte. Vier Personen waren als tätige Gesellschafter an der OHG beteiligt: Kommerzienrat Richard Unger mit 25,5 Prozent, er selber mit 15 Prozent, Dr. Walter Unger mit 15 Prozent und Dr. Friedrich Wolfgang Unger-Kempinski mit 9,5 Prozent. Nichttätige Gesellschafter waren Helene Kempinski beziehungsweise ihre Erbin Frieda Unger mit 25,5 Prozent und Elisabeth Kohsen mit 9,5 Prozent. Bei etwaigen Geschäftsverlusten hatte Richard Unger 60,5 Prozent zu übernehmen.

Die Sekretärin meldete, dass ihn ein Portier zu sprechen wünsche. »Der Wolter. Soll ich ihn abwimmeln, Herr Direktor?«

»Nein, nein, immer rein mit ihm.« Der Mann war in vielerlei Hinsicht wichtig für ihn.

Hans Wolter zeigte wenig Demut, als er an den Schreibtisch trat, und salutierte auch nicht, wie viele andere Bedienstete das taten, sondern gab sich wie ein Mitspieler beim Tennisdoppel. »Ick darf ma doch setzen?« Ohne die Antwort abzuwarten, ließ er sich auf den Besucherstuhl fallen.

»Was liegt an?«, fragte Hans Kempinski.

»Zuerst det hier.« Wolter zog einen der Kempinski-Werbeprospekte aus der Rocktasche. »Det is ja fürchterlich, wie det hier kempinskiet.« Und er rasselte herunter, was da aufgeführt war. »*Kempinski-Kaffee, Kempinski-Tee, Kempinski-Kakao, Kempinski-Baumkuchen, Kempinski-Nougat-Torten, Kempinski-Diabetiker-Mandelkuchen, Kempinski-Schokoladengebäck, Kempinski-Katzenzungen, Kempinski-Butterzwieback in Dosen, Kempinski-Schokolade, Kempinski-Pralinen, Kempinski-Blütenhonig, Kempinski-Tafelöl, Kempinski-Schildkrötensuppe, Kempinski-Remoulade, Kempinski-Mayonnaise.*« Erschöpft hielt er inne.

Hans Kempinski lachte. »Und das, obwohl 85 Prozent der Firma der Familie Unger gehören. »Was spricht man denn noch so, ich meine, im Hinblick auf die Hotelbetriebs AG?« Er kannte alle im Umlauf befindlichen Volksweisheiten, auch die, dass die Konkurrenz nicht schliefe, und so war er nicht sonderlich erstaunt darüber, dass die Hotelbetriebs AG geheime Pläne schmiedete, ihr im Centralhotel befindliches Restaurant »Zum Heidelberger« so umzugestalten, dass es ein zweites Haus Vaterland würde. Nur noch etwas vaterländischer, wie ihm ein anderer Gewährsmann berichtet hatte. Die kulturellen Eigenarten der »deutschen Gaue« sollten besser dargestellt werden. Eine »Schwarzwaldstube« sollte es geben, einen »Bayerischen Bierhof«, einen »Heidelberger Studentensaal«, eine »Westfälische Stube«, einen »Hansaraum«, eine »Schlesische Baude«, eine »Ostfriesische Fischerstube«, einen »Rheinland-« und einen »Deutschlandsaal«.

»Allet Undeutsche is da vaschwunden«, sagte Hans Wolter. »Und die NSDAP is schwer bejeistert, Goebbels, der Hinkefuß.«

Joseph Goebbels aus Rheydt am Niederrhein war seit 1926 Berliner Gauleiter, und Hans Wolter aus dem Wedding nicht nur Portier bei Kempinski, sondern auch Vertrauensmann der KPD.

Hans Kempinski trat ans Fenster. Gerade schob sich eine schwarzgraue Regenwolke vor die Sonne. »Was soll man machen, Wolter, wie soll man den Regen aufhalten, wenn man keinen Schirm hat?«

»Die Nazis sind keen Naturereijnis, die Nazis könn'n Se uffhalten, Chef. Schlagen Se sich uff unsere Seite, spenden Se wat!«

Hans Kempinski lachte. »Ich kann doch lesen, Wolter, ich weiß doch, was die Bolschewisten mit den Kapitalisten machen, wenn sie an der Macht sind. 1918 haben sie unsere schöne Kaiserbüste zertrümmert.«

Als der Portier gegangen war, ließ er sich in seinen Sessel fallen und dachte an seinen Onkel zurück. Was würde Berthold Kempinski machen? Versuchen, sich auf eine Seite schlagen, oder so tun, als ginge ihn die Politik nichts an? Er seufzte. »Ach, wenn doch Berlin nur Raschkow wäre!« Grün waren sie sich da alle nicht gewesen, die Deutschen, die Juden, die Polen, die Katholiken, die Protestanten, aber keiner hatte gedroht, dem anderen den Schädel einzuschlagen. Andererseits, er war jetzt 56 Jahre alt, sollten doch die Jüngeren sehen, ob sie einen Geistesblitz hatten.

Die Vorzimmerdame meldete einen Herrn Fritz Eger aus Breslau.

»Ja, herein mit ihm!«

Der Breslauer Geschäftsführer sollte sich in Berlin mit den Strukturen der Firma vertraut machen. Hans Kempinski hielt große Stücke auf den jungen Mann und begrüßte ihn mit einem langen Händedruck. Der eigene Sohn zeigte ja wenig Leidenschaft für M. Kempinski & Co. Das war schmerzlich, aber sie mussten es akzeptieren. Er fragte Eger, ob er eine gute Reise gehabt habe und wie es in der alten Heimat aussehe.

»Was die Zugfahrt betrifft, so kann ich nicht klagen, ich hatte einen wunderschönen Fensterplatz in Fahrtrichtung. Und was soll man vom Speisewagen sagen? Gut, aber nicht unsere Qualität, die Mitropa ist eben nicht Kempinski.«

»Bravo!« Hans Kempinski klatschte in die Hände. Das war die richtige Firmenphilosophie.

»Und die Heimat?« Eger zuckte mit den Schultern. »Breslau blüht auch nicht gerade im Glanze seines Glückes, und wenn ich zu meinen Großeltern nach Krotoschin fahren will, brauche ich einen polnischen Pass.«

»Sie kommen aus Posen?«

»Aus Pleschen, ja.«

»Dann kennen Sie auch Raschkow, wo mein Onkel herkommt?«

»Nur vom Namen her. Das wird jetzt aber mit sz geschrieben statt mit sch.«

Hans Kempinski fand, dass sie langsam zur Sache kommen sollten. »Sie sollen sehen, Herr Eger, wie es hier bei uns in Berlin zugeht. Fangen wir gleich mit dem Haus Vaterland an, das im Augenblick wohl noch vor der Leipziger Straße und allen Verzweigungen für Kempinski steht.« Vor ihm auf dem Tisch lag das Musik-Programm des Hauses Vaterland. Das war ein guter Einstieg. »Verstehen Sie etwas von Musik?«

»Ich habe ein Grammophon und über hundert Schallplatten zu Hause.«

Hans Kempinski schmunzelte. »Sehr schön. Dann kennen Sie auch Hermann Feiner?«

»Ja, das Odeon Tanzorchester.«

»Ausgezeichnet. Feiner hat bei uns die künstlerische Gesamtleitung, und in den meisten unserer Säle spielen ausgezeichnete

Kapellen und treten bekannte Musiker auf. Im ›Grinzing‹ haben wir die ›Pratermizzi‹, Wiens beste Damenkapelle.«

»Da werde ich zuerst vorbeischauen, ich bin ja immer noch auf der Suche nach der Frau des Lebens.«

»Genießen Sie diese Zeit!« Hans Kempinski ging mit dem Finger eine Rubrik weiter. »Dann kann ich Ihnen leider nur noch die ›Osteria‹ empfehlen, wo ›The Three Columbias‹ auftreten, unser neues Damenjazz-Trio. In den anderen Sälen dominieren die Männer. Im ›Löwenbräu‹ haben wir die ›Moar Senioren‹, die Original Tegernseer Bauernkapelle, in der ›Rheinterrasse‹ die ›Aßmannshäuser‹, das erste deutsche Winzerorchester, und in der ›Wild-West-Bar‹ Sidney Bechet mit seiner Band.«

Dieser Name ließ Eger aufhorchen. »Von dem habe ich sogar eine Platte, da spielt er zusammen mit Louis Armstrong. Jazz aus New Orleans, mein Bruder ist begeistert davon.«

»Und das alles in Breslau«, sagte Hans Kempinski. »Dann wird Sie ja in Berlin auch nichts umwerfen können.«

Richard Unger kam herein, und die Nachwuchskraft aus Breslau wurde aus dem Bureau komplimentiert.

»Das mit den Kempinski-Reisen ist also unter Dach und Fach?«, fragte der Senior-Chef, wie er im Hause überall genannt wurde. 65 Jahre alt wurde Richard Unger am 6. Juli dieses Jahres.

»Ja, ist es.« Hans Kempinski dachte an die Kritik Wolters, dass es zu viel kempinskien würde, und zögerte ein wenig. »Wir arbeiten mit dem Mitteleuropäischen Reisebüro und der Hotelbetriebs AG zusammen. Angeboten wird ein Wochenende in Berlin für 23 Reichsmark. Im Preis inbegriffen sind eine Stadtrundfahrt, die Unterkunft im Centralhotel, ein Besuch im Haus Vaterland, einer im Varieté ›Wintergarten‹ und ein Mittagessen im Restaurant ›Zum Heidelberger‹. Im Programm ›3 Tage Berlin‹ für 45,50 Reichsmark sind auch ein Essen bei uns in der Leipziger Straße und ein Besuch unserer Kellereien mit eingeschlossen.«

»Einen Abstecher zum Café Trumpf ist nicht vorgesehen?« Das war im Romanischen Haus am Auguste-Viktoria-Platz gelegen, also der Kaiser-Wilhelm-Gedächtniskirche gegenüber, und gerade von Kempinski übernommen worden.

»Nein, das trägt sich sozusagen allein. Bei 18,7 Prozent Anteil am Umsatz wirft es den größten Betriebsgewinn ab.«

»Schön.« Richard Unger zog seine Taschenuhr hervor. »Ich glaube, wir müssen los zur Beerdigung.«

Auf dem Friedhof an der Belle-Alliance-Straße wurde Caspar Sprotte zu Grabe getragen.

Hans Wolter und Siegfried Krzynowek saßen im KPD-Lokal in der Nostizstraße 16 beim Bier und diskutierten Politisches.

»Die Nostizstraße ist unsere Straße«, sagte Wolter mit einigem Stolz. »So wie die Kösliner Straße im Wedding und die Prinz-Handjery-Straße in Neukölln Straßen der Kommunisten sind.«

Siegfried Krzynowek lachte. »Na, nun übertreib mal nicht, die Älteren hier halten doch noch immer zur SPD, dann habt hier noch 'ne Menge Anarchisten hier, und im Keller unter uns wohnt Biskup, das ist 'n Reichsbannermann.«

Immer mehr Berliner Arbeitslose wählten die KPD oder wurden Aktive. Vieles trieb sie dorthin, nicht zuletzt der Neid, ja Hass auf qualifizierte Facharbeiter und die öffentlich Bediensteten bei Bewag, Gasag, Arbeitsämtern und Bezirksverwaltungen, die noch in Lohn und Brot standen und zur SPD hielten.

Siegfried Krzynowek, inzwischen vierzig Jahre alt, arbeitete als Kellner in einem Speiselokal in der Nähe des Anhalter Bahnhofs und gab sich durch und durch bürgerlich, in Wahrheit aber war er mit Leib und Seele »Roter Kämpfer«. Deren Ideen und Ziele gingen auf den Theoretiker Karl Korsch und dessen Werk *Marxismus und Philosophie* zurück. Man hatte sich von der KPD distanziert, der man vorwarf, zu bürokratisch, zu zentralistisch und eine Marionette Moskaus zu sein. Man selber war nicht nur antikapitalistisch, sondern auch antibolschewistisch und setzte auf die direkte Aktion von unten.

»Was gib's denn Neues bei Kempinski?«, fragte Siegfried Krzynowek, an allem interessiert.

»Na, 'ne janze Menge.« Hans Wolter leerte sein Bierglas, ehe er begann. »Helene Kempinski is nu ooch jestorben.«

»Oh ... Ich habe sie aber nur ein paar Mal aus der Ferne gesehen.

Aber wer weiß, was ihr alles erspart geblieben ist – lies mal *Mein Kampf*.«

»Nee, danke!« Hans Wolter schüttelte sich. »Ja, wat ist noch passiert bei uns? Im April '32 ist det Weinrestaurant in Breslau pleitegegangen. Nur den Feinkostladen und 'ne kleene Schoppenstube jibt et noch. Aber dafür pachten wa jetzt det Schloss Marquardt am Schlänitzsee.«

»Das gehört doch dem Geheimrat Dr. Louis Ravené, Eisenwarenkonzern Ravené und Söhne.« Siegfried Krzynowek kannte sich in solchen Dingen bestens aus. Man musste schließlich gerüstet sein, wenn das Volk die Betriebe übernahm.

»Weeß ick nich. Aba im Schloss Marquardt soll et een Restaurant mit Gartenbetrieb, ein Café, ein Hotel und ein Strandbad jeben. Wer im Sommer nich in die Leipziger Straße kommt oder in't Haus Vaterland jeht, der soll hier abjefangen werd'n.«

Siegfried Krzynowek blickte düster in sein Glas. »Da werden sich die Nazis aber freuen, was sie alles übernehmen können ...«

»Wie kommste denn dadruff?«

»Sie werden nicht mehr aufzuhalten sein, uneins wie die Linke ist und bei dem schwachen Staat, den wir haben.«

Dritter Teil

Elend und Ende

1933–1944

Kapitel 15
1933–1936

Dr. Walter Unger würde im August 1933 erst 39 Jahre alt werden, dennoch fühlte er sich schon Ende März wie ein Greis im Rollstuhl, wie jemand, dessen Leben unaufhaltsam zu Ende ging und der nur noch das eine denken konnte: Es ist alles vorbei. Unwiederbringlich. Wie eine Sternschnuppe war Kempinski über den Berliner Himmel gezogen – nun war diese Sternschnuppe dabei, für immer zu erlöschen. Bald war die Firma M. Kempinski &. Co. im Dunkel der Geschichte versunken.

Sie, die Erben Berthold Kempinskis, hatten alles richtig gemacht und waren dennoch dabei, alles zu verlieren. Wie die Bauern hinterm Deich, wenn die Jahrhundertflut alle Dämme brechen ließ und hinwegschwemmte, was die Generationen geschaffen hatten.

Alles wurde dadurch noch schlimmer, dass er sich mit Hilde vertan hatte. Sie waren nun sieben Jahre miteinander verheiratet und sich furchtbar fremd geworden. Die Tochter, Marianne, war das Einzige, was sie noch aneinander band.

Es gab keinen Trost. So selten er in die Synagoge ging, das Buch Job kannte er gut, und sofort kamen ihm die Verse 11, 12 und 13 in den Sinn: *Warum starb ich nicht vom Mutterschoße weg? Wie ich aus dem Leibe kam, warum verschied ich nicht? Warum nahm mich der Schoß auf und warum die Brüste, dass ich sog? Denn jetzt läg' ich und ruhte; ich schliefe, dann wäre mir wohl. Die weiteren Verse hatte er vergessen, erst der 25. fand sich wieder im Gedächtnis: Wovor ich gezittert, das traf mich; was ich gefürchtet, das kam über mich.*

Wie ein Heimatloser lief er durch die Berliner Straßen, vom

Haus Vaterland zur Leipziger Straße 25 und von dort weiter zum Kurfürstendamm. Das schnelle Gehen betäubte ihn. Aber auch anderes trieb ihn umher. Er wollte sein Berlin noch einmal in sich aufnehmen, bevor es sich radikal veränderte. Berlin war eine besetzte Stadt, und das Absurde war, dass Deutsche sie besetzt hatten, die Nazis. Zwar gab es noch Widerstandsnester, aber die SA hatte gesiegt. Überall wehten die Hakenkreuzfahnen.

Am 27. Februar war der Reichstag abgebrannt, am 30. Januar Adolf Hitler zum Reichskanzler ernannt worden. Danach hatte der Terrorfeldzug der NSDAP begonnen.

Am 15. März hatte Hermann Göring, der preußische Innenminister, Julius Lippert, den Führer der NS-Fraktion in der Stadtverordnetenversammlung, zum Staatskommissar beim Oberbürgermeister von Berlin ernannt und den Magistrat für abgesetzt erklärt.

Lippert befahl nicht nur, alle Briefe in Amtsfraktur zu schreiben und einige Straßen und Plätze nach berühmten SA-Männern zu benennen, sondern begann auch, mit der angeblichen »marxistischen und jüdischen Verseuchung« der Stadtverwaltung Schluss zu machen. Missliebige »Volksgenossen«, insbesondere Juden, Kommunisten und Sozialdemokraten, aber auch persönliche Feinde von NS-Funktionären konnten aufgrund eines neuen Gesetzes in »Schutzhaft« genommen werden. Zu Zehntausenden wurden sie in sogenannte »wilde« Konzentrationslager verschleppt. Am 21. März richtete die SA-Standarte 208 ein KZ in Oranienburg ein. Der 21. März 1933, das war auch der »Tag von Potsdam«, an dem in der Potsdamer Garnisonkirche der neue Reichstag eröffnet worden war und Adolf Hitler vom Reichspräsidenten Paul von Hindenburg die letzte Weihe empfangen hatte.

Dr. Walter Unger wusste das alles. Was nicht in den Zeitungen stand, erfuhr er von Freunden und Gästen.

Vor ihrem Delikatessengeschäft Fasanenstraße, Ecke Kurfürstendamm traf er Dr. Leo Lilienblum, einen Arzt, bei dem er schon öfter in Behandlung gewesen war.

»Wie geht es Ihnen?«, fragte er – und wusste sofort, dass diese Frage so nicht mehr gestellt werden konnte, denn die Zeiten lockerer Konversation waren vorüber.

Und dementsprechend ernst fiel auch die Antwort aus: »Ich bin gerade entlassen worden. Alle jüdischen Ärzte werden aus den Berliner Krankenhäusern entfernt.«

»Aber die brauchen uns doch!«, rief Dr. Walter Unger.

Dr. Lilienblum winkte ab. »Das sagt uns der gesunde Menschenverstand. Aber der Verstand ist ja bei diesen Eiferern völlig ausgeschaltet.«

»Wir sind doch Deutsche wie sie!«, rief Dr. Walter Unger.

»Eben nicht«, entgegnete der Arzt. »Ganz anderes Blut sollen wir angeblich haben.«

»Das ist doch idiotisch!«

Dr. Lilienblum dachte an den Polonius im *Hamlet: Ist dies schon Tollheit, hat es doch Methode!* Und da war seine Analyse glasklar. »Sie wollen das jüdische Vermögen an sich reißen, sie brauchen alles für die Kriege, die sie führen wollen. Kennen Sie nicht die Parole: Heute gehört uns Deutschland, morgen die ganze Welt?« Er schloss die Augen. »Womit haben wir das bloß alles verdient? Nur weil wir Juden sind?«

»Ich war mir bis jetzt eigentlich nie bewusst, dass ich Jude bin«, sagte Dr. Walter Unger. »Es hatte nicht mehr Bedeutung für mich als meine Mitgliedschaft im Tennisclub.«

Sie verabschiedeten sich mit einem langen Händedruck, und Dr. Walter Unger ging zur nächsten Fernsprechzelle, um für Sonntag ein Familientreffen anzuregen.

Man lebte ziemlich verstreut. Dr. Walter Unger war mit seiner Frau in Charlottenburg in der Schlüterstraße 18 zu Hause. Richard Unger war mit seiner Familie von der Genthiner Straße weggezogen und wohnte in einer Villa in der Fasanenstraße 4. Hans Kempinski lebte mit seiner Familie in der Hohenzollernstraße 22 in Wannsee. Daneben besaß die Familie Kempinski/Unger noch eine Stadtwohnung am Kurfürstendamm 173/174.

Dort traf man sich am Sonntagnachmittag zum Tee. Die Stimmung war gedrückt, und Hans Kempinski fragte, zu wessen Beerdigung man sich getroffen habe.

»Zu unser aller«, antwortete Dr. Walter Unger.

»Nur keine Panik!«, rief Richard Unger. »Wir kommen nicht

aus dem Scheunenviertel, wir sind voll verankert in Berlin und haben viele einflussreiche Freunde.« Er erinnerte an Emil Georg von Stauß, der jetzt im Aufsichtsrat der Deutschen Bank saß und von 1930 bis 1932 ein NSDAP-Mandat im Reichstag innegehabt hatte.

»Wir sollten alle in die Schweiz gehen«, sagte Gerhard Kempinski. »Thomas Mann ist auch schon gegangen.«

»Thomas Mann ist auch nicht für M. Kempinski & Co. verantwortlich«, wandte Dr. Walter Unger ein.

Dr. Friedrich Wolfgang Unger-Kempinski flüchtete sich in Sarkasmus. »Seien wir den Nazis doch dankbar, dass sie uns die Firma abnehmen, bevor wir in Konkurs gegangen sind. So können wir doch unserem Heiligen Berthold in der Ewigkeit begegnen, ohne vor Schamesröte im Boden zu versinken. Schuld an unserer Pleite sind Adolf und seine Leute, nicht wir.«

Alle schwiegen. Man hatte seit 1928 kontinuierlich Verluste erlitten, vor allem in Breslau, aber auch in Berlin. Der hohe Grad der Fremdfinanzierung wurde immer mehr zum Fluch. Das Betriebsergebnis sank, die Zinsen, die man zu zahlen hatte, stiegen und stiegen. Man hatte mit Betriebseinschränkungen, Personalabbau, der Auflösung von Beteiligungen und dem Verkauf von Grundstücken reagiert, doch die Lage war ernst geblieben.

»Und sie wird sich auch nicht viel bessern«, fuhr Dr. Friedrich Wolfgang Unger-Kempinski fort. »Denn sie werden uns aus allen Ehrenämtern in der IHK und aus allen Fachausschüssen für den Weinhandel entfernen, und damit werden wir noch weniger Geschäfte machen.«

»Wir können doch nicht alles hinwerfen!«, rief Dr. Walter Unger.

»Recht hat er«, sagte Elisabeth Kohsen. »Nehmen wir 1862 als Gründungsjahr von M. Kempinski & Co., denn da hat ja Onkel Moritz in Breslau angefangen, so gibt es uns seit …« Sie musste einen Augenblick rechnen. »… seit 71 Jahren, und darum heißt es jetzt: Kämpfen und nochmals kämpfen!«

»Aber wie?«, fragte Richard Unger.

»Indem wir Mimikry begehen, unsere Farbe verändern.«

»Braun werden?« Gerhard Kempinski fasste sich an die Stirn.

»Nein, sehen, dass wir Männer finden, die keine Juden sind und für uns die Geschäfte führen, bis Adolf Hitler wieder abgedankt hat.«

»Ja, nach tausend Jahren«, höhnte Dr. Friedrich Wolfgang Unger-Kempinski. »Wir treffen uns dann 2933 im Haus Vaterland, Saal Irrenhaus.«

»Wir hätten rechtzeitig bei den Zionisten mitmachen und sie finanziell unterstützen sollen«, sagte Richard Unger. »Dann wüssten wir wenigstens, wohin jetzt gehen, und könnten einen neuen Anfang machen.«

Dr. Walter Unger plädierte für eine Politik des kühlen Kopfes. »Sie werden uns vorerst in Ruhe lassen. Warum? Zum einen müssen auch sie der Bevölkerung etwas bieten, man denke an Brot und Spiele, und nicht zuletzt haben wir Tag für Tag eine Menge hoher NSDAP-Tiere bei uns zu Gast und x SA-Uniformen an den Tischen. Außerdem gibt es 1936 die Olympischen Spiele hier in Berlin, und da will der Führer der Welt ganz sicher zeigen, in welcher Blüte Deutschland steht. Das geht nicht ohne Kempinski.«

»Also abwarten«, sagt Dr. Friedrich Wolfgang Unger-Kempinski. »Den Tee trinken wir ja schon. Und am 9. März gehen wir erst einmal alle in den Admiralspalast und hören uns Richard Tauber an.«

Dem waren sie seit der Aufführung von *Paginini* treu geblieben und hatten ihn 1927 im *Zarewitsch*, ein Jahr später in der Operette *Friederike* und 1929 im *Land des Lächelns* bejubelt. Im Admiralspalast stand nun eine Operette von Jaromir Weinberger auf dem Programm: *Frühlingsstürme*. Richard Tauber hatte dabei seiner neuen Partnerin Mary Losseff tief in die Augen zu sehen und zu singen: *Du wärst für mich die Frau gewesen*.

Doch als er ansetzte, begann auf dem Rang der Mob zu skandieren: »Juden runter von der Bühne!« Die Vorstellung musste abgebrochen werden.

Dieses Bild wollte Dr. Walter Unger nicht mehr loslassen, aber auch das Lied *Du wärst für mich die Frau gewesen* wühlte ihn auf. Immer wieder musste er an Susanne denken. Sie okkupierte sein Gehirn, sie nahm Besitz von seiner Seele.

Ein wenig abgelenkt wurde er, als er ein paar Tage später einmal wieder ins eigene Restaurant ging, zu Kempinski am Kurfürstendamm, um vernünftig zu speisen und an einem der Tische Richard Tauber sitzen sah. Die beiden Männer neben ihm waren offensichtlich seine beiden Stiefbrüder. Er hatte sie alle drei in einer Illustrierten gesehen. Dann aber zuckte Dr. Walter Unger zusammen, denn gerade trat der NS-Arbeitsminister und Stahlhelm-Führer Franz Seldte an den Tisch und wurde freudig begrüßt – und dass Richard Tauber Jude war, wussten alle. Wie das? Sein Staunen wuchs, als er sah, dass sich Seldte wie ein Verehrer Taubers benahm und man zum Schluss sogar Champagner orderte.

Der Minister und der Tenor schieden als beste Freunde, und Dr. Walter Unger verstand die Welt nicht mehr. Als Seldte das Restaurant verlassen hatte, überlegte er, ob er aufstehen und zu Richard Tauber gehen sollte, um mit ihm über die seltsame Szene zu sprechen. Vielleicht war mit den Nazis doch zu reden. Da aber erhob sich der Sänger schon und strebte mit seinem Tross dem Ausgang entgegen. Dr. Walter Unger fiel wieder auf seinen Stuhl zurück und widmete sich seinem Nachtisch.

In diesem Augenblick gab es draußen vor der Tür einen gewaltigen Tumult. Eine Schar junger Nazis schrie »Judenlümmel raus aus Deutschland, Judenbengel raus aus Berlin!« und prügelte auf Richard Tauber ein. Dr. Walter Unger stürzte zum Fenster, um zu sehen, ob er irgendwie helfen konnte. Doch waren schon der Chauffeur, ein kräftiger Kerl, die beiden Brüder und ein Kellner Richard Tauber beigesprungen. Es gelang ihnen, den blutenden Sänger in das Auto zu ziehen und wegzufahren.

»Wenn du das nicht schaffst, sind wir geschiedene Leute!«, hatte Susanne gedroht, und so hatte Reinhard Schmeisel alles darangesetzt, in seiner SA-Uniform vor dem Kempinski-Restaurant in der Leipziger Straße 25 zu stehen und mit potentiellen Gästen »Überzeugungsgespräche« zu führen. In den Schaufenstern hingen große Plakate in Amtsfraktur: *Deutsche! Wehrt Euch! Kauft nicht bei Juden!*

Reichspropagandaminister Joseph Goebbels hatte für den 1. April 1933 einen generellen Boykott gegen jüdische Geschäfte, jüdische Waren, jüdische Ärzte und jüdische Geschäftsleute angeordnet. Wer sich beschwerte, lief Gefahr, von SS-Hilfspolizisten durch die Straßen getrieben zu werden. Fensterscheiben wurden eingeschlagen.

Dr. Walter Unger stand oben am Fenster der alten Wohnung von Berthold und Helene Kempinski und sah direkt auf den Teller von Reinhard Schmeisels Mütze hinab. Für einen Augenblick verspürte er den Impuls, eine schwere Vase vom Vertiko zu nehmen und einfach fallen zu lassen. Hans hatte sich daran erinnert, dass er den Mann einmal als Koch eingestellt hatte. »Weil er aus Onkel Bertholds Gegend gekommen ist und der doch Ordre gegeben hatte, bevorzugt Leute aus Posen einzustellen.« So war das jedenfalls in seiner Erinnerung abgelaufen.

Dr. Georg von Kaulbars, einer ihrer Prokuristen, wollte ins Haus und wurde von Reinhard Schmeisel abgefangen.

»Was haben Sie hier zu suchen!«, herrschte Reinhard Schmeisel ihn an.

»Ich arbeite hier.«

»Das unterlassen Sie gefälligst. Jeder anständige Deutsche isst nicht bei Juden!«

»Mein Name ist Dr. von Kaulbars, ich bin Prokurist in dieser Firma, und wenn Sie M. Kempinski & Co. boykottieren und wir schließen müssen, dann werden Herr von Stauß und viele berühmte Schauspieler sehr böse sein – auch auf Sie.«

Reinhard Schmeisel nahm geradezu Haltung an. »Ich verstehe.«

»Hier wird es also keine spontanen Übergriffe aus dem Volke geben«, fuhr Dr. von Kaulbars fort. »Sie haften mir dafür.«

»Ja, ich verstehe.«

1934 verlebte Siegfried Krzynowek seinen Urlaub wie seine freien Tage in der Zeltstadt »Am großen Zug«, die in einem Waldstück zwischen Zeuthen und dem Krossinsee gelegen war. Fünfzig bis sechzig Zelte gab es hier, und neben wenigen Nazis hatten sich hier viele Antifaschisten niedergelassen. Über Hans Paucka aus der Cuvrystraße 42 in Kreuzberg stand man mit dem Untergrundapparat der KPD in Verbindung. Auch dessen Frau Martha gehörte zu den Aktiven. Während sich in SO 36 der Terror gegen die Arbeiterbewegung immer weiter steigerte und immer wieder Lastwagen vorfuhren, um bekannte Linke aus ihren Wohnungen zu holen und zu verschleppen, konnte man sich hier im äußersten südöstlichen Zipfel Berlins vergleichsweise sicher fühlen.

Drüben am anderen Ufer, in Ziegenhals, hatte jemand seinen neuen Volksempfänger voll aufgedreht, so dass sie von Goebbels' Rede fast alles verstanden. Sich die Ohren zuzuhalten wäre fahrlässig gewesen.

»Ausgerechnet drüben in Ziegenhals«, sagte Hans Paucka. Das bezog sich darauf, dass am 7. Februar 1933 im »Sporthaus Ziegenhals« eine illegale Tagung des ZK der KPD stattgefunden hatte. Hier hatte der Vorsitzende Ernst Thälmann zum letzten Mal vor dem Zentralkomitee sprechen können.

Was der Propagandaminister sagte, hatte mit der Niederschlagung des Röhm-Putsches zu tun. Adolf Hitler hatte am 30. Juni 1934 Ernst Röhm, den Stabschef der SA, und andere Gegner ermorden lassen, so Erich Klausener, den Leiter der Katholischen Aktion in Berlin, und die Generäle Kurt von Schleicher und Ferdinand von Bredow.

»Röhm«, sagte Hans Paucka. »Das ist doch des Beste, was uns passieren kann: dass sie sich selber ausrotten.«

Siegfried Krzynowek lachte bitter. »Das ist eine falsche Hoffnung. Die Nazis werden doch dadurch nicht weniger, denn wenn wirklich einer von ihnen ins Gras beißt, wird er sofort durch einen von uns ersetzt.«

Er spielte auf die Überläufer an, die in erheblicher Zahl vom RFB, dem Rotkämpferbund, zur SA wechselten. Einen Überläufer, den Vietzke, hatte der Genosse Ernst Bernd wegen Verrats in der Graetzstraße in Treptow erschossen. Das war zur Jahreswende 1931/32 geschehen, doch trotz des abschreckenden Beispiels waren inzwischen in Kreuzberg ganze Schalmeienzüge der KPD zur SA übergegangen.

»Wie die Fliegen gehen sie denen auf den Leim«, sagte Hans Paucka. »Und wenn sie am Fliegenfänger kleben und zappeln, dann ist es zu spät.«

»Die anderen haben ihnen eben mehr zu bieten als wir«, sagte Siegfried Krzynowek, der sich etwas mehr Hilfe aus Moskau erhofft hatte.

»Wer geht denn mit zur Beerdigung des Junggenossen Paul Pabst?«, fragte Martha Paucka.

»Wo soll die denn stattfinden?«

»Auf dem Armenfriedhof draußen in Ahrensfelde.«

»Ich setze mich aufs Rad und fahre hin«, sagte Siegfried Krzynowek. Das brachte ihm den Beifall der Genossinnen und Genossen ein. In Wahrheit aber fuhr er vor allem nach Ahrensfelde, um wieder einmal das Grab von Grete und Gisela zu besuchen.

Zum Friedhof hinaus war es ein ewiges Ende. Immer außen um Berlin herum. Wernsdorf, Neu-Zittau, Erkner, Woltersdorf, Rüdersdorf, Fredersdorf, Altlandsberg, Mehrow, Ahrensfelde. Er hatte Paul Pabst aus der Manteuffelstraße persönlich gekannt. Sie hatten ihn aus der Wohnung geholt und ins SA-Quartier in der Hedemannstraße verschleppt. Dort war er am nächsten Tag aus dem Fenster gesprungen und kurz danach verstorben.

Krzynowek hatte Mühe, sich auf dem riesigen Friedhofsgelände zurechtzufinden, und jedes Mal verirrte er sich regelrecht, bis er das Grab von Grete und Gisela gefunden hatte, das seiner Frau und seiner Tochter. Beide hatten sie denselben Todestag, den 10. September 1925. Grete war bei der Geburt der Tochter gestorben, und auch das Baby hatte nicht mehr gerettet werden können.

Was wäre aus ihm geworden, wenn … Ohne seine Partei hätte er damals Selbstmord begangen, jetzt ersetzte ihm die Partei seine Familie.

Er riss sich los und lief zum Armenfriedhof. Es mochten fast hundert Trauergäste sein, die dort vor der Kapelle standen. Das war einerseits ergreifend, andererseits war davon auszugehen, dass die Nazis Spitzel geschickt hatten. Neben den Eltern erkannte er Pfarrer Hermann Freybe von der Emmaus-Kirche am Lausitzer Platz, einen kraftvollen und mutigen Mann, der auf die siebzig zuging. Er gehörte zum sogenannten Notbund, der von Martin Niemöller, Pfarrer in Dahlem, geleitet wurde und aus dem sich die Bekennende Kirche entwickelte. Man kämpfte gegen die Glaubensbrüder, die sich als Deutsche Christen eilfertig den Nazis angedient hatten.

Als sie in der Kapelle Platz genommen hatten, kam es zum Eklat. Die Mutter des Toten stürzte nach vorn zum Sarg, fegte die Blumen zur Seite und schrie, dass sie ihren Sohn noch einmal sehen wolle.

»Kommt nicht in Frage!«, rief der Bedienstete, der die Aufsicht führte, und versuchte, sie zurückzudrängen.

Da kam der Vater herangelaufen und machte sich an den Sargverschlüssen zu schaffen.

Siegfried Krzynowek sprang auf und forderte die anderen Genossen auf, eine Mauer zu bilden und die Friedhofswärter am Eingreifen zu hindern. Worum es den Eltern ging, war ihm schnell klargeworden: Sie wollten der Öffentlichkeit beweisen, dass ihr Sohn von der SA zu Tode gefoltert worden war.

Und richtig: Als man den Sarg geöffnet und Paul Pabst auf den Bauch gedreht hatte, konnten alle die dicken Striemen auf dem Rücken des Toten erkennen.

»Auch dieses Verbrechen wird seine Sühne finden!«, rief Pfarrer Freybe bei seiner Rede.

»Davon wird der Paule auch nicht wieder lebendig«, murmelte der Genosse, der neben Siegfried Krzynowek saß.

Nachher kam man ins Gespräch, und es stellte sich heraus, dass der Mann Kellner bei Kempinski war.

»Mensch!«, rief Siegfried Krzynowek. »Wie ick damals!« Er erinnerte sich noch lebhaft an seinen Sprachkurs. 1911 musste das gewesen sein. Ewigkeiten her. Zu Kaisers Zeiten noch. Herrliche Zeiten, gemessen an dem, was heute war. Hätte Wilhelm II. einen Adolf Hitler hochkommen lassen? Nein. Also war es Narretei gewesen, den Kaiser aus Deutschland zu jagen. Er verbot sich, das zu denken.

Sie redeten, als die Trauerfeier vorüber war, darüber, wie es bei Kempinski zuging.

»Die Arisierung steht uns ins Haus und mit ihr das Gefolgschaftsprinzip. Prost Mahlzeit!«

Siegfried Krzynowek fiel wieder ein, dass sich im Kempinski-

Stammhaus in der Leipziger Straße einige Genossen, zumeist Kellner, um den Portier Hans Wolter geschart und Widerstandsaktionen gegen die Nazis organisiert hatten. »Habt ihr nicht die ›Rote Speisekarte‹ und den ›Gegenangriff‹ bei euch verbreitet?«

»Wie? Wovon redest du?«

Der Mann vertraute ihm nicht, Siegfried Krzynowek hatte Verständnis dafür. Irgendwie ging ihm aber Kempinski den ganzen Tag nicht mehr aus dem Sinn, und er beschloss, am nächsten freien Abend einmal dort essen zu gehen.

Als er sich, von der U-Bahn kommend, Kempinski näherte, sah er Richard Unger vor der Leipziger Straße 25 aus einem Wagen steigen. Obwohl 16 Jahre vergangen waren, seit sie sich Auge in Auge gegenübergestanden hatten, erkannte er den Kommerzienrat auf den ersten Blick. So deutlich, als wäre es erst gestern gewesen, hatte er die große Szene vor Augen, als er mit seinem Trupp in das Restaurant eingedrungen war, um Wein und Käse zu requirieren und die Büste des Kaisers zu zertrümmern.

Siegfried Krzynowek zögerte einen Augenblick, ob er Richard Unger ansprechen sollte. Er hätte es getan, wenn sich nicht in diesem Augenblick ein anderer Mann zu ihm gesellt hätte.

»Hallo, Walter! Schön, dass du mir Gesellschaft leisten willst.«

Siegfried Krzynowek musste nicht lange nachdenken, um zu wissen, dass es sich bei dem Jüngeren um den Neffen handelte, um Dr. Walter Unger.

Dann ging alles so schnell, dass er es hinterher kaum exakt zu schildern vermochte: Dicht neben ihnen an der Bordsteinkante hielt mit quietschenden Reifen ein Lastkraftwagen, und fünf SA-Männer sprangen auf den Bürgersteig.

»Die zwei Juden da!«, schrie einer. »Det sind se.«

Siegfried Krzynowek wusste, dass die beiden verloren waren, wenn die Häscher sie erst einmal in den Fängen hatten. Von einem archaischen Impuls getrieben, sprang er vorwärts und warf sich mit aller Kraft gegen den SA-Mann, der den äußeren rechten Rand des Rudels bildete. Der Aufprall war so stark, dass der das Gleichgewicht verlor und gegen seine Kameraden katapultiert wurde. Der eine stürzte zu Boden, die anderen strauchelten und hatten für einige Sekunden genug damit zu tun, auf den Beinen zu bleiben und sich neu zu orientieren.

Siegfried Krzynowek stieß Richard Unger und Dr. Walter Unger in den Eingang des Restaurants. »Los, weg von hier, in die Weinkeller runter! In dem Labyrinth da unten finden sie uns nicht.«

Elisabeth Kohsen kaufte gern in den Delikatessengeschäften ein, die der Familie Kempinski/Unger gehörten, legte dabei aber keinen großen Wert darauf, erkannt und besonders zuvorkommend bedient zu werden. Und nach der Machtergreifung der Nazis war es ihr noch unangenehmer, in der Öffentlichkeit für Aufsehen zu sorgen.

So fuhr sie regelrecht zusammen, als im Geschäft Fasanenstraße, Ecke Kurfürstendamm Dr. Georg von Kaulbars, einer der Kempinski-Prokuristen, auf sie zukam, sein »Guten Tag, verehrte gnädige Frau!« in den Raum schmetterte und ihr mit einer so großen Geste die Hand küsste, als stünden sie für Schnitzlers *Reigen* auf der Bühne. Zwei Dutzend Köpfe flogen herum.

»Psst!«, machte sie und zog ihn zur Seite.

Dr. Georg von Kaulbars verstand das nicht so recht. »Man wird doch einer schönen Frau noch die Aufwartung machen dürfen, die ihr zusteht.«

»Ja, außer wenn sie Jüdin ist.«

»Was interessiert mich dieser Unsinn.«

»Der sollte Sie aber interessieren.« Fast flüsternd erinnerte sie ihn daran, dass ihr Vater und ihr Cousin um ein Haar von den Nazis verschleppt worden wären. »Wenn dieser Krzynowek nicht eingegriffen hätte, dann ...«

»Nun ja.« Dr. Georg von Kaulbars wies darauf hin, dass es in den Reihen von SA und NSDAP viele Freunde des Hauses Kempinski gebe, die ihre Hand schützend über die Familie hielten. »Wovon Sie reden, das war eine rein private Aktion dieses Schmeisel. Seine Frau soll hinter allem stecken. Aber beide sind tüchtig abgemahnt worden.«

Das wurde auch Dr. Georg von Kaulbars, als man bei der Partei erfuhr, dass er im Beisein anderer einer Jüdin die Hand geküsst hatte. Das sei schon fast als Rassenschande zu werten.

Als Elisabeth Kohsen nach Hause kam, fiel sie in einen Sessel und brach in Tränen aus. Es war unfassbar. Kempinski hatte Berlin, hatte Deutschland so viel gegeben, und der Dank dafür war, dass sie verfolgt wurden und aus dem Land geekelt werden sollten. Sie konnte nicht einmal beten und den Ewigen um Hilfe anflehen, sie hatte nie ernsthaft in der Heiligen Schrift gelesen. Eigentlich war sie nicht durch ihre Geburt Jüdin, sondern erst durch die Nazis dazu gemacht worden.

Es klingelte. Sie sprang auf, wischte sich die Tränen aus den Augen und ging zur Tür. »Wer ist dort bitte?«

Es war die Nachbarin, eine bekennende Katholikin. Sie kam, um ihr Hilfe anzubieten. Man höre ja in letzter Zeit Schreckliches.

Elisabeth Kohsen bedankte sich und hätte gern weiter mit der Frau geredet, aber hinten im Zimmer schrillte das Telefon. Sie eilte hin, um abzunehmen. Es war die Verwaltung des privaten Schwimmbades am Hundekehlesee, in das sie seit Jahren fast täglich fuhr. Sie wurde gebeten, das Bad nicht mehr aufzusuchen.

Der Alltag war zum Alptraum geworden. Jetzt eine Tablette nehmen und nie wieder aufwachen ... Aber das ging nicht, sie hatte ja die beiden Kinder, Anita, die Ältere, und Monika.

Anita kam aus der Volksschule nach Hause und brachte einen Klassenkameraden mit, den Klaus, einen Jungen mit hellen Haaren, die wie ein Weizenfeld aussahen, und strahlend blauen Augen.

»Wir wollen zusammmen spielen, Mutti.«

»Ja, tut das. Ich rufe euch dann, wenn es Essen gibt.«

Die beiden verschwanden im Kinderzimmer, und Elisabeth Kohsen glaubte für einen Augenblick, die Welt sei wieder so normal wie vor 1933. Es verging aber keine halbe Stunde, da hatte die Wirklichkeit sie wieder eingeholt.

Klaus nämlich hatte Anitas Wilhelm-Busch-Album gefunden und darin geblättert. Jetzt amüsierte er sich köstlich über die Zeilen zum Buchstaben Z: *Die Zwiebel ist der Juden Speise, / Das Zebra trifft man stellenweise.*

»Wir essen nie Zwiebeln«, sagte Anita.

Klaus sah erschrocken auf. »Bist du etwa auch eine Jüdin?«

Als sie das bejahte, sprang er auf und warf ihr den Schulranzen mit solcher Wucht gegen den Kopf, dass sie wie ein getroffener Boxer zu Boden ging. Im selben Augenblick hatte er seine eigene Mappe gepackt und war aus der Wohnung gestürzt.

Elisabeth Kohsen kam herbei und suchte, die Tochter zu trösten. »Es sind nicht alle so. Und bald ziehen wir ja weg von hier.« Sie erschrak über ihre Worte. Nie hatte sie ernsthaft daran gedacht, Deutschland zu verlassen. Es war ihre einzige Heimat, eine andere würde sie nie haben. Nein! Sie wollte kämpfen.

So ging sie am nächsten Tag zum Rektor und beschwerte sich über Anitas rabiaten Mitschüler. Der Mann zeigte Courage, rief alle Schüler zusammen und verwarnte Klaus vor versammelter Mannschaft.

Acht Tage später wurde er abgesetzt.

Auch um die jüngere Tochter musste sie zittern. Monika Kohsen ging in der Reichsstraße zur Schule, und es gab mit Judith Caro noch ein anderes jüdisches Kind in ihrer Klasse. Der Klassenlehrer wurde darauf hingewiesen, dass beim Fahnenappell und dem Singen des Fahnenliedes die Anwesenheit jüdischer Schüler unpassend sei und störend wirke. Er möge sie nach Hause schicken. Doch er weigerte sich und trat mit den jüdischen Mädchen links und rechts an der Hand vor die Hakenkreuzfahne.

»Wir können also noch hoffen, dass sich das mit dem braunen Spuk bald wieder legt«, sagte Elisabeth Kohsen zu ihrem Vater.

Richard Unger seufzte. »Kind, ich werde im nächsten Jahr siebzig, und ich glaube, die Menschen zu kennen. Einer unserer Gäste ist Psychiater, und der sagt immer: Gegen Wahn helfen keine rationalen Argumente. Da kannst du ihnen tausendmal wissenschaftlich nachweisen, dass Deutschland ohne seine Juden kulturell wie materiell ein armes Land wäre, in ihrem Wahn glauben sie, dass wir an allem schuld sind, was ihnen im Laufe ihrer Geschichte an Bösem widerfahren ist. Bis zu den Olympischen Spielen wird uns nichts passieren.«

Elisabeth Kohsen lachte bitter. »Außer, dass wir alle unsere Betriebe verlieren.«

»Ich meine, was unser Leben und unsere Gesundheit betrifft. Dann aber gilt sicherlich: Rette sich, wer kann! Es sei denn, sie behalten uns, die Ungers und die Kempinskis, als Zinsjuden im Land. Wie es früher die Fürsten getan haben.«

»Aber das wollen wir wohl nicht.«

»Nein. Mit Ausnahme von Walter vielleicht. Der will das Erbe Bertholds bewahren. Um jeden Preis.«

Hans Kempinski hatte als Erster gehandelt. Die einen sagten, weil er besonders bänglich sei, die anderen, weil er viel hellsichtiger sei als die anderen Familienmitglieder. Er hatte die Zurückhaltung genutzt, die von den Nazis vor den Olympischen Spielen an den Tag gelegt werden musste, über Mittelsmänner Devisen ins Ausland geschmuggelt und in London ein kleines Restaurant eröffnen lassen. Es lag in der Swallow Street, einer Seitenstraße der Regent Street. Kein Geringerer als der bekannte Zeichner Walter Trier hatte die Räume ausgemalt.

»Willst du auf ewig in London bleiben?«, fragte Elisabeth Kohsen.

»Nein, irgendwann geht es weiter in die Staaten.« In New York hatte er schon vor Jahren die Tochterfirma M. Kempinski & Co. Inc. gegründet, wenngleich sich diese im Augenblick in Liquidation befand. »Aber als Sprungbrett ist London bestens geeignet.«

Dr. Walter Unger blickte düster vor sich hin. Ihm passte die Flucht der Kempinskis überhaupt nicht. Gingen Hans, Luise und Gerhard nach England, schwächte das die Familie in Berlin erheblich. Für ihr Tun hatte er nur zwei Überschriften: Kapitulation und Fahnenflucht. »Da ist mir Hans Wolter fast lieber«, murmelte er.

Hans Wolter, ihr Portier, war erst in Schutzhaft genommen und dann wegen Hochverrats und Verbreitung illegaler Schriften zu einer hohen Zuchthausstrafe verurteilt worden. Ihre Kellner, die an den Widerstandsaktionen der KPD beteiligt gewesen waren, Otto Priem, Erich Reichelt, Willi Wendrich und der Silberwäscher Max Ferbik, hatten dasselbe Schicksal erlitten. Ein Spitzel der Deutschen Arbeitsfront hatte sie denunziert.

»Und wir haben ihren Widerstand verflucht«, sagte Dr. Friedrich Wolfgang Unger-Kempinski. »Aus Angst, damit ins Schussfeld der Nazis zu geraten.« Jetzt schämte er sich dafür.

»Die Firma ist alles«, sagte Richard Unger.

»Nein!«, rief Hans Kempinski. »Sie ist immer nur Mittel zum Zweck.«

»Und der trägt nun einmal den Namen Kempinski«, murmelte Dr. Walter Unger.

»Du würdest auch für sie sterben!«

»Ja, vielleicht.«

»Ohne mich.«

Am 1. November 1936 sah sich Hans Kempinski genötigt, seinen Posten als Geschäftsführer des Hauses Vaterland niederzulegen. Er bestimmte Fritz Eger, den Breslauer, zu seinem Nachfolger, dann besorgte er für sich und seine Familie die Fahrkarten nach London. Vor fast fünfzig Jahren hatte ihn sein Onkel nach Berlin geholt.

Kapitel 16
1937

Richard Unger, Dr. Walter Unger und Dr. Friedrich Wolfgang Unger-Kempinski saßen in der Fasanenstraße beisammen, um sich auf die Verhandlungen mit der Aschinger AG vorzubereiten.

»Ich könnte kotzen!«, rief Dr. Friedrich Wolfgang Unger-Kempinski. »Entschuldigt. Aber da sitzen wir hier und tun so, als wäre das eine ganz normale geschäftliche Transaktion unter ehrbaren Kaufleuten, auf die wir uns vorbereiten, und dabei ist das alles nichts weiter als Raub und Erpressung.« Wieder wurde er emotional. »Wir Idioten tun ihnen auch noch den Gefallen, uns auf dieses schäbige Spielchen einzulassen, anstatt alles in die Luft zu sprengen und uns nach England abzusetzen. Wie Hans.«

Richard Unger nahm diesen Ausbruch gelassen hin und zuckte nur mit den Schultern. »Alles hat seine Zeit, und unsere ist vorüber. Ich habe mein Leben gelebt.«

Dr. Walter Unger plädierte für eine realistische Sicht der Dinge. »Niemand ist ewig an der Macht, auch ein Adolf Hitler nicht. Und bricht er den nächsten Weltkrieg vom Zaun, dann wird er ebenso von der Bildfläche verschwinden wie vor ihm Kaiser Wilhelm II. Was heißt das für uns? Dass wir uns unter die Fittiche von Aschinger flüchten müssen, um zu überleben. Als Firma. Der Name Kempinski bleibt, der Name Kempinski darf nicht sterben, und das ist das Wichtigste. Ist der braune Spuk vorüber, können wir dann als eigenständige Firma weitermachen, auftauchen wie der Phönix aus der Asche.«

»Aus Aschingers Asche«, höhnte Dr. Friedrich Wolfgang Unger-Kempinski. »Arschinger hat Hans immer gesagt.«

Dr. Walter Unger hob besänftigend die Hände. »Ich bitte dich zu bedenken, dass wir kurz vor dem Konkurs stehen und auch ohne den Zwang zur Arisierung Hilfe bei Aschinger hätten suchen müssen.«

»Ach was!«, rief Dr. Friedrich Wolfgang Unger-Kempinski. »Wir sind an sich gesund und ertragsfähig, abgesehen von Breslau und Schloss Marquardt. Wir sind nur Opfer dieses staatlichen Raubzuges. Den Juden wird alles genommen, um die eigenen Gefolgsleute zu entlohnen und Geld für den kommenden Krieg zu haben. Damit die arische Herrenrasse die ganze Welt unterwerfen kann.«

Dr. Walter Unger schüttelte den Kopf. »Deine Analyse ist ja schön und gut, aber sie hilft uns auch nicht weiter.« Er berief sich auf Hugo Marktscheffel, ihren Leiter des Kassenwesens. »Marktscheffel hat mir heute Morgen gesagt, dass es nur noch einen Monat dauern würde, bis die Firma pleite sei. Auch Schuldbeträge von hundert Reichsmark könne er nur in Raten von zwanzig Mark tilgen. Ich sage euch: Ohne einen Überbrückungskredit von Aschinger sind wir am Ende – und diesen Überbrückungskredit bekommen wir nur, wenn abzusehen ist, dass wir demnächst zu Aschinger gehören.«

»Da hat Walter recht«, sagte Richard Unger.

Dr. Friedrich Wolfgang Unger-Kempinski stand auf. »Ich bin dafür, dass wir unsere Papiere zusammensuchen und uns mit unseren Frauen und Kindern in den nächsten Zug nach Basel setzen. Auch wenn das dazu führen sollte, dass sie den Namen Kempinski überall tilgen. Gibt es das Tausendjährige Reich, ist es sowieso egal, verschwindet Hitler aber nach ein paar Jahren, werden wir Kempinski schon wieder zum Leben erwecken können.«

Richard Unger richtete sich auf. »Jetzt, wo Hans weg ist, kann ich mich als legitimen Erben Berthold Kempinskis betrachten, und ich spreche auch im Namen seiner Tochter. Ich bleibe, ich verhandele mit Aschinger und bemühe mich, anständige Verträge auszuhandeln.«

»Ich schließe mich deiner Meinung an«, sagte Dr. Walter Unger. »Wir wollen die Sache mit Anstand und unter Wahrung unserer Würde zu Ende bringen.«

»Nun gut.« Dr. Friedrich Wolfgang Unger-Kempinski gab sich geschlagen. »Es steht zwei zu eins für euch, und wenn wir auch keine Demokratie mehr sind, so gilt doch: Mehrzahl siegt, Einzahl fliegt.«

In den nächsten Tagen und Wochen wurde der fast hundert Seiten umfassende »Arisierungsvertrag« ausgehandelt, mit dem die OHG M. Kempinski & Co. eine Tochter der Aschinger AG wurde. Als Kaufpreis für deren Vermögenswerte wurde laut § 1 des Betriebsübernahmevertrages die Summe von 3 313 826,90 Reichsmark festgesetzt.

Am 28. April 1937 stimmte deren Aufsichtsrat der »Angliederung der Kempinski-Betriebe« einstimmig zu. Die alten Firmeninhaber durften den Export und andere kleinere Geschäfte bis zum Umsatzvolumen von 50 000 Reichsmark weiterhin unabhängig unter dem Namen Kempinski betreiben.

»Nun sind wir wieder dort angekommen, wo Berthold Kempinski im Jahre 1872 gewesen ist«, sagte Dr. Friedrich Wolfgang Unger-Kempinski. »Beim Weinhandel.«

Dr. Walter Unger sah das als Erfolg an. »Immerhin etwas.«

Berlin wurde siebenhundert Jahre alt und feierte dies im großen Stil. Höhepunkt war der Festzug, der sich am 15. August 1937 vom Roten Rathaus aus durch die festlich geschmückten Straßen der Innenstadt bewegte.

Reinhard und Susanne Schmeisel machten sich daran, große Hakenkreuzfahnen aus den Büroräumen des Kempinski-Stammhauses in der Leipziger Straße zu hängen.

Reinhard Schmeisel saß als Politischer Leiter der DAF, der Deutschen Arbeitsfront, in der Leipziger Straße und hatte die Aufgabe, seine Gefolgschaft auf Kurs zu halten. Er fühlte sich als Herr im Hause und konnte mit Freude verfolgen, wie die meisten Geschäftsführer und Prokuristen vor ihm kuschten. Sie wussten genau, dass ein Anruf bei bestimmten Leuten der SS, SA und NSDAP ihr Ende bedeuten konnte.

Susanne Schmeisel genoss ihre Rache. Gern hätte sie selber die Herrschaft bei Kempinski angetreten, doch die NS-Ideologie, die sie deswegen im Stillen von Herzen verfluchte, wollte die deutsche Frau ausschließlich in der Küche und beim Kinderkriegen sehen. Alle ihre Versuche, in der Aschinger AG die Geschäftsführung der übernommenen Kempinski-Betriebe übertragen zu bekommen, waren gescheitert. So musste ihr Mann, der ihr intellektuell weit unterlegen war, stellvertretend für sie in Aktion treten und Dr. Walter Unger demütigen, so oft es eben ging.

»Reinhard, du musst unbedingt dafür sorgen, dass nach der Arisierung auch das Firmensignet von M. Kempinski & Co. verändert wird.«

»Was ist das? Deutscher, sprich deutsch!«

»Ein Signet ist ein Zeichen, ein Symbol. Wie das U für U-Bahn. Und bei Kempinski sieht das aus, als würde da ein Davidstern an der Stange baumeln.«

So wurde aus dem Kempinski-Turm mit Stern auf der linken Seite der Kempinski-Turm mit Weintraube.

Sie lagen im Fenster und jubelten dem Festzug zu. Die einzelnen Epochen der Berliner Geschichte wurden ganz entzückend dargestellt. Da gab es Wittelsbacher Ritter, denn Berlin und Brandenburg hatten nach dem Tod des Markgrafen Waldemar auch einmal zu Bayern gehört, Frau Berolina auf einem rot-weiß ausgestatteten Wagen, die Kanone »Faule Grete«, mit deren Hilfe die Hohenzollern die Mark erobert hatten, und einen Biedermeierwagen mit dem Titel *Berliner Weiße um 1800*.

»Und jetzt gehört das alles uns«, sagte Reinhard Schmeisel und rief bei jeder sich bietenden Gelegenheit: »Es lebe der Führer!«

Auf dem Weg nach Hause begegneten sie Dr. Walter Unger. Reinhard Schmeisel grüßte ihn mit einem markigen »Heil Hitler!«, während Susanne an ihm vorbeisah und murmelte, Juden würde sie keinen guten Tag wünschen. Er war ihr immer noch nicht tief genug gefallen. Ob er schon bedauerte, sie damals nicht genommen zu haben? Sicher. Denn mit ihr als Ehefrau hätte er die Sache anders regeln können. Er hätte ihr alles überschreiben können, dann wäre M. Kempinski & Co. arisiert gewesen – und trotzdem alles in der Familie geblieben. Sie malte sich das immer wieder aus.

Reinhard Schmeisel wusste, dass sich Dr. Walter Unger und

seine eigene Frau einmal sehr nahe gestanden hatten, doch das quälte ihn nicht. Damals war es ja keine Rassenschande gewesen, und das allein zählte für ihn. Im Kameradenkreis schwärmte er davon, wie gut es war, wenn ein anderer eine Frau schon »eingeritten« hatte, insbesondere wenn der aus den höheren Kreisen kam. Es freute ihn, dass die Unternehmen M. Kempinski & Co. Weinhaus und M. Kempinski & Co. Handelsgesellschaft mbH sowie die Aschinger AG unter dem neuen Emblem mit der Traube gute Geschäfte machten. Allerdings wären die Gewinne noch höher gewesen, wenn die Kameraden begriffen hätten, dass die Kempinski-Betriebe seit dem 1. Mai 1937 als »rein deutsches Unternehmen« geführt wurden. Also beschwerte er sich am 12. November 1937 bei der Reichsführung SS in der Prinz-Albrecht-Straße, dass Beamte und Mitglieder der NSDAP in Unkenntnis der vollzogenen »Arisierung« die Kempinski-Betriebe weiterhin mieden.

Trotz unser vielseitigen Bemühungen, und zwar Bekanntmachungen in der gesamten Presse des deutschen Reiches, dauernder Inserate in nationalsozialistischen Zeitungen, ist es bis heute leider nicht allen Kreisen bekannt, dass wir als arisches Unternehmen gelten. Des Öfteren werden Veranstaltungen in unseren Räumen mit der Begründung abgesagt, dass Beamte bzw. Parteigenossen an diesen Veranstaltungen nicht teilnehmen können, weil sie unser Unternehmen nicht für arisch halten.

Seine Aufgabe als Betriebsverwalter war nicht eben einfach, aber er hatte sich entschlossen, von Anfang an hart durchzugreifen. Als drei altgediente Kellner bei einem Betriebsappell nichts in die Sammelbüchsen getan hatten, sorgte er für deren Entlassung. Ans Schwarze Brett ließ er dann einen Anschlag hängen, in dem mitgeteilt wurde, dass sich diese drei gegen die Betriebs- und die Volksgemeinschaft vergangen hätten und die Belegschaft empört sei und sich weigere, mit diesen Leuten länger zusammenzuarbeiten.

Bald nachdem sich die Aschinger AG Kempinski einverleibt hatte, wurde klar, dass sich die Ertragslage nur positiv entwickeln würde, wenn man Stellen abbaute. Der Reichstreuhänder der Arbeit, der Gauwirtschaftsberater und der Gausozialverwalter schlossen sich dieser Sichtweise an, und am 21. Juni 1937 stellte die Kempinski GmbH den Antrag auf Entlassung von 375 Beschäftigten, dem dann auch am nächsten Tage stattgegeben wurde.

Reinhard Schmeisel bekam nun eine Menge Ärger, denn betroffen waren nicht nur die kleinen Leute, sondern auch besserverdienende Angestellte wie Hugo Marktscheffel, der Leiter des Kassenwesens, oder der Oberbuchhalter Lehmann. Was die Belegschaft am meisten aufregte, war aber die Entlassung älterer Mitarbeiter. Die Vertrauensleute spürten das Aufkommen staatsfeindlicher Strömungen. Als die Missstimmung der verunsicherten Angestellten weiter zunahm, sprach Reinhard Schmeisel mit dem Vorsitzenden des Vertrauensrates.

»Bleck, hören Sie, wir müssen den Zorn der Leute auf die Juden umleiten.«

Auf der für den 19. Oktober 1937 anberaumten Sitzung des Vertrauensrates forderte Bleck dann auch, die Pension des ehemaligen Prokuristen Heinrich Berg zu streichen. »Ich kann nicht zusehen, dass im Augenblick, wo viele alte Angestellte ihre Arbeit verlieren, ein Jude von der Firma Bezahlung erhält.«

Dr. von Kaulbars winkte ab. »Das bringt doch nichts, denn von unseren rund dreißig Pensionsempfängern sind lediglich zwei Juden.«

Paul Spethmann, Geschäftsführer der Kempinski GmbH, sprang ihm bei. »Ich kann die Pensionszahlungen an die beiden Juden nicht einstellen, da ich in dieser Hinsicht vertragliche Bindungen mit der früheren OHG eingegangen bin und ich Verträge zu halten pflege.«

Bleck schlug mit der flachen Hand auf den Tisch. »Dann werfen Sie wenigstens die jüdischen Vertreter raus!«

Spethmann blieb ruhig. »Bei der Kempinski GmbH haben wir keine festangestellten jüdischen Vertreter, und auf die freiberuflich Tätigen können wir im Augenblick nicht verzichten, da sie gute Aufträge bringen und die Keller dadurch Arbeit haben.«

Bleck ließ nicht locker. »Die Belegschaft nimmt es nicht weiter hin, dass sich Dr. Unger eine gutbezahlte jüdische Privatsekretärin hält, während der hochverdiente arische Angestellte Markt-scheffel auf der Straße liegt.«

»Ich darf Sie in dieser Hinsicht beruhigen«, sagte Dr. von Kaulbars. »Die von Ihnen gemeinte Dame hat nur noch die schwebenden Sachen abgewickelt und verlässt bereits in den nächsten Tagen Deutschland, um nach Guatemala auszuwandern.«

Reinhard Schmeisel wurde aufgrund dieser Vorgänge von der NSDAP-Gauleitung »zusammengeschissen«, wie er das ausdrückte, und bemühte sich in den nächsten Monaten mit aller Kraft, die Atmosphäre der betrieblichen »Volksgemeinschaft« bei der Kempinski GmbH wiederherzustellen. Schulungskurse der DAF wurden anberaumt, Betriebsappelle abgehalten, uniformierte Werkscharen gebildet, denen im Stammhaus die gesamte Kapelle angehörte, und Kameradschaftsabende organisiert.

Umsätze und Gewinne stiegen daraufhin, und Reinhard Schmeisel konnte sich wieder Hoffnungen auf eine weitere steile Karriere machen.

Richard Unger war mit seiner Frau in das Haus des Sohnes in Sacrow gezogen. Einerseits ließ es seine Vermögenslage nicht mehr zu, die Stadtvilla in der Fasanenstraße zu halten, andererseits fühlte er sich hier draußen vor plötzlichen Attacken der SA sicherer als in der Stadt.

Sacrow, eher noch Dörfchen als Vorort, lag rund zwei Kilometer hinter der Berliner Stadtgrenze im Brandenburgischen. Im Westen stieß es an den gleichnamigen See, im Osten an die Havel, ansonsten wurde es von Wäldern umschlossen, die ab und an großspurig Berge genannte Hügel aufwiesen. Nach Norden, nach Kladow hin, das zum Berliner Bezirk Spandau gehörte, waren es die Fuchsberge und der Luisenberg, auf der anderen Seite zum Jungfernsee und nach Potsdam hin der Schwarze Berg. Ein Schlösschen gab es, einen Krug, eine Kirche, eine Schule und ein paar Häuschen. Alles wirkte irgendwie noch mittelalterlich. Richard Unger kam es vor, als hätte der Rest der Welt Sacrow vergessen, und etwas Besseres konnte er sich ja kaum wünschen.

Jeder Fremde, der nach Sacrow kam, löste Angst bei ihm aus.

Hatten SA und Gestapo herausgefunden, wo er steckte, kamen sie, um ihn und Frieda zu vernehmen? Jeden Tag unternahm er weite Spaziergänge. Vielleicht wäre es klüger gewesen, zu Hause zu bleiben, aber sein kleines Zimmer im Souterrain erschien ihm immer mehr wie eine Gefängniszelle, zumal es vergittert war. Er musste hinaus ins Freie. Am liebsten wanderte er zum Meedehorn, einer Landzunge, die weit in die Havel ragte, dem Schlosspark Glienicke und dem Appelhorn. Stand er am östlichen Ufer, blickte er auf die Silhouette Potsdams. Nach Süden hin erfreute ihn der Trichter, der sich Moorlake nannte und ein treffliches Wirtshaus aufwies. Richtung Ostnordost lag zum Greifen nah die Pfaueninsel. Die Schlossattrappe ragte über die Baumkronen hinaus. Vor fünf Jahren hatte er sich mit seiner Familie zum letzten Mal zum Picknick auf die Pfaueninsel übersetzen lassen. In der einen Sekunde war ihm, als sei das erst gestern gewesen, in der anderen schienen ihm seither Ewigkeiten vergangen.

Hinter ihm klingelte es. Er fuhr herum, immer gegenwärtig, dass es die Häscher sein könnten. Nein, nur Rudolf Englert, der Küchenchef von M. Kempinski & Co. »Entschuldigung, Herr Kommerzienrat, wenn ich Sie erschreckt habe.« Er stieg ab und lehnte sein Fahrrad gegen einen Baum.

»Ach, Englert, lassen Sie den Kommerzienrat. Den habe ich noch vom Kaiser.« Er schüttelte dem Getreuen die Hand. »Jetzt bin ich in der Verbannung. Aber wenn's nur das wäre …«

Englert trat dicht an seine Seite. »Ich weiß. Warum ich Sie hier in Sacrow besuche: Man kann sich seine Verwandten nicht aussuchen, und mein Schwager ist ein hohes Tier bei der SS. Es geht das Gerücht um, dass zu den Konzentrationslagern in den nächsten Jahren richtige Vernichtungslager dazukommen sollen.«

Richard Unger suchte, sich und ihn zu beruhigen. »Ich bin seit langem gut bekannt mit Emil Georg von Stauß, und der wird schon dafür sorgen, dass wir vom Schlimmsten verschont bleiben.«

»Darauf würde ich mich nicht verlassen. Ich kann Ihnen nur raten: Gehen Sie ins Ausland, solange es noch möglich ist.«

»Ach, Englert, meine Wurzeln sind hier, und sie stecken ganz tief in deutschem Boden drin. Ich bin jetzt 71 Jahre alt, und Sie wissen ja: Alte Bäume soll man nicht verpflanzen. Es war noch im vorigen Jahrhundert, dass ich nach Berlin gekommen und in die Firma eingetreten bin – 1899.«

»Unvorstellbar alles«, sagte Englert.

Gestern noch auf stolzen Rossen,/Heute durch die Brust geschossen,/Morgen in das kühle Grab. Richard Unger erinnerte sich an das, was er vor sechzig Jahren in Erfurt in der Schule gelernt hatte. Wilhelm Hauff, *Reiters Morgengesang.*

Der Küchenchef ergänzte den Gedankengang mit Friedrich Schiller. »*Des Lebens ungemischte Freude/Ward keinem Irdischen zuteil.*«

Richard Unger lachte. »*Der Ring des Polykrates: Du hast der Götter Gunst erfahren* ... Ja, das haben wir, die Kempinskis, die Ungers. Und nun?« Er überlegte einen Augenblick. »Die vorletzte Zeile, die lautet doch: *Fort eil' ich, nicht mit dir zu sterben.*«

»Nun malen Sie mal nicht den Teufel an die Wand, Herr Kommerzienrat. Aber Sie sollten sich öfter mal woanders aufhalten – da, wo Sie keiner vermutet. In meinem Wochenendhäuschen in Gatow zum Beispiel.« Er nannte die Adresse. »Hier sind die Schlüssel.«

Richard Unger sah ihn erstaunt an. »Warum machen Sie das, Englert?«

»Man muss immer Mensch bleiben, Herr Kommerzienrat.«

Richard Unger war gerührt. Er nahm die Schüssel und setzte an, den Mann zu umarmen, ließ es dann aber wieder, weil es ihm unschicklich schien. »Ich hoffe, es wiedergutmachen zu können, wenn sich die Zeiten geändert haben.«

»So schnell werden die sich nicht ändern.«

Als Englert davongeradelt war, setzte sich Richard Unger auf einen umgestürzten Baumstamm und dachte zum ersten Mal in seinem Leben an einen Selbstmord. Wenn er sich jetzt entkleidete, ins Wasser stieg und in Richtung Pfaueninsel schwamm ... Er war nie ein guter Schwimmer gewesen, und länger als dreihundert Meter hielt er nicht durch. Ein kurzer Todeskampf, dann das Ende. Boote, die ihn hätten retten können, waren nicht zu sehen. Wer rechtzeitig starb, dem blieb vieles erspart. Eine dunkle Ahnung stieg in ihm auf, wenn er an die Vernichtungslager dachte, von denen Englert gesprochen hatte.

Nein. Es würde Frieda treffen, wenn er hier und heute ertrank, es würde Sohn und Tochter treffen, die Enkelkinder. Auch wenn man es als Unfall definierte. Wenn schon flüchten, dann nach England, wie Hans es getan hatte, und nicht in den Tod.

Er ging zurück zum Haus seines Sohnes. Der war pünktlich wie immer in die Leipziger Straße gefahren. Ohne Chauffeur, aber immerhin im Wagen der Firma. Richard Unger holte sich ein Fahrrad aus der Garage, um sich auf den Weg nach Gatow zu machen. Wenn die Gestapo wirklich hinter ihm her war, musste er wissen, wo genau sein Unterschlupf gelegen war.

Frieda kam gerade aus der Waschküche, als er sich in den Sattel schwingen wollte. Schwingen war übertrieben. Er hatte große Mühe, das rechte Bein über Sattel und Stange auf die andere Seite zu bekommen. Ein Damenrad wäre ihm lieber gewesen, aber das ließen Stolz und Etikette nicht zu.

»Fährst du Pilze sammeln?«, fragte seine Frau.

»Ja.« Ihr zu sagen, was er wirklich vorhatte, schien ihm nicht angeraten. Sie musste sich nicht noch zusätzlich ängstigen. Wurden sie gewarnt, konnte er sie immer noch von Englerts Laube unterrichten.

»Pass auf, dass du nicht wieder einen Knollenblätterpilz erwischst!«, warnte sie ihn.

»Bewahre!«, rief er, aber es schien ihm keine schlechte Idee zu sein. Schnell suchte er nach einem anderen Thema. »Hat Friedrich Wolfgang noch etwas gesagt, bevor er nach Berlin reingefahren ist?«

»Nein. Nur, dass ich dich schön grüßen soll.«

»Danke.«

Ein Außenstehender, der keine Ahnung von den Verhältnissen in Deutschland hatte, hätte das alles für eine biedermeierliche Idylle halten können, und auch Richard Unger konnte sich nur schwer daran gewöhnen, dass es keine war. Warum nur, warum?, fragte er sich immer wieder. Dass er Jude war, daran konnte er nichts ändern, aber warum hatte er nicht geholfen, die Nazis zu verhindern?

M. Kempinski & Co. hatte Hunderttausende für alles Mögliche gespendet, warum nicht auch für die Bewaffnung der Reichsbannerleute, der Kampftruppe der SPD und der Liberalen gegen die Braunen? Vielleicht hätten sie dann der SA doch Paroli bieten können. Ein Kaninchen hoppelte ihm über dem Weg. »Ja«, murmelte er, »wie die Kaninchen sind wir gewesen, haben wie gelähmt auf die Schlange gestarrt, und nun frisst sie uns.«

Auch darum saß er jetzt auf dem Fahrrad statt in einem Horch, auch darum suchte er jetzt mühsam selber Pilze, anstatt sie sich mit großer Geste in der Leipziger Straße servieren zu lassen, auch darum wohnte er nicht im Schloss Marquardt, sondern versteckt in einem kleinen Häuschen in Sacrow, bald sogar in einer modrigen Laube am Wasser in Gatow.

Jude zu sein hieß offenbar, sich nicht wehren zu wollen, nicht wehren zu können. Es noch zu lernen war wohl zu spät. Oder? Er dachte an Krzynowek, der sicherlich Kontakt zum Widerstand hatte.

Siegfried Krzynowek ging mit schweren Schritten, fast schon schlurfend, über den Dreifaltigkeitsfriedhof an der Bergmannstraße. In der Hand hielt er ein paar weiße Nelken. Jeder konnte ihm ansehen, dass ein Mensch, den er sehr geliebt haben musste, von ihm gegangen war. Armer Mann. So jung und schon Witwer. Oder hatte es Vater und Mutter getroffen? Sein Kind womöglich?

Vor dem Erbbegräbnis Sikerka blieb er schließlich stehen und faltete die Hände in stiller Andacht. Seine Schultern hingen herab, hoffentlich brach er nicht zusammen. Nur gut, dass die Leute seine Augen nicht sahen, denn die gingen flink von Stein zu Stein. War etwas verrückt worden, klaffte irgendwo eine verdächtige Lücke zwischen zwei Steinen? Nein. Er konnte aufatmen.

Während er sich entfernte und die Blumen, als er sich unbeobachtet glaubte, auf irgendein Grab legte, konnte er ein Schmunzeln nicht mehr unterdrücken, denn er hatte keine Ahnung, wer die Sikerkas waren, und hatte nie einen von ihnen gesehen. In ihrem Erbbegräbnis aber war das Archiv der KPD (O) versteckt.

In letzter Zeit hatte sich Siegfried Krzynowek mehr und mehr der Kommunistischen Partei Deutschlands (Opposition) angenähert. Bei der KPD (O) handelte es sich um eine Abspaltung am rechten Rand der KPD. Man kritisierte Stalin nicht, wie die Linke es tat, sondern verhielt sich ihm gegenüber wohlwollend und hoffte, dadurch die Eigenständigkeit der deutschen kommunistischen Partei zurückzugewinnen. In August Thalheimer besaß man einen brillanten marxistischen Theoretiker und in Heinrich Brandler einen erprobten Gewerkschafter und Arbeiterführer. Wenn beide auch 1933 nach Frankreich ins Exil gegangen waren, so waren dennoch kleine Gruppen im Widerstand tätig. In Kreuzberg hatte der Kürschner Franz Cerny Antifaschisten verschiedenster Gruppierungen in der Freien Sportvereinigung Fichte zusammengefasst. Auch nachdem man Cerny 1934 verhaftet und 1935 zu zweieinhalb Jahren Zuchthaus verurteilt hatte, initiierten Anhänger der KPD (O) Widerstandsgruppen in Sportvereinen und großen Betrieben, so bei Goerz-Zeiss-Ikon in Zehlendorf, Auto-Union in Spandau, Siemens in Marienfelde, der AEG, der »Knorr-Bremse« und der Firma Lorenz AG in Tempelhof.

In SO 36 traf man sich bei Richard Becker in der Oranienstraße 187. Auch dann noch, als man ihn am 12. März 1937 verhaftet hatte, denn vor der Wohnung lagen die Waschanstalt und der Plättkeller von Marie Becker, genannt Mulle. Unterstützt von ihrer Mutter und ihrer Schwester Erna, war sie von frühmorgens bis spätabends am Wirken, und ständig kamen Kunden, brachten schmutzige Wäsche oder holten die saubergewaschenen und glattgebügelten Stücke in großen Paketen wieder ab. Für die Genossen, die Informationen austauschen und Kontakt aufnehmen wollten, konnte es keine bessere Anlaufstelle geben. Der Plättkeller in Kreuzberg wurde ein Herzstück der konspirativen antifaschistischen Arbeit.

Siegfried Krzynowek hatte sich in der Manteuffelstraße 36 eine kleine Wohnung gemietet – Stube und Küche, die Toilette hinten im Flur teilte er mit zwei anderen Männern – und schaute einmal in der Woche im Plättkeller vorbei. Ihm oblag es, das Netzwerk unter den Berliner Kellnern zu organisieren. Heute erwartete er den Bericht über die Lage bei Kempinski. Am Telefon hatte er verstanden, dass sich ein gewisser Gräter bei ihm melden würde.

Er saß hinten in einem der beiden bescheiden eingerichteten Wohnzimmer und wartete auf den Genossen Gräter. Marie Becker kam herein und brachte ihm eine Tasse Kaffee.

Siegfried Krzynowek lachte. »Danke, Frau Doktor.« In ihrer weißen Kittelschürze sah die Inhaberin der Waschanstalt wie eine Ärztin aus.

»Bitte. Kaffee is ja wirklich 'ne Medizin, da haste recht.« Siegfried Krzynowek genoss den ersten Schluck. »Wie stehen die Aktien?«

»Mussolini kommt morgen nach Berlin, und wir haben schon 'n Schild gemacht, das wir draußen vor den Plättkeller hängen.« Marie Becker zeigte es ihm. *ES LEBE DIE AXE ROM – BERLIN.*

Er stutzte. Hatte sie Achse absichtlich falsch geschrieben, um damit Führer und Duce klammheimlich zu verhöhnen – oder wusste sie es nicht anders? Er wollte sie nicht kränken und unterließ es, auf eine Verbesserung zu drängen. Vielleicht hatte man ja auch die Rechtschreibregeln geändert, weil das »ch« undeutsch war, und axial schrieb man ja schon lange mit x.

Marie Becker war noch immer bei Mussolini. »Am 28. September soll et die jroße Kundgebung auf'm Reichssportfeld jeben, und et heißt, alle Betriebe bleiben an diesem Tach jeschlossen – bis auf die lebenswichtigen. Da fragen wa uns nu, sind wa lebenswichtich, oder sind wa det nich?«

»Ihr seid lebenswichtig«, entschied Siegfried Krzynowek, »denn der Volkskörper kann nur gesund sein, wenn er saubere Wäsche anhat.«

Erna Becker kam herein und meldete, dass draußen jemand sei, der von Kempinski käme.

Siegfried Krzynowek nickte. »Ah, der Gräter.«

»Nee, keen Er, sondern 'ne Sie, eene Grete Gerber. Die kellnert bei Kempinski inne Leipziger.«

»Wenn det mal keene Falle is?« Marie Becker war von Hause aus misstrauisch.

»Die Parole hat se aber jewusst«, sagte ihre Schwester.

»Grete Gerber«, wiederholte Siegfried Krzynowek. »Schon möglich, dass ich da am Telefon Gräter verstanden habe.« Und je mehr Männer in die Kasernen gerufen wurden, auch Kellner, desto mehr Serviererinnen gab es in den Gaststätten. »Lass sie mal reinkommen.«

Marie Becker lachte. »Vielleicht hat sich Erna ooch vahört – und draußen steht nicht Grete Gerber, sondern Greta Garbo.«

Erna tippte sich mit dem Finger an die Stirn. »Mann, für wie bekloppt hältste mir denn! Aba bei mir Gummibusen – da prallste ab!«

Als Siegfried Krzynowek Grete Gerber sah, hätte er fast so reagiert wie beim Anblick der Garbo und »Oh!« gerufen. Sie war genau sein Typ. Und er war ausgehungert, wie man so sagte, denn seit Giselas Tod hatte er keine Frau mehr angerührt.

So kam es, wie es kommen musste, und sie trafen sich um achtzehn Uhr an der Hochbahnstation Görlitzer Bahnhof. Aus Sicherheitsgründen hatten sie den Plättkeller im Abstand von fünf Minuten verlassen. Beide hatten sie heute ihren freien Tag und waren schon von daher etwas positiver gestimmt als sonst.

»Trotz allem«, sagte Siegfried Krzynowek und meinte damit das Elend dieser Jahre, »versuchen wir mal, uns ein paar schöne Stunden zu machen.«

»Ich weiß nicht.« Grete Gerber war nicht so schnell mitzureißen. »Wir haben gestern Abend erfahren, dass mein Cousin Walter in Spanien gefallen ist.«

Siegfried Krzynowek blickte sich nach allen Seiten um, bevor er antwortete. Nein, es konnte niemand mithören. »Nun, ich mache mir jeden Tag Vorwürfe, dass ich nicht auch nach Spanien gegangen bin. Besser jedenfalls, für eine gute Sache zu sterben, als für eine schlechte.«

»Wie meinst du das?«

»Na, Hitler, das heißt Krieg. Und sie werden uns alle einziehen, auch mich, und dann heißt es, für Hitler zu sterben. Weigere ich mich, komme ich ins KZ.« Er brach ab, erschrocken darüber, dies gesagt zu haben. Was wusste er denn von Grete Gerber, um ihr trauen zu können? Viel zu wenig jedenfalls.

»Und warum bist du nicht zu den Internationalen Brigaden gegangen?« Die kämpften seit Oktober 1936 für die spanische

Republik und gegen General Franco. Fünftausend Deutsche waren dabei, vor allem im Thälmann-Bataillon, der XI. Brigade und dem Bataillon Edgar André, zweitausend sollten fallen.

Siegfried Krzynowek zögerte mit der Antwort. »Ich war lange genug Soldat, mir reicht der eine Krieg. Außerdem kotzt mich der Bruderkrieg in unseren Reihen an. Was da so durchsickert …« Man hörte vom »Genossenmord«: dass die stalinistisch-kommunistischen Gruppen die »Linksabweichler«, das heißt die Anarchisten und Trotzkisten jagten und wegen angeblicher »Feigheit vor dem Feind« exekutierten. »Ach, es sind alles garstige Lieder.«

»Gehen wir ins Kino und sehen uns was Heiteres an«, sagte Grete. »Um mal auf andere Gedanken zu kommen.«

»Ich schlage vor, wir fahren zum Haus Vaterland, essen dort und gehen anschließend ins Ufa-Kino.«

Grete lachte. »Man sieht, du kannst vom Kempinski nicht lassen.«

Hans Kempinski hatte bereits in vergleichsweise jungen Jahren Ungarn und Frankreich bereist und später viel in den Niederlanden zu tun gehabt, aber England machte ihm dennoch sehr zu schaffen. Alles war so anders, angefangen beim Linksverkehr. Ehe er sich an den gewöhnt hatte, wäre er zweimal fast unter den Omnibus geraten. Immerhin war er 62 Jahre alt.

»Aber das ist nicht der Grund, warum ich so große Mühe habe, mich in allem umzustellen«, sagte er zu seinem Sohn, als sie wieder einmal spazieren gingen, um die Gegend um die Swallow Street zu erkunden. »Am schwersten fällt es mir, Jude zu sein. Ohne Hitlers Rassengesetze wäre mir das nie in den Sinn gekommen. Ich war Deutscher wie jeder andere auch – und Punkt.«

Gerhard Kempinski nickte. »Von Hess und Feilchenfeldt hört man dasselbe.« Alfred Hess war Schuhfabrikant und Walter Feilchenfeldt Kunsthändler. »In Berlin war Religion immer schon die unwichtigste Sache der Welt. Die Berliner haben es immer mit dem alten Fontane gehalten: ›Kein vernünftiger Mensch wird was gegen Religion haben, wenn er persönlich auch nicht mitmacht. Glaubt meinetwegen, dass die Balken brechen; ich habe zwar noch nicht gesehn, dass viel dabei herauskommt, aber wenn es ehrlich ist, geb ich dem Gläubigen seine Ehre.‹«

»Den Nazis geht es ja auch mehr um unsere Rasse.«

Gerhard Kempinski fasste sich an den Kopf. »Das ist doch schwachsinnig. Wir beide sehen doch viel deutscher aus als Hitler, Göring und Goebbels zusammen. Aber wer Jude ist, bestimmen nun mal die.«

Sie kamen von Haymarket her zum Piccadilly Circus und blieben stehen, um den weiten Platz mit seinem Verkehrsgetümmel, dem Eros-Brunnen, der Statue des Grafen Shaftesbury und den Eingängen zur London Underground mit langen Blicken zu erfassen.

»Ein bisschen erinnert mich das alles an den Potsdamer Platz«, sagte Hans Kempinski.

Sein Sohn lachte. »Fehlt nur das Haus Vaterland.«

»Ob wir jemals davon loskommen?«, fragte Hans Kempinski.

»Nein. Warum sollten wir?«

»Weil wir das alles verloren haben.«

»Ich bin hier, um Neues zu gewinnen.«

Gerhard Kempinski arbeitete in ihrem Restaurant in der Swallow Street als Empfangschef und hatte die Kontakte, die sich aus dieser Tätigkeit ergaben, schon zu nutzen gewusst, die Kontakte zu Leuten aus der Filmbranche. Sie hatten ihn schon zu Probeaufnahmen kommen lassen und waren offenbar bereit, ihm in Kürze einige kleinere Rollen zu geben. So gesehen, war er endlich am Ziel.

»Schön für dich«, sagte seine Vater. »Aber für mich und deine Frau …«

»Ich weiß, Melanie will mit dem Baby weg aus London. Sie will Tom lieber woanders aufziehen.«

»Lass uns nach New York gehen, bevor es Krieg gibt in Europa. Friedrich Wolfgang ist auch gegangen.«

Dr. Friedrich Wolfgang Unger-Kempinski hatte den Sprung in die USA schon Mitte 1937 gewagt und schnell das polnisch klingende Kempinski abgelegt. Nach seiner Naturalisation nannte er sich Dr. Frederic W. Unger.

Alles war also ungewiss. Gerhard Kempinski seufzte so intensiv, als stünde er gerade vor der Kamera. »Ich würde schon in London bleiben bis ans Ende meiner Tage, denn London ist immerhin noch Europa, aber du willst weiter, Mutter will weiter, Melanie will weiter. Als könnte Hitler eines Tages England erobern!«

»Zuzutrauen ist ihm alles«, murmelte Hans Kempinski.

»Nicht einmal Napoleon hat das geschafft.«

»Aber ganz früher die Römer und rund tausend Jahre später dann auch William the Conqueror. Du siehst, es geht also. Immer im Abstand von tausend Jahren jedenfalls. Da ist es mir schon lieber, der Atlantik liegt zwischen mir und der SA und der Gestapo.«

Kapitel 17
1938–1939

Richard Unger ging es wie jemandem, der wusste, dass ihm sein Krebsgeschwür den Tod bringen würde, ließ er es nicht schleunigst entfernen, der aber die Kraft nicht aufbrachte, zum Arzt zu gehen. Stattdessen glaubte er an ein Wunder. »Es ist von selbst gekommen, und es wird auch von selbst wieder gehen.«

Jeden Morgen beim Frühstück draußen in Sacrow drang seine Frau auf ihn ein. »Komm, lass uns gehen, solange noch Zeit dazu ist! Hans, Luise, Gerhard und Melanie sind gegangen, unser Sohn ist gegangen, wir sollten die Nächsten sein, die gehen.«

»Ach Frieda!«, rief er da. »Warum soll ich gehen? Ich habe mich um dieses Land verdient gemacht – mein Kommerzienrat ist ein vaterländischer Verdienstorden.«

»Das ist doch alles eine Währung, die heute nichts mehr gilt«, hielt sie ihm entgegen. »Der Kaiser hatte sich auch um Deutschland verdient gemacht.«

»Der Kaiser bei uns zu Gast …« Er wärmte sich wie so oft in letzter Zeit an seinen Erinnerungen. »Wann war das? 1910, wenn ich mich nicht irre. Gerade einmal 28 Jahre her. Das ist doch in der Geschichte nur ein Wimpernschlag. Und nun dieser Barbar aus Österreich und der Triumph der Gosse. Unfassbar!«

»Es ist so, wie es ist«, sagte seine Frau. »Wir können es nicht ändern.«

»Nein, nicht mehr.«

»Lass uns weggehen, bevor es Krieg gibt!« Frieda wurde immer energischer.

»Es wird keinen Krieg geben.« Da war sich Richard Unger

sicher. »Die anderen haben es geschluckt, dass Hitler sein Österreich heimgeholt hat ins Reich, die anderen haben es geschluckt,
dass er ins Sudetenland einmarschiert ist. Chamberlain und Dela-
dier geben ja des lieben Friedens wegen immer nach.«

»Geh zu Stauß, und frage ihn, was wirklich los ist«, forderte
Frieda.

»Gut, ich fahre nachher hin.«

Emil Georg von Stauß, geadelt wegen seiner Verdienste um den
Weiterbau der Bagdad-Bahn, saß in den Aufsichtsräten der Deut-
schen Bank, von Daimler-Benz, der Lufthansa, der Rhein-Main-
Donau-AG und der Ufa.

Nach mühevoller Fahrt mit Omnibus und U-Bahn endlich in
der Französischen Straße angekommen, wunderte sich Richard
Unger, dass er, sobald er seinen Namen und seinen Besuchswunsch
an der Rezeption vorgetragen hatte, nach einem kurzen Telefonat
schnell und sehr zuvorkommend zu Stauß geführt wurde. Das
machte ihm wieder Hoffnung. Der alte Bekannte behandelte ihn
sehr zuvorkommend, und ein Außenstehender hätte den Eindruck
gewonnen, dass sich hier zwei alte Freunde trafen.

Der Bankier bat Richard Unger, in der Sitzecke Platz zu nehmen, und ließ Kaffee für sie beide kommen. »Was kann ich für Sie
tun, Herr Unger?«

»Sie wissen ja, Herr von Stauß, dass wir nur noch einen ganz
kleinen Handel betreiben, aber Kempinski ist ein großer Name.«

Emil Georg von Stauß lächelte. »Ich weiß, was Sie damit sagen
wollen: Die Kleinen soll man hängen, die Großen aber laufen lassen.«

»Da kann ich Ihnen nicht ganz folgen.«

»Nennen Sie es zynisch, aber was Sie von mir verlangen, läuft
doch auf dasselbe hinaus: Dass man im NS-Staat die kleinen Juden
verfolgt, die Großen aber verschont.«

Richard Unger fuhr auf. »Ich bin Deutscher wie Sie!«

Der Bankier blieb ruhig. »Per definitionem sind Sie es nicht
mehr, und ich bin nicht der Reichspropagandaminister, ich kann
nicht sagen: Der Unger ist kein Jude, denn wer Jude ist, bestimme
ich. Da überschätzen Sie meinen Einfluss.«

Richard Unger senkte den Kopf. »Was können Sie mir denn raten?«

Emil Georg von Stauß sah sich genötigt, etwas weiter auszuholen. »Vieles, mein Lieber, ist nötig, obwohl es sich dem einfachen Volksgenossen auf den ersten Blick nicht ganz zu erschließen vermag. Es ist die geschichtliche Aufgabe des deutschen Volkes, andere und bis heute ökonomisch wie geistig zurückgebliebene Völker auf ein höheres Niveau zu heben. Und so leid es mir persönlich tut, dass durch die Arisierung die Firma M. Kempinski & Co. so nicht mehr existiert – es gibt eben geschichtliche Notwendigkeiten.«

Richard Unger nickte. »Ja, ich weiß.« Die Deutsche Bank hatte mit der Gewährung von Krediten, aber auch eigenem Erwerb und Weiterverkauf an die »Arisierung« eine Menge Geld verdient.

»Wenn ich Ihnen einen freundschaftlicher Rat geben darf, Herr Unger ...«

»Ja, bitte.«

»Verlassen Sie Deutschland so schnell wie möglich.«

Als Richard Unger wieder unten auf der Straße angekommen und ein paar Schritte gegangen war, wurde ihm schwarz vor Augen. Nahe daran zu kollabieren, schaffte er es gerade noch, sich auf die Stufen eines Hauseingangs zu setzen. Dabei fiel ihm der Hut vom Kopf und blieb mit der offenen Seite nach oben vor ihm liegen. Als er Sekunden später wieder zu sich kam, sah er, dass eine ältere Dame dabei war, eine Münze hineinzuwerfen. Er ließ es geschehen.

Als er wieder bei Kräften war, nahm er den Groschen heraus und hielt ihn in die Sonne. Golden glänzte das Messing. Nie zuvor hatten ihn kleine Münzen interessiert. Jetzt nahm er wahr, dass auf der Vorderseite das Wort *Zehn* zu sehen war, erhaben geprägt, mit dem Wort *Reichspfennig* darüber und zwei Ähren darunter. Die Rückseite zeigte einen Adler, der in den Krallen ein Hakenkreuz hielt. In Amtsfraktur stand *Deutsches Reich 1937* darunter. Er überlegte lange, was er mit der Münze tun sollte. Sie in den nächstbesten Gully werfen, weil sie das Hakenkreuz trug und weil sie Symbol dafür war, dass ihn die Nazis vom Millionär zum Bettler gemacht hatten – oder mitnehmen als Zeichen seiner Stärke? Er kämpfte lange mit sich, dann steckte er sie ein.

Bevor er nach Sacrow zurückkehrte, nahm er sich eine Taxe und fuhr zu seiner Tochter. Elisabeth hatte nach dem Tod von Walter Kohsen wieder geheiratet und erzählte ihrem Vater nun, dass ihr Ehemann einen hohen Beamten der englischen Botschaft in Berlin kennen würde.

»Er rät uns, über Hans und Luise in London unsere Ausreise nach England zu beantragen.«

Richard Unger nickte. »Ja, versuchen wir es. Das Geld, die ›Reichsfluchtsteuer‹ und die ›Juden-Abgabe‹ zu zahlen, haben wir ja noch.«

Elisabeth hatte sich umgehört. »Der Paul Cassirer ist jetzt Kunsthändler in Amsterdam, und es heißt, dass er es schafft, Gemälde von Juden aus Deutschland über die Grenze nach Holland oder in die Schweiz zu bringen.«

»Wie das?«

»Indem er sie für Ausstellungen anfordert, die er dort organisiert. Werden die Bilder dann verkauft, können sich die Emigranten mit dem Erlös eine neue Existenz aufbauen. Wir haben doch auch einiges an den Wänden hängen.«

»Ja, versuch es, Kind.« Richard Unger war zu müde, um lange darüber zu diskutieren. Er sah auf dem Couchtisch seiner Tochter eines ihrer Lieblingsbücher liegen: *Jettchen Gebert* von Georg Hermann. Auch ein Berliner Jude, der aber schon 1933 nach Holland ins Exil gegangen war. Nach kurzer Suche hatte er die Stelle gefunden, die er suchte: *Und alles kam, wie es kommen musste, alles, wie es kommen musste.* Das bestätigte ihn in seiner Sicht der Welt: dass das Drehbuch des Lebens schon geschrieben war, wenn man geboren wurde, und man nur zu spielen hatte, was einem vorgegeben war, von welcher Macht auch immer.

Dr. Walter Unger empörte sich, als er hörte, dass nun auch Richard, Frieda und Elisabeth mit ihren beiden Töchtern Deutschland verlassen wollten.

»Wie könnt ihr mich allein lassen!«

»Du bist doch von Hause aus Mathematiker und kannst extrapolieren«, hielt ihm Elisabeth Kohsen entgegen. »Und wenn du das tust, dann ...« Sie erinnerte ihn an die Fakten des Jahres 1938: Am 27. Juli waren etliche Straßen, die Namen von Juden trugen, umbenannt worden. Am 27. September hatten jüdische Rechtsanwälte Berufsverbot erhalten. Am 5. Oktober waren die Reisepässe aller Juden eingezogen und mit einem rot gestempelten *J* neu ausgestellt worden. »Als Nächstes, so ist zu hören, werden sie uns verbieten, ins Theater, Kino oder Konzert zu gehen und unsere Kinder zur Schule zu schicken. Und dann? Dann werden sie zur großen Jagd auf uns blasen. Wen sie erwischen, der wird auf der Stelle umgebracht oder kommt ins Konzentrationslager.«

»Das wird die Welt nicht zulassen!«, rief Dr. Walter Unger.

Elisabeth Kohsen verzog das Gesicht. »Die Welt hat schon viele Völkermorde zugelassen. Karl der Große hat die Sachsen ausgerottet, die Spanier haben die Indianer abgeschlachtet, die Sklavenjäger die Neger, die Türken die Armenier und so weiter. Und Juden und Pogrome, das gehört ja seit Jahrhunderten zusammen.« Sie stand auf, packte ihn an beiden Armen und schüttelte ihn. »Walter, wach doch endlich auf, und begreife, dass wir vor einem Pogrom gigantischen Ausmaßes stehen! Lies doch mal bei Julius Rosenberg nach, oder lies *Mein Kampf*.«

Er entzog sich ihrem Zugriff. »Ich sehe nur mein Schiff, mein Schiff, das den stolzen Namen *Kempinski* trägt, ich bin sein Kapitän. Ich kämpfe bis zum letzten Augenblick, dass es nicht untergeht. Und wenn, dann will ich mit ihm untergehen.«

»Das ist doch Wahnsinn!«, rief Richard Unger.

Dr. Walter Unger ließ sich nicht beirren. »Nein, das sind meine Prinzipien. Und dass ich bleibe, bin ich Berthold schuldig.«

Dann kam der 7. November, und in Paris erschoss der 17-jährige Herschel Grünspan, dessen Eltern, polnische Juden, von Hannover nach Polen abgeschoben worden waren, den deutschen Legationssekretär Ernst vom Rath. Diese Verzweiflungstat war den Nationalsozialisten Anlass und Vorwand, in der Nacht vom 9. auf den 10. November loszuschlagen. Schlägertrupps der SA und Mitglieder der NSDAP zündeten überall in Deutschland Synagogen an, demolierten jüdische Geschäfte und Privatwohnungen und verwüsteten jüdische Friedhöfe. Da ganze Straßenzüge mit dem zerbrochenen Kristallglas der Schaufensterscheiben übersät waren, sprach man von der »Reichskristallnacht«. Insgesamt wurden im Reich 91 Juden getötet, 191 Synagogen niedergebrannt, 29 jüdische Warenhäuser und 7500 Läden zerstört.

Die Restfirma M. Kempinski & Co. blieb von allem verschont, galt sie doch, obwohl sich die meisten Grundstücke noch immer im Besitz der Familie Kempinski/Unger befanden, als arisiert. Das ließ Dr. Walter Unger hoffen, auch diesen Sturm ohne Schäden zu überstehen.

Doch dann stürmten SA-Männer in sein Büro. »Sind Sie der Jude Walter Israel Unger?«

»Ja.«

»Mitkommen!«

Sie brachten ihn ins KZ Oranienburg, und als er Anfang 1939 wieder freikam, sagte seine Familie von ihm, er sei ein gebrochener Mann. Er sah bejammernswert aus. Um seine Augen herum war die Haut von vielen Schlägen geschwollen und violett bis grün gefärbt, er litt unter Gelbsucht, hatte erfrorene Hände und Füße. Seine Haare waren kurz geschoren, sein Anzug viel zu weit. Doch er jammerte nicht und verlor kein Wort über das, was man ihm angetan hatte. Es war ihm verboten worden, und es war die Scham darüber, seine Würde verloren zu haben.

»Ich kann doch in diesem Zustand nicht in die Reichskreditgesellschaft fahren«, sagte er zu seiner Cousine.

Doch Elisabeth Kohsen blieb hart. »Du gehst! So können deine ehrbaren Geschäftspartner mal sehen, welch Schlächtern und Henkern sie ihre Seelen verkauft haben.«

Nur mit dem Argument, er müsse unbedingt an den anstehenden »Arisierungsverhandlungen« in der Reichskreditgesellschaft teilnehmen, hatten sie ihn freibekommen.

Die Interessen der OHG wurden von ihm und Werner Steinke, dem Prokuristen der GmbH, wahrgenommen. Die OHG war ein Unternehmen »in Abwicklung«, und die beiden waren nahezu ausschließlich damit beschäftigt, Umschuldungen vorzunehmen, die

Vermögenswerte, über die die OHG noch verfügte, abzustoßen und die Beteiligungen, die nicht aufzulösen waren, zu »arisieren«. So gingen das Erholungsheim der Kempinski-Betriebe in Rheinsberg an die Landesversicherungsanstalt Berlin und das Aktienpaket der Bardinet AG an die Berliner Kindl Brauerei. Bei allem gab es erhebliche finanzielle Verluste für die OHG.

»Bevor du als Kapitän das sinkende Schiff verlässt, wird es erst noch bis auf den letzten Stuhl geplündert«, sagte Elisabeth Kohsen. »Aber du musst wissen, was du tust.«

»Ich tue das, was ich für meine Pflicht halte.«

Am 13. Februar 1939 ging es in der Reichskreditgesellschaft um Zusatzklauseln zu den Verträgen von 1937 und die »Arisierung« der OHG.

»Der Umstand nichtarischen Besitzes ist nicht haltbar«, hob Bankdirektor Berg hervor. »Es kostet nach Feststellung der Reichskreditgesellschaft rund 54 000 Reichsmark mehr an Steuern, als wenn das Grundstück in arischen Händen wäre.«

»Auf Seiten der Aschinger AG besteht durchaus Interesse an einer Übernahme«, sagte Paul Spethmann, Finanzdirektor bei Aschinger und Geschäftsführer der Kempinski GmbH. »Wir verfügen aber über keine Arisierungsmittel.«

»Mir wäre es lieber, das Grundstück Leipziger Straße würde auf die GmbH übertragen werden«, sagte Berg.

»Sind Sie denn bereit, die notwendigen Mittel vorzustrecken?«, fragte Spethmann.

»Wir werden sehen.«

Dr. Walter Unger war es recht, dass die Sache in der Schwebe blieb. Die Nationalsozialisten legten großen Wert darauf, dass die Ausplünderung der Juden nach Recht und Gesetz vonstatten ging, und solange sie ihn und seine Unterschrift noch brauchten, konnte er sich halbwegs sicher fühlen.

Siegfried Krzynowek und Grete Gerber waren nun ein festes Paar. Einer gab dem anderen Halt, aber die Angst um den anderen verstärkte die eigenen Ängste, so dass sie mitunter nicht recht wussten, ob es gut oder schlecht war, dass sie sich kennengelernt hatten. In diesen Augenblicken des Zweifels half es, wenn Grete aus dem Paulusbrief an die Korinther zitierte: *Nun aber bleibt Glaube, Hoffnung, Liebe, diese drei; aber die Liebe ist die größte unter ihnen.*

Siegfried Krzynowek nahm es kommentarlos hin, obwohl er eigentlich verpflichtet gewesen wäre, ihr zu sagen, dass Religion nichts anderes war als Opium fürs Volk und Instrument der Herrschenden.

Ihre Arbeitszeiten ließen es nicht zu, dass sie sich allzu oft trafen, und selten einmal hatten sie beide am Sonntag frei. Diesmal aber klappte es, und sie trafen sich, wie es schon Tradition geworden war, am Görlitzer Bahnhof an der Hochbahn. Der Begrüßungskuss geriet so lang, dass andere Fahrgäste Beifall klatschten.

»Was machen wir jetzt?«, fragte Grete Gerber.

Siegfried Krzynowek lachte. »Keine Frage, wir gucken uns mal die Neue Reichskanzlei an. Mal sehen, was der ›Architekt des Teufels‹ unserm geliebten Führer da hingesetzt hat.« Gemeint war Albert Speer.

»Psst!«

Viele Spielfilme gab es Anfang 1939 nicht, auf die sie sich gefreut hätten. Die meisten trieften schon vom Gedankengut der Nazis, und das wollten sie sich nicht antun. Schließlich blieben noch als unverdächtig *Der Maulkorb, Der Edelweißkönig* und *Urlaub auf Ehrenwort.* Den wollte Grete gern sehen, weil René Deltgen und Carl Raddatz mitspielten, zwei Männer, die sie geradezu anhimmelte.

Siegfried Krzynowek hatte Mühe, nicht eifersüchtig zu wirken, und sagte nur, dass der Film doch gar nicht mehr gespielt würde.

»Hoffst du, doch vergeblich.« Sie kannte ein kleines Kino in der Nähe der Frankfurter Allee, wo er noch auf dem Programm stand. »Auf, auf, keine Müdigkeit vorschützen!«

Sie fuhren mit der Hochbahn bis zur Warschauer Straße und dann weiter mit der Straßenbahn. Er nutzte jede Kurve, um sie an sich zu pressen. Mit der Lust, die in ihm aufstieg, kam auch das Schamgefühl. Er amüsierte sich hier, anstatt zu kämpfen. Sein Traum war, sich mit Hilfe einer genialen Erfindung unsichtbar zu machen. Alle Hakenkreuzfahnen würde er von den Masten reißen, alle SA- und SS-Männer mit einem Faustschlag à la Old Shatterhand niederstrecken, alle NS-Gebäude in Brand stecken, dann in die Reichskanzlei eindringen und Adolf Hitler mit einem Kopfschuss eliminieren.

Grete sah ihn aufmerksam an. »Du bist ja so schweigsam.«

»Die Gedanken sind frei«, sagte er, dann blieb ihm nichts weiter übrig, als zu lügen. »Ich habe gerade an deinen Vater gedacht. Wie geht's ihm denn?« Richard Gerber war Rangierer bei der Reichsbahn und hatte bei einem Unfall zwei Zehen verloren.

»Danke. Wenn er wieder aus dem Krankenhaus raus ist, soll er nur noch im Stellwerk arbeiten. Soldat werden kann er nun auch nicht mehr.« Sie hatte Mühe, sich ihre Freude über diesen Tatbestand nicht anmerken zu lassen.

»Selbstverstümmelung«, murmelte er. Daran hatte er auch schon gedacht, um der Wehrmacht zu entgehen. Aber dass sie ihn mit seinen 47 Jahren noch einziehen würden, erschien ihm mehr als unwahrscheinlich.

Hielt er Grete im Arm, fühlte er sich zwanzig Jahre jünger, keinen Monat älter als sie. Ein Glück für ihn, dass sie ein Faible für ältere Männer hatte. Ihr Gatte war schon 56 Jahre alt. Als Vertreter für Landmaschinen war Günther Gerber selten zu Hause in der großen Wohnung am Planufer. Er und Grete waren sich längst fremd geworden.

Trotzdem fühlte sich Siegfried Krzynowek im Bett des anderen nicht sonderlich wohl. Zumal über dem Kopfende ein Bild des Führers hing. Als er dann trotzdem in Fahrt gekommen war, riss das Präservativ.

Grete, die es auch gespürt hatte, schrie auf und stieß ihn von sich. Bloß kein Kind in diesen Zeiten! Nicht nur wegen ihres Mannes. Wer jetzt Kinder in die Welt setzte, tat es für den Führer, lieferte ihm sein Kanonenfutter.

Ihre Liebe schweißte sie ebenso zusammen wie ihr Kampf gegen die Nazis. Immer wenn sie sich trafen und sicher sein konnten, von keinem belauscht zu werden, erzählten sie sich das Neueste aus dem Widerstand.

»Gestern habe ich Fritz Eberhard vom ISK getroffen.« Das war der Internationale Sozialistische Kampfbund. »Und weißt du, was die machen wollen?«

»Nein.«

»Sie wollen sich an der Stadtbahn eine Stelle suchen, wo viel Gras wächst, um dort flüssigen Kunstdünger auszuschütten – und zwar so, dass es bestimmte Buchstaben ergibt. Dort wird das Gras dann viel höher und viel grüner sein, und die Leute können vom Zug aus lesen: *NIEDER MIT HITLER*. Und dann wollen sie einen Koffer konstruieren, der keinen Boden hat, in dem aber ein großer Stempel eingebaut ist. Stellt man den nachts ab, bringt der Stempel mit einer unsichtbaren Chemikalie eine Parole gegen Hitler auf den Gehsteig, die sich bei Tageslicht entwickelt.«

Grete schmunzelte zwar, glaubte aber nicht, dass sich NSDAP, SA und SS davon erschüttern ließen. »Es müsste schon ein paar Nummern größer sein.«

Siegfried Krzynowek nickte. »Ein Bombenattentat auf Hitler während einer Rede …« Dass Georg Elser in München Ähnliches vorhatte, wusste er nicht. »Aber wie?«

»Wenn er nur einmal zu Kempinski zum Essen käme …«

Es klingelte an der Wohnungstür. Sie fuhren hoch. Grete tastete nach dem Schalter der Nachtischlampe. Es dauerte eine Weile, bis das Licht aufflammte.

»Günther kann doch unmöglich zurück sein.«

»Dann …« Er musste es nicht aussprechen. Beide dachten dasselbe: die Gestapo. Siegfried Krzynowek sprang aus dem Bett und raffte seine Sachen zusammen. Eine Szene wie aus einer Ufa-Komödie, doch ihm war weiß Gott nicht zum Lachen zumute.

Wieder wurde geklingelt. Diesmal länger und fordernder.

»In die Speisekammer«, zischte Grete, während auch sie sich in aller Eile anzog. Endlich stand sie im Flur und fragte mit dick aufgetragenem Zorn: »Wer ist denn da? So spät noch!«

»Ich bin es.«

Es war ihr Blockwart, offiziell Blockleiter, der Unterste in der Hierarchie der NSDAP. Er war für etwa fünfzig Haushalte zuständig und hatte die Aufgabe, sich um alles zu kümmern, alles zu erfahren und sich überall einzuschalten.

Erst einmal konnte Grete Gerber aufatmen. Keine Gestapo. Aber auch der Blockwart war nicht ungefährlich.

»Was wollen Sie denn?«, fragte sie ihn, während sie durch den Türspion sah.

»Sie die Fahne bringen. Sie ham sich letztet Mal die Beflaggung vaweigert.«

Ja, da stand er mit der Hakenkreuzfahne in der Hand. Ihre alte war irgendwie verschwunden, und Günther hatte fürchterlich getobt. Was die Leute von ihnen denken sollten!

»Legen Sie sie draußen hin, ich hole sie, wenn ich angezogen bin«, sagte Grete.

»Nee, die will ick selber übergeben. Und außerdem weiß ich genau, det Se Männerbesuch ham.«

Grete zuckte zusammen. Sie hatte vorhin, als sie Siegfried Krzynowek mit nach Hause genommen hatte, nicht daran gedacht, dass der Blockwart immer dabei war, nach »Judenfreunden« Ausschau zu halten und sie seinem Zellenleiter zu melden. Sie bemühte sich, möglichst gleichmütig zu klingen.

»Vorhin, das war mein Cousin, und der ist schon längst wieder gegangen.«

»Nee, det hätt ick jemerkt.«

»Gut, kommen Sie herein.« Sie zog die Kette beiseite und schloss auf.

Siegfried Krzynowek stand in der Küche und hob den Arm. »Heil Hitler!«

Hans und Luise Kempinski sprachen ein annehmbares Englisch, aber trotzdem mussten sie etwas missverstanden haben, denn schon lange standen sie auf dem Bahnhof London Waterloo und warteten auf den Zug aus Dover. Doch der kam und kam nicht. Überhaupt ging es auf ihrem Bahnsteig etwas merkwürdig zu, denn alle fünf Minuten wurde ein Handkarren an ihnen vorbeigeschoben, und auf diesem Handkarren ruhte ein Sarg.

»Sollte es unterwegs ein Unglück gegeben haben?«, fragte Luise Kempinski. »Und sie wollen die Toten gleich wegbringen?«

Hans Kempinski schüttelte den Kopf. »Bei einem Eisenbahnunglück fährt doch der entgleiste und zerstörte Zug nicht weiter bis zum Ziel.«

»Wozu dann die Särge?«

»Das möchte ich auch mal wissen. Vielleicht liegt schon ein Toter drin?«

Luise Kempinski lachte. »Und den heben sie dann hier wieder raus und hieven ihn in den Zug rein.«

»Ich frage mal.« Hans Kempinski ging zu einem der Handkarren und fragte den Mann, der ihn auf den Bahnsteig geschoben hatte. Lange diskutierten sie miteinander. Dann öffnete der Mann den Sarg, und Hans Kempinski prallte zurück.

»Liegt wirklich einer drin?«, fragte seine Frau ihn, als er endlich wieder neben ihr stand.

Hans Kempinski musste schmunzeln. »Sie haben uns ganz schön einen Streich gespielt, als wir nach dem Bahnsteig gefragt haben. An unserem Akzent erkennt man wohl doch, dass wir aus Deutschland kommen.«

»Was denn für einen Streich?«

»Na, dies hier ist die ›Necropolis Station‹, wie sie das nennen, von hier geht täglich einmal der ›Beerdigungs-Express‹ zum Friedhof Brookwood ab, ein Zug mit Särgen. Die Fahrt kostet zwei Shilling sechs Pence. Komm, wir müssen zur Haupthalle rüber.«

Waterloo war ein Kopfbahnhof mit 21 Gleisen, aber schließlich hatten sie den richtigen Bahnsteig erwischt.

»Zum Glück sind Richard und Frieda noch nicht angekommen«, sagte Luise Kempinski.

Zehn Minuten später trafen sie in London ein. Ihr gesamtes Gepäck bestand aus einem Handkoffer. Man umarmte sich stumm.

»Hauptsache ist, dass wir noch am Leben sind und dazu halbwegs gesund«, sagte Richard Unger.

»Willkommen im Exil!«, rief Hans Kempinski. »Berthold hat Berlin erobert, wir erobern London.«

»Sofern die Nazis nicht London erobern«, sagte Frieda Unger. »Ich bin ja dafür, dass wir so schnell wie möglich nach Amerika gehen. Unser Sohn erwartet uns schon.«

Richard Unger bremste sie. »Erst müssen wir mal sehen, dass

Elisabeth nachkommen kann. Solange sie noch in Berlin ist, will sie sehen, dass sie nichtjüdische Bekannte nach London schicken kann, die uns unsere Kleidungsstücke mitbringen. Wir haben ja nichts als das, was wir gerade auf dem Leib tragen.«

»Wohnen könnt ihr erst einmal bei uns in der Swallow Street in der Dachkammer«, sagte Hans Kempinski.

Trotzdem war die Lage von Richard und Frieda Unger ziemlich desolat, und schon am nächsten Tag musste Richard bei wohltätigen Einrichtungen vorsprechen und um Hilfe bitten.

Als man hörte, dass er der Seniorchef des Hauses Kempinski gewesen war, blickte man ihn eher skeptisch als mitleidig an. »Sie müssen doch Privatvermögen gehabt haben.«

»Nun ...« Es war nicht immer leicht, das passende englische Wort dafür zu finden, wenn er ansetzte, den Leuten zu erklären, mit was für einem breitgefächerten Instrumentarium die Nationalsozialisten die Juden ausgeplündert hatten. »Der Devisenverkehr ist eingeschränkt worden, man hat uns die Verfügung über unser Vermögen entzogen, wir mussten die Reichsfluchtsteuer, die Auswandererabgabe und die Judenvermögensabgabe zahlen.«

»Anderen ist es doch auch gelungen, illegal Geld aus Deutschland zu transferieren.«

»Das zu tun, habe ich mich immer kategorisch geweigert.«

Schön dumm, dachten die einen, andere wieder achteten seinen aufrechten Gang. Jüdische Organisationen halfen ihm schließlich.

»Es ist nicht einfach, ein guter Bettler zu sein«, sagte er, als er in die Swallow Street zurückgekehrt war.

Gerhard Kempinski lachte. »Denk an Shakespeare, *Wie es euch gefällt: Die ganze Welt ist Bühne/Und alle Frau'n und Männer bloße Spieler.* – Und ein richtiger Schauspieler ist heute mal ein guter Kommerzienrat und morgen ein guter Bettler.«

»Immer noch lieber Bettler in London sein als KZ-Insasse in Oranienburg«, sagte seine Frau.

»Ich weiß: Glück ist immer die Summe des Unglücks, dem man entgangen ist. Also genießen wir es, in England zu sein.«

Gerhard Kempinski musste schmunzeln. »Du bist doch viel zu sehr Deutscher, um das wirklich zu können.«

»Dennoch! Auf London, auf den König!« Er hob seinen Becher, obwohl der Wein, den sie hier in London trinken mussten, bei M. Kempinski & Co. als Essigwasser in den Ausguss geschüttet worden wäre.

Susanne Schmeisel saß mit ihrer Mutter bei Karstadt am Hermannplatz auf der Terrasse des Dachgartens und konditerte. Es war ein Maientag wie aus dem Bilderbuch. Sie hatten sich dieses kleine Vergnügen redlich verdient, denn lange war nach einem passenden Sommerkleid für die Frau Bäckermeisterin zu suchen gewesen. Allzu sehr war sie im letzten Jahr in die Breite gegangen.

»Man muss sich ordentlich wat anfressen«, sagte sie. »Wenn et wirklich Krieg geben tut …«

Susanne Schmeisel reagierte leicht unwirsch. »Mutter, es ist so ein herrlicher Tag, da sollten wir nicht von Krieg reden.«

»Jut, reden wa von dir. Is imma noch keen Nachwuchs in Sicht?«

»Nein.« Den Grund dafür mochte sie selbst ihrer Mutter nicht nennen. Er war ganz einfach: Sie wollte kein Kind von Reinhard Schmeisel. Je länger sie mit ihm zusammenlebte, desto widerlicher fand sie ihn. Er war der größte Irrtum ihres Lebens. Aber den zu korrigieren erschien ihr unmöglich, denn ihr Mann wäre völlig ausgerastet, wenn sie die Scheidung eingereicht hätte. Wenn sie nicht gleich von ihm erschlagen worden wäre, hätte er sie mit irrwitzigen Beschuldigungen ins KZ gebracht.

Ihre Mutter schien zu ahnen, was in ihr vorging, denn sie seufzte laut. »Hättste man damals den da von die Kempinskis nich sausen lassen!«

»Mutter, dann säße ich jetzt im Exil!« Ihr Mann hatte ihr erzählt, dass die Ungers nach London gegangen waren.

Ingrid Seidenberg sah auf ihre Armbanduhr. »Du, ick muss zurück in 'n Laden.«

»Und ich nach Hause.« Sie hatten vor kurzem eine nahezu herrschaftliche Wohnung am Kaiserdamm bezogen.

Susanne Schmeisel freute sich, dass sie in der U-Bahn einen Sitzplatz bekam. Sie ging nun auf die vierzig zu, und langes Stehen sollte ja zu Krampfadern führen.

Auf der Linie C ging es bis zum Bahnhof Stadtmitte, dort war in die Linie A Richtung Ruhleben umzusteigen. Um dies zu bewerkstelligen, hatte man durch einen längeren und ziemlich schmalen Fußgängertunnel zu schreiten, den sogenannten Mäusegang. Rechts hatte man in der einen Richtung zu gehen, links kamen einem die anderen entgegen. Damit die eine Phalanx nicht mit der anderen zusammenstieß, gab es in der Mitte eine Art Geländer. Starr sahen alle geradeaus. In der Eile war keine Zeit für besondere Blickkontakte.

Und dennoch hatte sie in der vorbeiflutenden Menge Dr. Walter Unger sofort erkannt. Wenn der durchgehende Handlauf sie nicht getrennt hätte, wären sie aufeinandergeprallt. Gegen ihren Willen brach es aus ihr heraus: »Ich denke, du bist in London?«

»Nein, ich bleibe.«

Mehr als diese drei Sekunden Zeit blieb ihnen nicht für die ersten Worte, die sie nach sechzehn Jahren miteinander wechselten, aber sie reichten, um Susanne Schmeisel zu erschüttern. Sie sollte später in ihrem Tagebuch notieren: *Es war wie ein Erdbeben in meiner Seele. Anfangs wehrte ich mich mit allen Kräften gegen meine Gefühle, dann aber ...*

Als sie nach Hause kam, musste sie in aller Eile das Abendbrot vorbereiten. Kam Reinhard nach Hause und es stand nicht schon alles auf dem Tisch, war der Teufel los. Bei ihm war Ordnung das ganze Leben.

Heute aber verspätete er sich, denn er hatte mit einem Freund dessen Abschied vom Zivilleben gefeiert.

»Günther ist ein ... eingezogen worden, du«, lallte er. »Es wird Krieg geben, endlich.« Er ahmte das Pfeifen von Kugeln und Zischen von Granaten nach, die Einschläge.

Er umarmte sie und wollte ihr an die Wäsche, doch sie schaffte es, ihn ins Schlafzimmer abzudrängen und aufs Bett zu werfen. Im selben Augenblick war er eingeschlafen. Sie verzichtete darauf, ihn auszukleiden. Einen Augenblick überlegte sie, ob sie sich zu ihren Eltern flüchten sollte, doch die Angst, sich ihre Niederlage so offen einzugestehen, war zu groß. Aber sich neben Reinhard ins Bett zu legen, schaffte sie auch nicht. Dazu war er zu eklig. Allein dieser Gestank. Nach Schnaps, nach Schweiß, nach Pisse, nach Zigarettenrauch. Zudem schnarchte er fürchterlich.

Also flüchtete sie aus dem Schlafzimmer und ging in die Küche, um sich ein Glas Wein einzugießen. Weißen von der Mosel. Am besten, sie fing an, sich zu betrinken, um mit ihrem Elend fertig zu werden.

Immer wieder kehrten ihre Gedanken zu Walter zurück. Dass er im KZ gewesen war, wusste sie. Schrecklich. Damals hatte sie ihm alles Schlechte gewünscht, sicher, aber doch nur in Gedanken.

Ihre plötzlich aufschießende Sehnsucht nach ihm ließ sie alle Vorsicht vergessen. Sie ging ins Wohnzimmer und öffnete das Geheimfach ihres Schreibschranks. Dort lag noch ein Photo von ihm. Sie zog es heraus, ging damit zum runden Esszimmertisch, setzte sich, legte es vor sich auf die Tischdecke und starrte es an.

»Walter, verzeih mir alles. Ich liebe dich noch immer.«

Lange saß sie so da. Wie in Trance. Sie wollte ihm einen Brief schreiben. Dass sie damals zu ihrer Freundin Margot nur gesagt hatte, sie würde ihn nicht lieben, um vor ihr als eiskalter Vamp dazustehen. Ihr gegenüber nur nicht als gefühlsduselig gelten! Und dass sie nicht geahnt hatte, was die Nazis den Juden antun würden. Jetzt erst habe sie alles durchschaut. Sie nahm sein Photo auf und küsste es, küsste ihn.

In diesem Moment stand ihr Mann in der Tür. Sie hatte ihn nicht kommen hören. Er riss ihr das Photo aus der Hand und brüllte los: »Wieder dieser Judenlümmel! Das ist Rassenschande, was du da mit ihm treibst, und für Rassenschande wird man bestraft!«

Er schlug sie so heftig, dass sie halb bewusstlos auf den Teppich stürzte. Schon war er über ihr, drehte sie auf den Rücken und riss die Kleidung herunter. Sie schrie und wehrte sich mit aller Kraft. Doch sie hatte keine Chance gegen ihn.

Ende Mai 1939 gelang es Elisabeth Kohsen, ihre beiden Töchter in einem Internat in Antwerpen unterzubringen. Dann begann sie, ihre Ausreise nach London zu organisieren. Sie hatte überall gute Bekannte, die etwas für sie taten. Schließlich gestatteten ihr die Behörden sogar, einige Möbelstücke mitzunehmen.

Kurz vor ihrer Abreise nach London fuhr sie noch einmal nach Charlottenburg in die Schlüterstraße 18, um ihren Cousin zu besuchen. Fast war sie verwundert, dass auf dem Messingschild noch immer *Dr. Walter Unger* zu lesen war. Sie mochte ihn sehr, und er tat ihr fürchterlich leid, wie er da allein in der viel zu großen Wohnung hauste. Einmal in der Woche kam eine Putzfrau, eine Haushälterin wollte er nicht um sich haben. Er schien immer mehr zum Eigenbrötler zu werden. Stundenlang konnte er über mathematischen Problemen brüten.

»Was soll ich sonst mit mir anfangen?«, fragte er, als sie ihn darauf angesprochen hatte. »Seit Hilde und Marianne weg sind.«

Sie nickte. Seine Ehe war schon lange nicht mehr glücklich gewesen, und nun war seine Frau mit der Tochter nach Jerusalem gegangen. Irgendwann wollten sie weiter in die USA. Ohne ihn. Da war nichts mehr zu kitten. Sie wollte ihm Mut machen. »So jung wie du bist, da wird sich doch noch jemand finden.« Am 21. August wurde er 45 Jahre alt. »Du musst raus hier, woanders neu anfangen.«

Er schloss die Augen. »Ach, lass mich, ich bin zu müde dazu, ich habe keine Kraft mehr.«

Sie stand auf, packte ihn bei den Schultern und schüttelte ihn. »Walter, reiß dich zusammen! Wir gehen alle nach New York und fangen da von vorne an. Bei null. Wie damals Berthold Kempinski in Berlin. Er hat Berlin erobert, wir erobern New York. Ihr habt doch das Wissen, wie man so etwas macht. Und ich bin auch dabei, ich kann Beziehungen knüpfen, ich hole euch die Leute ins New Yorker Kempinski.«

Als Elisabeth Kohsen ging, hatte sie das Gefühl, ihn wieder etwas aufgerichtet zu haben. Hatten sie im KZ wirklich einen gebrochenen Mann aus ihm gemacht? Nein, sein Entschluss, bis zum Ende auf dem Dampfer Kempinski zu bleiben, zeigte, was noch immer in ihm steckte.

In den Tagen, die ihr bis zur Abreise noch blieben, hatte sie genug mit sich selber zu tun und konnte sich nicht mehr um ihn kümmern. Sie rief ihn aber an und teilte ihm mit, wann sie auf dem Lehrter Bahnhof in den Zug nach Hamburg steigen würde.

Es waren viele Freundinnen und Bekannte gekommen, um Abschied zu nehmen, nur einer fehlte: ihr Cousin. Seine Taxe habe einen Unfall gehabt, schrieb er ihr eine Woche später, so dass er nur noch die Schlusslichter ihres Zuges habe sehen können. Aber vielleicht sei es gut so, denn er hasse alle Sentimentalitäten.

Am 2. August 1939 traf Elisabeth Kohsen in London ein. Ein wahres Empfangskomitee hatte sich auf dem Bahnsteig versammelt: Richard und Frieda Unger, Hans und Luise Kempinski und Gerhard und Melanie Kempinski mit ihrem Baby Tom.

Was Elisabeth Kohsen als Erstes ins Auge fiel, war ein Plakat mit Richard Tauber, dem Tenor mit dem Monokel im rechten Auge, dem weißen Schal und dem schwarzen Zylinder. *Land of Smiles* stand auf dem Programm und sein berühmtestes Lied sollte er singen: »You Are My Heart's Delight«. Auch im Alter verpflanzte Bäume schienen also anzuwachsen, das ließ sie hoffen.

Sie feierten, so traurig alles auch war, ihr Wiedersehen im eigenen Restaurant in der Swallow Street. Übernachten aber wollte Elisabeth Kohsen lieber in einem billigen Hotelzimmer an der Regent Street als in einer leergeräumten Besenkammer neben der Dachkammer ihrer Eltern.

Schon am nächsten Morgen zog sie los. Bald kamen ihre Möbel an, und sie musste bis dahin eine eigene Wohnung haben. Als sie sich umhörte, wurde ihr gleich ein ganzes Haus an der Old Burlington Street angeboten.

»Was soll ich mit einem ganzen Haus?«, fragte sie den kahlköpfigen Makler.

»Na, Sie mieten es und vermieten die Zimmer weiter, die Sie selber nicht benötigen. Da werden Sie einen ganz schönen Rebbach machen.«

Elisabeth Kohsen zuckte zusammen, denn sie hasste den jiddischen Slang. Aber die Idee war nicht übel. Außerdem konnten ihre Eltern zu ihr ziehen. So unterschrieb sie nach kurzem Zögern den Vertrag.

Am nächsten Tag ging es ihr furchtbar schlecht. Sie klagte über heftige Kopfschmerzen, Durchfall und Fieber.

»Kind, du wirst dich übernommen haben«, sagte ihre Mutter.

Sie reagierte darauf ungewöhnlich heftig. »Ich habe mich nicht übernommen, ich habe mir irgendeine Krankheit eingefangen.«

»Dann geh zum Arzt!«

Als Elisabeth Kohsen vom Doktor zurückkam, hielt sie nicht nur ein Medikament in der Hand, sondern auch einen Arbeitsvertrag. »Stellt euch vor, der hat mich als Sprechstundenhilfe eingestellt. Zwar ist mein Lohn nicht hoch, aber immerhin: Ich kann davon leben.«

So verliefen die ersten drei Wochen in London durchaus erfreulich. »Ich fühle mich wie neugeboren«, rief sie immer wieder aus. Dann aber kam das große Erschrecken. In der Praxis ihres Arztes erschien ein hoher Beamter des britischen Außenministeriums. Sie kannte ihn von vielen Berliner Empfängen her und freute sich, ihn wiederzusehen.

»Warten Sie, ich lasse Sie gleich zum Doktor rein.«

»Nein, nein, ich bin kerngesund, ich bin nur hier, um Sie zu sprechen. Können wir einen Augenblick allein miteinander reden?«

»Ja, kommen Sie.«

Sie gingen in das kleine Labor hinüber, und der Beamte erklärte ihr, dass es seinen Informationen zufolge Krieg geben könnte. »Hitler scheint bereit zu sein, in Polen einzufallen. Er hofft, dass die Franzosen und wir kneifen werden. Aber da irrt er sich. Doch ehe wir mobil gemacht haben, wird er Belgien und Holland überrannt haben. Ich habe daran gedacht, dass Sie Ihre beiden Töchter in Antwerpen haben.«

Elisabeth Kohsen sprang auf und umarmte den Mann voller Dankbarkeit. Es gab in den nächsten Tagen unendlich viel zu organisieren, aber schließlich schaffte sie es, dass Anita und Monika mit dem Flugzeug nach London ausreisen konnten – zwei Tage, bevor die deutschen Truppen in Belgien einmarschierten.

Kapitel 18
1940–1941

Dr. Walter Unger litt unter seinen schizophrenen Gefühlen. Als Jude und Verfolgter des Regimes quälte er sich mit dem Gedanken, die Nazis könnten den Krieg gewinnen und sich die Welt untertan machen, als Nationalkonservativer hoffte er auf einen deutschen Sieg. Er fühlte sich als Deutscher, auch wenn die Deutschen immer mehr zum Volk der Verbrecher wurden und er selbst eines ihres Opfer war. Es war nicht zu ertragen, zumal er niemanden mehr hatte, mit dem er darüber sprechen konnte.

»Ich bleibe in Deutschland, verdammt noch mal!«, hatte er seine Cousine angeschrien.

»Und wenn es dich das Leben kostet?«, hatte Elisabeth Kohsen gefragt.

»Ich würde auch in London oder New York sterben, aber wenn ich hier in Berlin sterbe, dann werde ich ein Denkmal bekommen. Wenn der braune Spuk vorbei ist und am Kurfürstendamm der Name Kempinski wieder erstrahlt, dann ist das mein Denkmal. Kannst du das nicht verstehen?«

»Nein.«

Kein Wunder, er selber konnte es nicht. Sein Gehirn erschien ihm wie eine Maschine, bei der sich ein Zahnrad verklemmt hatte. Oder war es diese geheime Sehnsucht nach dem Tod, von dem die Philosophen und Dichter immer wieder phantasierten? Unsinn. Kam der Tod wie im KZ Oranienburg, dann verging einem jede Sehnsucht danach.

Je mehr sie ihn jagten, desto entschlossener war er, nicht zu weichen. Die Wohnung in der Schlüterstraße 18 hatte er verlassen müssen. Zum einen sollte das Haus frei von Juden sein, und zum anderen war sein Vermögen ziemlich geschrumpft. Betriebsvermögen besaß er nicht mehr, denn die OHG war völlig verschuldet. Sein Anteil am Minusvermögen betrug 215 340 Reichsmark. Die Grundstücke, die ihm, Richard Unger und seiner Tochter Marianne gehört hatten, hatte er verkaufen müssen, wobei der Erlös um die »Judenvermögensabgabe« gemindert worden war.

Er wohnte jetzt bei einem Fräulein Behr in der Ilmenauer Straße 3. Diese Straße war keine zweihundert Meter lang, ging östlich vom Hohenzollerndamm ab, war eigentlich noch Berlin-Schmargendorf, wurde aber von den Vermietern als in Berlin-Grunewald gelegen angepriesen, weil das vornehmer klang. Bis zum Grunewaldsee mochten es zwei Kilometer sein, gerade die richtige Entfernung für einen kleinen Spaziergang, aber mit dem Judenstern auf der Brust ging er nicht gerne spazieren.

Schon die Fahrt mit der S-Bahn ins Büro war ein einziger Spießrutenlauf. Vom Hohenzollerndamm bis Westkreuz, dann mit der Stadtbahn bis Friedrichstraße. Einen Wagen mit Chauffeur gab es schon lange nicht mehr.

Er kam nicht los von seiner Idee der »Tarn-Arisierung«, wie er es nannte: die Kempinski OHG also einem Vertrauten nur zum Schein zu übertragen, damit er selber weiterhin das Sagen haben könnte.

Er hoffte, die Sache mit Werner Steinke arrangieren zu können. Die Fakten über diesen Mann finden wir bei Elfi Pracht:

Werner Steinke, der ja auch die Stelle eines Prokuristen bei der Aschinger-Tochtergesellschaft M. Kempinski Weinhaus und Handelsgesellschaft mbH bekleidete, war am 6. Februar 1938 vom Reichstreuhänder für das Wirtschaftsgebiet Brandenburg zum Betriebsführer der Rest-OHG berufen worden; am 11. April 1940 wurde er durch Bestallungsurkunde des Kammergerichts Berlin zum Abwesenheitspfleger für alle Inhaber der OHG mit Ausnahme von Dr. Friedrich Wolfgang Unger-Kempinski berufen ...

Zudem war er Eigentümer der Grundstücke in der Leipziger Straße 25 und am Kurfürstendamm 27, kurzum als *de facto-Inhaber* die *Schlüsselfigur der OHG M. Kempinski & Co.*

Hans Kempinski hatte Dr. Walter Unger vor seiner Emigration vor Steinke gewarnt. »Ich trau dem Kerl nicht über'n Weg.«

»Wieso, das ist doch ein netter junger Mann mit tadellosen Manieren und großen Fachkenntnissen, uns gegenüber immer loyal. Warum sollte er ein Verräter sein?«

»Ich hab das so im Gefühl. Der spielt ein doppeltes Spiel und scheint mir mit dem Reichssicherheitshauptamt verbandelt zu sein. Was weiß ich, warum die das machen. Vielleicht hängt es irgendwie mit dem Ausland zusammen. So können sie nach außen hin sagen, Kempinski sei noch immer eine jüdische Firma und das mit der Arisierung sei doch alles Lüge.«

»Ach, Hans, du mit deinem Misstrauen! Wie Onkel Berthold dich damals in die Firma geholt hat, so habe ich Werner Steinke geholt, und es ist eine gute Entscheidung gewesen.«

Nie gab ihm Werner Steinke Anlass, an ihm zu zweifeln. Auch im Falle der Berliner Schlossbrauerei AG waren sie sich einig.

»Sie haben großes Interesse an den Kempinski-Grundstücken«, sagte Werner Steinke. »Sie wollen eine Gesellschaft bürgerlichen Rechts gründen, bestehend aus Direktor Theisen und mir, um die Vermögenswerte von Kempinski & Co. in arisches Eigentum zu überführen. Aschinger will die Grundstücke aber auch so schnell wie möglich haben, denn es wird bald ein Gesetz geben, das verhindert, dass es bei Kriegsschäden für Immobilien, die sich in jüdischen Besitz befinden, eine Entschädigung gibt.«

»Wir behalten die Grundstücke. Und wenn ich sie Ihnen überschreibe, kann sie uns keiner nehmen.« Ohne sie, da war er sich sicher, konnte es später keinen Neuanfang geben.

Als Dr. Walter Unger nach Hause kam – sofern das möblierte Zimmer in der Ilmenauer Straße 3 ein Zuhause genannt werden konnte – lag ein Telegramm aus New York auf dem Tisch. Er riss es auf.

Hans Kempinski war am 3. Dezember 1940 verstorben.

Siegfried Krzynowek arbeitete jetzt wieder bei Kempinski, wenn auch am Kurfürstendamm. So sah er Grete jeden Tag.

Vieles war nicht anders als im ersten Krieg, vieles aber doch. Wieder dominierten die feldgrauen Uniformen, und wie damals erkannte er in den Augen der Soldaten die Gier nach Leben. Das nachholen, was man an der Front entbehrt hatte. Manches vertraute Gesicht fehlte aber beim nächsten Heimaturlaub, und fragte er nach, bekam er die Antwort: »Gefallen.« Welch euphemistische Umschreibung für den Tod!

Neu war der hohe Anteil an Frauen unter den Gästen. Viele Sekretärinnen, aber auch Frauen in Uniform. Luftwaffenhelferinnen, Flakhelferinnen.

Nur mühsam konnte er sich an seine kleine Schere gewöhnen, mit der er die Fleisch-, Fett-, Kartoffel- und Brotmarken der Gäste von den Karten abschneiden musste. Die große Illusion Kempinski war dahin. Kein Luxus mehr für alle.

So ohne weiteres konnte man das Restaurant seit Erlass der Verdunkelungsverordnung vom 23. Mai 1939 nicht mehr betreten, denn das nach außen dringende Licht hätte feindliche Bomberpiloten anlocken können. Also musste man vorher eine Lichtschleuse passieren. Die Außenreklame war längst abgeschaltet worden, was aber gar nicht auffiel, denn die Lichter am Kurfürstendamm waren alle längst erloschen.

»Herr Ober, wo bleibt denn meine Kartoffelsuppe?«

»Moment bitte, gleich erwarten wir eine Ansprache des Führers, und in dieser Zeit ist uns das Servieren untersagt.«

Auch er hatte in Hab-acht-Stellung zu verharren, wenn beim Gemeinschaftsempfang die Stimme Adolf Hitlers aus dem Lautsprecher drang. Er versuchte, darüber hinwegzuhören, und musterte mit voller Konzentration das Muster im Teppich. Ausgefranst und zerschlissen war er. Die Polster der Sessel waren abgesessen und brüchig. Servietten aus Leinen gab es schon lange nicht mehr, und die aus Papier wurden immer grauer. Ebenso wie die Tischtücher. Wie ein Fürst konnte man sich bei Kempinski nicht mehr fühlen. Aber auch bei den Gästen war der Lack schon lange ab.

Stand das Essen dann endlich auf dem Tisch, musste das Besteck wieder beiseitegelegt werden, denn eine Polizei- oder Wehrmachtsstreife kam herein und fragte nach Urlaubsschein oder Militärpass.

In der Küche lief das Radio ununterbrochen, und der Küchenchef wartete auf eine Durchsage, ob sich alliierte Bomber im Anflug auf Berlin befanden. Wurden die Planquadrate FF 6 oder FF 4 angesagt, konnten die Töpfe vom Herd genommen werden, dann gab es gleich Alarm, und die Leute eilten nach Hause in den Luftschutzkeller.

Er traf Grete, als er seinen Dienst gerade angetreten hatte, an der Durchreiche und fragte, was es Neues gäbe.

»Günther kommt morgen nach Hause.«

Er verspürte einen Stich in der Herzgegend. »Du wirst doch nicht mit ihm ...«

»Keine Angst. Meine Mutter ist krank, und ich ziehe zu ihr, um sie zu pflegen.«

Er küsste sie so kurz, dass es keiner wahrnehmen konnte, und gab sich dann distanziert und dienstlich. »Sitzt jemand im Restaurant, bei dem man aufpassen muss?«

»Nur die Theaterleute. Jürgen Fehling und Joana Maria Gorvin. Am anderen Tisch Gustaf Gründgens mit Antje Weißgerber. Und ganz hinten Maria Cebotari mit ihrem Mann.«

Siegfried Krzynowek dachte nach: Nur weil alle ihre Rollen weiter spielten, die Schauspieler auf der Bühne und er hier im Kempinski als Kellner, konnte die Maschinerie der Nazis funktionieren, konnten Völker überfallen, Regimegegner ermordet und die Juden ausgerottet werden. Auch er als Mann des Widerstandes war in diesem Sinne schuldig.

Die Sirenen heulten. Auf welche Stadtteile würde es heute Bomben regnen?

Krzynowek war nie Kirchgänger gewesen, aber er hatte behalten, was ihm neulich ein Pfarrer der Bekennenden Kirche gesagt hatte. »Denken Sie immer an Jesaja 5, Vers 20: *Wehe denen, die Böses gut und Gutes böse heißen, die aus Finsternis Licht und aus Licht Finsternis machen, die aus sauer süß und aus süß sauer machen!*«

1941 hatte im Deutschen Reich die letzte Phase der Judenverfolgung begonnen, die mit dem Holocaust enden sollte.

Dr. Walter Unger ahnte, was noch kommen würde, aber er ließ sich weiterhin treiben, ließ alles nur geschehen. Immer wieder mahnte ihn Elisabeth Kohsen mit verschlüsselten Botschaften, doch nach England zu fliehen, ehe es zu spät sei, sie würde ihm die Flucht mit ihren Beziehungen schon irgendwie ermöglichen, doch er winkte jedes Mal ab. Immerhin ließ er einiges an Umzugsgut bei einem vertrauenswürdigen Spediteur in Danzig einlagern.

Vieles kam bei Dr. Walter Unger zusammen, dass er so war, wie er war. Zum einen war da Martin Luthers *Hier stehe ich und kann nicht anders*. Man konnte es auch Prinzipientreue oder Standfestigkeit nennen. Ein einmal gefasster Entschluss war endgültig. Man fiel nicht um, man kehrte nicht um, man ging seinen Weg aufrecht zu Ende – auch wenn dieses Ende bitter war, auch wenn der Weg in den Tod führte.

Zum anderen fühlte er sich als Berthold Kempinskis Erbe und war zutiefst davon überzeugt, zu den Auserwählten zu gehören, die immer überlebten. Bei einem Zugunglück, beim Untergang eines Ozeandampfers, bei einem Lawinenabgang, beim Einschlag einer Granate. Stauß würde schützend seine Hand über ihn halten, und Paul Spethmann, ebenfalls NSDAP-Mitglied, würde nicht zulassen, dass seine Arbeitskraft und seine Kenntnisse über die deutsche Volkswirtschaft verlorengingen.

Drittens aber war seine Grundhaltung fatalistisch. Gläubig war er eigentlich nicht, höchstens in gewissem Maße vom Gedanken an Prädestination und Determinismus erfüllt: Das Stück seines Lebens war schon geschrieben gewesen, als er die Bühne des Lebens betreten hatte. Wer es geschrieben hatte? Das Schicksal, ein Gott, ein Ewiger? Das konnten die Menschen nicht wissen, also vermied er es, darüber nachzudenken. Es gab Gleichungen, die ließen sich halt nicht lösen.

Hans Wolter, sein früherer Pförtner, der von den Nazi-Verbrechern ins KZ verschleppt worden war, hatte es einmal echt berlinisch ausgedrückt: »Man kann sich drehen und wenden, wie man will, der Arsch bleibt immer hinten.«

Zu alledem kam, dass er sich zu schwach fühlte, um ein neues Leben im Ausland zu beginnen. Bald war er fünfzig, und bevor er sich in allem eingerichtet hatte, würde er schon sterben. Hans Kempinski war gerade einmal 65 Jahre alt geworden. »Wozu denn alles noch? Nein, ich will nicht mehr.«

Manchmal fragte er sich auch, ob in ihm nicht auch eine gewisse Neigung steckte, zum Märtyrer zu werden. Damit ragte er über alle hinaus, die zur Familie Kempinski/Unger gehörten, damit kam er der Größe Bertholds nahe.

Er wohnte jetzt in der Elgersburger Straße 3 bei Steinke, denn die, die es im NS-Staat gut mit ihm meinten, hatten ihm geraten, ab und an die Wohnung zu wechseln. Auch wenn es nur eine Straßenecke weiter sei.

Wie lange konnte er noch durchhalten, wann ging es mit Hitler zu Ende? Dass sich Deutschland auch diesmal übernommen hatte, wie schon 1914, schien ihm sicher. Gewiss, Polen war besetzt und Frankreich erobert, auch Griechenland hatte kapituliert, aber Göring war es nicht gelungen, die Luftschlacht um Großbritannien zu gewinnen. Und nun am 22. Juni 1941 der Angriff auf die Sowjetunion. Wie sollte das alles zu schaffen sein? Es erschien ihm unmöglich. Und sehr bald würden die Amerikaner wieder ihren englischen Vettern zu Hilfe eilen.

Noch einmal gelang Dr. Walter Unger ein Coup, das zu retten, was vom Kempinski-Imperium noch geblieben war. Am 27. März 1941 war nämlich eine Verordnung erlassen worden, die alle Inhaber »arischer« Geschäfte verpflichtete, auf die alten jüdischen Firmennamen zu verzichten.

»Damit ist nun das Ende von M. Kempinski & Co. gekommen«, sagte Werner Steinke.

»Nein, das nehme ich nicht hin!«, rief Dr. Walter Unger.

»Sie heißen doch gar nicht Kempinski.«

»Im Herzen bin ich ein echter Kempinski!«

»Dann lassen Sie sich mal was einfallen.«

Dr. Walter Unger grübelte zwei Nächte lang, dann hatte er die Lösung. »Wir kaufen die Weinstube F. W. Borchardt mit dem Recht der Firmenfortführung.«

»Wollen die denn verkaufen?«, fragte Steinke.

»Ja, ich habe da so etwas gehört.«

Aschinger und die Kempinski GmbH konnten sich die Unterstützung des Reichswirtschaftsministeriums und des Gauwirtschaftsberaters sichern, und die Transaktion gelang. Für 42 000 Reichsmark wurde der Name Borchardt gekauft. Der 11. November 1941 war der Tag, an dem aus Kempinski Borchardt wurde. Es hieß jetzt auch »Haus Vaterland – Betrieb Borchardt«.

Dr. Walter Unger zeigte sich sehr zufrieden mit allem. Wichtig war allein, dass die Substanz erhalten blieb, Namen waren zunächst Schall und Rauch. Sich wieder den alten Namen zu geben, wenn der braune Spuk vorüber war, schien ihm ein Kinderspiel.

Sein Plan, das Haus Kempinski zu retten, konnte man ebenso als kühn wie als naiv bezeichnen, dass er aber ausgerechnet von Seiten seiner eigenen Familie gefährdet wurde, hatte er nicht voraussehen können. Am 21. April 1941 nämlich hatte Dr. Friedrich Wolfgang Unger-Kempinski von New York aus an das zuständige Berliner Amtsgericht geschrieben und im Auftrag der Gesellschafter Richard und Frieda Unger, Elisabeth Kohsen, jetzt Elisabeth Warschauer, und Hans Kempinski, für dessen Nachlass er zuständig war, mit Nachdruck gegen die personellen und rechtlichen Veränderungen in der OHG protestiert.

Ich habe der Geschäftsführung obiger Gesellschaft mitgeteilt, dass ich für die von mir vertretenen 85 Prozent der Gesellschaft mit keiner Abmachung irgendwelcher Art einverstanden bin, die eine Änderung der Gesellschafter oder irgendeine Besitzveränderung in der Gesellschaft herbeiführen soll.

Andernfalls wolle er das Foreign Office der USA einschalten.

Als Dr. Walter Unger davon erfuhr, schlug er sich mit der flachen Hand vor die Stirn. »Gott, ist das ein Träumer!« Keine Ahnung hatte er vor dem, was hier in Nazi-Deutschland geschah.

Auch Gerhard Kempinski in London war entsetzt. »Das ist doch leichtsinnig von Friedrich Wolfgang, dadurch gefährdet er doch Walter.«

Reinhard Schmeisel ging es blendend. Bei Kempinski, sprich F. W. Borchardt, verdiente er nicht schlecht, und zu seinem Gehalt kam die Pacht, die sie für ihr Restaurant in der Gneisenaustraße einstreichen konnten. Dass Susanne selber hinter dem Tresen stand und die Wirtin spielte, war einem Mann wie ihm nicht zuzumuten. Jetzt sollte sie Mutter sein und nichts anderes mehr.

Susanne Schmeisel fühlte sich wie eine Sklavin. Aber es hatte keinen Sinn, gegen ihren Mann und die herrschenden Verhältnisse aufzumucken, denn er hatte jederzeit die Möglichkeit, sie hinter Gitter zu bringen. Und außerdem war da noch das Kind. Mal liebte sie es, denn schließlich war es ihr Fleisch und Blut, mal hasste sie es, denn es kam ganz nach seinem Vater, und es war in einem Akt der Gewalt gezeugt worden, gegen ihren erbitterten Widerstand. Es wegmachen zu lassen, hatte er ihr verboten, es wäre für sie zu gefährlich gewesen.

Schließlich hatte sie sich in ihr Schicksal ergeben. Sie hatte das Kind zur Welt gebracht und gestillt, sie gab sich alle Mühe, eine gute Hausfrau und Mutter zu sein. Wurde es mit ihrem Gemütszustand so schlimm, dass sie den ganzen Tag über am liebsten im Bett geblieben wäre, ging sie zum Arzt und ließ sich etwas gegen ihre Melancholie verschreiben. Die Kräuter und Chemikalien halfen indessen nur wenig. Was sie einzig und allein trösten konnte, war die Hoffnung auf ein zweites Leben, ein Leben nach dem Zusammenbruch des NS-Regimes, ein Leben nach Reinhards Tod. Oft betete sie in kindlicher Weise: »Lieber Gott, lass ihn sterben!« Sie wusste, dass sie das nicht durfte, aber sie konnte nicht anders.

Oft dachte sie auch, dass ihr Leiden die Strafe für das war, was sie Walter Unger angetan hatte. Sie hatte die NSDAP und die SA unterstützt und ihren Mann aufgehetzt, etwas gegen die Kempinskis und die Ungers zu unternehmen, gegen die Juden im Allgemeinen.

Immer wieder verfluchte sie sich, weil sie so ganz anders geworden war. Mit der alten Susanne Seidenberg hatte sie es wesentlich leichter gehabt als mit der neuen Susanne Schmeisel. Was war passiert? Warum hasste sie die Nazis inzwischen, die SA, die SS, den Führer? Einen äußeren Anlass hatte es nicht gegeben. Vielleicht hatte sie sich immer danach gesehnt, in der Welt der Ungers und Kempinskis zu leben – und die Nazis hatten diese Welt zerstört. Ja und nein. Der wesentliche Grund für ihre Wandlung war ihr Mann. Wie ein Landsknecht führte er sich auf, aß barbarisch, weidete sich am Leid anderer, alles Höhere verhöhnte er. Seine einzige Leidenschaft war es, seinen Beitrag dazu zu leisten, dass die Juden und die Bolschewisten ausgerottet wurden. *Warum bin ich nur so blind gewesen?*, hatte sie in ihre Tagebuch geschrieben und sich die Antwort gleich selber gegeben. *Weil ich mich an Walter rächen wollte; dafür, dass er mich hat fallenlassen. Aber ist es ihm zu verdenken, nachdem er gehört hat, was ich zu Margot gesagt habe? Nein. Die Schuld liegt ganz allein bei mir. Und dafür muss ich nun Buße tun. Ich darf mich also nicht beklagen.* Das tat sie nach außen hin auch nicht und lebte nach der Devise: Wie's drinnen aussieht, geht niemanden was an.

Wer sie sah, konnte die drei für eine glückliche deutsche Familie halten. Reinhards Vater hatte ihnen noch etwas Geld geschenkt, und so hatten er sich einen DKW leisten können. Mit dem fuhren sie nun an jedem Wochenende ins Umland hinaus. Er saß am Steuer und Susanne mit dem Kleinen im Fond. Karl-Michael war im Februar 1940 auf die Welt gekommen. Sie hatten ihn nach dem Raschkower Großvater benannt, Reinhard Schmeisel allerdings sagte zu ihm am liebsten »mein kleiner Germane«, denn der Sohn war so blond, wie es im Lehrbuch der Rassenlehre vorgegeben war.

»Wenn er groß ist, wird er mal Statthalter unserer Protektorate an der Wolga«, sagte Reinhard Schmeisel, darauf Bezug nehmend, dass die Deutschen am 22. Juni 1941 ihren Überraschungsangriff auf die Sowjetunion begonnen hatten. Und wenn die Bolschewisten geschlagen waren, musste begonnen werden, die weiten Räume im Osten aufzuorden.

»Wo fährst du eigentlich hin?«, fragte Susanne Schmeisel.

»Zum Summter See.«

»Warum denn das?«

»Da ist es so flach, dass auch der Kleine ins Wasser kann.«

»Das ist doch zu kühl heute«, wandte sie ein.

»Ach was, das härtet ihn ab.«

»Wo sind wir denn jetzt?«

»Mensch, in Oranienburg! Dass Frauen keinen Orientierungssinn haben!«

Sie sah aus dem Fenster. »Doch, jetzt weiß ich wieder: Da hinten ist doch Sachsenhausen, das KZ.«

Er lachte. »Keine Angst, da kommt unser Dr. Unger nicht mehr hin, für den gibt es jetzt andere schöne Aufenthaltsorte.«

Den Judenstern musste Dr. Walter Unger jetzt tragen, aber die Vertreter der Aschinger AG wie die von F. W. Borchardt vermieden es, das Zwangskognomen »Israel« zu verwenden. Im internen Schriftverkehr hieß er weiterhin Dr. Walter Unger, während man in den Briefköpfen das »Israel« zum I. verkürzte, so dass es wie ein Vorname aussah, den man nur nicht ausschrieb, weil er zu altmodisch oder albern wirkte, Ignaz oder Immanuel vielleicht.

Darüber zu schmunzeln, vermochte er nicht, zu niederdrückend war, was im Herbst 1941 geschah. Der Alltag war schon lange von der Absicht bestimmt, den Juden das Leben so schwer zu machen, dass sie Deutschland verließen. Seit 1939 mussten sie zusätzlich die Vornamen Sarah beziehungsweise Israel tragen und waren weithin mit Berufsverboten belegt. 1940 kam hinzu, dass sie keine Kleiderkarten mehr erhielten und nur noch zwischen sechzehn und siebzehn Uhr Lebensmittel einkaufen durften. Außerdem wurden ihre Fernsprechanschlüsse gesperrt. Am 13. September 1941 folgte der Erlass, dass Juden öffentliche Verkehrsmittel nur auf dem Weg zur Arbeit oder zurück nach Hause benutzen durften.

Dr. Walter Unger nahm das alles wahr, ohne dass es ihn sonderlich tangierte. »Sollen sie ruhig, wenn es ihnen Spaß macht«, sagte er zu seinem Spiegelbild. »Mache ich's den Nazis nach: Hart wie Kruppstahl, zäh wie Sohlenleder.« Und daran, dass er Chuzpe genug besaß, die Nazis auszutricksen, zweifelte er keinen Augenblick. Sicherlich gab es Ausnahmen, aber die meisten waren von Hause aus dümmlich. So würden sie nicht merken, dass er sich mit Steinke einen Strohmann aufgebaut hatte.

Am 28. November 1941 schlossen Dr. Walter Unger und Werner Steinke einen Vertrag, der die Übernahme der OHG durch

Steinke sanktionierte. An J. P. Danby, den Direktor der Amsterdamer Filiale, schrieb Dr. Walter Unger:

Herr Steinke wird der von den Gläubigern ausersehene Träger des Vermögens, also der Rechtsnachfolger der Firma sein. Diese Lösung hat bereits die Genehmigung der zuständigen Pflegschaftsgerichte, der hiesigen Wirtschaftsdienststellen und des Gauwirtschaftsberaters gefunden.

Steinke wurde auch Eigentümer der Grundstücke Leipziger Straße 25, Kurfürstendamm 27 und Fasanenstraße 20/21.

Dr. Walter Unger füllte die beiden Sektgläser, die vor ihnen standen, nahm seines in die Hand und setzte zu einer kleinen Rede an.

»Lieber Steinke, dies ist der Tag, an dem Sie quasi einer der unseren sind, zur Familie Kempinski/Unger gehören. Sie wissen ja, dass ich am 6. November im Falle meines Todes, meiner Auswanderung oder meiner Evakuierung auf alle meine Forderungen an die OHG verzichtet habe.« Den Rest sprach er lieber nicht laut aus, denn wenn er auch an der Loyalität Steinkes keinen Augenblick zweifelte, so war doch davon auszugehen, dass auch hier in der Leipziger Straße die Wände Ohren hatten. »Wenn die Stunde null einmal gekommen ist, werden wir von Ihnen zurückbekommen, was ich Ihnen zu treuen Händen überlassen habe, und Kempinski wird Berlin zum zweiten Mal erobern.«

So war er der festen Überzeugung, sein Haus gut bestellt zu haben, als er sich am letzten Sonntag im November in der Elgersburger Straße mit Julius Kohsen traf. Der Vater von Dr. Walter Kohsen und Jugendfreund Richard Ungers hatte dreizehn Jahre lang für M. Kempinski & Co. gearbeitet.

»Was gibt es Neues?«, fragte Julius Kohsen, als sie beim Tee saßen.

»Hoffentlich nichts«, erwiderte Dr. Walter Unger. »Mir wäre lieber, es wäre alles beim Alten geblieben. Vor dreizehn Jahren hätte die Zeit stehenbleiben und die gesellschaftlichen Zustände eingefroren werden sollen.«

»Warum gerade vor dreizehn Jahren?«, fragte Julius Kohsen.

»Weil wir am 1. September 1928 das Haus Vaterland eröffnet haben. Kempinski auf dem Höhepunkt. Von da an ging's bergab.«

»Als Mathematiker müsstest du das so ausdrücken: Das Leben ist eine Sinuskurve. Was einschließt, dass es wieder einmal nach oben gehen wird. Allerdings habe ich meine Zweifel daran, was uns Juden betrifft.«

Dr. Walter Unger suchte, sich an eine Passage aus der Bibel zu erinnern, die gegen die Zweifel des anderen standen. Er brauchte zwei Schlucke Tee, ehe er in seinem Gedächtnis etwas fand, das halbwegs passte. Es war aus dem 91. Psalm: *Ich spreche zum Ewigen: Meine Zuflucht und meine Burg, mein Gott, dem ich vertraue. Denn er wird dich retten von der Schlinge des Vogelstellers, von der Pest Verderben.*«

Julius Kohsen winkte ab. »Weißt du auch, wie es weitergeht?«

»Nein.«

»*Es fallen dir zur Seite Tausend und Zehntausend zu deiner Rechten …*« Damit kam er zu den Gerüchten, die er gehört hatte. »Die jüdische Gemeinde soll von der Gestapo den Befehl erhalten haben, die Synagoge in der Levetzowstraße als Sammellager herzurichten.«

»Wofür das?«, fragte Dr. Walter Unger. »Um uns alle, die wir noch nicht gegangen sind, ins Ausland abzuschieben?«

»Schön wär's. Nein, um uns in die okkupierten Gebiete weit im Osten zu transportieren. In Lodz soll es ein riesiges Ghetto geben.«

»Ein Ghetto ist kein KZ«, sagte Dr. Walter Unger. »Im Ghetto kann man gut überleben. Die Juden haben das in mehr als zweitausend Jahren gelernt.« Er sagte nicht »wir Juden«, denn noch immer fühlte er sich ihnen wenig verbunden, mochte er auch ihr Schicksal erleiden.

»Bis sind jetzt sind sie auch noch nicht von einem Mann wie Adolf Hitler und einem so konsequenten Volk wie dem deutschen gejagt worden«, wandte Julius Kohsen ein.

Kapitel 19
1942–1943

Dr. Walter Unger ging unbeirrbar seinen Weg. Dazu gehörte auch, die »Arisierung« der Amsterdamer Filiale N. V. Wijnhandel M. Kempinski & Co. voranzutreiben. So sollte sie der Familie Kempinski/Unger erhalten werden, um sie in die Zeit nach der NS-Herrschaft hinüber retten zu können. Der jüdische Direktor J. P. Danby, der seit der Gründung der Filiale im Jahre 1919 an ihrer Spitze stand, schied aus der Firma aus, blieb aber noch im Besitz eines Viertels der Geschäftsanteile. In Berlin war man nun bemüht, alle Anteile auf das Stammhaus zu überschreiben. Die Anteile Danbys sollten auf Johann Albert, den arischen Geschäftsführer der N. V., übergehen.

Als die Sache so weit gediehen war, ließ Dr. Walter Unger eine Stenotypistin kommen und diktierte ihr eine Mitteilung an Werner Steinke:

Ich lasse mich hierbei besonders von dem Gedanken leiten, dass alles das geschehen muss, was eine rasche Erledigung der Entjudung der O. H. G. M. Kempinski & Co. und ihrer Konzernglieder sicherstellt. Mit Rücksicht darauf, dass die zwischen uns geschlossenen Verträge vom 14. und 28. 11. 1941 nur noch der Zustimmung des Herrn Oberfinanzpräsidenten bedürfen, möchte ich Ihnen sogar die Anregung unterbreiten, von sich aus und unter Ihrem Namen die Entjudung der Amsterdamer Firma vorzunehmen, indem Sie kurzerhand die Rechte und Anteile der O. H. G. M. Kempinski & Co. erwerben.

Beim Wort »Entjudung« hatte die Schreibkraft kurz gezögert, und Dr. Walter Unger war der Blick der jungen Frau nicht entgangen. Erstaunen hatte er darin gelesen, aber auch die Anklage, dass er als Jude diese Terminologie der Menschenverachtung benutzte. Ja, das war das Perverse, dass er sich zuvörderst noch immer als Deutscher fühlte. Obwohl man ihn im KZ Oranienburg schwer misshandelt hatte, obwohl man seine Firma zerschlagen und seine Familie aus Deutschland vertrieben hatte. Aber das hatten die Nazis getan, nicht die Deutschen, und die jagten nicht nur die Juden, sondern auch die Kommunisten, die Sozialdemokraten, die Zeugen Jehovas, die Zigeuner und die Homosexuellen.

Wenn er ganz ehrlich mit sich war, dann war er auch in Deutschland geblieben, weil er sich als guter Deutscher fühlte und dem Glauben anhing, dass die Nazis einem so guten Deutschen wie ihm nichts tun würden.

So geriet er auch keineswegs in Panik, als ihn Siegfried Krzynowek über das informierte, was in Widerstandskreisen diskutiert wurde. Sie hatten sich per Zufall in einem der langen Flure in der Leipziger Straße getroffen. Dr. Walter Unger vermied es im Allgemeinen, mit seinem Kellner gesehen zu werden, um den Nazis in der Firma keinen Anlass zu geben, misstrauisch zu werden.

»Nun, wie geht's?«, fragte er.

Siegfried Krzynowek lachte. »Wunderbar. Nie war die Arbeit so leicht wie heute. Keine Mühe mehr, schwierige Kunden zufriedenstellend zu beraten, keine Qual der Wahl mehr. Wir Kellner haben wirklich die herrlichen Zeiten, die uns der Führer versprochen hat.« Das bezog sich darauf, dass heute einer der beiden Wochentage war, an denen nur das »Feldküchenessen« serviert werden durfte. »Jeder Volksgenosse hat sich die notwendigen Einschränkungen in der Lebensführung aufzuerlegen.«

»Das haben Sie gut gesagt, Krzynowek.«

»Ich bin in allem vorbildlich, Herr Dr. Unger. Ich habe mich auch freiwillig für den Werkluftschutz gemeldet und schlafe manche Nacht hier im Betrieb, um bei Bombenangriffen sofort einsatzbereit zu sein.«

»Das ist brav, denn wie sollen wir in der Stunde eins nach Adolf mit Kempinski weitermachen, wenn wir keine Betriebsräume mehr haben?«

»Psst!«, machte Siegfried Krzynowek und verwies auf das Plakat, das dicht neben ihnen hing und die Aufschrift *Feind hört mit!* trug. Er senkte seine Stimme noch weiter. »Nutzen Sie alle Ihre Kontakte, Herr Dr. Unger, um noch aus Deutschland herauszukommen, denn Heydrich will nächste Woche alle wichtigen Beamten am Wannsee zusammenrufen, um die ›Endlösung der Judenfrage‹ in Angriff zu nehmen. Alle, die noch in Berlin verblieben sind, sollen nach Osteuropa gebracht werden.«

Dr. Walter Unger hatte auch von den Osttransporten gehört. Am 18. Oktober 1941, so erzählte man sich, sei der erste Transport vom Bahnhof Grunewald abgegangen. Doch er winkte ab. »Mich lassen Sie in Ruhe, ich bin denen zu wichtig für die Erhaltung der guten Stimmung an der Heimatfront. Ein Kempinski, und der bin ich ja, ist tabu für sie.«

Siegfried Krzynowek ging weiter. »Hoffen und harren«, murmelte er.

Dr. Walter Unger arbeitete weiter. Nur hier im Büro konnte er mit anderen Menschen reden, nach Geschäftsschluss fühlte er sich mehr und mehr als Eremit. Zumindest in der Öffentlichkeit, und die reichte bis in den Aufgang seines Mietshauses in der Elgersburger Straße, wurden die Menschen mit dem Judenstern gemieden wie Pestkranke. Als infizierte man sich beim Umgang mit ihnen. Nicht mit einer Krankheit, sondern mit einem Stoff, der die Gestapo anzog. Und das, wusste man, konnte tödlich ausgehen.

Dr. Walter Unger hielt das alles nur aus, indem er in eine Art Winterschlaf verfiel. Lethargisch wurde er, gleichgültig gegenüber allem und jedem, auch sich selber. Am liebsten hätte er die Taktik »Toter Käfer« auf die Spitze getrieben, sich völlig leblos gestellt und abgewartet, bis die Zeit der braunen Verbrecher vorüber war. Lange konnte es ja nicht mehr dauern.

Der Einzige, mit dem er sich hin und wieder traf, war Julius Kohsen. Seit dem 11. Dezember 1941, dem Tag, an dem die USA in den Krieg eingetreten waren, kamen nur noch ganz sporadisch Nachrichten von den Verwandten in New York.

»Sie werden Sommer haben wie wir«, sagte Dr. Walter Unger. Julius Kohsen schloss die Augen. »Aber nicht ihren letzten Sommer, so wie wir.«

»Wir kommst du darauf?«, fragte Dr. Walter Unger.

»Du kommst dir wohl unsterblich vor!«, fuhr Julius Kohsen ihn an.

»Man muss sich unsterblich vorkommen, wenn man überleben will.«

»Ich habe gehört, dass sie unsere Leute im Osten in fahrbaren Gaswagen umbringen, und Eichmann soll in Auschwitz ein ganz neues Gas einsetzen, Zyklon B, damit man mehr Juden auf einmal umbringen kann.«

Dr. Walter Unger schnauzte seinen Gast regelrecht an. »Hör auf damit! Ich glaube das nicht, das ist doch alles nur üble Propaganda der BBC.«

»Steck du nur weiter den Kopf in den Sand!«, rief Julius Kohsen.

»Ich bin nur kein Jammerlappen.«

»Ein Realist ist kein Jammerlappen.«

Dr. Walter Unger goss ihm den Tee ein. »Trink den, der soll ja besonders gut sein zum Abwarten.«

»Was soll ich abwarten, auf was soll ich warten? Darauf, dass die Gestapo auch bei mir vor der Tür steht?«

»Ich habe von Richard die Schlüssel für diese Laube in Gatow. Da kannst du erst mal hin.«

Julius Kohsen fuhr auf. »Ich bin kein Verbrecher, der sich verstecken muss.«

»Wer sich vor Verbrechern verstecken muss, ist doch nicht selber einer!«, rief Dr. Walter Unger.

»Ich kann's mir ja mal überlegen«, sagte Julius Kohsen.

Nach einer Stunde ging er. Er hatte weit zu laufen, und die öffentlichen Verkehrsmittel zu benutzen war ihm ja verwehrt. Dr. Walter Unger winkte ihm hinterher. Auch noch, als der alte Mann längst in den Hohenzollerndamm eingebogen war.

Es sollte ihre letzte Begegnung gewesen sein. Denn am 25. August 1942 nahm sich Julius Kohsen das Leben, um seiner bevorstehenden Deportation zu entgehen.

Am 29. August 1940 hatte es erneut einen Luftangriff auf Berlin gegeben, geflogen von der britischen Royal Air Force als Vergeltungsschlag für einen Nachtangriff der Luftwaffe auf London. Beim nächsten Angriff der britischen Flieger regnete es Brand- und Sprengbomben auf Kreuzberg, und in der Gegend um die Skalitzer Straße und das Kottbusser Tor waren die ersten Toten zu beklagen, zwölf an der Zahl. Nach einem Jahr fast ohne feindliche Luftangriffe gab es Anfang des Jahres 1943 eine gewaltige Eskalation. In den Nächten zum 17. und zum 18. Januar 1943 flogen mehr als dreihundert britische Flugzeuge über Berlin hinweg, von der Abwehr nicht sonderlich gestört. Mehr als siebenhundert Tonnen Bomben wurden abgeworfen. Die Deutschlandhalle brannte aus, in Tempelhof gab es größere Schäden bei den Lorenz- und in Tegel bei den Borsigwerken.

Dr. Walter Unger drohte der Tod jetzt nicht nur durch seine Feinde, durch die Gestapo und Eichmanns Schergen, sondern auch durch die Hand seiner Freunde, durch die Bomberpiloten der Alliierten, die angetreten waren, die Nazis hinwegzufegen. Zu allem Überfluss war es ihm als Jude untersagt worden, öffentliche Luftschutzräume aufzusuchen. So saß er denn im wahrsten Sinne des Wortes gottergeben in seiner Wohnung und wartete auf den fälligen Volltreffer.

Er hatte umziehen müssen und wohnte seit dem 30. Oktober 1942 in der Pension Bernhard, Pariser Straße 32. Eine Frau Dr. Gertrud Karpel führte sie, und Dr. Walter Unger war durchaus bewusst, dass es sich um eines der sogenannten »Judenhäuser« handelte, in denen die jüdische Bevölkerung vor der Deportation konzentriert wurde. Fuhren die Lastwagen dann vor, um sie abzuholen, gab es weniger Aufsehen.

Heulten die Sirenen, stand er auf, setzte sich an seinen kleinen Tisch und spielte Schach gegen sich selber oder machte sich an die Lösung komplizierter mathematischer Probleme. Schlugen in der Nähe Bomben ein, reagierte er kaum. Angst hatte er keine. Was sollte ihm noch groß passieren, er wandelte ja ohnehin schon lange als Toter durchs Leben.

Noch immer fuhr er, als schriebe man das Jahr 1924, jeden Morgen ins Büro, um seine Pflicht zu tun. Mechanisch geschah das alles, wie in Trance. Trotzdem zuckte er zusammen, als kräftig angeklopft wurde und auf sein leises »Ja bitte, treten Sie ein!« ein kräftig gebauter höherer Offizier in der Tür stand.

»Heil Hitler!«

Dr. Walter Unger murmelte etwas, das so ähnlich klingen sollte, und erhob sich. »Sie wünschen?«

»Entschuldigen Sie, Herr Dr. Unger, aber ich wollte sehen, ob ich für meine Kompanie nicht eine kleine Extraration bekommen könnte. Sozusagen aus alter Verbundenheit mit dem Hause Kempinski.«

»Wie das?« Dr. Walter Unger war plötzlich hellwach und bot dem seltsamen Gast einen Stuhl an. »Setzen wir uns erst einmal.«

Der Hauptmann tat, wie ihm geheißen. »Mein Name ist Dieter Owiczek.«

»Tut mir leid, aber das sagt mir nichts.«

»Aber der Name Raschkow sagt Ihnen etwas?«

Dr. Walter Unger nickte. »Selbstverständlich. Der Begründer unseres Hauses kommt schließlich aus Raschkow.«

Der Hauptmann lachte. »Er hätte seine Firma aber nie gründen können, wenn mein Urgroßvater nicht gewesen wäre, der Kriminale Wilhelm Owiczek, denn der hat schließlich den Mörder Krojanke zur Strecke gebracht, und Krojanke hatte es auch auf Berthold Kempinski abgesehen, der stand auf seiner Liste.«

»Ja, ich kann mich erinnern. Er hat oft von Krojanke erzählt und wie er dem begegnet ist.« Fast hätte Dr. Walter Unger angemerkt, dass es wundervolle Zeiten gewesen sein mussten, wo es nur Mörder wie Krojanke gegeben hatte. »Stehen Sie denn noch in Verbindung mit Raschkow, wie sieht's denn heute dort aus?«

»Posen ist nun wieder deutsch. Die Polen und die Juden sollen alle raus, dafür sollen Deutsche aus dem Baltikum und Wolhynien dort angesiedelt werden. Aber …« Jetzt brach der Hauptmann erschrocken ab.

»Wer wird denn am Endsieg zweifeln«, sagte Dr. Walter Unger.

Der Hauptmann winkte ab und senkte seine Stimme. »Es gibt Leute, Herr Dr. Unger, die bis jetzt dafür gesorgt haben, dass

Sie … Aber diese Leute verlieren von Tag zu Tag an Einfluss. Vielleicht sollten Sie doch ausreisen, ehe es zu spät ist.«

»Die Krojankes tragen heute Uniformen und sind hoch dekoriert.«

»Nicht alle!«

»O Pardon, Herr Hauptmann!«

»Ich könnte Ihnen …« Erschrocken brach er ab, denn die Tür ging auf, ohne dass vorher angeklopft worden wäre, und Reinhard Schmeisel schmetterte sein »Heil Hitler!« in den Raum.

Susanne Schmeisel stieg Uhlandstraße aus der U-Bahn und machte sich auf den Weg zur Pariser Straße. Was sie antrieb, wusste sie nicht, es geschah mit ihr. Sie musste es tun. Reinhard war am Morgen zu einer Tagung nach Wien gefahren, der Junge war bei ihren Eltern im Bäckerladen.

Pension Bernhard, Pariser Straße 32, hatte sie sich aufgeschrieben. Vom Kurfürstendamm aus waren es zu Fuß nur ein paar Minuten. Als sie in den Hausflur trat, konnte sie sicher sein, dass sie von einem Gestapo-Spitzel beobachtet wurde. Wer eines der sogenannten Judenhäuser betrat, war immer suspekt.

Die Treppenstufen waren mit rotem Sisalteppich überzogen. Das dämpfte ihre Tritte. Von Stufe zu Stufe fiel ihr das Hinaufsteigen immer schwerer. Als hätte sie einen alpinen Berg zu bewältigen. Oben vor der Pension blieb ihr der Atem weg, und sie musste sich gegen die Wand lehnen. Gedankenfetzen peinigten sie. Was soll denn das Ganze? Du bist ja verrückt geworden! Lass es! Geh wieder!

Nein! Sie tastete sich zum Klingelknopf aus Messing. Ihr Zeigefinger machte sich selbständig und drückte ihn nach unten. Drinnen ertönte ein vornehmer Gong. Viel zu schnell wurde die Tür geöffnet. Eine herrische Frau starrte sie an. Was sie wünsche?

»Ich hätte gern Herrn Dr. Unger gesprochen.«

»In welcher Angelegenheit?«

Susanne Schmeisel wusste, dass sie lügen musste. »Ich komme von der Firma F. W. Borchardt und muss von Dr. Unger eine Auskunft einholen.«

»Ihr Name?«

»Susanne Schmeisel, mein Mann ist …«

»Gut, kommen Sie!« Sie wurde zu einem Zimmer ganz hinten rechts geleitet. »Klopfen Sie an!«

»Ja.« Susanne Schmeisel tat es und öffnete die Tür, nachdem sein »Ja bitte, herein!« ertönt war. Er saß an einem Schachbrett und spielte gegen sich selber. Sie drehte sich noch einmal um, dankte der Pensionsinhaberin und schloss die Tür hinter sich.

Dr. Walter Unger war langsam aufgestanden. »Du hier?«

Alles, was sie sich in den letzten Tagen an schönen Formulierungen zurechtgelegt hatte, war plötzlich weg. »Ich muss dich warnen.« Kaum dass sie es ausgesprochen hatte, wusste sie, wie albern es war, so etwas zu sagen.

Er lächelte auch nur. »Das ist aber nett von dir. Und wovor bitte? Ich wüsste nicht, wer und was mich gefährden sollte.«

»Ich musste unbedingt mit dir sprechen«, brach es aus ihr hervor.

Dr. Walter Unger wurde noch um eine Spur ironischer. »Ach ja, bevor sie mich abholen?«

»Ich habe ein Versteck für dich, in einer Fabrik in …«

»Psst!«, machte er und zeigte auf die Tür. Er machte einen Schritt auf sie zu und hielt dann inne. Wie eine Statue stand er mitten im Zimmer. »Ich danke dir von Herzen, Susanne, aber zu spät ist zu spät.«

»Nichts ist zu spät.«

»Doch.«

Sie stürzte auf ihn zu, schlang die Arme um seinen Körper und presste ihr Gesicht an seines. »Walter, mir tut alles so leid. Ich liebe dich doch, ich habe dich doch immer geliebt.« Alles Weitere ging in ihrem Schluchzen unter.

Seine Finger strichen über ihr Haar, er küsste ihre Stirn. Es war alles so wie damals.

Dr. Walter Unger war wie immer pünktlich in seinem Büro in der Leipziger Straße und riss wie jeden Morgen das Blatt des vergangenen Tages vom Kalender. Heute schrieb man den 23. Januar

1943. Der Spruch des Tages lautete: *Der Sieg liebt Mühe! Kaiser Matthias, 1612–1619.* Alles war jetzt voll von Durchhalteparolen.

Er setzte sich an seinen Schreibtisch, öffnete seinen Füllfederhalter und wollte mit einem persönlichen Geburtstagsglückwunsch für ein langjähriges Firmenmitglied beginnen, schaffte es aber nicht einmal bis zu Anrede. Immer wieder schweiften seine Gedanken ab.

Warum hatte sich Hauptmann Owieczek nicht wieder gemeldet? Hätte er doch auf Susannes Angebot eingehen sollen? Warum nur war er so stur? War es Heldentum, war es Schwäche?

Er sah aus dem Fenster. Langsam wurde es Tag. Berlin war nur in den frühen Morgen- und den späten Abendstunden eine schöne Stadt. Als er die Fensterflügel etwas aufzog, um frische Luft hereinzulassen, segelte das Kalenderblatt zu Boden. *Der Sieg liebt Mühe!* Er hob es sofort wieder auf und begann zu träumen. Wenn er nun siegte und das Dritte Reich zerfiel, was dann? Dann würde er ausziehen, Berlin zum zweiten Mal zu erobern.

»Ein Hotel müssen wir bauen!«, rief er mit Blick in den Spiegel. »Ein Hotel, um Gäste für unsere Restaurants nach Berlin zu holen. Ein Wochenende in Berlin mit Mahlzeiten im Haus Vaterland, in der Leipziger Straße und am Kurfürstendamm.«

Da wurde an seine Bürotür geklopft, und bevor er irgendwie reagieren konnte, standen zwei Männer vor seinem Schreibtisch. An ihrer Kleidung, an ihrer Haltung erkannte er sie. Die Gestapo. Sie kamen, um ihn abzuholen. Er wusste, wohin es ging, nach Theresienstadt.

Er konnte nur noch das denken, was Georg Hermann, ermordet in Auschwitz, in seinem wunderbaren Roman *Jettchen Gebert* geschrieben hatte: *Und alles kam, wie es kommen musste, alles, wie es kommen musste.*

Siegfried Krzynowek stand nackt vor dem Spiegel in Gretes Schlafzimmer und zählte seine Rippen. »Gott, bin ich mager geworden.«

Sie lachte. »Ein guter Hahn wird niemals fett.«

»Danke für die Blumen. Aber es sind eher die elenden Rationen, die wir kriegen.« Bei einem »Normalversorgungsberechtigten«

waren dies 300 Gramm Fleisch und 206 Gramm Fett die Woche. »Wenn nicht ab und an mal bei uns in der Küche etwas abfallen würde ...«

Auch Grete musste noch nicht hungern, denn ihr Mann kaufte regelmäßig Lebensmittel auf dem schwarzen Markt.

Es war ein kleiner Trost für das, was sie in den letzten Monaten durchgemacht hatten, denn im Februar 1942 war die Gruppe Uhrig zerschlagen worden. Sie hatten für Robert Uhrig Kurierdienste geleistet und waren von ihm eingesetzt worden, das Los der Fremdarbeiterinnen zu erleichtern, die in der Aschinger AG im Akkord Kartoffeln schälen mussten. Von den rund 200 Mitgliedern ihrer Gruppe waren 78 hingerichtet worden, andere waren zu langjährigen Gefängnisstrafen verurteilt worden. Sie hatten Tag für Tag und Nacht für Nacht gezittert, waren aber noch einmal davongekommen.

»Was nun?«, fragte Grete Gerber.

Siegfried Krzynowek zögerte einen Augenblick mit der Antwort. »Am besten, wir schließen uns auch Anton Saefkow an.« Der war Maschinenbauer und setzte an, dort weiterzumachen, wo Robert Uhrig aufgehört hatte. Es galt, die abgerissenen Verbindungen zwischen den einzelnen Betriebsgruppen wiederherzustellen und speziell in der Rüstungsindustrie neue Zellen aufzubauen.

»Saefkow, ja ...« Grete suchte, sich an etwas zu erinnern. »Ich habe gehört, dass die sich jetzt auch um die Hotels und Gaststätten kümmern wollen.« Sie wusste auch, dass die Saefkow-Gruppe in der Prinzenstraße 42, gleich am Moritzplatz, in der Mechanikerwerkstatt von Fritz Nitschke ihre Flugblätter vervielfältigte.

Ein paar Tage später standen sie Fritz Nitschke gegenüber. Er wusste, wer sie waren, führte sie ins Materiallager und bat sie ohne Umschweife, sich zu setzen.

»Hier werden die Abzüge der illegalen Flugblätter hergestellt und vervielfältigt«, erklärte er ihnen. Danach öffnete er ein paar Kisten und zeigte ihnen Apparate und Flugschriften. Einige trugen die Unterschrift *Nationalkomitee Freies Deutschland, Berliner Ausschuss.*

»Sehr schön«, murmelte Siegfried Krzynowek, erstaunt über

das Ausmaß an Vertrauen, das ihnen Fritz Nitschke schon jetzt entgegenbrachte.

»Das ist unsere eigentliche Arbeit, aber ...«, Fritz Nitschke senkte die Stimme, »... ohne ein Attentat auf Adolf Hitler wird es nicht gehen. Ich habe schon Kontakte zu Zellen in der Wehrmacht.« Jetzt erst nahm er seine beiden Besucher richtig wahr.

»Und ihr wollt die Arbeit bei Kempinski fortsetzen?«

»Das hat eine lange Tradition.« Siegfried Krzynowek verwies auf die Gruppe um Hans Wolter.

»Ich weiß.« Fritz Nitschke besprach mit ihnen, wie man untergetauchten Freunden Lebensmittelkarten zukommen lassen konnte und wie man den Gästen Flugblätter in die Taschen stecken konnte. »Im Hotel Excelsior hat das ganz gut funktioniert.«

»Dessen Eigentümer ist aber auch ein NS-Gegner«, erwiderte Siegfried Krzynowek. »Während bei uns ... Wir werden es trotzdem versuchen.«

Die nächste Aktion, die sie gemeinsam unternehmen wollten, war eine ganz andere. Dass Dr. Walter Unger festgenommen und nach Theresienstadt gebracht worden war, hatten sie noch am selben Tag erfahren. Werner Steinke hatte es in der Firma erzählt. Ihre Erschütterung war groß gewesen, sie hatten sich aber auch darüber aufgeregt, dass er nichts unternommen hatte, um seinen Häschern zu entkommen.

»Er hätte doch längst in London oder New York sein können!«, rief Grete. »Dieser Träumer!«

»Er hat wohl bis zuletzt daran geglaubt, dass er unantastbar ist, weil sich das Haus Kempinski so große Verdienste um Berlin erworben hatte«, sagte Siegfried Krzynowek. »Außerdem hat er sich immer als Deutscher gefühlt und nicht als Jude. Vielleicht hat er sich auch auf seine Freunde in der NSDAP verlassen, wer weiß. Bei unserem letzten Gespräch ging es auch darum, wie wir den hundertsten Geburtstag von Berthold Kempinski begehen können. Am 10. Oktober. Wir wollten auf den jüdischen Friedhof gehen und ...«

Grete unterbrach ihn. »Da wird doch alles abgeriegelt sein, und von Gestapo-Spitzeln wird es wimmeln.«

»Nein, er hat gesagt, dass da nichts kontrolliert wird. Das kann auch stimmen, denn ich habe gehört, dass sich auf dem Friedhofsgelände untergetauchte Juden verstecken sollen.«

»Das kann doch nicht wahr sein!«, rief Grete.

»Wir werden sehen, ob es wahr ist oder nicht.«

»Wieso das?«

»Weil wir hingehen und Berthold Kempinski einen Blumenstrauß aufs Grab legen. In Vertretung der Belegschaft und in Vertretung der Familie Kempinski/Unger.«

Grete Gerber war einverstanden, und so machten sie sich am 10. Oktober 1943 auf den Weg nach Weißensee. Mit der S-Bahn ging es zum Alexanderplatz und dann weiter mit der Straßenbahn, mit der 72, zur Berliner Allee. Von da aus war es noch ein kleiner Fußmarsch, immer die Gürtelstraße entlang. Sosehr sie auch Ausschau hielten, niemand schien sie zu beobachten. Sicherheitshalber verbarg Grete aber den Blumenstrauß, den sie am Alex gekauft hatten, unter ihrem Regencape.

Betrat man das Friedhofsgelände, erinnerte im ersten Augenblick nichts an das, was seit 1933 geschehen war. Besucher schlenderten durch die Gräberreihen, Friedhofsarbeiter harkten Laub und hoben Gräber aus. Sie sprachen einen von ihnen an und fragten ihn nach dem Grab von Berthold Kempinski.

»Hinten am Rondell, irjendwat mit T«, brummte der Alte.

»Viel zu tun, was?«, fragte Siegfried Krzynowek.

»Det könn' Se laut sajen.«

»Und warum das?«

»Det könn' Se nur leise sajen.« Er flüsterte ihnen zu, dass im letzten Jahr über achthundert Selbstmörder zu bestatten gewesen waren. »Und jetz' kriegen wa die janzen Urnen aus … na, Sie wissen schon. Die janze Abteilung is voll von.«

»Ja, Ordnung muss sein«, sagte Siegfried Krzynowek. Es lief ihm eiskalt den Rücken hinunter. Schnell ging er weiter.

»Was machen wir denn, wenn wir nun doch von der Gestapo kontrolliert werden?«, fragte Grete.

»Dann kippe ich einen Grabstein um und sage, dass ich deswegen hier bin.«

»Meinst du das ernst?«

»Glaubst du vielleicht, mir ist zum Scherzen zumute?«

Auf dem Feld T 2 fanden sie dann Berthold Kempinskis Grabstätte. Sein Medaillon auf der großen geschmückten Urne war noch völlig intakt.

»Herzlichen Glückwunsch, liebes Geburtstagskind«, sagte Siegfried Krzynowek, während Grete ihre Blumen ablegte. »Heute vor hundert Jahren bist du auf die Welt gekommen, in deinem geliebten Raschkow, und bist ausgezogen, Berlin zu erobern. Das ist dir auch gelungen. Zum Glück musstest du nicht miterleben, was in den letzten Jahren geschehen ist. Aber das wird vorübergehen, und wenn wir deinen hundertsten Todestag feiern, das wird am 14. März 2010 sein, dann wird der Name Kempinski wieder hell erstrahlen, und ganz Berlin wird sich in Dankbarkeit deiner erinnern.«

Das Jahr 1943 war ein einziger Schrecken für die Bevölkerung. Am 2. März 1943 hatten 257 Flugzeuge der Royal Air Force Berlin bombardiert und ganze Stadtteile in Schutt und Asche gelegt. Ende März waren zwei weitere Großangriffe gefolgt und insgesamt 711 Menschen gestorben. Ende 1943 waren 68 000 Häuser total zerstört und 400 000 Berliner arbeitslos. Die Evakuierung von Frauen, Kindern und Pensionären in weniger gefährdete Gebiete des Reiches begann. Als aber Goebbels am 18. Februar 1943 im Sportpalast die Anwesenden fragte: »Seid Ihr entschlossen, dem Führer in der Erkämpfung des Sieges durch dick und dünn und unter Aufnahme auch der schwersten persönlichen Belastung zu folgen?«, bejahten sie dies unter frenetischem Beifall und wollten den »Totalen Krieg«.

Susanne Schmeisel hatte die stille Hoffnung, dass es sie in der nächsten Nacht erwischen würde. Man schrieb den 22. November 1943, und seit dem 18. November flogen die Briten ihre Großangriffe auf Berlin. Viele Tote hatte es gegeben. Sie war davongekommen. Leider. Sonst wäre sie endlich erlöst gewesen. Das letzte Jahr war die Hölle gewesen. Man hatte Reinhard Schmeisel gesteckt, dass sie in inniger Umarmung von Walter Unger Abschied genommen und ihm vorher angeboten hatte, einen Unterschlupf für ihn zu finden. Dafür hatte er sie halbtot geschlagen und dann den Gestapo-Leuten übergeben. Zwei Wochen hatte sie in der Prinz-Albrecht-Straße verbracht, dann war es ihrem Vater mit seinen Beziehungen endlich gelungen, sie wieder freizubekommen. Kurz darauf war sie geschieden worden und musste in einer Munitionsfabrik in Moabit Granaten drehen. Das wäre noch zu ertragen gewesen, aber sie hatten ihr auch den Jungen genommen. Es hieß, er sei in eine NS-Erziehungsanstalt irgendwo in Thüringen gekommen. Die genaue Adresse wollte ihr niemand verraten. Jetzt erst merkte sie, wie sehr ihr Karli ans Herz gewachsen war. Sie wohnte nun wieder bei ihren Eltern in der Dieffenbachstraße, und ohne deren Zuspruch hätte sie schon längst den Gashahn aufgedreht.

»Ich halte es nicht mehr aus, ich muss den Jungen wiederhaben!«, rief sie bei jedem Abendessen aus.

»Ich habe mit Reinhard telefoniert«, sagte ihr Vater, »und mit Engelszungen auf ihn eingeredet, aber alles umsonst. Ich glaube, es hilft nur eins, du musst noch einmal mit ihm reden.«

Susanne Schmeisel fuhr auf. »Soll ich mich ihm zu Füßen werden und ihn anflehen?«

»Nein«, entgegnete ihr Vater. »Aber du musst ihm klarmachen, dass der Junge ohne seine Mutter verkümmert.«

Ihre Mutter war da skeptisch. »Unsinn. Der hält Susi doch für 'ne Hexe, die Karli verderben tut. Außerdem: In Berlin wer'n se ja sowieso alle evakuiert, wejen die Bomben, alle raus uff't Land, da wird er doch nie zulassen, det Karli wieder herkommt.«

Susanne Schmeisel wischte sich die Tränen aus den Augen. »Dann will ich hin zu ihm.«

»Du musst inne Fabrik.«

»Wenn Reinhard da ein gutes Wort für mich einlegt …«

»Det wirta janz bestimmt nich.«

Trotzdem. Susanne Seidenberg, wie sie sich nun wieder nannte, tauschte mit einer Kollegin die Schicht und machte sich am Abend auf ins Haus Vaterland, denn ihre Mutter hatte herausgefunden, dass Reinhard Schmeisel dort mit einem Bonzen aus Breslau dinierte.

Sie fuhr mit der U-Bahn, und als sie in Stadtmitte von der Linie

C zur Linie A wechselte, ging sie wieder den Mäusegang entlang. An der Stelle, an der sie damals Walter Unger begegnet war, verhielt sie kurz. Seitdem waren viereinhalb Jahre vergangen. Eine Ewigkeit. Was wäre passiert, wenn sie ihn an diesem Tag im Mai 1939 umarmt hätte? »Komm, Walter, lass uns beide ganz neu anfangen und nach England gehen!« Die Nazis hätten ihn nicht nach Theresienstadt gebracht, sie hätte keinen Sohn bekommen. Es war sinnlos, so zu grübeln. Es kam, wie es kam.

Viel zu schnell stand sie auf dem Potsdamer Platz. Alles war verdunkelt. Mitten in der deutschen Metropole war es so gruselig wie in einer Geisterstadt. Wenn dies ein Ufa-Film wäre, ging es ihr durch den Kopf, würde er den Titel *Susannes Kniefall* tragen.

Als sie das Haus Vaterland betrat und nur oberflächlich hinsah, hätte sie glauben können, im tiefsten Frieden zu sein. Dann aber merkte sie schnell, wie dunkel die Lampen waren und wie zerschlissen die Sesselbezüge. Sie überlegte kurz, in welchem Saal Reinhard wohl sitzen konnte, und kam sogleich auf den »Löwenbräu-Saal«. Und richtig, da hockte er neben dem Goldfasan aus Breslau. Sie lachten und hoben die Seidel. Sie steckte einem der Ober ein Markstück zu und bat ihn, Reinhard Schmeisel zu holen.

»Sagen Sie ihm nur, eine schöne Frau erwarte ihn draußen auf dem Flur.«

Das wirkte, und keine zwanzig Sekunden später stand er vor ihr. Fassungslos starrte er sie an.

»Du! Was willst du denn hier?«

»Reinhard, ich flehe dich an, sage mir, wo unser Kind ist. Ich muss es sehen!«

Er spuckte vor ihr aus. »Du wirst es nie mehr wiedersehen, du Hure!«

Sie wollte ihm hinterhereilen, ihn anflehen, sich vor ihm niederwerfen, da gab es Fliegeralarm. Reinhard Schmeisel stürzte in die oberen Räume, um wichtige Akten, die dort lagerten, in Sicherheit zu bringen. Sie folgte ihm.

Sekunden später schlugen Sprengbomben im Haus Vaterland ein, durchbrachen mehrere Decken und lösten einen Großbrand aus.

Siegfried Krzynowek arbeitete abwechselnd im Haus Vaterland, in der Leipziger Straße und am Kurfürstendamm. Die Beratung der Gäste wurde immer schwieriger und geriet mitunter zur Farce.

»Was können Sie mir denn heute empfehlen?«, fragte ihn ein Filmregisseur, der schon bessere Tage gesehen hatte, aber nicht in die Emigration gegangen war. Siegfried Krzynowek kannte ihn als NS-Gegner.

»Was ich Ihnen empfehlen kann?« Siegfried Krzynowek überlegte einen Augenblick. »Wollen Sie eine ehrliche Antwort?«

»Nein, wo sind wir denn!«

»Gut. Dann vielleicht unser Abendgedeck zu 1,80 Reichsmark. Zuerst die Deutsche Graupensuppe.«

»Was wäre denn eine undeutsche Graupensuppe?«

»Eine mit gelben Sternchen-Nudeln vielleicht.«

»Gut! Das muss ich mir merken.«

Siegfried Krzynowek winkte ab. »Lieber nicht. Dann haben Sie die Auswahl zwischen a) zwei Sardellen-Bratlingen mit Robertsoße und Salat – 10 Gramm Fettmarke – und b) Pfannkuchen mit Kompott – 100 Gramm Weizenbrotmarke und 10 Gramm Fettmarke. Zum Abschluss dann eine süße Speise.«

»Robertsoße? Was soll das denn sein?«

»Eine braune Soße.«

»Ah, benannt nach Robert Ley, unserem verdienstvollen Organisator der ›Deutschen Arbeitsfront‹. Ich bewundere ihn. Wie er die schwere Hirnverletzung aus seiner Kriegsgefangenschaft in Frankreich weggesteckt hat. Ebenso wie er mit seiner Trunksucht fertig wird.«

»Ich fände es schön, wenn Sie sein Leben verfilmen würden.«

»Nach dem Endsieg, mein Lieber, nach dem Endsieg. Wenn uns die ganze Welt gehört, wird es ja wieder alles zu essen geben.«

»Ungarn gehört uns doch heute schon, und wir haben als Stammgericht Szegediner Kraut mit Thüringer Klößen zu 1,10 Reichsmark. Sie können aber auch ein fleischloses Gericht haben.«

»Wenn ich das Wort Gericht schon höre!«

Siegfried Krzynowek konkretisierte: »Also, Hummerkrabben mit Muscheln in Weißwein, dazu Gemüse und Schwenkkartoffeln – 10 Gramm Fettmarke – zu 2,12 Reichsmark. Kartoffeln können nachgereicht werden.«

»Hummerkrabben – das hört sich ja fast so an wie früher.«

»Früher ist nicht mehr. Früher hatten wir im Signet einen Turm in Form eines ›K‹, K wie Kempinski, jetzt ist daraus ein ›B‹ geworden, B wie Borchardt. Mal abgesehen davon, dass sich der Stern an der Fahnenstange in eine Traube verwandelt hat.«

Der Regisseur wurde philosophisch. »Man kann nicht zweimal in denselben Fluss treten, sagte Heraklit, aber durchaus zweimal in dieselbe Scheiße.«

Dialoge wie dieser waren es, die Siegfried Krzynowek durchhalten ließen. Immer war auch ein gewisser Kitzel mit ihnen verbunden. Vielleicht war der Gesprächspartner doch nur ein gut getarnter Gestapo-Spitzel, vielleicht bekam doch einer der Gäste etwas mit, so leise man auch sprach. Es war seine eigene Art des Widerstandes, ganz anders als das, was er für die Saefkow-Gruppe tat. Es war ihm durchaus bewusst, dass er mit dem Feuer spielte. Recht eigentlich hatte er sich schon damit abgefunden, irgendwann in den nächsten Tagen verhaftet und in ein Konzentrationslager verschleppt zu werden. Und fast wäre es ihm lieb so gewesen, denn Grete schien nun doch wieder zu ihrem Mann zurückgefunden zu haben. War es ausgeschlossen, dass sie sich dessen Vergebung erkaufte, indem sie ihn verriet? Nichts war in diesen Zeiten ausgeschlossen. Er trank viel und tröstete sich mit der Volksweisheit, dass man nur einen Tod sterben könne. Dabei wusste er, dass es schon ein Unterschied war, ob man im KZ zu Tode gefoltert wurde oder im eigenen Bett friedlich entschlief.

Es kam der 23. November 1943. Er arbeitete an diesem Tage im Kempinski-Stammhaus in der Leipziger Straße 25. Dort herrschte noch immer ein gewisser Ausnahmezustand, denn in der Nacht zuvor waren hier unzählige Brandbomben niedergegangen, doch dem Einsatztrupp und Teilen der Belegschaft war es gelungen, alles zu löschen.

Es sollte der schrecklichste Tag seines Lebens werden. Über das, was bei Kempinski geschah, gibt es einen genauen Bericht:

Am 23. 11. kamen erst Sprengbomben in die Häuser Krausenstraße und schräg gegenüber Leipziger Straße. Dadurch gingen alle Fenster zu Bruch. Dann kamen Brandbomben in unglaublicher Menge, auch diese konnten wieder gelöscht werden. Darauf kamen Phosphorkanister, auf den kleinen Hof Krausenstraße allein 3 Stück. Durch das Aufschlagen spritzte die brennende Flüssigkeit in die scheibenlosen Fenster und somit an die Vorhänge im Parterre und im 1. Stock. Die Vorhänge brannten und fielen auf die Polsterstühle, sogar der Flügel im Mittelsaal brannte sofort. Auch diese Brände konnten trotz wiederholten Aufflammens gelöscht werden. Ein Trupp mußte den Lagerschuppen (im Frieden-Garten) des Weinladens löschen. Mit Hilfe einiger Minimaxe gelang das auch. Inzwischen waren durch neuen Angriff Brand- und Phosphorbomben auf die Dächer gefallen, hatten diese durchschlagen und entzündet. Alles, was Beine hatte und Hände, auch Gäste, wurde aus dem Luftschutzkeller geholt und eingesetzt. Einige Brandherde konnten vorübergehend gelöscht werden, aber immer wieder brannte es an anderer Stelle durch den Phosphor. Das Schlimmste war das Dach der Wäscherei. Im Augenblick stand der ganze Dachstuhl in Flammen. Das Feuer der Phosphorspritzer fand an dem trockenen Gebälk reichlich Nahrung. Unsere Luftschutzspritzen sind in solchem Fall nur Spielzeug. Unser eigenes Wasser ging zu Ende, die städtische Leitung versagte ganz, die Polizei war unerreichbar, wir mußten aufgeben. Es wurde aus der Küche herausgetragen, was möglich war.

Nun kam das Fürchterlichste. Der Weinladen brannte und gleichzeitig war durch herunterfallende brennende Balken der Lagerschuppen mit Pappdach vom Weinladen unbeobachtet in Brand geraten und stand sofort in hellen Flammen, da hier Packpapier und Kartons lagerten. Jetzt war unser Schicksal besiegelt, es brannte nun von unten nach oben.

Ich hatte mir ein Wasserreservoir in der alten Eisfabrik im Keller angelegt. Das Wasser wurde außer in Eimern in Kokotten und Timbals zur Brandstätte gebracht, die Leitung war leer, alles verlorene Mühe. Es brannte nun das Treppenhaus, der Weinladen, Cadiner-Saal, Eingangs-Saal, die Dächer Krausenstraße und Stadtküche, der Gelbe Saal, alle Höfe – da die herabfallenden Balken alles zündeten – und an den Seiten vorn und hinten die Nachbarhäuser.

Die Einsatztrupps mußten streng zusammengehalten werden, da berechtigte Zweifel bestanden, ob wir lebend noch einmal herauskommen. Gäste und Ausländer verschwanden spurlos. Lobend muß ich einen Leutnant, einen Gefreiten und einen Zivilisten erwähnen, welche sich tatkräftig bei den unglaublich schweren Löscharbeiten eingesetzt haben. Ca. 20 Brandstellen, welche weit auseinander lagen, forderten das Letzte von der Löschmannschaft. Versagt haben bis auf einige Ausnahmen die Ausländer, sogar mit Schlägen und Drohungen mußten sie angetrieben werden.

Es wurde nun in den Keller getragen, was möglich war, und ich freue mich, melden zu können, daß eine Menge gerettet werden konnte. Vor allem die gesamte Wäsche (Friedensbestand), viel Silber, Porzellan und fast alles Kupfer, sowie ca. 2000 Flaschen Wein. Eine andere Möglichkeit, die Sachen in Sicherheit zu bringen, als in den Keller, bestand nicht, da die Höfe und Straßen brannten und die Flammen durch herunterfallende, brennende Balken immer neue Nahrung erhielten, auch der herabprasselnde glühende Kalk war allein schon lebensgefährlich.

Gottseidank haben wir kein Menschenleben zu beklagen, trotzdem es oft sehr, sehr bedenklich aussah. Ein Urteil über diesen Einsatz für den von allen Gefolgschaftsmitgliedern geliebten Betrieb kann nur derjenige abgeben, der diese fürchterliche Nacht in den Weinstuben Leipziger Straße miterlebt hat.

Siegfried Krzynowek hatte überlebt, stand aber noch lange unter Schock. Das Kempinski-Stammhaus war trotz aller Rettungsversuche völlig zerstört. Es wiederzueröffnen war völlig ausgeschlossen. Alles war dahin, alles. Zwei Tage war er krankgeschrieben, dann meldete er sich in der Filiale am Kurfürstendamm, wo noch alles heil geblieben war, und arbeitete dort in der zweiten Schicht.

Gerade hatte er wieder etwas Fuß gefasst, da kam der nächste Schlag. Als er an seinem freien Tag ausschlafen wollte, wurde an seiner Wohnungstür Sturm geklingelt. Die Gestapo! Er war schon auf dem Weg zum Fenster, um hinauszuspringen, hielt aber wieder inne, denn wohnte man im zweiten Stock, ging das kaum tödlich aus. Also warf er sich seinen Bademantel über und eilte zur Wohnungstür. Es war die Briefträgerin.

»Jetzt hat et Sie ooch erwischt«, sagte sie und schwenkte ein amtliches Schreiben.

Siegfried Krzynowek zuckte zusammen. »Mein Gestellungsbefehl?«

»So isset.«

Er riss ihn auf und las, dass er sich am 10. Dezember 1943 in einer Kaserne in Spandau einzufinden hatte. Es war ein Witz. Er als Widerstandskämpfer sollte nun für Adolf Hitler in den Krieg ziehen. Fast hätte er laut losgelacht. Erst Sekunden später begriff er, dass es um sein Leben ging, dass die Einberufung zu diesem Zeitpunkt nichts anderes war als ein Todesurteil. Im Februar war Stalingrad gefallen, im Mai hatte der Rest der Heeresgruppe Afrika kapituliert und Großadmiral Dönitz den U-Boot-Krieg abbrechen lassen, im Juli waren die Engländer und die Amerikaner und General Eisenhower auf Sizilien gelandet und hatten die Russen ihre Gegenoffensive begonnen, im September hatten die Italiener die Seiten gewechselt. Es ging also mit dem Nazistaat steil bergab, und man konnte sich ausrechnen, wann die Alliierten am Reichstag angekommen waren.

Siegfried Krzynowek wusste, dass es für ihn nur zwei Möglichkeiten gab: sauber zu bleiben und sich vor den nächsten Zug zu werfen – oder sich die Hände schmutzig zu machen, für die Nazis zu kämpfen und an der Front den Tod zu finden, erschossen von einem kommunistischen Bruderherz.

Vierter Teil

Neubeginn

1946–2006

Kapitel 20
1946–1962

Yonkers ist eine Stadt mittlerer Größe im Bundesstaat New York. Sie liegt am östlichen Ufer des Hudson, und ihr Stolz ist das Hudson River Museum. Zu ihren weiteren Attraktionen zählen die Cochran School of Nursing, das St. Vladimir's Orthodox Theological Seminary, das St. John's Riverside Hospital und das Theater.

Hier in Yonkers war Richard Unger zu Hause, und hier in der Nähe der Tuckahoe Road traf sich am ersten Sonntag im Juli 1946 der Teil der Familie Kempinski/Unger, der in die USA gegangen war: Richard Unger, Frieda Unger, Dr. Frederic W. Unger, seine Frau Ruth C. Unger und Elisabeth Kohsen mit ihren Töchtern Anita und Monika.

»Prost!« Dr. Frederic W. Unger hob sein Glas. »Trinken wir darauf, dass wir alle davongekommen sind.«

»Nicht alle«, wandte Richard Unger ein und bat die Familie um eine Gedenkminute für seinen Neffen.

Dr. Walter Unger war 1944 in Auschwitz ermordet worden. Zwei Jahre waren seitdem vergangen, und die Zeit heilte keine Wunden.

Am 30. April 1945 hatte Adolf Hitler Selbstmord begangen, am 2. Mai hatte Berlin und am 8. Mai das Deutsche Reich kapituliert.

»Ich will nicht banal werden«, begann Dr. Frederic W. Unger die Familienkonferenz, »aber das Leben geht weiter, auch in Deutschland, auch in Berlin.«

»Berlin ist doch ein einziges Trümmermeer«, wandte Richard Unger ein. »Sieh dir doch mal die Wochenschau an!«

»Berlin ist nicht Karthago, und aus den Ruinen wird es auch wiederauferstehen!«, rief Dr. Frederic W. Unger.

Richard Unger lächelte. »Welch Pathos! Willst du Prediger werden?«

»Nein, ich will nur, dass Kempinski wieder Kempinski wird, das heißt dass wir all das zurückbekommen, was uns die Nazis gestohlen haben.«

»Das wird schwer werden«, sagte Elisabeth Kohsen und hatte ganz bestimmte Bedenken. »Sie werden behaupten, dass der Verkauf damals rechtmäßig zustande gekommen ist.«

»Das kann doch nicht sein!«, rief Frieda Unger. »Jetzt ist doch alles ... wie heißt das ... ›entnazifiziert‹, und Unrecht ist wieder Unrecht. Außerdem haben wir ja noch unseren amerikanischen Stadtkommandanten in Berlin.«

»Der wird bestimmt gern bei Kempinski essen gehen«, warf Anita Kohsen ein.

Dr. Frederic W. Unger nahm das als Stichwort, um sie über die Lage in Berlin zu informieren. »Es existieren zwei Kempinski-Nachfolgefirmen: die OHG M. Kempinski & Co. und die F. W. Borchardt GmbH. Letztere befindet sich im Besitz der Aschinger AG, und Aschinger soll, so hat man mir aus Berlin geschrieben, weiter existieren und weiterhin eine Reihe von Bierquellen und Restaurants betreiben. Was die OHG betrifft, so scheint sich da nichts mehr abzuspielen. Werner Steinke ist formell der Inhaber, das hat ja Walter so haben wollen, und sitzt irgendwo in der Schweiz.«

»Wenn Steinke der Ehrenmann ist, für den Walter ihn gehalten hat, wird er alles zurückgeben«, sagte Richard Unger.

»Wenn ...«, murmelte Elisabeth Kohsen. »Aber richtig ist, dass wir uns jetzt regen sollten, ehe alles wieder zementiert wird.«

»Danke.« Dr. Frederic W. Unger wurde erneut ein wenig pathetisch. »So darf ich das dann als euren Auftrag verstehen, den Kampf um Kempinskis Erbe zu eröffnen. Ich werde mich gleich morgen an den Rechtsanwalt Hans Christian Taeger wenden, das ist der Treuhänder der britischen Militärverwaltung, er soll die Restitution unserer Rechte an der alten Firma Kempinski fordern. Er soll gleich an Aschinger schreiben. Außerdem müssen wir sehen, dass wir Werner Steinke wieder ins Boot bekommen, an Steinke hängt alles.«

Das Haus Vaterland am Potsdamer Platz war zwar eine Ruine, aber im provisorisch wiederhergerichteten Erdgeschoss gab es dennoch erneut ein Kempinski-Restaurant, das später nach der Spaltung Berlins als HO-Gaststätte weitergeführt wurde und erst nach dem Volksaufstand vom 17. Juni 1953 geschlossen werden sollte.

Im August 1946 saßen hier Siegfried und Grete Krzynowek, die gleich nach Ende des Krieges geheiratet hatten, und aßen Bockwurst mit Kartoffelsalat. Er war hoher SED-Funktionär und zuständig für die Versorgung der Bevölkerung, also dienstlich unterwegs.

Seine Geschichte ist schnell erzählt. Er war kurz vor Ende des Krieges in sowjetische Kriegsgefangenschaft geraten und dort mit dem Nationalkomitee Freies Deutschland in Berührung gekommen, eines Zusammenschlusses von kriegsgefangenen deutschen Soldaten und Offizieren und kommunistischen deutschen Emigranten in der Sowjetunion. Ihr Ziel war der Kampf gegen den Nationalsozialismus. Gleich nach Kriegsende war er in die sowjetische Besatzungszone entlassen worden, wo die Gruppe um Walter Ulbricht begonnen hatte, ihren eigenen Staat auf deutschem Boden zu errichten. Einen Mann wie Siegfried Krzynowek hatte man gut gebrauchen können. In der Pestalozzistraße in Pankow hatten sie eine schöne Wohnung bekommen. Der alte Mieter, ein hohes Tier in der NSDAP, hatte sich 1945 nach dem Einmarsch der Roten Armee erschossen. Sich und seine Familie.

»Na, schmeckt's?«, fragte Grete.

»Ja – oder eigentlich: nein.«

»Wieso denn das?«

Siegfried Krzynowek wurde zornig. »Weil das hier immer noch der Aschinger AG gehört, und Fritz Aschinger war Nazi. Seit dem 1. Mai 1937, unter der Nummer …«, er fischte einen Zettel aus der Seitentasche seines Jacketts, »… unter der Mitgliedsnummer 5 379 776.«

»Woher weißt'en das?«

Siegfried Krzynowek lächelte. »Laut Kartei der amerikanischen Militärverwaltung. Man hat so seine Kontakte. Aschinger ist schwer belastet. Misshandlung ausländischer Zwangsarbeiter und aktive Pflege der NS-Ideologie in den Aschinger-Betrieben, so lauten die Vorwürfe. Außerdem war Aschinger in großem Stil an Kriegsgewinnen beteiligt.«

»Und was sagen unsere sowjetischen Freunde dazu?«, fragte Grete.

»Leider haben sie bisher noch nichts dazu gesagt. Das macht mich ja so wütend. Die sowjetische Militäradministration muss endlich anfangen, alle Konzerne zu zerschlagen. Ich werde nachher nach Karlshorst fahren und Dampf machen.«

»Verbrenn dir bloß nicht den Mund.«

Der Londoner Zweig der Familie Kempinski/Unger, Gerhard Kempinski mit seiner Frau Melanie, kurz Mela, und ihrem Sohn Tom, war Deutschland viel näher als der amerikanische, und umso heftiger wurde die Frage einer Rückkehr diskutiert. Fritz Teppich, Melas Bruder, elf Jahre jünger als sie, hatte es schon gewagt und wohnte wieder in Berlin, wo er sich auch bemühte, ihre Interessen wahrzunehmen.

Fritz Teppichs Leben war aufregender als mancher Roman. Seine Mutter hatte ihn und seinen Bruder rechtzeitig als Kochlehrlinge nach Paris geschickt. Anschließend hatte er als Spanienkämpfer viel erlebt. Das alles ist in seinem Buch *Der rote Pfadfinder* nachzulesen.

»Unter welchen Umständen würdest du denn zurückgehen wollen?«, fragte Mela Kempinski ihren Mann.

Gerhard Kempinski brauchte nicht lange für eine Antwort. »Wenn sie die Ufa in der Babelsberg wiederaufleben lassen und mir alle Hauptrollen geben.«

»Darauf kannst du lange warten, dass dich einer rufen wird.« Mela wurde bitter. »Überhaupt halten es ja die Deutschen nicht für nötig, die Juden um Verzeihung zu bitten und denen, die noch am Leben sind, zu sagen: Kommt zurück!«

»Wenn sie uns wenigstens unser Vermögen zurückgeben würden, aber Fritz schreibt ja aus Berlin, dass nicht die Rede davon ist, die ›Arisierungen‹ wieder rückgängig zu machen.«

»Mein Bruder wird's schon schaffen. Wenn die Unterlagen für die Erbschaft erst alle beisammen sind.«

Es ging vornehmlich um den Verbleib der Erben von Dr. Walter Unger, das heißt seiner Ehefrau und seiner Tochter. Sie hofften auf das Geschick von Fritz Teppich, mussten aber bald erfahren, dass die Konsularabteilungen der USA und Großbritanniens nichts unternahmen, um die Sache voranzutreiben. Was sie noch zorniger machte, war die Absicht ihrer Verwandten in den USA, alles auf die Karte Steinke zu setzen.

»Dieser Steinke ist doch schwer belastet!«, rief Gerhard Kempinski. »Dass sie das nicht wahrhaben wollen.«

Werner Steinke war zur Schlüsselfigur geworden. Seit 1941 fungierte er als Betriebsführer und Abwesenheitspfleger für die emigrierten jüdischen Inhaber der OHG M. Kempinski & Co. und war schließlich De-facto-Inhaber der Rest-OHG. Außerdem war er Eigentümer der Grundstücke Leipziger Straße 25 und Kurfürstendamm 27.

Gerhard Kempinskis Beweisführung gegen Werner Steinke überzeugte seine Frau. »Eines vor allem macht mich misstrauisch: dass er am 4. August 1944 in die Schweiz gehen durfte. Niemand konnte das gleich nach dem 20. Juli, nach dem Attentat auf Hitler. Und ausgerechnet Steinke, war doch der Rechtsberater der Kempinski OHG kein anderer als Helmuth James Graf von Moltke. Alle, die Kontakte zu den Männern des 20. Juli hatten, sind verhaftet und beschattet worden, er aber konnte ins neutrale Ausland reisen. Warum wohl?«

Mela Kempinski musste nicht lange nach einer Antwort suchen. »Du meinst, weil er mit den Nazis unter einer Decke gesteckt hat?«

»Na sicher!«, rief Gerhard Kempinski. »Sie haben ihn in die Schweiz geschickt, um dort die deutschen Exilorganisationen zu unterwandern. Wenn er wirklich aus Deutschland geflüchtet wäre, hätten ihm doch die Nazis sofort alles Eigentum weggenommen und einen anderen Geschäftsführer eingesetzt. Das haben sie aber nicht! Wen das nicht stutzig macht, der muss ja mit dem Klammerbeutel gepudert sein.«

Und er setzte sich hin, um einen wütenden Brief in die USA zu schicken und die dortigen Verwandten vor Werner Steinke zu warnen.

Dr. Frederic W. Unger kam als Sieger und hätte allen Grund gehabt, sich darüber zu freuen, dass die Hauptstadt der Mörder in Schutt und Asche lag. Aber seine Augen füllten sich mit Tränen, als seine Maschine in einem weiten Bogen über Berlin hinwegflog, um von Osten her in Tempelhof zu landen. Die Innenstadt war eine einzige Trümmerwüste, nur hin und wieder gab es Oasen aus relativ unversehrt gebliebenen Karrees.

In der Halle erwartete ihn Fritz Teppich. Sie umarmten sich kurz, und abermals gab es feuchte Augen, sosehr sich Dr. Frederic W. Unger auch bemühte, kühl und geschäftlich zu wirken. Und ehe sie weiter den alten Zeiten nachtrauern konnten, sprach er von Amsterdam und seinen dortigen Aktivitäten.

»Du weißt, dass wir versuchen wollen, wieder dahin zu kommen, wo wir 1933 waren, und ich denke, es ist am besten, von Amsterdam aus vorzugehen. Unser Restaurant dort ist immer noch ein gut funktionierender Betrieb. Dumm ist nur, dass die Holländer alles konfiszieren wollen, was deutsch ist – und unser Restaurant ist es, denk an Werner Steinke.«

»Was wir von dem denken, weißt du ja.«

»Ich meine: *Further research is needed.*«

Fritz Teppich hatte eines der raren Taxis organisiert, um ihn zu seiner Pension in der Fasanenstraße zu bringen.

»Bitte mit einem Umweg über den Potsdamer Platz und die Leipziger Straße«, sagte Dr. Frederic W. Unger, als sie einstiegen. Er wollte sich selber ein Bild von allem machen.

Es war ein einziger Albtraum, kaum zu ertragen. An vielen Stellen hatte die Ruinenlandschaft etwas Surrealistisches, und er bedauerte, kein Maler zu sein. Man hätte es festhalten müssen. Die Menschen sahen jämmerlich aus, halb verhungert und schlecht gekleidet. Viele zogen kleine Wägelchen hinter sich her. Am Potsdamer Platz war eine Straßenbahn liegengeblieben, weil die Oberleitung gerissen war, und die Fahrgäste schoben den Zug eigenhändig bis zu einer Stelle, an der es wieder Strom gab. Grünflächen gab es keine mehr, überall wurde Gemüse angebaut. Die meisten Straßenbäume waren im Krieg von Sprengbomben geknickt oder im letzten Winter gefällt worden. Ehe man erfror. Überall waren Trümmerfrauen am Werk. Mit Feldbahnloren wurde der Schutt zu bestimmten Stellen gefahren, wo sich langsam Berge auftürmten. Auffallend viele Männer hatten nur noch einen Arm oder waren einbeinig, andere saßen in unförmigen hölzernen Rollstühlen und pumpten sich mit kräftigen Oberarmen durch die Stadt, was mühsam war, denn viele Bürgersteige waren noch nicht frei geräumt und die Bombentrichter auf den Fahrbahnen nur schlecht verfüllt worden. Eine Bibelpassage kam ihm in den Sinn: »Denn der Herr ist ein verzehrendes Feuer.« Berlin hatte er nahezu verzehrt. Die Rache war fürchterlich. Die Deutschen hatten es nicht anders verdient, aber auch er war Deutscher, und als solcher litt er. Als Jude war er Opfer und als Deutscher auch.

Fritz Teppich suchte, ihn aufzuheitern. »Weißt du, was in Berlin im Augenblick die schönste Gruselgeschichte ist?«

»Nein, woher?«

»Geht ein junges Mädchen die Straße entlang und sieht an der Ecke einen Kriegsinvaliden mit seinen Krücken. Er winkt das Mädchen heran und bittet es, einen Brief in einem Haus abzugeben, das ein paar hundert Meter entfernt ist. Das Mädchen nimmt den Brief und geht los. Als es an der angegebenen Adresse angekommen ist, wird es neugierig, öffnet den Brief und liest: *Anbei das bestellte Kalbfleisch.* Es läuft zu dem Invaliden zurück. Der ist gerade dabei, einem zweiten Mädchen einen Brief in die Hand zu drücken. Als er es sieht, lässt er seine Krücken fallen und rennt weg.«

Dr. Frederic W. Unger versuchte zu lachen. »Du willst mich also davor warnen, Wurst zu essen?«

»Das auch.« Aber Fritz Teppich kam noch mit einer ganz anderen Warnung. »Und pass auf, wenn einer einen Persilschein von dir haben will!«

»Wie das? Ich handele doch nicht mit Waschmitteln.«

»Nein, aber ums Reinwaschen geht's dennoch. Einen ›Persilschein‹ nennen sie die eidesstattliche Erklärung eines Verfolgten des Naziregimes, möglichst eines Juden, der bezeugt, dass der Mann zwar formal Nazi war, aber eigentlich Widerstandskämpfer und wenigstens einem, wenn nicht gar mehreren Juden das Leben gerettet hat.«

Dr. Frederic W. Unger nickte. »Ich verstehe: Da es in Deutschland zwölf Millionen NSDAP-Mitglieder gegeben hat, aber nur 600 000 Juden, ist die Behauptung, dass auch nur ein Jude umgekommen ist, eine typisch jüdische Lüge.«

Im Foyer des Hotels erwartete ihn schon der Rechtsanwalt Hans Christian Taeger, um ihn über den Fortgang der Verhandlungen mit der Aschinger AG zu unterrichten.

»Sie argumentieren, dass die Übernahme 1937 aufgrund eines freiwilligen Übereinkommens und nach freundschaftlichen Verhandlungen zwischen der Aschinger AG und den Inhabern der OHG Kempinski zustande gekommen ist.«

Dr. Frederic W. Unger verlor die Contenance und schlug mit der flachen Hand auf den Tisch. »Das ist doch hanebüchen! Da steht einer neben Ihnen, setzt Ihnen die Pistole an die Schläfe und sagt: ›Unterschreibe oder ich drücke ab!‹ Und das soll dann freiwillig und friedlich gewesen sein?«

Der Anwalt zuckte resigniert mit den Schultern. »Sie behaupten, die ›Arisierungsverträge‹ seien rechtens und auch weiterhin gültig. Hier, lesen Sie mal, was sie schreiben.«

»Geben Sie her, den Wisch.« Dr. Frederic W. Unger nahm den Brief in die Hand und überflog ihn.

Das Verhältnis der Aschinger A.-G. zur G. m. b. H. hat sich bis heute überhaupt nicht verändert und entspricht völlig dem Stande des Übernahmevertrages vom 1. 1. 1937. Zur Zeit des Vertragsabschlusses und während der ganzen bisherigen Vertragszeit haben wir in fairer Weise die Interessen der o. H. G. zu wahren versucht. Für eine Aufhebung der Verträge fehlt daher jede rechtliche Begründung. Es liegt aber im Interesse eines schnelles Wiederaufbaus der zerstörten Häuser, von denen das Haus am Kurfürstendamm bei schneller Inangriffnahme noch gerettet werden könnte, daß möglichst schnell eine Klärung erfolgt. Unser Standpunkt ist der, daß die im Jahre 1937 geschlossenen Verträge weiter bestehen, und wir wollen uns gern bemühen, die Betriebe, insbesondere das Haus Kurfürstendamm 27, neu aufzubauen, was aber wohl nur durch Zusammenwirkung der o. H. G. mit der Aschinger A.-G. möglich sein dürfte.

Dr. Frederic W. Unger war darüber so erbost, dass er beim *Telegraf* anrief, einer Zeitung, die der SPD nahestand und von der er erwarten konnte, dass sie Partei für ihn ergriff, und darum bat, einem Journalisten alles schildern dürfen. Man sagte ihm zu, am nächsten Vormittag jemanden vorbeischicken zu wollen.

Wer dann aber vom *Telegraf* kam, war kein Journalist, sondern eine Journalistin. Er zuckte zusammen. Von irgendwoher kannte er sie. Lange war es her, dass sie sich begegnet waren.

»Kennen wir uns nicht von irgendwoher?«, fragte er, nachdem sie sich mit einem zaghaften Händedruck begrüßt hatten.

»Sicher, und zwar durch Walter, Walter Unger.«

Da zündete es bei ihm. »Mensch, Susanne!« Und sofort zuckte er zurück. »Du bist doch mit diesem Obernazi verheiratet.«

»Komm, setzen wir uns, ich muss dir alles erzählen.«

Er hörte ihr zu und glaubte ihr voll und ganz. »Ja, da kann man nur sagen: Schade, dass Schmeisel nicht im Haus Vaterland umgekommen ist. Was macht er denn jetzt?«

»Keine Ahnung.«

»Und du?«

»Ich bin Zeitungsschreiberin geworden. Irgendwie muss ich ja mein Geld verdienen, um Karl-Michael und mich durchzubringen. Wir haben eine kleine Wohnung am Kottbusser Damm, auf der Neuköllner Seite. Ich hätte nie geglaubt, dass ich das kann, Reportagen schreiben und so, aber es klappt.«

Dr. Frederic W. Unger lachte. »Das will ich hoffen, wenn ich dir jetzt erzähle, welches Spielchen Aschinger mit uns treibt.«

Susanne Seidenberg schrieb alles mit und versprach ihm, sich voll und ganz für seine Sache einzusetzen. Er wäre noch gern mit ihr essen gegangen, aber schon sah er Werner Steinke an der Rezeption auf ihn warten. Er verabschiedete sich mit einem angedeuteten

Handkuss von Susanne und ging zu dem Mann hinüber, den sie alle als Schlüsselfigur ansahen.

Die Begrüßung fiel ein wenig verhalten aus, denn Werner Steinke wusste natürlich, mit welcher Breitseite von London aus auf ihn geschossen wurde. Sie gingen in die abgelegene Sitzecke, in der Unger eben mit Susanne Seidenberg gesprochen hatte, und ließen sich Mineralwasser bringen.

»Werden Sie mich nun ebenso verdammen wie die Kempinskis in London?«, fragte Werner Steinke.

»Ganz im Gegenteil.« Dr. Frederic W. Unger zog ein Schreiben aus seiner Aktentasche und überreichte es Steinke.

Ich stehe nicht an, Ihnen zu erklären, daß ich nach Ihren ausführlichen Berichten über die Geschehnisse des letzten Jahrzehnts und nach Vorlage von Unterlagen zu einer ganz anderen Beurteilung gelangt bin. Ich habe das Bedürfnis, Ihnen, sowohl im eigenen Namen wie im Namen meiner Familie, meinen aufrichtigsten Dank auszusprechen. Die vorgelegten Dokumente haben erwiesen, daß Sie unter Aufopferung ihrer Person und Gesundheit nicht nur als rechtlicher Stellvertreter, sondern als Freund unserer Familie gehandelt haben. Ich habe mich auch sehr über die Erkenntnis gefreut, daß Sie meinem Cousin, Dr. Walter Unger, in schwerer Zeit als wahrer Freund jederzeit zur Seite gestanden haben.

Zu dieser Einschätzung war Dr. Frederic W. Unger gekommen, nachdem er sich mit einigen Organisationen in der Schweiz in Verbindung gesetzt hatte. Alle betonten mit Nachdruck, dass Werner Steinke eine ablehnende Haltung gegenüber der nationalsozialistischen Ideologie und Bewegung an den Tag gelegt habe. Dies sei durch *seine freundschaftlichen und geschäftlichen Beziehungen zu prominenten jüdischen Familien in Berlin* bedingt gewesen. Bei ihm handele es sich um eine in politischer und charakterlicher Hinsicht absolut integre Persönlichkeit. Auch Dr. Freya Gräfin von Moltke, die in der Schweiz lebende Ehefrau des hingerichteten Widerstandskämpfers Helmuth James Graf von Moltke, stellte sich voll hinter Werner Steinke: *Er ist von jeher ein Gegner des Natio-*

nalsozialismus gewesen und hat sich deswegen immer in einer schwierigen Situation befunden.

So kam es, dass Dr. Frederic W. Unger am 21. September 1946 im Namen und in Vollmacht Richard Ungers, Frieda Ungers, Elisabeth Kohsens sowie im eigenen Namen Werner Steinke in seinen Rechten als Prokurist der Firma M. Kempinski & Co. OHG, als Generalbevollmächtigten der OHG und als Generalbevollmächtigten Frieda Ungers bestätigte.

Auch Richard Unger sprach Werner Steinke für seine aufopferungsvolle und erfolgreiche Tätigkeit seinen Dank aus und schrieb nach Berlin, die Familie würde fest damit rechnen, dass M. Kempinski & Co. wieder auf das Niveau der Jahre vor 1933 gebracht werden könne.

»Also, Steinke«, sagte Dr. Frederic W. Unger, »spucken wir in die Hände und machen uns an den Wiederaufbau der Kempinski-Unternehmen!«

Susanne Seidenberg grub mit ihrem Vater und ihrem Sohn im Grunewald einen Stubben aus. Mit einem stumpf gewordenen Beil und zwei Spaten war dies harte Arbeit, und jede Bewegung fiel ihnen schwer, denn sie hatten kaum etwas zu essen. Aber ohne dieses Holz wären sie zu Hause erfroren. Anfang Januar 1947 gab es in Berlin für den Hausbedarf keine Kohlen mehr, und über zweihundert Menschen waren schon vor Hunger und Kälte gestorben. Immer mehr nahmen sich aus Angst vor diesem Tod das Leben. Die Schulen waren geschlossen, überall wurden Wärmestuben eingerichtet.

Als der Stubben endlich ausgegraben war, zogen sie ihn auf einem Handwagen von der Königin-Luise-Straße bis zum Kottbusser Damm, was allein einen halben Tag in Anspruch nahm.

Zu Hause angekommen, erwartete sie eine freudige Überraschung. Auf dem Wohnzimmertisch war ein regelrechtes Warenlager aufgebaut. Butter gab es da, Speck, Nudeln, Mehl und Marmelade.

Susanne Seidenberg sah ihre Mutter an. »Nanu, kannst du zaubern?«

»Nein, Schmeisel war da und hat das für dich und Karli abgegeben.«

Reinhard Schmeisel arbeitete in der Chefetage der Hotelbetriebs AG und hatte gute Kontakte zum schwarzen Markt. Seine »Entnazifizierung« hatte er sich mit zweitausend Mark und fünf Pfund Butter erkauft.

»Diese Schmeiselfliegen sterben niemals aus«, sagte Susannes Vater.

»Eigentlich müssten wir das alles in den Müll werfen, was er angeschleppt hat«, sagte Susanne Seidenberg.

Natürlich taten sie das nicht. Überleben war alles. Und sie schafften es.

Über den *Telegraf* war Susanne Seidenberg zur SPD gekommen, und sie wollte versuchen, bei den nächsten Wahlen in die Bezirksverordnetenversammlung zu kommen. Von einer Karriere in der Politik hatte sie zwar nie geträumt, aber es gab noch viel zu tun, bevor sich Deutschland wirklich erneuert hatte.

Den ersten Ärger hatte es gleich nach ihrem Eintritt im April 1946 gegeben, denn die Vereinigung beziehungsweise – was die sowjetische Besatzungszone betraf – Zwangsvereinigung mit der KPD zur SED stand an, und Siegfried Krzynowek, den sie aus alten Zeiten bei Kempinski gut kannte, hatte ihr zugeredet, auch zur SED zu kommen. Sie hatte sich empört gezeigt und nicht verstehen können, warum er sich Stalin derart auslieferte.

»Du warst dabei, als sie den Kaiser gestürzt haben, und du hast unter Einsatz deines Lebens gegen Hitler gekämpft, und nun schreist du hurra, wo die nächste Diktatur auf deutschem Boden etabliert werden soll.«

Siegfried Krzynowek hatte nur milde gelächelt. »Liebe Susanne, du verstehst eben die historischen Gesetzmäßigkeiten nicht. Die Diktatur des Proletariats ist eine Notwendigkeit beim Übergang zur kommunistischen Gesellschaft, die friedliebend und solidarisch ist und dafür sorgt, dass sich jeder Mensch voll entfalten kann.«

»Wer's glaubt, wird selig!«

»Ich glaube es.«

Sie fand es schade, denn Siegfried Krzynowek hatte ihr schon immer gefallen, und es hieß, dass er mit seiner Grete nicht eben glücklich sei.

Beide sahen sich wieder, als es vor den Borsig-Werken in Tegel zu anhaltenden Protesten der Belegschaft kam. Die Maschinenfabrik war 1945 von den Russen demontiert worden. Die Arbeiter hatten sie wiederaufgebaut und zu einem der wichtigsten Berliner Betriebe gemacht, nun aber verlangten die Franzosen, in deren Sektor Borsig lag, eine neue und endgültige Demontage.

»Das ist doch Schwachsinn!«, rief Susanne Seidenberg. »Da regen wir uns im Westen täglich darüber auf, dass die Russen im Osten alles demontieren – und nun fangen die Franzosen auch noch damit an. Auch wenn sie formal dazu berechtigt sind.«

Siegfried Krzynowek sprang ihr bei. Auch die deutschen Kommunisten und die Sowjets prangerten die Demontage bei Borsig als »Verbrechen gegen die Berliner Bevölkerung« an, während die Kommunisten in Frankreich am selben Tage forderten, den »Kriegsbetrieb Borsig« endgültig verschwinden zu lassen. »Alles wegsprengen!«

»Danke für deine Unterstützung!«, sagte Susanne Seidenberg, als sie sich vor dem Borsig-Werkstor trafen. Es ging das Gerücht, dass die Franzosen darauf verzichten würden, Borsig den Garaus zu machen.

Siegfried Krzynowek lächelte ein wenig von oben herab. »Du siehst: Gemeinsam sind wir stark.«

Susanne Seidenberg ärgerte sich über seine hochmütige Art und keilte los: »Ich weiß, die Partei hat immer recht.«

»Reden wir lieber über Kempinski.«

»Gerne.«

Susanne Seidenberg verfolgte alles, was mit Kempinski zusammenhing, weiterhin mit höchster Aufmerksamkeit und machte einen Freudensprung, als sie erfuhr, dass gemäß Befehl Nr. 124 Ziffer 16 der sowjetischen Militäradministration die Aschinger-Betriebe beschlagnahmt worden waren. Fritz Aschinger wurde vorgeworfen, auf mehreren Fragebogen seine Zugehörigkeit zur NSDAP verschwiegen zu haben.

Sie schrieb das alles und noch vieles mehr nach New York. Die Antwort Dr. Frederic W. Ungers bestand aus zwei Traueranzeigen.

Gerhard Kempinski war einem Schlaganfall erlegen, und am 5. Oktober 1947 war Kommerzienrat Richard Unger im Alter von 81 Jahren heimgegangen in die Ewigkeit.

Auch während der Blockade Berlins durch die Sowjetunion, vom 24. Juni 1948 bis zum 12. Mai 1949, kam Dr. Frederic W. Unger immer wieder zu Besuch, zumeist nach West-Berlin. Auf diese Unterscheidung war seit Beginn des Kalten Krieges und der Spaltung der Stadt wie des restlichen Deutschlands unbedingt zu achten. Für seine Pläne, Kempinski zu alter Größe zu erwecken, war das alles wenig förderlich.

Im Februar 1949 hatte in Ost-Berlin die HO, die staatliche Handelsorganisation, die Verwaltung der Aschinger-Betriebe übernommen. Sofort legte Dr. Frederic W. Unger beim Magistrat von Groß-Berlin Einspruch ein, denn davon seien ja auch die »arisierten« Kempinski-Betriebe betroffen, doch das wurde am 7. März 1949 schroff zurückgewiesen.

Als Dr. Frederic W. Unger erfuhr, dass sich Fritz Aschinger zusammen mit seiner Schwester das Leben genommen hatte, war er so betroffen, dass ihn Fritz Teppich, der ein alter Kommunist und Spanienkämpfer war, richtiggehend beschimpfte.

»Hast du auch noch Mitleid mit diesen kapitalistischen Raubtieren und Ausbeutern? Haben sie nicht Hitler an die Macht gebracht, um uns alles zu nehmen, was unser war, haben sie nicht Hunderte von Zwangsarbeitern wie Sklaven schuften lassen?«

Dr. Frederic W. Unger war zu sehr Jurist und darauf trainiert, sich verbal nicht derart gehenzulassen, als dass er in diesen Chor mit eingestimmt hätte. Und zugleich war er schon zu sehr Amerikaner geworden, um einen Kommunisten sonderlich sympathisch zu finden, auch wenn er ein Verwandter war.

Über Europa schien immer noch ein Fluch zu liegen, denn auch in Amsterdam liefen die Dinge nicht so wie erhofft. Er wollte die Dinge wieder selber in die Hand nehmen und Vorsitzender des

Aufsichtsrates werden, konnte aber keinen passenden niederländischen Geschäftspartner finden. Der Betrieb arbeitete bei weitem nicht rentabel und musste dringend reorganisiert und anders finanziert werden, aber bisher waren alle Pläne gescheitert, und es war abzusehen, dass das Restaurant in der Leidschestraat in absehbarer Zeit geschlossen werden musste.

Auf dem Flug nach Berlin kam ihm zum ersten Mal der Gedanke, in Amsterdam wie in Berlin alles abzuwickeln und sein Leben – fünfzig wurde er im nächsten Jahr – ganz auf die Vereinigten Staaten auszurichten. Er hätte gleich drüben bleiben sollen, als er am Ende seines Studiums nach New York gegangen war, um im »Waldorf Astoria« Erfahrungen in der Gastronomie- und Hotelbranche zu sammeln.

Dann aber saß er mit Werner Steinke in einem Restaurant am Kurfürstendamm und ließ sich noch einmal bewegen, auf Berlin zu setzen.

»Der Westen, das heißt vor allem die Amerikaner und die Bonner, werden viel Geld nach West-Berlin pumpen und es zum strahlenden Schaufenster in Richtung Osten machen«, sagte Werner Steinke. »Die Leute werden also etwas haben, das sie ausgeben können und wollen. Nach dem Schrecken des Krieges und der Blockade will endlich ein jeder wieder das Leben genießen.«

Dr. Frederic W. Unger nickte. Das klang überzeugend. Und als Nahtstelle zwischen West und Ost würde Berlin die aufregendste Stadt der Welt werden, das schien ihm sicher. Darum spann er auch Steinkes Faden weiter. »Und wenn die Leute kommen, um sich Berlin anzusehen, brauchen sie wieder Hotelbetten.« Die meisten Hotels hatten in der Innenstadt gelegen und waren im Krieg zerstört worden. »Ein Hotel am Kurfürstendamm ...«

»Wunderbar!«, rief Werner Steinke. Sonst war er immer die graue Eminenz, heute aber blühte er regelrecht auf. »Das Zentrum der Stadt sind ja jetzt die Gedächtniskirche und der Kudamm.«

So kam es am 8. Juni 1950 zur Neugründung der OHG M. Kempinski & Co. durch Dr. Frederic W. Unger und Werner Steinke, und am 15. Juni 1950 ließ die OHG eine Tochterfirma ins Handelsregister eintragen, die M. Kempinski & Co. GmbH. Ge-

genstand des Unternehmens blieb, wie gehabt, der Handel mit Weinen aller Art, Spirituosen und Erfrischungsgetränken, die Fabrikation und der Vertrieb von Lebens- und Genussmitteln aller Art, der Erwerb und Betrieb von Hotels und Gaststätten sowie entsprechender Hilfsbetriebe, die Beteiligung an anderen Unternehmen und der Im- und Export. Die Gesellschafterversammlung am 20. August 1950 brachte die Sache auf den Punkt:

Die M. Kempinski G. m. b. H. ist dazu bestimmt, die Tradition des Hauses Kempinski fortzusetzen; ihr fällt die Aufgabe des Wiederaufbaus der vom Kriege schwer betroffenen Kempinski-Betriebe zu.

Auch die Einigung mit Aschinger wurde in die Wege geleitet, und Paul Spethmann, Vorstand der Aschinger AG, trat in die Geschäftsleitung der M. Kempinski & Co. GmbH ein, während Werner Steinke einen Vorstandsposten bei der Aschinger AG erhielt. Dr. Frederic W. Unger, bei der Kempinski GmbH Aufsichtsratsvorsitzender, trat in den Aufsichtsrat der Aschinger AG ein.

Fritz Teppich war darüber furchtbar empört. »Da wird die ›Arisierung‹ eines jüdischen Familienbetriebes, die durch und durch ein Verbrechen war, zu einer normalen unternehmerischen Transaktion verschönt. Alles wird nur noch als geschäftlicher Alltag gesehen. Und du, Friedrich, solltest dich schämen dafür!«

Dr. Frederic W. Unger zuckte nur mit Schultern. »Was soll's? Es ist nun mal so, wie es ist, und lässt sich nicht mehr rückgängig machen, und wir bekommen vom West-Berliner Magistrat einen Investitionskredit von zwei Millionen D-Mark aus ERP-Mitteln.« Das war das European Recovery Program, landläufig auch »Marshallplan« genannt.

Der Architekt Paul Schwebes, ein ehemaliger Mitarbeiter von Bruno Paul, wurde mit der Planung beauftragt, und am 24. Februar 1951 wurde auf dem Grundstück Kurfürstendamm, Ecke Fasanenstraße der Grundstein für das Kempinski Hotel Bristol gelegt. Feierlich ging es zu, und unter den vielen Honoratioren war auch der Berliner Bürgermeister Walther Schreiber zu finden.

Am 29. Juli 1952 wurde das Kempinski Hotel Bristol am Kurfürstendamm, Ecke Fasanenstraße eröffnet, und allenthalben hieß es: Berlin hat sein »Kempi« wieder.

Auch Susanne Seidenberg war zum Sektempfang geladen worden, und als sie sich vom U-Bahnhof Zoologischer Garten her dem Gebäude näherte, traf sie auf Dr. Frederic W. Unger, der gerade aus einer Taxe stieg. Sie umarmten sich wie zwei nahe Verwandte.

»Na, wie fühlt du dich heute?«, war ihre erste Frage. »Sicherlich großartig.«

Er wusste keine rechte Antwort und schien ihr merkwürdig abwesend zu sein. »Wenn das alles zwanzig Jahre früher passiert wäre ...«

Sie zeigte auf das Kempinski-Signet, das zur Fasanenstraße hin groß am Giebel eines Vorbaus prangte. »Schön, wieder den alten Kempinski-Turm zu sehen. Aber ist dir daran nichts aufgefallen?«

»Nein, wieso?«

»Na, da hängt doch immer noch die Traube an der Fahnenstange, wie es die Nazis wollten, und nicht euer alter Stern!«

Dr. Frederic W. Unger sah sie voller Erstaunen an und brauchte ein paar Sekunden, um zu begreifen, was sie meinte. »Ach, das ist doch auch egal.«

Ob er krank war? Sie wollte Ruth fragen, aber seine Frau war nicht mit nach Berlin gekommen. Es kam ihr vor, als hätten die Ungers mit dem Kapitel Deutschland und dem Kapitel Kempinski längst abgeschlossen. Sie fragte ihn direkt danach, jetzt mehr Journalistin als Vertraute des Hauses.

»Vielleicht, vielleicht auch nicht.« Er wich ihr aus und flüchtete sich in die philosophische Floskel, dass alles seine Zeit habe. »Und nun ist eine andere Zeit angebrochen. Wir sind Amerikaner, Mela und Tom sind Engländer.« Dann wurde er ironisch. »Und wenn es darum geht, weiterhin für die gute Sache zu kämpfen, dann haben wir ja noch Fritz Teppich hier in Berlin.«

»Es ist doch eure Firma!«, rief sie. »Und du bist der Letzte aus der Familie, der das Erbe Berthold Kempinskis bewahren muss.«

Dr. Frederic W. Unger zeigte die Fassade hinauf. »Das tue ich doch – ist das Hotel hier nichts?«

Das waren die letzten Worte, die sie in ihrem Leben von ihm hören sollte – das Festkomitee kam auf ihn zu und nahm ihn in Beschlag.

Susanne Seidenberg trat in die Eingangshalle und mischte sich unter die Gäste. Es war ein imposantes Bauwerk, und die Leute waren voll des Lobes. Man freute sich, dass West-Berlin nun wieder etwas hatte, mit dem man sich positiv vom Osten abhob.

Da flüsterte ihr jemand etwas ins Ohr. »Na, wie viel zahlen dir die Monopolkapitalisten dafür, dass du morgen in deinem Blättchen jubelst?«

Sie fuhr herum. »Siegfried, du? Darfst du denn als hoher SED-Funktionär überhaupt hier sein?«

»Klar, das Zentralkomitee hat mich extra hergeschickt.«

»Wieso denn das?«

»Weil wir das hier zum Gästehaus der DDR machen wollen, wenn ganz Berlin unsere Hauptstadt geworden ist.«

Sie konnten ihren Dialog leider nicht fortsetzen, weil jetzt die ersten Toasts ausgebracht wurden.

»Gehen wir noch etwas trinken?«, fragte Susanne Seidenberg, als die Feierstunde vorüber war.

Siegfried Krzynowek lachte. »Ja, gerne, obwohl wir unsere Verbundenheit mit dem Hause Kempinski am besten dadurch unter Beweis stellen könnten, dass wir hier übernachten …«

Werner Steinke war zum Potsdamer Platz gekommen, um Geschäftsfreunden aus der Schweiz die Mauer zu zeigen. Seit dem 13. August 1961 war nun schon ein Dreivierteljahr vergangen, und die Welt hatte sich langsam an das gewöhnt, was in Walter Ulbrichts DDR als »antifaschistischer Schutzwall« bezeichnet wurde. Werner Steinke war ein wenig außer Atem, als sie das hölzerne Podest erklommen hatten, um hinüber in den Osten zu sehen.

»Diese Ödnis war einmal der verkehrsreichste Platz Europas«, sagte er. »Und da drüben, wo Sie nichts mehr sehen, stand unser Haus Vaterland.«

»Wann wird es denn wieder ein exklusives Kempinski-Restaurant geben?«, fragte einer.

»Die Leipziger Straße liegt leider auch im Osten.«

»Der Kudamm aber nicht.«

»Das haben Sie recht, und ich kämpfe auch jeden Tag darum, aber …« Werner Steinke brach ab, denn im Beisein dieser Leute war es nicht angebracht, schmutzige Wäsche zu waschen. Das gab nur wieder neuen Streit mit Paul Spethmann, und ihm fehlten langsam die Kräfte, dies alles durchzustehen. Schließlich ging er auf die siebzig zu.

Wieder im Büro, legte er sich erst einmal auf die Couch und sagte seiner Sekretärin, dass er nicht gestört werden wolle. In letzter Zeit war er schon mittags erschöpft. *Ich bin nur einmal müde,* hatte er in sein Tagebuch geschrieben, *und das ist immer.* Das lag vor allem daran, dass er unter massiven Schlafstörungen litt. Vieles quälte ihn. Vor allem sein doppeltes Spiel während der NS-Zeit. Er hatte es beiden Seiten recht machen wollen, den Nazis und der Familie Kempinski/Unger. Aber letztendlich hatte er den Juden kaum etwas retten können.

Und wozu noch kämpfen, wo keiner der Kempinskis und der Ungers noch etwas mit Deutschland zu tun haben wollte? Dr. Frederic W. Unger war im November 1955 in Amsterdam gestorben, wahrscheinlich an einem Gehirntumor.

Auch sonst hatte sich seit der Eröffnung des Kempinski-Hotels am Kurfürstendamm einiges getan. Die M. Kempinski & Co. GmbH hatte sich mit dem Bau und dem Betrieb des Hotels aber finanziell übernommen und war im Mai 1953 von der OHG an die Hotelbetriebs AG verkauft worden. Werner Steinke hatte es nun mit einer Reihe alter Bekannter zu tun, die schon lange in den Diensten der Hotelbetriebs AG standen, Fritz Eger beispielsweise und Georg von Kaulbars, vor allem aber mit Paul Spethmann. Und mit dem geriet er ständig aneinander.

»Paul, ich flehe dich geradezu an: Berlin braucht dringender denn je wieder ein Kempinski-Restaurant!«

»Fahr doch nach Pankow rüber, lieber Werner, und frage Walter Ulbricht, ob er uns das Stammhaus in der Leipziger Straße wiederaufbauen lässt. Es lebe der VEB Kempinski & Co.«

Werner Steinke rang die Hände. »Mensch, du weißt doch ganz

genau, dass wir auch am Kurfürstendamm ein Restaurant hatten.«

»Da steht jetzt ein Hotel, wenn dir das noch nicht aufgefallen sein sollte«, erklärte ihm Paul Spethmann von oben herab.

»Aber in dieses Hotel kann man das alte Restaurant ohne Mühe integrieren.«

Paul Spethmann erhob sich, um anzudeuten, dass die Audienz bei ihm beendet war. »Das stört doch nur unsere Hotelgäste.«

»Die würden wahrscheinlich gern dort speisen.«

»Hotelrestaurants sind doch allen ein Gräuel. Schluss jetzt, Ende!«

Werner Steinke war regelrecht hinausgeworfen worden. Zwar hatte er von der Hotelbetriebs AG eine Abfindung und einen auf fünf Jahre befristeten Geschäftsführervertrag erhalten, dann aber hatte ihn Paul Spethmann auf die Straße gesetzt.

Zwei Jahre lang hatte er noch versucht, in Westdeutschland unter dem Namen Kempinski neue Betriebe zu eröffnen, doch alle seine Projekte waren gescheitert. Nun war er mit seinen Kräften am Ende und hatte nur noch den einen Wunsch, nach Fribourg zu ziehen, wo er sich schon eine schöne Wohnung gemietet hatte, und dort in aller Ruhe seinen Lebensabend zu verbringen.

So veräußerte er am 13. Juni 1962 die Firma M. Kempinski & Co. an den Berner Kaufmann Max Beutler mit dem Recht, die Firma fortzuführen.

Er schrieb in sein Tagebuch:

Nur der Name ist geblieben. Der Name Kempinski. Das ist wenig, wenn man an das Materielle denkt, aber das ist viel für einen kleinen Weinhändler aus einem vergessenen Nest in Posen beziehungsweise Polen, und Berthold Kempinski kann stolz darauf sein, sehr stolz sogar.

Nachtrag
1966–2006

Nachzutragen sind folgende Fakten:

Am 31. Dezember 1969 meldet Max Beutler beim Amtsgericht Berlin-Charlottenburg die Löschung der Firma M. Kempinski & Co. aus dem Handelsregister an.

Am 17. Juli 1970 beschließt die Hauptversammlung der Hotelbetriebs AG, das gesamte Unternehmen in Kempinski Hotelbetriebs AG umzubenennen.

Am 14. Juli 1977 erfolgt die endgültige Änderung des Firmennamens in Kempinski AG.

Im Jahre 1994 erscheint die von der Historischen Kommission zu Berlin herausgegebene Monographie *M. Kempinski & Co.* von Elfie Pracht.

Am 31. Mai 1994 wird, initiiert von Fritz Teppich und in Anwesenheit von Jerzy Kanal, dem Vorsitzenden der Jüdischen Gemeinde zu Berlin, am Eingang des Hotels Kempinski eine vierzig mal sechzig Zentimeter große Gedenktafel aus Messing angebracht. Die Inschrift lautet:

HIER STAND SEIT 1928 EIN
KEMPINSKI-RESTAURANT.
ES WAR EIN WELTWEIT BEKANNTES SYMBOL
BERLINER GASTLICHKEIT.
WEIL DIE BESITZER JUDEN
WAREN, WURDE DIESE
BERÜHMTE GASTSTÄTTE

1937 »ARISIERT«,
UNTER ZWANG VERKAUFT.
ANGEHÖRIGE DER
FAMILIE KEMPINSKI
WURDEN UMGEBRACHT,
ANDERE KONNTEN FLIEHEN.
DAS 1952 ERÖFFNETE
BRISTOL HOTEL KEMPINSKI
MÖCHTE, DASS DAS SCHICKSAL
DER GRÜNDERFAMILIE
NICHT VERGESSEN WIRD.

Die Überlebenden der Familie Kempinski/Unger in London und den USA sind nicht eingeladen worden. Auch hat man verhindert, mit Paul Spethmann einen der »Arisierer« beim Namen zu nennen.

Am 14. August 1995 erscheint in der *Berliner Zeitung* der Artikel *Die »Hitlertraube« soll verschwinden*, geschrieben von Marlies Emmerich, in dem geschildert wird, wie Fritz Teppich und sein in London lebender Neffe Tom Kempinski gegen das veränderte Firmensignet protestiert hatten. So hatte Tom Kempinski den Berliner Regierenden Bürgermeister und den Bundeskanzler schriftlich gebeten, sich einzuschalten. *Dieses Wahrzeichen aus der NS-Epoche der rassistisch-antisemitischen Massenmorde kann seit über 40 Jahren unbehelligt weiter an prominenter Berliner Stelle ungeachtet unserer Proteste gezeigt werden.*

Im Namen Eberhard Diepgens antwortete die Senatskanzlei: *Ihrem Wunsch wird Rechnung getragen.*

Im Jahr 1998 löst der vom SFB ausgestrahlte Film *Kempinski – eine Berliner Chronik* von Dora Heinze heftige Diskussionen aus, und die *Junge Welt* berichtet in ihrer Ausgabe 5/1998 über eine Podiumsdiskussion im Literaturhaus in der Fasanenstraße, an der unter anderem Dr. Andreas Nachama, Vorsitzender der Jüdischen Gemeinde, und Richard Schneider, Abteilungsleiter beim SFB, beteiligt waren. Organisator dieser Veranstaltung war Fritz Teppich, der vor allem bemängelte, dass der SFB die »Arisierung« gänzlich unterschlagen habe. Dass der Konzern sich jetzt Kempinski AG nenne, sei eine Verhöhnung der Opfer. Dr. Andreas Nachama betonte, dass es nie ernsthafte Bemühungen gegeben habe, »Arisierungen« rückgängig zu machen, sondern höchstens Ausgleichszahlungen erfolgten. Für Juden, und da sei Kempinski nur ein Beispiel unter vielen, sei es oft unerträglich zu sehen, wie mit ihrem und unter dem Namen ermordeter Angehöriger immer noch durch andere Werbung gemacht wurde.

1996 erscheinen unter dem Titel *Der rote Pfadfinder* die Lebenserinnerungen von Fritz Teppich, einem charismatischen Mann, der auch die beeindruckt, die politisch ganz anders denken als er. So heißt es bei ihm: *Heute dient der jüdische Firmenname – nach zwei »Arisierungen« (!) 1937 und im Nachkrieg 1952 – einem hitlerverwurzelten Hotelkonzern als Tarnung.* Dr. Friedrich-Wolfgang Unger unterstellt er, beim Deal mit Steinke nicht geschäftsfähig gewesen zu sein, und überhaupt sei die ganze Transaktion rechtswidrig gewesen. *Obwohl an einer nach Verwandtenaussagen syphilitisch bedingten Gehirnkrankheit leidend, gab dieser sich als geschäftsfähig aus, behauptete zuweilen sogar nachweisbar wahrheitswidrig, Bevollmächtigter sämtlicher einst enteigneter Kempinski-Eigentümer zu sein.* Seine Schwester Mela sei in London über *die unter der Hand in Berlin erfolgten Machenschaften* nicht unterrichtet gewesen, schreibt Fritz Teppich. *Ich meinerseits nahm an, sie würde ihre Angelegenheiten voranbringen, wusste ebenfalls nichts von den Manipulationen, hatte auch mehr als genug mit meinem Wiedereinleben in Berlin zu tun.*

Am 28. Juli 2006 schreibt Fritz Teppich, inzwischen 88, folgenden Brief an das »Anti-G8-Camp«, das vom 4. bis 13. August 2006 in Steinhagen stattfindet:

Liebe Leute,
ich bin der Bruder von Mela Kempinski. Der einstige jüdische Weinhandels- und Restaurationsbetrieb Kempinski ist Ausgangspunkt eines der schlimmsten deutschen Mord- und Raubkrimis. Vergast wurden der einstige Miteigentümer von Kempinski, Dr. W. Unger, der jüdische Restaurationsdirektor Danby, die Mutter von Mela Kempinski, die Schwiegertochter von Firmeneigentü-

mer *Hans Kempinski, Gertrud Teppich, Melas jüngster Bruder Helmut Teppich, wie auch die gruppenweise von der »arisierten« Kempinskizentrale Berlin–Leipziger Straße in Vergasungs-KZs abtransportierten jüdischen Zwangsarbeiterinnen und viele andere. In der BRD wurde ungeachtet dessen nie ein Verfahren gg. die Schwerstbeschuldigten eingeleitet. Euch, die ihr jetzt nahe der Ostsee versammelt seid, euch jungen, unbelasteten Deutschen wünsche ich viel Erfolg, endlich für Gerechtigkeit in dieser Rassensache zu sorgen.*

Am 30. September 2006 trifft eine E-Mail aus Raszków ein, in der mir versichert wird, dass man sich sehr wohl noch an Berthold Kempinski erinnert und ihn als großen Sohn der Stadt verehrt.

Mein herzlicher Dank für Ihre freundliche Unterstützung gilt Frau Aneta Franc und Herrn Jaroslaw Biernaczyk. Ohne die Informationen, die Sie mir aus Raszków geschickt haben, wäre vieles im Dunkel geblieben. Die Kontakte hat Pjotr Nowak hergestellt, der auch die Übersetzung aus dem Polnischen besorgt hat.

Ich hätte aber diesen dokumentarischen Roman nicht schreiben können, wenn ich nicht auf meine wichtigste Quelle gestoßen wäre: die wissenschaftliche Untersuchung *M. Kempinski & Co.* von Elfie Pracht, die 1994 erschienen und von der Historischen Kommission zu Berlin, Sektion für deutsch-jüdische Geschichte, herausgegeben worden ist. Ich hoffe, der Roman wird eine Art Stolperstein, wie sie im Projekt von Gunter Demnig an das Schicksal von Menschen erinnern sollen, die von Nationalsozialisten ermordet, deportiert, vertrieben oder in den Freitod getrieben worden sind.

Alle Angehörigen der Familie Kempinski / Unger haben wirklich gelebt, und ich habe versucht, ihr Leben mit wissenschaftlicher Sorgfalt nachzuvollziehen, ohne natürlich zu wissen, wie sich die einzelnen Szenen tatsächlich abgespielt haben und was meine Protagonisten gefühlt und gedacht haben. Außerdem habe ich, um das Buch unterhaltsamer und lesbarer zu machen, eine Reihe von Figuren und Begebenheiten erfunden, so dass es auch ein Produkt meiner Phantasie ist.

Anhang

Personen

Raphael Kempinski, Vater von Berthold Kempinski, verheiratet mit Rosalie Kempinski, geb. Liebes

Rosalie Kempinski, geb. Liebes, Mutter von Berthold und Moritz Kempinski

Moritz Kempinski, Bruder von Berthold Kempinski, Sohn von Raphael und Rosalie Kempinski

Berthold Kempinski, Sohn von Raphael und Rosalie Kempinski, verheiratet mit Helene Kempinski, Vater von Frieda Kempinski

Helene Kempinski, geb. Hess, verheiratet mit Berthold Kempinski, Mutter von Frieda Kempinski

Frieda Unger, geb. Kempinski, Tochter von Berthold und Helene Kempinski, verheiratet mit Richard Unger, Mutter von Elisabeth und Friedrich Wolfgang Unger

Richard Unger, verheiratet mit Frieda Unger, Vater von Elisabeth und Friedrich Wolfgang Unger

Elisabeth Kohsen, geb. Unger, Tochter von Richard und Frieda Unger, verheiratet in erster Ehe mit Walter Kohsen, Mutter von Monika und Anita Kohsen

Friedrich Wolfgang Unger-Kempinski, Sohn von Richard und Frieda Unger, verheiratet mit Ruth C. Unger

Walter Unger, Neffe von Richard Unger, verheiratet mit Hilde Unger, Vater von Marianne Unger

Hans Kempinski, Neffe von Berthold Kempinski, verheiratet mit Luise Kempinski, Vater von Gerhard Kempinski

Gerhard Kempinski, Sohn von Hans und Luise Kempinski, verheiratet mit Melanie Kempinski, geb. Teppich, Vater von Tom Kempinski

Literatur

Berger, Joachim. Berlin freiheitlich & rebellisch. Berlin o. J.

Biernaczyk, Jaroslaw. Berthold Kempinski – Jugendzeit – Rasz-ków – Die örtliche jüdische Gemeinde, das Gymnasium zu Ostrowo. Unveröffentlichtes Manuskript. Ostrów Wlkp 2007.

Breslauer, Bernhard. Die Abwanderung der Juden aus der Provinz Posen. Berlin 1909.

Chronik Verlag. Chronik der Metropolen: Berlin. Güters-loh/München 2003.

Erman, Hans. Bei Kempinski. Aus der Chronik einer Weltstadt. München 1967.

Harenberg, Bodo (Hrsg.). Die Chronik Berlins. Dortmund 1986.

Harenberg, Bodo. Chronik der Deutschen. Dortmund 1983.

Jürgs, Michael. Gern hab' ich die Frau'n geküßt. Die Richard-Tau-ber-Biographie. München 2000.

Lynder, Frank. Kinder, wie die Zeit vergeht. In: BZ. Berlin 1977.

Pracht, Elfie. M. Kempinski & Co. Berlin 1994.

Rebiger, Bill. Das jüdische Berlin. Berlin 2000.

Ribbe, Wolfgang/Schmädeke, Jürgen. Kleine Berlin-Geschichte. Berlin 1994.

Riess, Curt. Berlin Berlin 1945–1953. Berlin 2002.

Sandvoß, Hans-Rainer. Widerstand in Kreuzberg, Gedenkstätte Deutscher Widerstand. Berlin 1996.

Teppich, Fritz. Der rote Pfadfinder, Berlin 1996.

http://lists.indymedia.org (G 8–2007, zur Geschichte von Kem-pinski)

www.berlinoline.de (»Die ›Hitlertraube‹ soll verschwinden«, Ber-liner Zeitung, 14. 08. 1995)

www.berlinstreet.de (Haus Vaterland)

www.hagalil.com (SFB-Produktion »Kempinski – eine Berliner Chronik«)

www.luise-berlin.de (»Arisierung« des Restaurants Kempinski)

www.morgenpost.berlin1.de (Kirche mit Seeblick, 23.7.2005)

www.rasscass.com (Biografie WHO'S WHO – Berthold Kempinski)

»Haus Vaterland« am Potsdamer Platz. Festschrift zur Eröffnung der Großgaststätte am 1. September 1928.

Materialien aus dem Haus Kempinski (Briefbögen, Bestellscheine etc.)